Ullstein

ÜBER DAS BUCH:

Winchester, 1228: 19 Jahre lang, seit ihrer Geburt, wurde Janeta im Kloster St. Catherine auf ein Leben als Nonne vorbereitet – jetzt spürt sie, daß sie nicht berufen ist, und bittet ihren Vater, eine Heirat für sie zu arrangieren. Doch Sir Hugh hält eine Ehe für ausgeschlossen: Janetas jungfräulicher Busen trägt das Zeichen des Teufels, ein Muttermal, vor dem sich jeder rechtschaffene Mann mit bangem Gefühl abwenden würde. Dennoch verläßt Janeta bei Nacht und Nebel das Stift, das so lange ihre Heimat war. Ein gnädiges Schicksal will es, daß sich der hochgewachsene Bertrand D'Aubigny, besitzloser Ritter mit ungewisser Zukunft, des jungen Mädchens annimmt und sie mit starken Armen zu sich aufs Pferd zieht. Zusammen kommen sie dem Earl of Leicester zur Hilfe, der auf dem Weg zu der Dame seines Herzens war und von Straßenräubern überfallen wurde. Zum Dank nimmt er Janeta und Bertrand in seinem Gefolge auf, und gemeinsam erreichen sie den Hof König Henrys. Doch das zarte Band der Liebe, das Janeta und Bertrand verbindet, wird jäh zerrissen, als Janeta entführt wird . . .

Joanna Makepeace

Die Nonne und der Ritter

Roman

Ullstein

Ullstein Buchverlage GmbH,
Berlin
Taschenbuchausgabe: 24188

Ungekürzte Ausgabe
September 1997

Umschlagentwurf:
Hansbernd Lindemann
Illustration:
JEAN MONTI/Agent: Thomas Schlück

Taschenbuchausgabe mit
freundlicher Genehmigung des
CORA Verlags, Berlin

unter dem Originaltitel »The Devil's Mark«
erschienen bei Mills & Boon Ltd., London
Published by arrangement with
HARLEQUIN ENTERPRISES II B.V., Amsterdam

Übersetzung: Rita Langner
Printed in Germany 1997
Gesamtherstellung:
Ebner Ulm
ISBN 3 548 24188 3

Gedruckt auf alterungsbeständigem
Papier mit chlorfrei
gebleichtem Zellstoff

Die Deutsche Bibliothek – CIP-Einheitsaufnahme

Makepeace, Joanna:
Die Nonne und der Ritter : Roman /
Joanna Makepeace. [Übers.: Rita Langner]. –
Ungekürzte Ausg. – Berlin : Ullstein, 1997
(Ullstein-Buch ; Nr. 24188 : Ullstein-Romantik)
Lizenz des Cora-Verl., Berlin
ISBN 3-548-24188-3

1. KAPITEL

Es war Schwester Boniface, die Janeta mitteilte, daß Sir Hugh Cobham gekommen war, um sie zu sprechen. Das runde rote Gesicht der freundlichen Nonne drückte Besorgnis aus. Vor über drei Jahren war Janetas Vater zuletzt im Kloster erschienen, und soweit sie wußte, hatte seine Tochter seitdem nichts mehr von ihm gehört. Schwester Boniface konnte sich ihrer sündigen Neugier nicht erwehren; zu gern hätte sie gewußt, was den Mann jetzt hierher führte.

Janeta war neunzehn Jahre alt, längst alt genug, um ihr erstes Gelübde als Novizin abzulegen. Vermutlich war Sir Hugh jetzt gekommen, um seine Zustimmung dazu zu erteilen, obwohl längst feststand, daß Janeta eine Braut Christi werden sollte. Dies war bereits vereinbart worden, als das Kind gleich nach seinem zehnten Geburtstag hergebracht worden war, um im Kloster erzogen zu werden.

Jetzt senkte Janeta ergeben den Kopf, wie man es sie gelehrt hatte. »Ich danke Euch, Schwester. Würdet Ihr mir bitte einige Minuten der Vorbereitung lassen, bevor ich mich in das Sprechzimmer der Mutter Oberin begebe?«

Schwester Boniface nickte lächelnd. »Glätte dein Gewand, Kind. Du willst doch gewiß so gut wie möglich ausschauen, wenn du deinem Vater gegenübertrittst. Möglicherweise dauert es einige Jahre, bevor du ihn das nächste Mal siehst.« Die Nonne ging wieder und schloß die schwere Tür des Dormitoriums hinter sich. Janeta ließ sich auf ihr hartes, schmales Bett sinken und preßte sich eine Hand auf das heftig schlagende Herz.

Er war also gekommen. Sie hatte kaum zu hoffen gewagt, daß er auf ihren kurzen, gequälten Brief reagieren würde, den sie einem Fuhrmann mitgegeben hatte, welcher auf dem Weg zur Küste durch Winchester fahren würde. Sie hatte das nicht heimlich tun müssen, denn die Äbtissin war mit dem Inhalt dieses Schreibens einverstanden gewesen. Es war sehr wichtig, daß sich Sir Hugh in Ruhe anhörte, was seine Tochter ihm zu sagen hatte.

Janeta hatte ihn so lange nicht mehr gesehen, daß sie kaum noch wußte, wie er aussah. Schon bevor er sie in dieses Kloster gab, hatte er sich selten dazu herabgelassen, sie einmal in der Kinderstube des Herrenhauses zu besuchen, und sie erinnerte sich an ihn nur als einen großen, kräftigen Mann mit hartem Geicht, der ihrer Amme kurze Befehle erteilte und deren Schützling düster betrachtete, bevor er dann schnell wieder verschwand.

Janeta hatte es nie gewagt, ihm zu widersprechen. Sie hatte überhaupt kaum je mit ihm gesprochen. Jetzt mußte sie ihren ganzen Mut zusammenraffen, um ihrem Vater auseinanderzusetzen, was sie empfand; vor allem mußte sie entschlossen bleiben, so böse er auch werden mochte.

Sie seufzte tief, stand auf, strich ihr graues Gewand glatt und vergewisserte sich, daß ihr Stirnband sowie der grobe weiße Schleier ordentlich saßen.

Die Nonnen bewegten sich geschäftig durch die Gänge, Gärten und Küchen. Es war nach Prim, und bis zum Gottesdienst in der Kapelle blieb noch mindestens eine Stunde. Die ihnen unterstellten Mädchen hatten Stickunterricht bei der Lehrmeisterin der Novizen; aus deren Gemach war Janeta herausgeholt und ins Dormitorium gebracht worden, auf daß sie sich gebührend darauf vorbereitete, ihren Vater angemessen zu empfangen.

Janeta erlaubte sich den Luxus, die Tagestreppe hinunterzuspringen und in den Kreuzgang hinauszulaufen, was ihr einen leicht tadelnden Blick von Schwester Mary eintrug, die warm eingepackt auf ihrem Hocker bei der Tür saß und ihren Rosenkranz in den rheumatischen Händen hielt. Die alte Nonne war schon zu betagt und ihr Augenlicht zu schwach für die Gartenarbeit, so daß sie in der blassen Wintersonne dieses Dezembertages im Jahre 1237 sitzen durfte, bis eine der jüngeren Nonnen sie zur Terz in die Kapelle brachte.

Janeta mäßigte ihren Schritt und überquerte gemessen die Grünfläche, um zum Sprechzimmer der Äbtissin zu gelangen. Schwester Agatha ließ sie ein.

»Da bist du ja endlich«, schalt sie leise. »Du hast dir viel Zeit gelassen. Die Ehrwürdige Mutter wollte mich gerade nach dir ausschicken.« Sie warf einen kurzen Blick auf Janeta, um deren Aussehen zu prüfen, und nickte dann zufrieden. »Dein Vater wartet schon – ziemlich ungeduldig, möchte ich sagen.« Sie klopfte an die Tür des Sprechzimmers. Nachdem die Oberin sie hereingerufen hatte, trat sie zurück und ließ Janeta hineingehen.

Die Äbtissin saß auf ihrem hochlehnigen Stuhl und neigte das Haupt, als das Mädchen an der Tür stehenblieb und unterwürfig knickste.

»Tritt näher, Janeta. Wie du siehst, ist dein Vater hier und möchte mit dir sprechen. Ich habe ihm gerade erzählt, wie gut du in deinen Studien vorangekommen bist und wie hübsch du an unserer neuen Altardecke gearbeitet hast. Ich will noch vor der Terz die Küchen inspizieren, und da ich weiß, daß du gern mit deinem Vater allein sein möchtest, werde ich euch beide verlassen. Schwester Agatha wird Bier, Brot und Fleisch bringen, wenn du nach ihr rufst.« Lächelnd drehte sie sich zu dem Besucher um. Dieser kam vom Fenster herüber, verbeugte sich und trat dann respektvoll zurück, während sie mit raschelndem schwarzen Gewand zur Tür ging.

Die Äbtissin war eine stattliche Erscheinung von Anfang Vierzig, stammte aus adeligem Hause und besaß die beeindruckende aristokratische Haltung ihrer Vorfahren. Trotz ihres etwas überheblichen Verhaltens war sie eine gerechte Herrin, die von ihren Nonnen, den Novizinnen und den ihr anvertrauten Kindern gleichermaßen geachtet wurde. Man begegnete ihr mit größter Ehrfurcht, ohne sich vor ihr zu ängstigen.

Wieder vollführte Janeta einen tiefen Knicks und wandte sich dann unsicher zu ihrem Vater um. Er überragte sie hoch und wirkte recht majestätisch in seiner Reitkleidung und dem schwarzen Umhang, dessen Kapuze in dem warmen Sprechzimmer zurückgeschlagen war.

Er hatte sich kaum verändert. Seine schmalen Lippen über dem harten, kantigen Kinn waren zusammengepreßt, seine Nase war groß und fleischig, und seine düster blickenden braunen Augen schienen so glanzlos wie Marmor zu sein. Die eine Hand hatte er unter seinen goldbeschlagenen Ledergürtel geschoben, die andere auf die Hüfte gestützt. Breitbeinig stand er da, als schickte er sich an, das Urteil über einen fehlgeleiteten Leibeigenen auf seinem Herrensitz zu sprechen. Janeta entdeckte das wenige Grau in dem kurzen dunklen Haar an seinen Schläfen und merkte zu ihrem Erstaunen, daß er älter war, als sie es sich in ihren Gedanken vorgestellt hatte. »Nun?«

Diese einsilbige Eröffnung entmutigte Janeta. Es würde nicht leicht sein, Hugh Cobham zu überzeugen. Sie schluckte einmal und blickte ihm tapfer in die Augen. »Vergebt mir, Vater, daß ich Euch solche Umstände mache, doch ich mußte Euch unbedingt sprechen.«

»Das schriebst du mir bereits in deinem Brief. Jetzt will ich den Grund dafür erfahren.«

Sie zögerte. »Die Nonnen erwarten, daß ich mein Gelübde für das Noviziat ablege.«

»Und?«

»Ich kann es nicht, Vater.«

Sein Gesicht verfinsterte sich noch mehr. Zorn und Erstaunen zeigten sich in seinen Augen. »Das verstehe ich nicht. Ich nahm an, du wärst glücklich hier.«

»Das bin ich auch. Die Nonnen waren sehr gut zu mir.« Sie verschwieg, daß man ihr hier mehr Verständnis und Zuneigung entgegengebracht hatte, als sie von ihm oder ihrem älteren Bruder je erfahren hatte, der sie nicht ein einziges Mal hier besucht hatte.

»Dann sehe ich keinen Anlaß. Es war doch von Anfang an klar, daß du . . .«

Sie unterbrach ihn. »Ich bin nicht berufen.«

»Unsinn. Viele junge Mädchen haben Zweifel vor einem solchen Schritt, doch dieses Kloster ist dein Zuhause. Hier bist du sicher aufgehoben. Höre mir gut zu, Janeta: Außerhalb dieser Mauern kann es für dich keine Zukunft geben.«

Sie erbleichte und blickte ihn flehend an. »Vater, ich muß versuchen, es Euch verständlich zu machen. Meine Natur ist nicht . . .« Verzweifelt suchte sie nach den richtigen Worten. »Ich bin nicht geeignet für ein Leben in frommer Einkehr.«

Sie blickte an ihm vorbei. »In der letzten Zeit hatte ich Empfindungen, die völlig außerhalb der Erfahrungen einer Nonne liegen. Ich vermag keinen Gehorsam zu geloben. Armut und Keuschheit würde ich akzeptieren, doch ich kann nicht gehorchen, ohne einen Grund dafür zu erkennen. Das ist mir nicht gegeben.«

»Ich verliere zu schnell meine Beherrschung«, fuhr sie fort. »Ich habe die Nonnen erbleichen sehen, wenn ich einen meiner Wutanfälle hatte. Die Mutter Oberin war freundlich und verständnisvoll, doch was man einem Kind durchgehen läßt, gestattet man einer erwachsenen Frau nicht. Wir müssen bedingungslosen Gehorsam schwören. So könnte ich nicht leben, Vater. Ich darf den Schleier nicht nehmen. Gebt mir wenigstens die Möglichkeit, zu erfahren, was mir in der Welt entgeht. Vielleicht fällt es mir dann leichter, das Leben einer Klosterfrau zu führen.«

Sie wartete auf eine Antwort, doch als sie ihren Vater wieder anschaute, sah sie, daß er beinahe an seiner Wut erstickte.

»Das kommt überhaupt nicht in Frage. Gegenwärtig bin ich damit beschäftigt, für Ralph eine passende Ehefrau zu finden. Für dich gibt es daheim keinen Platz. Zwar ist genügend Gold als kleine Mitgift für deine endgültige Aufnahme hier vorhanden, indes wieder nicht soviel, wie nötig wäre, um dich zu verheiraten.«

Janeta blickte ihn verwirrt an, während er seine Rede geradezu brutal fortsetzte.

»Sieh den Tatsachen ins Auge, Mädchen! Welcher Mann würde selbst trotz reichlicher Mitgift die Ehe mit einer Frau eingehen wollen, die das Teufelsmal trägt? Außerdem bist du schon fast über das Heiratsalter hinaus. Dein aufbrausender Charakter beweist nur, was wir schon immer befürchtet hatten. Nur hier in diesen heiligen Mauern bist du in Sicherheit. Die Äbtissin kennt die Wahrheit und ist bereit, dich zu beschützen. Nach meinem Tod will Ralph dich nicht als abhängige Verwandte im Herrenhaus aufnehmen. Das wäre seiner künftigen Gattin gegenüber nicht gerecht. Es würde Gerede geben, und man würde sich fragen, weshalb für dich kein Ehemann gefunden werden konnte. Entschließe dich dazu, dich mit deinem Schicksal abzufinden, und sei dankbar dafür, daß die Nonnen willens sind, dich anzunehmen – trotz allem.«

Schmerzerfüllt blickte sie ihn an und preßte sich die Hand auf die linke Brust. Sie hatte die Bürde getragen, seit sie alt genug war, um zu verstehen. Selbst in der Klostergemeinschaft kannten nur wenige Menschen das Geheimnis, denn im Dormitorium der Schülerinnen war jedes harte, schmale Bett durch einen Vorhang von den anderen getrennt. Die Äbtissin wußte von dem häßlichen Mal, das Janetas weiße Haut verunzierte; der Arzt, der ihre Kinderkrankheiten behandelt hatte, sowie die gute Schwester Boniface, ihre Mentorin und Vertraute, kannten es natürlich auch. Niemand von ihnen hatte sie indes auf die Bedeutung des Zeichens hingewiesen, das sich als weinroter Fleck von ihrer linken Brust bis zur Schulter hinaufzog.

Janeta hatte es stets vermieden, auf dieses Mal zu schauen, wenn sie das Hemd ablegte, und da es im Kloster keinen Spiegel gab, hatte sie ganz vergessen, welchen Anblick sie Fremden bot. Sie wußte nur, daß sie mittelgroß und dunkelhaarig war und graublaue Augen besaß. Keine ihrer Gefährtinnen hatte sich jemals dazu geäußert, ob sie hübsch oder unansehnlich war. Eitelkeit war verpönt, und die Mädchen, die den Zorn ihrer Lehrmeisterin fürchteten, hielten sich mit Bemerkungen über ihr eigenes sowie das Aussehen der anderen zurück.

Janeta hatte bald erkannt, daß sie sich von den anderen Mädchen unterschied. Während sich diese nur zwecks Ausbildung hier befanden und dann in die Welt zurückkehrten, war sie dazu bestimmt, den Schleier zu nehmen. Falls die anderen sie bemitleideten, so sagte ihr das niemand, doch in der letzten Zeit hatte sie ihre Kameradinnen um das Abenteuer beneidet, das außerhalb der Klostermauern auf sie wartete.

Jetzt verstärkten die harten Worte ihres Vaters ihre kaum recht begriffene Sehnsucht. Die anderen Mädchen würden heiraten, Kinder haben und ihrem eigenen Haushalt vorstehen. All das blieb ihr verwehrt. Sie gehörte nicht dazu.

Sie fröstelte, als sie sich an das abergläubische Entsetzen in den Augen ihrer Amme erinnerte, die sich jedesmal bekreuzigt hatte, wenn sie beim Waschen oder Ankleiden Janetas kindlichen Körper zu Gesicht bekam. Jetzt hatte ihr

Vater diese Ängste in Worte gekleidet. Janeta war nicht nur einfach unansehnlich oder mißgebildet, sondern die Tatsache, daß sie von dem Erzfeind des Menschen gezeichnet war, gestattete es ihr nicht, die schlichten, häuslichen Freuden zu teilen, die ihre Gefährtinnen kennenlernen würden.

Sie mußte schlucken. Hier konnte sie das Geheimnis ihrer furchterregenden Entstellung bewahren; ihr Nonnengewand würde es vor der Welt verbergen. Ein Ehemann jedoch würde es in all seiner Häßlichkeit entdecken müssen, und dann würde sie in seinen Augen nicht mehr annehmbar sein.

»Ich verstehe«, sagte sie leise. »Ich hatte nicht gründlich genug darüber nachgedacht. Richtet meinem Bruder aus, daß ich für sein Glück beten werde.« Die letzten Worte flüsterte sie nur, doch selbst ihr harter, unzugänglicher Vater zuckte zusammen, als er den Schmerz aus ihnen heraushörte.

»Ich werde ebenfalls für dich beten, Tochter«, antwortete er ein wenig steif. »Sprich mit der Mutter Oberin. Sie wird dir zeigen, wie du Trost im Glauben finden kannst. Ich bezweifle nicht, daß du am Ende die Weisheit meiner Empfehlung erkennen und einen gewissen Frieden finden wirst.«

Janeta nickte. Die Zunge klebte ihr plötzlich am Gaumen. Ihren Vater wollte sie nun nicht länger bitten; sie hatte ihm nichts mehr zu sagen. Zum erstenmal wurde ihr klar, wie sehr ihre Geburt ihn verletzt haben mußte. Ralph war stark und gesund, ein Sohn, auf den Sir Hugh stolz sein durfte, und dann kam die Tochter zur Welt und war so grausam gezeichnet, daß er niemals auf eine vorteilhafte Heirat hoffen konnte, die seinen Ehrgeiz gefördert hätte . . .

Ihr Vater trat zu ihr und hob ihr Kinn mit einem Finger

an. »Gott segne dich, Tochter.« Die Verlegenheit ließ seine Stimme wieder härter klingen. »Wenn du bereit bist, dein endgültiges Gelübde abzulegen, teile es uns mit. Ralph und ich werden dich dann wieder besuchen.«

Vorher, während der langen Jahre des Noviziats, würde sie ihn also nicht wiedersehen. Er gab sie auf, und ihr fehlten weitere Argumente. Sie knickste und empfing seinen pflichtschuldigen Kuß, bevor ihr Vater den Raum verließ, ohne sich noch einmal umzudrehen. Sie hörte seine eiligen, sporenklirrenden Schritte auf den Stufen. Dann ging sie zum Fenster und starrte blicklos auf den Kräutergarten hinaus.

Bald darauf kehrte die Äbtissin zurück. Sie fragte nicht nach dem Ergebnis des Besuchs, sondern entließ Janeta; ihre feuchten Augen indes sprachen von dem Mitleid mit dem Mädchen, das jetzt knickste und sich zurückzog. Die Oberin seufzte. Wie Janeta, so war auch ihr keine andere Wahl geblieben, als ins Kloster zu gehen, denn sie war die dritte Tochter eines zwar adeligen, doch verarmten Hauses. Nur hatte sie ihr Schicksal mit Freuden akzeptiert und wahrhaftigen Trost im Glauben gefunden. Daß solches auch von Janeta Cobham zu erwarten war, bezweifelte sie.

Im Gemeinschaftsraum der Nonnen holte Janeta ihre Stickerei aus der Truhe, in der Seiden und sonstige kostbaren Stoffe aufbewahrt wurden, und setzte sich dann ein wenig abseits der anderen Mädchen. Tränen standen in ihren Augen, und da sie befürchtete, sie könnten auf die weiße Seide der Altardecke tropfen, legte sie sich die Arbeit aufs Knie.

Gewöhnlich machte ihr das feine Sticken Freude – sie war darin das geschickteste aller Mädchen –, doch heute bereitete es ihr kein Vergnügen, sich auf ihr Werk zu konzentrieren. Die vor ihr liegende Zukunft erschien ihr so beängstigend öde, und diese Vorstellung ertrug sie nicht.

Alice Smallthorpe, eine gleichaltrige Mitschülerin, setzte sich auf einen Hocker neben sie. »Ich hörte, dein Vater hat dich besucht.«

Janeta nickte; zum Sprechen waren ihr die Tränen noch zu nahe.

Alice betrachtete sie nachdenklich. »Ich hoffe, du hast keine schlechte Nachricht erhalten. Du hast einen Bruder – er ist doch nicht etwa krank?«

Janeta schüttelte den Kopf. »Nein. Ralph geht es gut. Er wird bald heiraten.«

»Ah.« Alice blickte verträumt drein. Nächste Ostern sollte sie ebenfalls heiraten. Alle Arrangements waren bereits getroffen. Sie würde das Kloster zu Weihnachten verlassen, um heimzukehren. Bis jetzt war sie noch unschlüssig, ob sie darüber froh oder traurig sein sollte. Wie Janeta, so war auch sie viele Jahre in dieser kleinen, sicheren Welt eingeschlossen gewesen, und die Nachricht, daß sie einen ungefähr zehn Jahre älteren Mann zu heiraten hatte, der ihr noch nie zuvor begegnet war, hatte sie sowohl erregt als auch verschreckt.

Sie drehte sich wieder zu ihrer Gefährtin um. »Wirst du . . . willst du vielleicht auch heiraten?« erkundigte sie sich verlegen. Über Janeta war nie gesprochen worden. Man ging immer davon aus, daß sie den Schleier nehmen würde, doch jetzt fragte sich Alice, ob Janetas Befürchtungen vielleicht ebenso angsteinflößend waren wie ihre eigenen.

Janeta starrte hölzern geradeaus. »Mein Vater beabsichtigt nicht, mir einen Gatten zu suchen. Er hat . . . ihm fehlen die Mittel dazu.« Sie sprach nicht weiter. Sie durfte diesem wißbegierigen Mädchen nicht sagen, weshalb ihre Bitte, heimkehren zu dürfen, in Wahrheit abgelehnt worden war.

»Also bleibst du hier?«

»Nein!« stieß Janeta hervor. »Nein, ich bleibe nicht! Und

wenn ich auf der Straße betteln gehen müßte – ich werde mein Gelübde nicht ablegen!«

Offenen Mundes starrte Alice Janeta hinterher, die ihre Stickerei nahm und, gefolgt von den mißbilligenden Blikken der Lehrmeisterin, aus dem Raum floh.

Nach einer schlaflosen Nacht, in der Janeta immer wieder die sich ihr bietenden Alternativen durchging, ohne eine Lösung für ihre hoffnungslose Situation zu finden, stand sie beim Glockenschlagen auf und begab sich mit den anderen Mädchen ins Refektorium. Während sie schweigend aß, war sie sich Alice' neugierigen Blicks bewußt. Langsam wurde sie wütend. Starrsinnig beschloß sie, bei der Antwort zu bleiben, die sie ihrer Gefährtin gegeben hatte. Was immer auch geschehen mochte, sie wollte es nicht zulassen, daß man sie für den Rest ihres Lebens hier einmauerte. Es mußte sich doch ein Weg finden lassen, wie sie selbst für sich sorgen konnte, wenn ihr Vater dies nicht tun wollte.

Fleißig schaffte sie im Kräutergarten und hoffte, daß die schwere körperliche Arbeit den Schmerz in ihrem Herzen betäuben würde, doch als sie in den Gemeinschaftsraum zurückkehrte, um die Stickerei an dem Altartuch wieder aufzunehmen, war sie noch immer bedrückt.

Plötzlich hörte sie laute, spöttische Stimmen den Frieden stören. Schwester Mary saß wie gewöhnlich auf ihrem Hokker bei der Tür. Vor ihr standen zwei der jüngeren Schülerinnen und schwenkten die rauhen Decken, in welche die heilkundige Pflegerin die alte Nonne an diesem kalten Wintermorgen gewickelt hatte. Schwester Mary stand mühsam auf und versuchte, sich die Decken zurückzuholen. Die Mädchen wichen neckend ein paar Schritte zurück und wedelten ihre Trophäen weiter durch die Luft.

Schwester Mary stieß einen kleinen verärgerten Schrei aus und versuchte wieder, sich den Mädchen zu nähern, doch ihre rheumatischen Glieder waren steif; sie verlor das Gleichgewicht und konnte sich nur mit größter Mühe aufrecht halten. Janeta sprang der alten Frau zu Hilfe, legte ihr stützend einen Arm um die Schultern und führte sie zu ihrem Hocker zurück.

Die beiden Mädchen, welche jetzt erst merkten, was für tragische Folgen ihre Gedankenlosigkeit hätte haben können, standen erstarrt da. Janeta setzte Schwester Mary behutsam auf ihrem Platz nieder und beruhigte sie liebevoll, als sie ihre Tränen sah, die unter den blaugeäderten Lidern hervorquollen. »Es ist ja schon gut, Schwester. Ihr wißt doch, daß Ihr nicht ohne Hilfe zu gehen versuchen dürft. Schwester Catherine wird Euch dafür schelten.«

Das jüngere der beiden Mädchen kam zögernd mit den entwendeten Decken heran. Janeta riß sie ihm aus den Händen und wickelte die alte Nonne wieder darin ein.

»Es tut mir leid, Schwester. Es war nicht böse gemeint.« Die Kleine schluckte verlegen. Sie war erst kürzlich mit ihrer älteren Gefährtin ins Kloster gekommen. Die beiden fanden das tägliche Einerlei hier langweilig und suchten ständig nach Möglichkeiten, wie sie sich ein wenig Spaß verschaffen konnten. Meist richteten sich ihre Streiche gegen ihre Mitschülerinnen, die das jedoch gutmütig hinnahmen.

Janeta war auch schon so mutwillig mitgespielt worden. Es hatte sie nicht weiter gekümmert, doch die dumme, gedankenlose Grausamkeit einer alten wehrlosen Frau gegenüber regte sie auf. Mit einer Handbewegung befahl sie dem jüngeren Mädchen, zurückzukommen, und stürzte sich dann mit einem Wutschrei auf die ältere der beiden, Ursula Nollys.

»Hast du völlig den Verstand verloren?« Sie packte sie bei den Schultern und schüttelte sie wie ein Terrier eine Ratte. »Siehst du nicht, daß sie wackelig auf den Beinen ist?

Was, wenn sie gestürzt wäre? In ihrem Alter kann ein Knochenbruch den Tod bedeuten, und außerdem ist es heute ganz besonders kalt. Seit Wochen habt ihr die jüngeren Mädchen gequält, doch das hört jetzt auf! Habt ihr mich verstanden? Schluß damit!«

Ursula war starr vor Angst. Ihr Schleier war bei der groben Attacke heruntergerutscht, und das blonde Haar fiel ihr jetzt wirr über den Rücken. So aufgebracht war Janeta, daß sie das ängstliche Weinen des anderen Mädchens nicht hörte, bis eine sanfte, wenn auch gebieterische Stimme ihr Einhalt gebot. Da stieß sie Ursula so heftig von sich, daß das Mädchen rückwärts stolperte und mit einem Aufschrei hinfiel.

Schwester Boniface faßte Janeta bei den Armen. »Janeta, was tust du denn?«

Die rotglühende Wut ebbte ab. Janeta kam wieder zu sich und sah, daß jetzt beide Mädchen weinten; das jüngere half Ursula wieder auf die Beine. Janeta vermochte ihr Zittern nur mit Mühe zu unterdrücken. Nachdem Schwester Boniface sie wieder losließ, drückte sie sich die bebende Hand an die Stirn.

»Ich ... ich war so böse. Die beiden haben Schwester Mary übel geneckt. Ich ... ich durfte ihnen doch nicht erlauben ...« Sie sprach nicht weiter, als ihr das volle Ausmaß ihres Angriffs auf Ursula bewußt wurde. Noch immer keuchte sie und drückte sich die andere Hand auf die Brust, als könnte sie sich auf diese Weise beruhigen. Dann verzog sie das Gesicht und brach in Tränen aus. Sie warf sich in Schwester Bonifaces mütterliche Arme und schluchzte an deren umfänglichem Busen, als wollte ihr das Herz brechen.

»Ach Schwester, es tut mir so leid. Die beiden haben es ja gar nicht böse gemeint. Ich weiß, daß es nur Tollerei war, indes ... ach, weshalb mache ich das nur? Ich kann nichts dagegen tun. Irgend etwas in mir rastet aus, und dann ...«

Schwester Boniface tätschelte ihr sanft den Rücken. »Still, still, Kind. Mir ist bekannt, daß du kürzlich großen Kummer hattest und mir nicht sagen konntest, worum es sich handelte. Wir wissen alle, daß du sehr schnell aufbraust, doch im vergangenen Jahr hast du dich so sehr bemüht, dein Temperament im Zaum zu halten. Seit einiger Zeit bricht es wieder hervor. Jetzt ist ja nichts geschehen. Still, Janeta. Du machst ja nur der armen Schwester Mary angst. Die beiden Mädchen sind längst fort.«

Sie führte die Weinende ins Gebäude und ging mit ihr zum Lavatorium, wo sie dann wartete, während Janeta sich das Gesicht wusch, ihre eigene Tracht ordnete und sich schließlich beherrscht zu ihrer Mentorin umdrehte.

»Man muß die Mutter Oberin informieren, und ich muß diszipliniert werden«, sagte sie leise. »Schwester, ich beginne mich vor dem Ausmaß der Gewalt zu fürchten, die ich an den Tag lege. Es überkommt mich immer ohne jede Vorwarnung. Bin ich tatsächlich eine Tochter des Teufels, wie mein Vater glaubt? In diesem Fall gibt es für mich weder hier noch sonstwo einen Platz.« Tränen standen in ihren Augen, und ihre Lippen bebten, doch sie hatte sich unter Kontrolle. Wenn auch ihre Glieder zitterten, so bewies das nur ihre eigene Wut über das, was hätte geschehen können, und war kein Hinweis auf einen neuerlichen, unbeherrschbaren Temperamentsausbruch.

Vorwurfsvoll schüttelte Schwester Boniface den Kopf.

»Selbstverständlich bist du keine Ausgeburt des Teufels. Wäre es so, weshalb solltest du dich dann ängstigen und zerknirscht sein? Du warst rechtschaffen zornig. Das wäre ich wohl ebenfalls gewesen, hätte ich gesehen, wie die beiden ihre Scherze mit der hilflosen alten Dame trieben. Du hast einfach nur die Beherrschung verloren.«

Schwester Boniface seufzte. »Ich glaube, das ist ein Zeichen dafür, daß es in deinem Herzen nicht so gut aussieht.

Du bist furchtbar unglücklich. Nur Gott in seiner Weisheit vermag dir die Kraft zu geben, dagegen anzugehen. Begib dich in die Kapelle, Kind, und bete um Führung und Erleuchtung. Ich werde inzwischen Ursula suchen und prüfen, of sie bei dem Sturz auch wirklich keinen Schaden genommen hat. Fürchte dich nicht. Ich werde mit der Ehrwürdigen Mutter sprechen. Ich bezweifle«, fügte sie finster hinzu, »daß die beiden Rangen sich über dich beschweren werden. Falls doch, werde ich dafür sorgen, daß die Angelegenheit zurechtgerückt wird.«

Impulsiv beugte sich Janeta nieder, küßte die abgearbeiteten Hände der Nonne, knickste und eilte dann wie geheißen zur Kapelle. In Büßerhaltung streckte sie sich dort mit weit ausgebreiteten Armen auf dem Boden vor dem Altar aus und betete zu St. Catharine, der Schutzheiligen aller Jungfrauen.

Wie lange sie auf dem eiskalten Steinfußboden in der spärlich beleuchteten Kapelle liegenblieb, hätte sie nicht sagen können. Schließlich erhob sie sich steif auf die Knie, faltete die Hände und blickte flehentlich zu dem Kruzifix über dem Altar empor, bis sie sich dann vollends aufrichtete, um hinauszugehen.

Sie schrak zusammen, als sie sah, daß sie nicht mehr allein war. Alice Smallthorpe kniete im Chorgestühl. Als sie sah, daß Janeta sich anschickte, die Kapelle zu verlassen, stand sie ebenfalls auf. Nebeneinander verließen die beiden Mädchen schweigend die Kapelle, gingen den Korridor zum Kreuzgang hinunter und bogen um eine Ecke, ohne den Nonnen und Postulantinnen zu nahe zu kommen, die hier vor dem Abendessen im Refektorium ihren Meditationsübungen nachgingen.

»Ich bemerkte vorhin, daß du sehr verstört warst«, begann Alice schüchtern. »Nachdem du sagtest, du wolltest dein Gelübde nicht ablegen, dachte ich . . .« Sie sprach nicht weiter und blickte starr geradeaus, während sie beide weitergingen, denn zum Stehenbleiben oder zum Hinsetzen war es viel zu kalt.

Janeta wandte sich zu ihrer Gefährtin um. Die beiden hatten sich zwar nie nahegestanden, doch jetzt spürte sie, daß der Kummer des anderen Mädchens genauso groß war wie ihr eigener.

»Was hast du, Alice? Ich dachte, es sei abgemacht, daß du uns bald verläßt, um zu heiraten. Das ist doch das, was du möchtest, nicht wahr?«

»Ich weiß nicht.« Das hörte sich recht weinerlich an. »Ich bin nicht besonders hübsch. Meine jüngere Schwester ist viel attraktiver als ich, und ... vielleicht ... Ich dachte, es würde mir erspart bleiben.«

»Wärst du lieber hiergeblieben?« fragte Janeta verwundert. Alice wünschte sich vergebens das Leben, zu dem Janeta gezwungen wurde?

Verzweifelt schüttelte das Mädchen den Kopf. »Ich habe Will, meinen Verlobten, noch nie gesehen. Er ist Witwer. Seine Gemahlin starb im Kindbett. Ich habe Angst, daß mich ein solches Schicksal ebenfalls ereilt.« Sie erschauderte. »Auf diese Weise habe ich eine ältere Schwester, meine Mutter sowie eine Tante verloren. Nie werde ich die Geburt des letzten Kindes meiner Mutter vergessen. Tagelang hallten ihre Schreie durch das ganze Haus.«

Alice blickte Janeta an, und Tränen standen in ihren Augen. »Die Nonnen hier brauchen sich solchen Lebensgefahren nicht auszusetzen. Hier ist alles so still und so sicher.«

»Hast du darüber mit deinem Vater gesprochen?«

»Nein, nein«, wehrte Alice hastig ab. »Er würde es nicht verstehen. Die Ehe ist arrangiert. Er ist über diese Vereinbarung sehr glücklich, und ich habe damit zufrieden zu sein ... Du willst das Kloster doch verlassen, Janeta. Willst du heiraten? Hast du denn keine Angst davor, deinem Mann Kinder zu gebären und ...« Vor Verlegenheit errötete sie tief. »... und vor dem, was im Ehebett geschieht?«

Janeta hielt im Schritt inne. »Das habe ich mir noch gar nicht überlegt«, sagte sie nachdenklich. Sie wollte das Kloster verlassen, weil dieses eine Beschränkung ihrer Freiheit bedeutete. Nun erkannte sie, daß es eine andere Art von Gefangenschaft hätte bedeuten können, wenn für sie – wie für Alice – ein Ehemann gefunden worden wäre. Sie brauchte indessen Freiheit. Doch schon bei diesem Gedankengang wurde ihr klar, daß es ihr unmöglich sein würde, diese Freiheit zu erlangen.

»Nicht alle Frauen sterben im Kindbett«, meinte sie beschwichtigend. »Deine Mutter hat mehrere Geburten gesund überstanden, und eine der Frauen, die letztes Jahr hier im Gästehaus wohnten, erzählte mir, daß sie zwölf Kinder geboren hatte. Du bist jung und stark, Alice. Du darfst dich nicht grundlos fürchten. Du sagst, dein Will sei zehn Jahre älter als du, also ist er achtundzwanzig und damit ein vergleichsweise junger Mann. Ihr könnt sehr glücklich miteinander werden, und du wirst einen eigenen Haushalt haben ...«

»Das ist es, was du willst, nicht wahr? Ein eigenes Leben.«

»Ja.«

»Und dein Vater besteht darauf, daß du hier bleibst?«

»Ja. Er hat seine Gründe. Er ist nicht wirklich ein harter Mensch; er sieht nur keine Möglichkeit, mich zu verheiraten.« Janeta lächelte sehnsüchtig. »Ich will genau das, was du so heftig von dir weist. Das Leben kann manchmal sehr grausam sein. Hast du in der Kapelle auch um Führung gebetet?«

»Um Mut«, gab Alice zu und lächelte. »Ich glaube, du hast mich ein wenig getröstet. Du hast recht. Ich bin stark.

Möglicherweise werde ich Will viele gesunde Kinder schenken, und er liebt mich dafür.«

»Dafür werde ich beten.«

»Ich wünschte, ich könnte dir helfen. Wenn ich Will besser kennen würde, könnte ich ihn womöglich dazu überreden, mir zu erlauben, dich in unserem Haushalt aufzunehmen . . .«

Janeta lächelte. »Das ist ziemlich unwahrscheinlich.«

Alice drehte sich zu ihr um. »Wenn du nicht heimkehren kannst, jedoch entschlossen bist, das Kloster zu verlassen, mußt du einen Weg finden, für deinen Lebensunterhalt selbst zu sorgen.«

Janeta neigte den Kopf. »Darum habe ich gebetet – für eine Art Erleuchtung und auch für Hilfe bei der Beherrschung meines Temperaments.« Sie lachte ein wenig bitter. »Als Dienerin würde ich mich nicht lange mit einem solchen Makel halten.«

»Du bist doch eine so geschickte Näherin«, wandte Alice eifrig ein. »Ich glaube, viele Haushalte würden dich nur zu gern aufnehmen. Meine Tante hat eine ältere, abhängige Verwandte, die für sie arbeitet, seit Jahren in der Familie lebt und kürzlich den Verwalter meines Onkels geheiratet hat. Sie kann hervorragend sticken, doch selbst sie vermag das nicht so gut wie du. Das wäre doch eine Möglichkeit für dich!«

Staunend blieb Janeta stehen. »Ich glaube, wir haben beide in der Kapelle eine Antwort auf unsere Gebete erhalten«, sagte sie langsam. »Du hast mir Hoffnung geschenkt, Alice. In Winchester muß es doch einen Haushalt geben, der mich als Näherin und Magd einstellt. Lieber ein solches, wenn auch hartes Leben, als hierzubleiben, zu verwelken und zu sterben, bevor ich die Freiheit des Geistes kennengelernt habe.«

»Würde dich denn die Mutter Oberin ohne das Einverständnis deines Vaters ziehen lassen?« Alice schien da ihre Zweifel zu hegen.

»Nein«, antwortete Janeta rundheraus. »Das wird sie nicht. Doch da ich jetzt Hoffnung habe, werde ich auch einen Weg finden.«

Während des Nachtmahls hielt Janeta das vorgeschriebene Schweigen ein, denn so blieb ihr viel Zeit zum Nachdenken. Alice hatte es ganz richtig erfaßt; Janeta bezweifelte nicht, daß Sir Hugh Cobham bestimmt hatte, seine Tochter streng zu überwachen.

Obwohl St. Catherine's kein geschlossener Ort war, verließen die Nonnen das Kloster nur selten. Die Äbtissin reiste natürlich gelegentlich zu anderen Konventen und begab sich auch regelmäßig auf die Ländereien des eigenen Klosters. Wenn ihre Nonnen das Haus einmal verlassen mußten, so gingen sie stets nur zu zweit fort. Die Postulantinnen verließen diese Mauern nie, und die zur Ausbildung hier befindlichen Mädchen taten dies nur in Begleitung ihrer Eltern oder Angehörigen.

Es dürfte nicht einfach sein, das Kloster zu verlassen. Die Pförtnerin hielt am Tor strenge Wache, und falls Janeta es dennoch schaffen sollte, hinauszukommen, so würde ihre Abwesenheit bald bemerkt und der Äbtissin gemeldet werden, die dann sofort eine Suche einleiten würde. In hilfloser Wut knirschte Janeta mit den Zähnen. Jetzt, da sie eine Möglichkeit zur Flucht aus dieser scheinbar sterilen Abgeschiedenheit gesehen hatte, mußte sie diese auch schnell ins Werk setzen, denn man würde sie bald dazu drängen, in das Noviziat einzutreten.

Während der nächsten Tage ließ die Dezemberkälte ein wenig nach. Die Nonnen konnten den Klostergarten endgültig aufräumen und winterfest herrichten. Eine wäßrige Sonne leuchtete am Himmel, und Schwester Mary freute sich, ihren Platz im Freien wieder einnehmen zu können.

Eines Tages wurde Janeta beauftragt, die Äpfel zu untersuchen, die in Reihen unter dem Dach zum Überwintern ausgelegt waren. Nachdem sie die angefaulten aussortiert und den Rest für gut befunden hatte, setzte sie sich mit hochgezogenen Röcken auf die gescheuerten Dielen des Dachbodens und träumte ein paar glückliche Minuten lang vom Leben in der Stadt. Jetzt würde bald die heilige Weihnachtszeit anbrechen, und Janeta erinnerte sich voller Sehnsucht an die zwölf Freudentage, die daheim alle Bewohner des Herrenhauses genossen hatten.

Man hatte das Weihnachtsscheit in die Halle geschleppt, grüne Zweige an die Wände genagelt und hinter Gehänge gesteckt, es wurde gelacht, Musik gemacht, getafelt und getanzt. Hier im Kloster wurde das Fest zwar auch in Liebe begangen, doch ohne diesen geräuschvollen Frohsinn, an den sie sich erinnerte, ohne ihn allerdings je richtig verstanden zu haben. Die Mutter Oberin verabscheute einige der Weihnachtsbräuche und erklärte sie für heidnisch, doch die Nonnen freuten sich über die Leckereien und erhielten die Erlaubnis, sich länger als üblich im Gemeinschaftsraum miteinander zu unterhalten.

Janetas Gedanken liefen zu ihrer eigenen Familie. Vielleicht wurde Ralphs Verlobte von ihren Eltern zum Herrenhaus gebracht, und es gab besondere Feierlichkeiten, um die Verlobung offiziell zu begehen. Fürchtete sich das Mädchen auch so wie Alice? Vielleicht sollte sich Janeta tatsächlich glücklich schätzen, den Übeln zu entgehen, die den Ehefrauen drohten, wie Alice gesagt hatte.

Trotzdem – Janeta hatte sich nun einmal entschlossen, den Abenteuern und Herausforderungen des Lebens außerhalb der beschützenden Klostermauern gegenüberzutreten. Sie hatte die Freiheit mit all ihren möglichen Gefahren gewählt, und sie wollte die Gelegenheit ergreifen, sobald sie sich ihr bot.

Die Gelegenheit kam früher, als Janeta es zu hoffen gewagt hatte.

Die Mutter Oberin begegnete einem Dilemma und wählte unerwarteterweise Alice und Janeta dazu aus, es für sie zu lösen. Sie hatte die Nachricht erhalten, daß der Bischof kurzfristig das Haus besichtigen wollte. Die Äbtissin hielt sich getreu an die Regeln des St. Benedikt – mit einer kleinen Ausnahme: Sie besaß nämlich ein italienisches Windhündchen, das sie sehr liebte und verwöhnte. Das Halten von Schoßhunden war, wie jede Bindung an weltliche Dinge, verboten, und die Äbtissin wollte dem Bischof natürlich ihre Schwäche nicht offenbaren. Das Hündchen mußte also während des Besuchs aus den Klostermauern gebracht werden.

Die Nonnen liebten und verehrten die Mutter Oberin, und manche von ihnen verwöhnten das entzückende Tierchen ihrerseits. Alle waren sich darin einig, daß seine Existenz geheim bleiben mußte. Sie würden die Ehrwürdige Mutter nicht verraten. Also schickte diese nach ihren beiden ältesten Schülerinnen.

Nachdem sich die beiden von ihren pflichtschuldigen Knicksen erhoben hatten, merkten sie, daß sich die Mutter Oberin eindeutig in ziemlicher Aufregung befand.

»Ich möchte, daß ihr Mädchen etwas für mich tut und darüber schweigt«, beschwor sie sie und blickte angstvoll in die jungen Gesichter. »Kann ich euch vertrauen?«

»Selbstverständlich, Ehrwürdige Mutter«, antworteten sie im Chor.

»Ich möchte, daß ihr Tip für einige Stunden aus dem Kloster bringt. Werdet ihr ihn auch jederzeit gut beaufsichtigen?«

Die Mädchen versicherten ihr, das zu tun.

»Ihr seid verständig. Ich kann mich darauf verlassen, daß ihr euch auf dem Land des Klosters bewegt und nicht im

Dorf umherwandert. Den Bauern hier kann man vertrauen; bei den Dörflern bin ich mir nicht so sicher. Denen ist die Schenke zu nahe.« Sie schüttelte sich voller Abscheu. »Der Bischof wird meine Nonnen prüfen wollen, also kann ich euch keine von ihnen zur Begleitung mitgeben.«

Sie seufzte tief auf. »Ich kann nicht verstehen, weshalb es mir verboten ist, mein süßes Hündchen zu behalten. Unser Herr im Himmel würde es bestimmt ebenso lieben wie ich, denn er liebt ja alle schwachen Kreaturen. Trotzdem weiß ich genau, daß der Bischof den Hund nicht dulden und mir befehlen würde, ihn abzuschaffen.«

»Ich bin auch sicher, daß Gott der Herr Tip lieben würde, Ehrwürdige Mutter«, sagte Janeta tröstend, »und Eure Liebe zu dem Tierchen kann keine Sünde sein. Tip ist bei uns in guten Händen. Darauf könnt Ihr Euch verlassen.«

»Dann geht, nur zieht euch warm an. Für Dezember ist es zwar recht mild, doch ihr werdet euch einige Zeit im Freien aufhalten, und nach Sonnenuntergang wird es kalt. Die Schwester Pförtnerin hat Anweisung, euch hinaus- und wieder hereinzulassen, nachdem der Bischof mit seinem Gefolge fort ist. Sucht Unterschlupf in einer der Scheunen, falls ihr zu sehr friert.«

Schon blickte sie unruhig zur Tür, denn sie hörte bereits die Nonnen durch den Korridor eilen, welche die notwendigen Vorkehrungen für den illustren Besuch trafen. Die Äbtissin rief ihren Hund zu sich und küßte ihn ab. »Schnell, nehmt ihn. Wegzehrung für euch alle drei steht in der Küche bereit.«

Janeta nahm die weiche Lederleine in die Hand und zog den kleinen Hund aus dem Sprechzimmer. »Bleibe aus dem Blickfeld des Kreuzganges«, wies sie Alice an und übergab ihr die Leine. »Ich gehe und hole unsere Umhänge sowie das Essen.«

Alice lächelte verschmitzt und entzückt von der Aussicht

auf ein paar Stunden der Freiheit. Sie lief hinaus, und der kleine Hund rannte aufgeregt hinter ihr her.

Zu Janetas Erleichterung war der Schlafsaal verlassen. Sie durchsuchte die beiden kleinen Reisetruhen, die bei ihrem und Alice' Bett standen, und holte die Umhänge heraus, welche Postulantinnen und Schülerinnen an kälteren Tagen im Garten und im Kreuzgang trugen.

Janeta besaß nur wenige persönliche Dinge. Aus den Kleidungsstücken, die sie hierher mitgebracht hatte, war sie herausgewachsen, und Geld hatte man ihr nicht mitgegeben, weil sie hier keines benötigte. Ihre Mutter hatte kaum Schmuckstücke besessen, und das Vorhandene hatte man Janeta als Kind nicht gegeben. Sie nahm an, daß die Juwelen ihrer Mutter jetzt an Ralphs Braut gehen oder dem Kloster als Teil ihrer Eintrittsmitgift übermittelt werden würden.

Es widerstrebte ihr zwar, die Kleidung des Klosters mitzunehmen, doch den Umhang brauchte sie. Man hatte ihr erlaubt, einen winzigen Reliquienschrein zu behalten, ein Hochzeitsgeschenk ihres Vaters an ihre Mutter. Sie legte sich die Goldkette um den Hals und steckte sich das Kästchen, das einen Silberspan des Kreuzes von St. Andreas enthielt, in den Halsausschnitt ihres Gewands. Den Gedanken, sich von der Reliquie zu trennen, ertrug sie nicht; dennoch würde es möglicherweise erforderlich werden, sie zu verkaufen, falls sie, Janeta, nicht sofort ein Unterkommen in Winchester fand.

Sie eilte zu den Küchen und fand dort Brot, Käse, Zwiebeln sowie kalten Schinken vor; alles war in ein sauberes Tragetuch eingeschlagen. Bevor sie zu Alice ging, huschte sie rasch noch in die Kapelle und kniete sich vor den Altar. Sie bat die Heilige Jungfrau sowie St. Catharine um Vergebung dafür, daß sie den guten Nonnen Kummer bereiten würde, die so liebevoll für sie gesorgt hatten, und sie betete um Schutz bei den Fährnissen, die ihr begegnen würden.

Alice lachte über die Tollereien des Hündchens, das sich auf den Rücken gerollt hatte, um am Bauch gekrault zu werden. Janetas Erregung schien sie nicht zu bemerken. Sie legte sich den mitgebrachten Umhang um und warf einen zufriedenen Blick auf das ganz offensichtlich wohlgefüllte Tragetuch mit der Wegzehrung.

»O Janeta, es ist zu schön, einmal für einen Tag von der Lehrmeisterin der Novizen befreit zu sein!« Sie verzog das Gesicht. »Wer weiß, wann es mir wieder einmal erlaubt sein wird, mich von meinen Aufgaben im Haushalt freizumachen? Ich weiß, daß ich dort ständig von schnatternden Weibern umgeben sein werde, und ich frage mich, ob man mir überhaupt gestattet, die volle Befehlsgewalt über sie auszuüben.«

Janeta lächelte nur. Sie hatte nicht die Absicht, Alice den Tag zu verderben, indem sie jetzt schon von ihrem eigenen Vorhaben sprach.

Die beiden Mädchen führten den Hund in das Wäldchen unmittelbar vor den Klostermauern. Von dort aus beobachteten sie das Eintreffen des bischöflichen Gefolges. Als Wind aufkam und die Temperatur sank, schlüpften sie in einen Schuppen des klösterlichen Guts, aßen etwas von dem Proviant und lachten über den kleinen Hund, der sich gierig seinen Anteil erbettelte. Alice' Gesicht war vor Vergnügen gerötet, doch als sie sich einmal zu Janeta umdrehte, sah sie ein wenig erschrocken, daß diese sie sehr ernst anschaute.

»Ich muß diese Gelegenheit wahrnehmen, Alice. Bis zur nächsten können noch Wochen oder sogar Monate vergehen. Ich bleibe noch bei dir, bis zu zurückkehren mußt.«

»Janeta, ich weiß, was du geplant hast, und ich habe dich auch dazu ermutigt, doch ist dir auch klar, wie gefährlich es sein kann? Angenommen, du findest keinen Haushalt, der dich aufnimmt – wohin willst du dann gehen? Und dazu wird es in dieser Jahreszeit sehr kalt. Heute ist es schon viel kälter als in den vergangenen Tagen . . .«

»Ich weiß. Ich habe mir das alles auch überlegt. Falls ich freilich noch länger warte, halte ich möglicherweise dem auf mich ausgeübten Druck nicht mehr stand.« Geistesabwesend streichelte sie das weiche Fell des Hündchens. »Ich glaube, die Feiertage machen die Menschen freundlicher, und es wird auch zusätzliche Arbeit geben. Gewänder werden bei den Tollereien zerreißen . . . Ich glaube jedenfalls, jetzt ist der einzig richtige Zeitpunkt.«

Sie biß sich auf die Lippe. »Falls ich keine Arbeit in einem Haushalt finde, nun, dann muß ich mich eben nach etwas anderem umsehen, zum Beispiel in einer Taverne oder Garküche. Wir sind doch beide in der Kochkunst ausgebildet worden, und ich habe mich zudem viel mit Pflanzenkunde beschäftigt.«

»Eine Taverne?« fragte Alice entsetzt. »Janeta, das ist doch nicht dein Ernst?«

Janeta faßte ihre Freundin fest bei der Hand. »Ich muß, Alice. Verstehst du das nicht?«

Eine Weile lang schauten die beiden einander in die Augen. Dann lachte Alice ein wenig unsicher. »Natürlich mußt du. Weshalb ängstige ich dich nur mit meinen Vorahnungen? Es wird schon alles gut werden. Und jetzt mußt du gehen. Wenn du bis zum späten Nachmittag wartest, wird es dunkel, und bis dahin solltest du schon unterwegs sein. Willst du dich nach Winchester durchschlagen? Das sind mindestens sechs oder sieben Meilen, glaube ich.«

Janeta zögerte. »Ich finde, es ist besser, wenn du nicht so genau weißt, in welche Richtung ich gehe. Man wird dich befragen und Druck auf dich ausüben, um dich zum Reden zu bringen. Ich möchte nicht, daß du lügen mußt.«

Alice nickte und dachte kurz nach. »Hast du Geld?«

»Nein, doch ich besitze ein kleines Schmuckstück, das ich

notfalls verkaufen kann. Die Klosterkleidung nehme ich nur ungern mit, doch mein Vater wird sie sicherlich den Nonnen bezahlen.« Ihr fröstelte. »Ich wußte nicht, wie ich die Kälte ohne meinen Umhang ertragen sollte, und außerdem besitze ich ja auch keine eigene Kleidung mehr.«

Alice hielt Janeta noch immer bei der Hand fest. »Wenn mich mein Vater abholen kommt, werde ich ihn überreden, die Schulden zu bezahlen, die du hier gemacht haben könntest. Ich glaube allerdings, die Schwestern machen sich mehr Sorgen um dich als um die Tracht und den Umhang. Falls es wirklich ganz schlimm kommt, dann begib dich zu unserem Herrensitz. Mein Vater wird ganz gewiß für dich eine Stelle finden . . .«

Janeta verzog das Gesicht. »Er wird mich zu meinem Vater zurückschicken.«

»Ja, wahrscheinlich.« Alice biß sich auf die Lippe. »Ich wünschte, ich könnte dir mehr helfen. Die heilige Jungfrau beschütze dich.« Sie drückte Janeta das Tragetuch in die Hand. »Ein wenig Proviant ist noch übrig. Hättest du mir früher etwas gesagt, würde ich nicht soviel gegessen haben. Und was Tip betrifft«, sagte sie liebevoll und streichelte das Hündchen, »so ist er zwar ein kleiner Vielfraß, doch er wird es überstehen, bis er wieder der Äbtissin übergeben wird. Ein wenig Fasten kann ihm nicht schaden.«

Tränen standen in ihren Augen, als sie Janeta umarmte. »Jetzt geh. Ich werde noch eine Weile hierbleiben, bis ich die Besucher abreisen höre. Je später ich zurückkehre, desto später kann ich befragt werden. Die Mutter Oberin wird froh sein, den Bischof wieder von hinten zu sehen und ihren Hund wiederzubekommen. Sie wird an nichts anderes denken, bis man dich als vermißt meldet und die große Suche beginnt. Ich werde sagen, wir hätten uns getrennt, und ich wüßte nicht, wohin du gegangen bist. Das wäre ja dann auch die reine Wahrheit.«

Janeta löste sich aus Alice' Umarmung. Die Zeit der Trennung war gekommen, und sie merkte, daß sie einen ganz trockenen Mund hatte. Sie murmelte ein halberstickter »Auf Wiedersehen« und schlüpfte zur Schuppentür hinaus. Der Wind fuhr ihr unter ihren Umhang und bauschte ihn auf. Nach einem kurzen Moment der Panik lief sie davon und durchquerte das Wäldchen.

Wieder im Freien, drehte sie sich noch ein letztes Mal um und warf einen tränenverschleierten Blick auf die Klostergebäude, die so lange ihr Daheim gewesen waren. Von hier aus sah sie im Geist den rechtwinkligen Kreuzgang, der jetzt hinter den hohen grauen Mauern verborgen war. Darüber erhob sich der viereckige Turm der Kapelle, und dahinter befanden sich die flachen Wohngebäude, der Krankentrakt, die Hütten für die Gartengeräte sowie der Trockenraum für die Kräuter.

Es war alles so vertraut, und Janeta mußte ihr Schluchzen unterdrücken. Doch dann wandte sie sich entschlossen um und richtete ihre Schritte zum Dorf, das an der Straße nach Winchester lag.

2. KAPITEL

Zum zweitenmal an diesem Nachmittag zügelte Bertrand D'Aubigny sein Schlachtroß und saß ab, um den linken Vorderfuß seines Packesels zu untersuchen. Das arme Saumtier war früh an diesem Morgen lahm geworden, und Bertrand hatte lange gebraucht, bis er den Grund dafür entdeckte: Ein kleiner, für das bloße Auge kaum zu erkennender Dorn steckte unter dem Huf. Es war Bertrand zwar gelungen, ihn herauszuziehen, doch offensichtlich schmerzte der Fuß noch, und man konnte das Tier nicht allzu schnell vorantreiben.

Die Dämmerung senkte sich schon herab, und Bertrand hatte gehofft, seinen alten Lagerplatz zu erreichen, bevor es vollends dunkel wurde. Er wollte die Tiere ausruhen lassen und morgen in Winchester sein.

Die Eselstute bewegte sich ängstlich, als er einen aufmunternden Pfiff ausstieß, nachdem er sich vergewissert hatte, daß mit dem Tier nun alles in Ordnung sein müßte. Ja, er wollte den Esel langsam weiterführen, und ab jetzt würde es keine Verzögerungen mehr geben. Er beabsichtigte, bereits ein komfortables Quartier in der Stadt zu belegen, bevor die Mitglieder des königlichen Gefolges aus London eintrafen und sie überfüllten.

Nach Weihnachten sollte das traditionelle Turnier stattfinden, das ihm eine Möglichkeit bot, seinen schmalen Geldbeutel wieder aufzufüllen. Morris hatte es gut gemeint, doch Bertrand konnte es sich nicht leisten, Unterkunft in einem der besten Gasthöfe der Stadt zu nehmen. Während er selbst durchaus auf einige Bequemlichkeiten zu verzichten vermochte, war er nicht bereit, Saladin in irgendeiner Weise zu vernachlässigen. Er nahm sich vor, sich erst einmal die Stallknechte der billigeren Gasthöfe anzusehen, bevor er eine Entscheidung traf. Saladins Wohlbefinden war für seinen Erfolg beim Turnier unerläßlich. Das Schlachtroß hatte, wie Morris sich ausdrückte, ein Heidengeld gekostet, und es war jetzt auch den letzten Silberpenny wert.

Bertrand saß wieder auf, ritt langsam weiter und führte die Eselstute hinter sich her, die mit seinem zweiten Kettenpanzer, den Waffen, dem Helm sowie mit den Satteltaschen beladen war, die seine wenigen Besitztümer enthielten. Vor ungefähr sechs Meilen hatte er Stoke Charity verlassen, wo er die Tiere getränkt hatte, und das alte verlassene Dorf, das er suchte, lag ungefähr vier Meilen voraus.

Die Landstraße schien verlassen. Die wenigen Leibeigenen, denen er hier begegnet war, arbeiteten schon seit langem nicht mehr auf den Feldern. Sie kauerten sich frierend unter ihren armseligen Kapuzen zusammen. Bertrand blickte zu dem wolkenlosen Himmel hoch; die heutige Nacht wurde mit Sicherheit frostig, und für ihn war es unerläßlich, daß er Schutz vor dem scharfen Wind fand. Falls der nachließ, konnte es morgen früh sogar schneien. Bertrand zog seinen Umhang fester um sich und betete dafür, daß er nicht an dieser einsamen Landstraße übernachten mußte.

Er hatte es sich versagt, sich allzu lange mit seinem Abschied vom Herrensitz zu beschäftigen. Für ihn konnte es dort keine Zukunft mehr geben. Nach dem Tod seines Vaters hatten sich die Spannungen zwischen ihm und Morris verstärkt. Bertrand hatte immer gewußt, daß er sein Glück nicht im heimischen Herrenhaus finden würde, und jetzt, im Alter von dreiundzwanzig Jahren, hatte er sich endgültig zum Weggang entschlossen.

Morris hatte sich über diese scheinbar überstürzte Entscheidung überrascht gezeigt, vermochte indes seine Erleichterung über den Auszug seines jüngeren Bruders nicht ganz zu verbergen. Wäre Mutter noch am Leben, dachte Bertrand, hätte ich mich vielleicht schwerer dazu überwinden können. Er seufzte leise. Er liebte das alte graue Herrenhaus in der Grafschaft Northampton, und er kannte dort jeden der Leibeigenen, die die Felder bearbeiteten, doch jetzt mußte er einen Platz für sich selbst finden – entweder als Söldner oder bei den Turnieren.

Der berühmte William der Marschall hatte gezeigt, daß es möglich war. Als jüngerer Sohn geboren, war er zu größtem Ansehen im Lande aufgestiegen. Obwohl Bertrand solche Höhen nicht erwartete, betrachtete er seine eigenen Aussichten doch mit Optimismus und ließ sich von den Ereignissen der letzten Monate nicht deprimieren. Morris würde bald seine Braut in das Herrenhaus bringen, und dann hatte das alte Leben ohnehin ein Ende.

Aus seinen Gedanken aufgeschreckt, fluchte er ausgiebig, als ein schriller Schrei die Stille zerriß. Ein Vogel flog direkt vor den Hufen des Schlachtrosses auf, das daraufhin in Panik geriet und hochstieg. Nur mit Mühe blieb Bertrand im Sattel und schaffte es, das Pfed wieder unter Kontrolle zu bringen. Das Saumtier indessen riß sich von seiner Führleine los und lief in schnellem Stolperschritt den Weg zurück, den sie eben gekommen waren.

Bertrand kochte vor Ärger, als ihm bewußt wurde, daß die Eselstute sich möglicherweise den Fuß wieder verletzte, den er gerade erst so sorgfältig behandelt hatte. Das Tier würde sich nur noch weiter ängstigen, wenn er es jetzt zu Pferde verfolgte. Also saß er ab und streichelte beruhigend über Saladins schwarzen Hals. Das herrliche Roß zitterte, doch es war so gut ausgebildet, daß es auf der Stelle stehenbleiben würde, bis sein Herr zurückkehrte.

In seinem klirrenden Kettenpanzer lief Bertrand die vereiste, holperige Landstraße entlang, pfiff seiner Eselstute hinterher und hoffte, daß sie endlich stehenblieb. Schließlich tat sie das auch. Als ihr Herr herankam, fand er sie mit hängendem Kopf, bebendem Brustkorb und schweißnassem grauen Fell vor. Das Tier war offensichtlich außer sich vor Angst, doch bald hatte er es wieder beruhigt und führte es zu dem wartenden Roß zurück.

Gerade wollte er wieder aufsitzen, als er sich des Schreis erinnerte und nachdenklich innehielt. Über seinem hastigen Bestreben, seine beiden Tiere nicht zu Schaden kommen zu lassen, hatte er seinen ersten Eindruck verdrängt, es könnte sich um einen menschlichen Schrei gehandelt haben und nicht um den eines kleinen Tieres, das einem Räuber zum Opfer gefallen war. Er blickte zu dem Straßengraben, aus dem der Vogel eben aufgestiegen war.

Eine verhüllte Gestalt versuchte, sich aus dem Schlamm und dem Wasser am Boden des Grabens zu befreien. Bertrand stützte die Hände auf die Hüften, blieb einen Moment stehen und schaute zu, bis ihm aufging, daß es sich hier um eine Frau handelte, die zudem offenbar verletzt war, denn sie wimmerte leise vor Schmerz.

Rasch trat er näher und streckte ihr eine helfende Hand entgegen. Der Kopf der Frau fuhr zu ihm herum, und vor Schreck wäre sie beinahe rückwärts wieder voll ins Wasser gefallen.

»Nimm meine Hand!« befahl er scharf. »Worauf wartest du noch?«

Eine kleine, schlammtriefende Hand faßte zögernd seine, und bald hatte er die Frau aus dem Graben auf den harten, festen Boden der Landstraße heraufgezogen.

»Was in Gottes Namen hast du dir dabei gedacht?« fuhr er sie barsch an. »So aufzuschreien, daß du meinen Hengst erschreckt und ihn beinahe zu Schaden gebracht hast! Er ist sehr wertvoll, und hätte er sich verletzt, würde es dich teuer zu stehen gekommen sein!«

»Ich bin wohl nicht wertvoll, was?« schimpfte sie zurück. »Ich konnte nichts dafür. Ich kletterte über den Feldrain zur Straße hinauf, irgendein Tier erschreckte mich, und weil ich den Graben nicht sehen konnte, fiel ich hinein.«

Zuerst hatte Bertrand angenommen, sie wäre eine Dienstmagd, die spät von der Landarbeit heimkehrte, doch an ihrem Benehmen und ihrer Sprache erkannte er seinen Irrtum und änderte sofort die Anrede. »Weshalb seid Ihr so spät noch ohne Begleitung unterwegs?«

Die Kapuze war ihr vom Kopf gerutscht, und er sah einen zerzausten dunklen Schopf, den sie jetzt ungehalten zurückstrich. Sie ist jung, kaum mehr als ein Kind, schätzte Bertrand, und als er sah, wie sie die Lippen zusammenpreßte, als wollte sie einen neuerlichen Schmerzensschrei zurückhalten, erinnerte er sich wieder ihres schmerzlichen Wimmerns.

»Kommt«, sagte er. »Ihr seid verletzt. Lehnt Euch gegen mich, damit ich Euren Fuß untersuchen kann.«

»Das fällt mir im Traum nicht ein«, lehnte sie hastig ab und humpelte schnell ein Stück von ihm fort, was ihr allerdings zu weh tat. Und wieder stieß sie einen kleinen Schmerzensschrei aus.

»Seid nicht kindisch«, schalt Bertrand. »Ich will Euch doch nichts antun. Ihr könnt so nicht laufen.«

Janeta hatte einen alten römischen Meilenstein gefunden. Dankbar ließ sie sich darauf nieder und betastete ängstlich ihren rasch anschwellenden rechten Fuß.

Ungehalten schüttelte Bertrand den Kopf, ging zu ihr und hockte sich vor sie. Er schob ihre Hand zur Seite und untersuchte behutsam den verletzten Fuß. »Ich glaube, Ihr habt ihn Euch verstaucht, als Ihr in den Straßengraben gerutscht seid.« Er berührte sie nur federleicht, weil er sie auf keinen Fall irgendwie beunruhigen wollte. »Gebrochen ist nichts, dennoch sollte der Fuß bandagiert werden, und Ihr dürft eine Weile damit nicht laufen.«

»Das muß ich aber!« entfuhr es ihr, und nachdem sie merkte, daß der Fremde sie fragend anschaute, verbot sie sich jede weitere Äußerung.

Der Mann war groß und kräftig, wahrscheinlich ein Ritter, denn über seiner Tunika trug er einen Kettenpanzer und ein umgeschnalltes Schwert. Sein Gesicht und die Haarfarbe vermochte sie in der Dunkelheit nicht genau zu erkennen, doch auf jeden Fall war er jung, und sie fürchtete sich vor den möglichen Gefahren. Ausgerechnet auf dieser verlassenen Landstraße mußte sie ihm begegnen!

Zuerst war er ärgerlich gewesen, doch nun schien er recht hilfsbereit zu sein. Das Leben im Nonnenkloster hatte sie jedoch gelehrt, allen Männern außer ihren Verwandten mit Mißtrauen zu begegnen. Deshalb scheute sie auch vor seinen starken, wenn auch sanften Fingern an ihrem bestrumpften Fuß zurück.

»Wohin wollt Ihr gehen?« erkundigte er sich. »Ich werde Euch auf mein Roß setzen und Euch Eurer Familie zurückerstatten.« Inzwischen hielt er sie für die Tochter eines örtlichen Landbesitzers, die zu einem törichten Abenteuer allein unterwegs gewesen war, das sie in diese dumme Situation gebracht hatte. Was dachten sich eigentlich ihre Angehörigen dabei, ein so wehrloses junges Mädchen unbewacht zu lassen? Wußten sie denn nicht, was ihm ohne Begleitung eines Dieners oder Knechts auf der offenen Landstraße alles zustoßen konnte?

Zornig schüttelte die Frau den Kopf. »Dies, Sire, ist nicht Eure Sache.«

Gereizt erhob er sich. »Hier könnt Ihr nicht bleiben. Es ist spät, und wahrscheinlich kommt niemand mehr des Wegs. Weiß man bei Euch daheim, wohin Ihr gegangen seid? Wird man nach Euch suchen?«

»Wohl kaum«, erwiderte sie, »zumal niemandem bekannt ist, daß ich unterwegs bin.«

Das hatte er sich gedacht – ein dummer, kindischer Streich also, und ein gefährlicher noch dazu. »In diesem Fall muß ich Euch heimbringen.«

»Nein, das ist ausgeschlossen«, meinte sie gleichmütig. »Meine Familie wohnt sehr weit von hier entfernt. Ich ... ich hoffte, nach Winchester zu gelangen.«

»Winchester? Das sind mindestens sechzehn Meilen. Selbst wenn Ihr Euch nicht den Fuß verstaucht hättet, könntet Ihr bis Einbruch der Nacht nicht mehr so weit laufen.«

Sie schien erschrocken. »Oh, ich dachte ... ich nahm an, es seien nur zwei oder drei Meilen.«

»Dann müßt Ihr ja bisher in der falschen Richtung gelaufen sein«, versetzte er ärgerlich. Langsam wurde ihm klar, daß die junge Dame nicht wußte, wo sie sich befand. Sie konnte also nicht in dieser Gegend wohnen. Wie sie auf diese Landstraße geraten war, blieb ihm ein Rätsel, doch es war viel zu spät und wurde auch entschieden zu kalt, als daß er sich jetzt darüber den Kopf zerbrechen wollte.

»Hier in der Nähe befindet sich ein Nonnenkloster«, erklärte er. »Ich werde Euch hinbringen. Man wird Euch dort gern im Gästehaus aufnehmen, und Ihr könnt Euch entscheiden, was Ihr morgen tun wollt. Im Kloster werdet Ihr auch Hilfe für Euren verstauchten Fuß finden.«

»Nein!« Ihr Entsetzen über diesen Vorschlag war offenkundig.

Auf dem Rückweg zu seinem Hengst blieb Bertrand stehen und blickte sie düster an. Dann traf er seine Entscheidung.

»Während der Nacht dürft Ihr hier nicht bleiben. Bis zum Morgen könnte es noch schneien, und Ihr erfriert womöglich. Ihr kommt am besten mit mir. Nein«, sagte er fest, als er sah, daß sie widersprechen wollte. »Ich lasse Euch hier nicht zurück. Notfalls trage ich Euch mit Gewalt fort. Auf jeden Fall kommt Ihr mit mir, und wir werden einen Unterschlupf finden.«

Janeta merkte, daß der altbekannte Zorn in ihr aufstieg. Sie bot ihre ganze Beherrschung auf. Es würde ihr ja doch nichts nützen. Der Fremde war größer und stärker als sie. Falls sie sich einem Wutanfall hingab, trug der Mann sie womöglich wirklich mit Gewalt zu St. Catharine's zurück, wie er es ihr angedroht hatte. Andererseits hatte er sich bisher untadelig verhalten. Sie mußte ihm vertrauen, zumindest eine Weile, bis sie sich nicht mehr im Umkreis des Klosters befand.

»Soll ich Euch nun tragen?« Er stemmte eine Hand auf die Hüfte und hob fragend die Augenbrauen. »Oder wollt

Ihr meinen Arm nehmen und dann zu meinem Hengst humpeln?«

»Ich . . . ich glaube, ich schaffe es mit Eurer Hilfe.«

Er legte ihr einen Arm um die Schultern, sie erhob sich mühsam von ihrem Meilenstein und humpelte dann mit der Unterstützung des Mannes zu den beiden geduldig wartenden Tieren. Ohne viel Umstände hob er sie hoch und setzte sich hinter sie in den Sattel. Sie versuchte, nicht zurückzuzucken, als er seinen Arm fest um ihre Taille schlang und sie dicht zu sich heranzog. Er nahm die Führleine des Saumtiers in die andere Hand und trieb den Hengst mit Kniedruck an.

Plötzlich fröstelte sie. Er merkte, daß sie zitterte, und zog seinen wollenen Umhang um sie. Das war angenehm, denn sie fühlte sich schon ganz taub vor Kälte, und bei dem stechenden Schmerz in ihrem Fuß konnte sie nur darauf hoffen, daß der Ritt bald ein Ende finden möge. So sehr wünschte sie sich das, daß es sie wenig kümmerte, wohin der Fremde sie eigentlich brachte.

Die Sonne war fast vollständig untergegangen, als der Mann irgend etwas wiederzuerkennen schien und sein Schlachtroß von der Straße herunter zu ein paar halbzerfallenen Gebäuden lenkte, die Janeta in der tiefen Dämmerung kaum ausmachen konnte. Dort angekommen, hielt er seinen Hengst an, saß ab, sprach beruhigend auf die beiden Tiere ein und hob dann Janeta herunter. Als sie für einen Augenblick ihren verstauchten Fuß belasten mußte, stöhnte sie nur ganz leise.

»Immer schön langsam.« Er stützte sie aufs neue, und sie konnte sich an ihn lehnen, während er sie geradewegs zu einer wackeligen Hütte zur Rechten führte. »Diese ist noch die beste von allen. Ich war schon lange nicht mehr hier, doch ich denke, vom Dach ist noch genug übrig, um uns einigermaßen zu schützen, falls es tatsächlich noch schneien sollte.«

Janeta trat ein. Der Mann bedeutete ihr, sich auf einen kleinen Heuhaufen zu setzen und sich gegen die Wand zu lehnen. Unwillkürlich wich sie zurück.

»Ich verstehe nicht . . . Wo sind wir hier? Was ist das für eine Hütte?«

Hier drinnen war es noch dunkler, und sie hatte die größten Schwierigkeiten, seinen Gesichtsausdruck zu deuten. Der Fremde stand mit dem Rücken zur offenen Tür, und das restliche Tageslicht umrahmte seine Silhouette. Janeta war allein mit diesem Mann!

Er drehte sich um. »Nur keine Angst. Diesen Ort hier kenne ich gut. Auf einer oder zwei Durchreisen habe ich hier übernachtet. Niemand wird uns hier stören.«

Seine Worte beruhigten Janeta mitnichten. Sie wich noch weiter gegen die Wand zurück. »Gut, doch wo befinden wir uns? Weshalb ist hier alles verfallen?«

Er zuckte mit den Schultern. »Keine Ahnung. Wie Ihr seht, ist dieses ein altes, verlassenes Dorf. Anscheinend mochten die Leute, die hier gewohnt haben, nicht einmal das Baumaterial weiterverwenden. Wahrscheinlich fürchteten sie sich vor diesem Ort. Wer weiß, was hier geschehen sein mag.«

»Verlassen?« Vor Schreck stockte ihr der Atem. »Dann hat hier vielleicht die Pest . . .«

Wieder zuckte er mit den Schultern. »Schon möglich. Ich fand hier zwar keine Anzeichen von menschlichem Leben mehr, doch auch keinerlei Hinweis auf eine ansteckende Krankheit. Wie ich schon sagte, war ich bereits mehrere Male hier, und ich habe mich nicht angesteckt. Ohnehin überträgt sich die Pest bei Kälte nicht so leicht. Ich vermute eher, daß dieses Dorf während des Bürgerkriegs zwischen den Anhängern König Stephens und Kaiserin Mathildes überfallen wurde. Damals geschahen ja fürchterliche Dinge, denen man hilflos ausgesetzt war. Wahrscheinlich haben die Dörfler einfach ihre Toten begraben, die Erinnerungen an die Schrecken hinter sich gelassen und an einem anderen Ort von vorn begonnen.« Er lachte spöttisch. »Jedenfalls haben mich hier keine Geister der Toten heimgesucht.«

Innerlich erschrak Janeta über diesen grimmigen Scherz, und sie blickte sich ängstlich in dem dunklen Raum um. Wie es der Fremde gesagt hatte, bot die Hütte tatsächlich Schutz gegen den schneidenden Wind, und der größte Teil des Daches war auch noch intakt.

Janetas Fuß schmerzte wieder, und als der Fremde sie allein ließ, wurde ihr erst bewußt, daß ihr Gewand sowie der Umhang am Saum durchnäßt und außerdem völlig verschmutzt waren; schließlich war sie ja auch knöcheltief in das eiskalte Wasser des Straßengrabens gestolpert. Das nasse Tuch klebte kalt und feucht an ihren Beinen.

Sie hörte, daß der Mann draußen seine Tiere in den Schutz des an die Hütte angrenzenden Schuppens trieb. Er blieb eine Weile fort; vermutlich fütterte er das Pferd und den Esel jetzt mit dem Heu, das er auf das Saumtier geladen hatte. Getränkt werden mußten die Tiere ebenfalls. Vielleicht wußte er ja hier in der Nähe eine Quelle oder einen Bach.

Obwohl es Janeta erleichterte, als er wieder zurückkehrte, fürchtete sie sich noch immer abergläubisch vor diesem Ort, und sie vermochte einen kleinen ängstlichen Aufschrei nicht zu unterdrücken, als der Mann ihr bei seinem Eintreten ein Kleiderbündel zuwarf.

»Ihr seid bis auf die Haut durchnäßt. Ihr werdet Euch noch den Tod holen. Legt Eure nassen Sachen ab und zieht Euch meine Untertunika an.«

»Nein!« rief sie entsetzt. »Doch nicht hier! Was denkt Ihr eigentlich von mir? Ich ... ich ... ich ... kann doch nicht ...«

»Gewiß könnt Ihr«, entgegnete er frohgemut. »Ich

schaue auch nicht hin.« Er lachte leise in sich hinein. »Ich begebe mich niemals dorthin, wo ich nicht eingeladen bin.«

Das war eindeutig eine absichtliche Beleidigung, wie Janeta fand. Trotzdem mußte sie ihm vertrauen. Sie rutschte zum hinteren Teil der Hütte, während sich der Mann umdrehte und wieder fortging, wahrscheinlich um noch weitere Dinge aus seinen Satteltaschen zu holen.

Hastig entkleidete sie sich. Glücklicherweise ließ sich die Klostertracht leicht handhaben. Janeta war nicht daran gewöhnt, die Dienste einer Magd in Anspruch zu nehmen, und war in der Lage, ihr Gewand sowie ihr Hemd selbst abzulegen. Rasch rieb sie ihren kalten, feuchten Körper mit dem Umhang ab und schlüpfte dann in die schlichte ärmellose Untertunika. Diese war viel zu lang und zu weit für sie, doch der Fremde hatte ihr umsichtigerweise ein Stück Seil mitgebracht, das sie sich jetzt als Gürtel um die Taille schlingen und damit den überflüssigen Stoff raffen konnte.

Hinter ihr fiel etwas auf den Boden. Sofort fuhr sie herum, verzog das Gesicht bei dem neuerlichen Schmerz in ihrem Fuß und fand einen kurzen wollenen Umhang vor sich liegen.

»Danke«, murmelte sie verlegen und deshalb ein wenig unfreundlich. Sie legte sich das Kleidungsstück um und setzte sich wieder auf ihren Platz an der rauhen Wand.

Bertrand trat zu ihr und lächelte, als er sah, daß sie ihm gehorcht hatte und sich jetzt offensichtlich wohler fühlte. Im spärlichen Zwielicht sah er den dunklen Haarschopf lose um ihre Schultern hängen. »Und jetzt möchte ich mir Euren Fuß noch einmal genauer ansehen«, erklärte er.

Obwohl sie vor seiner Berührung mehr aus Verlegenheit als aus Angst vor dem Schmerz zurückzuckte, bestand er auf dieser Untersuchung. Jetzt sah sie erst, daß er ein hölzernes Trinkgefäß sowie einen abgerissenen Stoffstreifen bei sich trug.

»Laßt mich dies hier fest um Euer Fußgelenk binden, um ihm ein wenig Halt zu geben.«

Das Trinkgefäß enthielt eiskaltes Wasser; also hatte er tatsächlich eine Quelle oder einen Bach gefunden. Da Janeta oft gesehen hatte, wie die heilkundige Schwester im Kloster mit solchen Verletzungen umging, lehnte sie sich jetzt dankbar zurück und schaute zu, wie der Mann den Stoff in das Wasser tauchte, um ihn dann fest um ihren Knöchel zu wickeln. Sie wußte, daß die Kompresse die Schwellung vermindern und dem Fuß Halt geben würde. Es wäre hilfreich gewesen, wenn sie etwas Zaubernußlösung zur Hand gehabt hätte, die den Bluterguß herausgezogen hätte, doch die kalte Bandage mußte eben ausreichen.

Verlegen dankte Janeta dem Fremden noch einmal. »Ich mache Euch sehr viel Unannehmlichkeiten.«

Schulterzuckend erhob er sich und ging wieder zur Tür. Janeta konnte durch einen Spalt in der Wand, welche sich zwischen der Hütte und dem angrenzenden Schuppen befand, einen Blick auf den Hengst und das Saumtier erhaschen. Sie lächelte ein wenig. Der Mann hatte gesagt, seine Tiere seien für ihn von großem Wert; offensichtlich riskierte er nicht, sie zu verlieren, sondern behielt sie jederzeit ganz in seiner Nähe.

Er blieb einige Zeit fort. Janeta lehnte sich zurück, kuschelte sich in den geliehenen Umhang und war froh, daß sie ein gewisses Maß an Distanz zwischen sich und ihrem Retter halten konnte, der sich durchaus freundlich bemüht hatte, ihr zu helfen.

Sie schaute ihm zu, als er große Steine von draußen hereinbrachte und sie kreisförmig unter einem Rauchloch im Hüttendach auslegte, um so einen Herd zu bauen. In der Hütte befand sich eine Menge trockenen Krautwerks; Janeta fragte sich, ob es schon seit seinem letzten Besuch hier lag. Aus seiner Satteltasche holte er Zunder und Feuerstein, womit er ein Flämmchen entfachte, in das er dann kleine Zweige legte. Das winzige orangefarbene Glühen wirkte sehr tröstlich, und als er das nächste Mal hinausging, bewachte sie es ängstlich, damit es ja nicht wieder erlosch. Erleichtert atmete sie auf, als er mit Ästen und Bruchholz zurückkehrte.

Er brummte ärgerlich vor sich hin, als beißender blauer Rauch aus dem feuchten Holz aufstieg und durch das Loch im Dach abzog. Seine Bemühungen waren immerhin von Erfolg gekrönt, und am Ende brannte ein vernünftiges Feuer.

»Kommt her und setzt Euch an die Flammen«, befahl er, während er aufs neue in seiner Satteltasche wühlte.

Ängstlich schüttelte Janeta den Kopf, doch da der Mann das nicht sehen konnte und auch keine Bewegung hörte, drehte er sich zu ihr um.

»Ich sagte, Ihr sollt zum Feuer kommen. Ihr müßt etwas essen.«

»Nicht doch«, flüsterte sie. »Ihr habt bereits viel zu viel für mich getan. Ich kann Euch nicht auch noch des wenigen Proviants berauben, den Ihr bei Euch habt.«

Er trat dicht auf sie zu und streckte gebieterisch die Hand aus, damit sie sich daran aufrichten konnte. »Gewiß werdet Ihr den Proviant mit mir teilen. Ich beabsichtige nicht, hungrig zu Bett zu gehen, doch ich könnte in Eurer Gegenwart nichts essen, wenn Ihr das nicht auch tätet.«

Widerstrebend ergriff sie seine Hand und erhob sich, um sich dann an das kleine rauchende Feuer zu setzen, während er sich mit gekreuzten Beinen ihr gegenüber niederließ.

»Schon besser. Es ist ein frugales Mahl: Roggenbrot, Käse sowie etwas Pökelfleisch aus der letzten Taverne, in der ich übernachtete. Mehr hatte man dort nicht zu bieten, und ich hätte mir ehrlich gesagt auch nicht mehr leisten können. Es wird genügen müssen.« Er reichte ihr einen Weinschlauch. »Das ist Bier. Unterwegs finde ich Bier immer erfrischender als Wein.«

Janeta trank dankbar und reichte dann den Schlauch zurück. »Vielen Dank. Ich hatte großen Durst.«

Er trank ebenfalls, brach das Brot und reichte ihr einen Teil zusammen mit einem großen Schnitz Käse und einem kleineren Stück Pökelfleisch. Sie zögerte einen Moment, weil es ihr noch immer widerstrebte, ihm seine Wegzehrung wegzuessen, zumal er auch zugegeben hatte, daß seine Mittel beschränkt waren. Andererseits quälte sie der Hunger nach ihrem langen Marsch durch den Wald und über die vereisten, holperigen Felder.

Die Wärme des Feuers tat ihr gut, und langsam fühlte sie sich besser. Der Mann hatte ihr feuchtes Gewand sowie das Hemd in der Nähe des Herds ausgebreitet, damit es schneller trocknete. Bei dem Gedanken, daß der Fremde ihre Unterwäsche in der Hand gehabt hatte, wurde sie flammendrot. Unwillkürlich legte sie die Hand über das unter seiner Tunika verborgene häßliche Feuermal. Sie wußte, daß es in der Hütte viel zu dunkel war, als daß er es hätte sehen können, doch bei einem so engen Kontakt mit einem Menschen – von diesem unnachgiebigen Fremden ganz zu schweigen – fürchtete sie stets, daß ihr Geheimnis entdeckt werden könnte. Im übrigen war es ihr ohnehin recht unbehaglich, teilweise unbekleidet mit diesem Mann allein zu sein.

Sie blickte zu ihm auf und stellte fest, daß er sie beobachtete. Wieder errötete sie und hoffte nur, er würde das rosige Glühen, das sich von ihren Wangen bis zu ihrem Hals hinunterzog, den wärmenden Flammen zuschreiben.

»Ich bin Bertrand D'Aubigny«, sagte er unvermittelt. »Ich befinde mich auf dem Weg nach Winchester. Zu Euren Diensten, Demoiselle.«

Argwöhnisch schaute sie ihn an. »Ich bin Janeta Cobham«, erwiderte sie dann zögernd. »Mein Vater besitzt ein Gut in Berkshire . . .«

Bertrand hob die Augenbrauen. »Ihr seid weit von Eurem Daheim entfernt, Demoiselle. Wo darf ich Euch morgen zu Eurer Sicherheit unterbringen?«

Sie biß sich auf die Lippe. »Ich . . . ich wäre Euch sehr verbunden, wenn Ihr mich nach Winchester bringen könntet, Sire, zumal es ja für Euch kein Umweg wäre.«

Er schwieg eine Weile, als überlegte er sich die Sache. »Habt Ihr Angehörige in Winchester?« wollte er dann wissen.

Es wäre einfach gewesen, ihn zu belügen und seine Frage zu bejahen, doch das brachte sie seltsamerweise nicht fertig. »Ich werde Euch die Wahrheit gestehen«, antwortete sie in einem plötzlichen Entschluß. »Ihr habt schon gemerkt, daß ich nicht nach St. Catharine's zurückkehren wollte. Von dort bin ich nämlich erst heute morgen fortgelaufen.«

Statt einer Entgegnung nickte er nur langsam.

»Ihr braucht nicht zu befürchten, daß Ihr einer Nonne zur Flucht verhelft«, redete sie rasch weiter. »Ich habe keinerlei Gelübde abgelegt. Ich bin in diesem Kloster erzogen und ausgebildet worden, doch . . .«

»Man hat Euch dazu gedrängt, das Gelübde abzulegen?« Seine Stimme klang ruhig und deutete weder Tadel noch Mitgefühl an.

»Ja«, bestätigte sie leise und stieß dabei den angehaltenen Atem aus.

»Könnt Ihr Euch nicht an Euren Vater wenden und ihn bitten, Euch heimzuholen?«

»Das habe ich bereits getan. Er lehnt das kategorisch ab.«

»Aha.«

»Er . . . er meint, es bestünde keine Möglichkeit, für mich

einen passenden Ehegatten zu finden«, fügte sie etwas beschämt hinzu.

»Das bezweifelt er?« Eine Spur von unterdrücktem Humor war ihm anzuhören, was Janeta ein wenig ärgerte.

»Er ist nicht reich«, erklärte sie und hob trotzig das Kinn. »Es wäre nicht genügend Geld für eine umfangreiche Mitgift vorhanden.«

»Ja, das verstehe ich.« Er lächelte. »Ich befinde mich in ähnlicher Situation. Meinem älteren Bruder steht unser Herrensitz zu, und er wird demnächst heiraten. Er hat mir mitgeteilt, daß ich ab jetzt für mich selbst zu sorgen habe.«

»Und aus diesem Grund reist Ihr nach Winchester?«

»So ist es. Ich hoffe, meine Aussichten mit Hilfe des Weihnachtsturniers verbessern zu können.«

»Die Kirche lehnt doch Turniere ab, und der König untersagt seinen Baronen, daran teilzunehmen, habe ich gehört.«

Er lächelte amüsiert über ihre offene Rede. »Das Kloster hat Euch also noch immer im Griff. Ihr habt seine scharfe Kritik noch im Herzen.«

Janeta schämte sich ihrer kühnen Worte, die doch eine Ungehörigkeit dem Mann gegenüber waren, der ihr so bereitwillig geholfen hatte. »Ich . . . ich dachte nur, Kampfturniere sind doch so gefährlich, und es ist eine Todsünde, sein Leben ohne eine gerechte Sache aufs Spiel zu setzen.«

»Meine Sache ist gerecht genug«, erwiderte er. »Falls ich nicht zu Geld komme, verhungere ich. Für mich heißt es: entweder Turniere oder das Leben eines Söldners.«

»Ihr könnt dabei Eure unsterbliche Seele verlieren!« rief sie aus.

Bertrand lachte kurz und ein wenig bitter. »Ja, die Teilnehmer an Turnieren werden exkommuniziert. Eine gnadenvolle Weise, wie sich Mutter Kirche gegenüber Männern verhält, denen nichts weiter übrigbleibt, als zu kämpfen, wenn sie etwas zum Essen und zum Anziehen haben wollen.«

»Sire«, sagte Janeta höflich. »Ihr müßt mich für undankbar halten, weil ich Eure Pläne kritisiere. Eure Bedürfnisse gehen nur Euch etwas an, ebenso wie mein Vorhaben allein meine Sache ist. Bitte, vergebt mir meine Torheit. Wie Ihr sehr richtig bemerktet, haben mich die Nonnen gründlich unterrichtet, vielleicht zu gründlich, als daß ich nun in der Lage wäre, meinen eigenen Platz in der Welt zu finden.«

Er nickte. »Das habe ich mir auch schon gedacht. Ihr sucht also eine Anstellung?«

»Ja, und ich dachte an die Position einer Näherin oder einer Dienstmagd.«

Seine Lippen zuckten ein wenig. »Diese Idee halte ich nicht für sehr realistisch.«

»Wieso nicht? Im Kloster habe ich viel gelernt. Ich nähe hervorragend, wie man mir versichert hat, und ich kenne mich in der Pflanzenkunde aus. Desgleichen ...«

»Ich habe weder Eure Bildung noch Eure Fähigkeiten in Frage gestellt.«

»Ich verstehe nicht ganz. Weshalb sollte ich keine Stellung finden?«

Er betrachtete sie ausgiebig von Kopf bis Fuß. »Ihr seid sehr jung, Demoiselle. Ich kann mir vorstellen, daß viele edle Damen oder Kaufmannsgattinnen lieber ein wesentlich älteres Mädchen in ihrem Haushalt aufnehmen wollen. Habt Ihr keine Verwandten, die Euch helfen können?«

»Jedenfalls kenne ich keine. Seit meinem zehnten Lebensjahr war ich im Kloster. Ich weiß, daß meine Mutter ein Einzelkind war, daß die Schwägerin meines Vaters kürzlich verstorben ist und daß sein Bruder wieder geheiratet hat. Ich kann mir kaum vorstellen, daß seine junge Gemahlin – man hat mir gesagt, sie sei zwanzig Jahre jünger als er – mich als Abhängige übernehmen möchte.«

Wieder zuckten Bertrands Lippen, als wollte er gleich lächeln. »Nein, da will ich Euch gern recht geben.«

Janeta seufzte. »Wenn es sein muß, werde ich mich auch in einer Taverne bewerben.«

»Das denn doch wohl nicht«, meinte er verächtlich, und als sie ihn erstaunt anblickte, fügte er hinzu: »Ich bin sicher, wir werden für Euch etwas Passenderes finden. Selbstverständlich werde ich Euch mit nach Winchester nehmen. Wenn wir dort sind, halte ich es für sicherer, die Leute denken zu lassen, wir wären Verwandte – Vetter und Kusine vielleicht.«

Sie wollte etwas einwenden, doch er sprach schon weiter. »Es ist ein wenig ungewöhnlich, daß eine junge Dame wie Ihr ohne Begleitung reist. Man könnte denken . . .« Beredt zuckte er mit den Schultern. »Ich versichere Euch, auf diese Weise wird es sicherer sein. Ich kann es übernehmen, die Stellung für Euch zu suchen.«

Unglücklich schaute sie ihn an. »Ich mache Euch viel zu viele Umstände.«

Bertrand lachte. »Unsinn. Und wenn wir in Winchester sind, könnt Ihr mir vielleicht beim Ritterkampf zusehen. Ich versichere Euch, daß ich wahrscheinlich nicht getötet werde, weil ich dem Kirchenbann trotze und meine unsterbliche Seele verlieren möchte.«

»Ihr macht Euch über mich lustig, Sire, und ich verdiene es nicht anders.«

»Nein, Demoiselle, nur haben Euch die Nonnen das weltliche Wissen vorenthalten.« Er wandte sich ein wenig ab, um neue Äste ins Feuer zu werfen. Es flammte auf, beleuchtete seine Gestalt, und Janeta konnte ihn zum erstenmal richtig betrachten.

Sie hatte schon festgestellt, daß er groß, wohlgestaltet und muskulös war, offensichtlich ein erprobter Kämpfer. Jetzt sah sie auch, daß er angenehme Gesichtszüge besaß.

Er hatte tiefliegende Augen, seine Nase wirkte ein wenig zu groß für sein freundliches Gesicht, seine Lippen waren schön geschnitten, und Janeta hatte bereits gemerkt, wie schnell er in Lachen ausbrechen konnte.

Über seine Haarfarbe war sie sich trotz des Feuerscheins noch immer nicht im klaren. Er schien blondes oder hellbraunes, kurzes, im Nacken gelocktes Haar zu haben, und sie meinte, daß seine Augen ebenfalls hellbraun waren, denn im Licht des Feuers leuchteten sie golden. Lachfältchen zeigten sich in seinen Augenwinkeln, und tief eingegrabene Linien zogen sich von seinen Nasenflügeln bis zu den Mundwinkeln hin.

Er war glattrasiert. Sie wußte nicht, ob das jetzt der Mode entsprach, denn abgesehen von den Leibeigenen, welche die Felder des Klosters bearbeiteten, und dem alten Vogt, dem sie unterstanden, hatte Janeta während der vielen Jahre in St. Catharine's nur wenige Männer zu Gesicht bekommen. Der Vogt trug einen langen, herabhängenden Schnurrbart und ein kleines Spitzbärtchen; Janeta vermutete, daß solche Barttracht längst aus der Mode war.

Als spürte Bertrand, daß sie ihn musterte, drehte er sich zu ihr um. Prompt errötete sie. In seinem kantigen Kinn sah sie ein tiefes Grübchen. Seine goldenen Augen funkelten.

»Habt Ihr entschieden, daß ich vertrauenswürdig bin?«

Ihre Lippen zitterten. »In dieser beängstigenden Welt außerhalb der Klostermauern kann ich mir über gar nichts sicher sein, doch ich bin ja Eurer Gnade ausgeliefert, Sire, und ich habe die Heilige Jungfrau um Schutz angerufen. Bis jetzt habt Ihr Euch als vertrauenswürdig erwiesen.«

Sofort lachten seine Augen nicht mehr, und seine Stimme klang sehr ernst. »Ich versichere Euch, daß Eure Unschuld Euer Schutz ist, Demoiselle. Ich bin zwar kein Heiliger, doch ich habe noch niemals meinen Rittereid gebrochen und mich einer Dame gegen ihren Willen aufgedrängt.«

Mit einer anmutigen Bewegung erhob er sich, hängte die Daumen in seinen Waffengürtel und betrachtete Janeta lange. »Ich denke, Ihr solltet jetzt versuchen, ein wenig zu schlafen. Es hat bereits zu schneien begonnen, und für die letzten Meilen könnte uns morgen eine harte Reise bevorstehen.«

Erschrocken blickte Janeta zu dem angrenzenden Schuppen, in dem die Tiere angebunden waren, und tatsächlich sah sie durch die Lücke in dem lehmbeworfenen Flechtwerk ein paar Schneeflocken. Ihr fröstelte es, und sie verstand jetzt, wie wichtig es für Bertrand gewesen war, einen Unterschlupf für die Nacht zu finden.

Er schüttelte schon das Lager aus trockenem Krautwerk an der gegenüberliegenden Wand auf, nickte lächelnd und kehrte zum Herd zurück. Janeta ließ sich auf die Knie nieder, schlang den Umhang fest um sich und beobachtete Bertrand wieder, doch er hatte ihr den Rücken zugewandt und schien mit dem nur noch schwach brennenden Feuer beschäftigt zu sein.

Seufzend legte sie sich mit dem Rücken zur Wand zum Schlafen nieder. Trotz des kleinen Feuers war es in der Hütte noch immer eisig kalt, doch sie mochte gar nicht daran denken, wie es für sie auf dem offenen Feld, mit durchnäßter Kleidung und einem verstauchten Fuß gewesen wäre. Sie schloß die Augen und faltete die Hände.

Wieder betete sie zur Heiligen Jungfrau, diese möge während der Nacht über sie wachen und es ihr vergeben, daß sie ihrem Vater nicht gehorcht und die Mutter Oberin beunruhigt hatte. Danach versuchte sie, einzuschlafen. Halb aus Angst und halb aus Aufregung zitterte sie noch immer, doch sie erstarrte vor Entsetzen, als Bertrand an ihr provisorisches Bett trat.

»Ihr braucht nichts zu befürchten«, sagte er beruhigend. »Ich glaube, Ihr benötigt noch mehr Schutz vor der Kälte.

Dies hier stinkt vielleicht nach Pferd, doch es wird Euch noch besser wärmen.«

Er wickelte eine der Pferdedecken um sie. Tränen der Dankbarkeit brannten in ihren Augen, und ihr Hals schien wie zugeschnürt, so daß sie keine angemessene Antwort herausbrachte. Sie drehte sich einfach um.

Bertrand blieb noch eine Weile vor ihr stehen und blickte auf die zusammengekauerte Gestalt hinunter. Was für ein Unschuldsengel diese junge Frau doch war! Und so schön ... und so ohne Wissen um ihr eigene Verletzlichkeit! Großer Gott, wie würde es ihr nur in dieser Welt der Sünden und Intrigen ohne einen Beschützer ergehen? Dennoch – in seiner Lage konnte er sich nicht mit einem solchen Kind belasten.

Sie bewegte sich ein wenig, die Decke verrutschte etwas, und Bertrand erhaschte einen Blick auf die Brust unter dem groben Stoff seiner Untertunika. War diese Frau denn wirklich noch ein Kind? Zweifellos schien es so, doch er konnte sie ja nicht direkt nach ihrem Alter fragen. Glaubte sie tatsächlich, irgendeine vernünftige Dame würde ein so liebreizendes Wesen in ihrem Haushalt aufnehmen und das Risiko eingehen, das Herz ihres Gemahls an dieses Mädchen zu verlieren? Sein eigenes Herz war gerührt gewesen, als auf der Landstraße die Kapuze einmal aus diesem blumenzarten Gesicht glitt. Wäre die Kleine nicht gar so jung und dazu seiner Gnade ausgeliefert gewesen, hätte er möglicherweise sein Verlangen in ihren Armen befriedigt.

Da er sie nun von nahem gesehen hatte, war er um so erstaunter über ihre Bemerkung, ihr Vater habe nicht versucht, einen passenden Gatten für sie zu finden. Weshalb nur nicht? Es mußte doch viele wohlhabende Männer geben, die sie auch ohne große Mitgift zu ehelichen begehrten. Sie hatte das Wort ihres Vaters einfach als gegeben hingenommen.

Hatte sie denn ihre eigene Schönheit nicht im Spiegel gesehen, und hatte ihr kein Mensch die Wahrheit über sie gesagt? Nein, natürlich nicht. Seit ihrer Kindheit war sie ja im Kloster eingemauert gewesen. Dort gab es keinen Spiegel, und die Nonnen waren gewiß darauf bedacht gewesen, den kleinsten Anflug von Eitelkeit bei dem Zögling zu unterdrücken, obwohl sie doch die Schönheit sicher bemerkt haben mußten.

Das Mädchen war sehr klein, eine schlanke, feenhafte und überaus wohlgestaltete Erscheinung mit großen graublauen Augen, die einen dunkleren Ring um die Pupillen hatten. Sie besaß eine aristokratische Nase, volle, sinnliche Lippen und dichtes Haar, dessen Farbe sich nicht genau bestimmen ließ. Zuerst hatte Bertrand es für nachtschwarz gehalten, doch im Licht des Feuers hatte es wie dunkles Kupfer geglänzt.

Abrupt wandte er sich ab. Er war entschieden zu erregt für seinen Seelenfrieden. Was sollte er nur mit ihr machen? Sie vertraute ihm vollkommen, und er hatte nicht die geringste Ahnung, wie er für sie eine Stellung finden sollte, in der sie sicher aufgehoben sein würde.

3. KAPITEL

Erschrocken wachte Janeta auf und stellte fest, daß die Hütte von kaltem weißen Licht durchflutet war. Fröstelnd zog sie die grobe Pferdedecke fester um sich. Sir Bertrand hatte mit seiner Vorhersage recht behalten; es schneite. Falls das auch Verwehungen bedeutete – wie sollten sie dann nach Winchester gelangen?

Widerstrebend setzte sie sich auf. Nachdem sie den Umhang und die Decke zur Seite geschoben hatte, fühlte sie die bittere Kälte. Die feuchtkalten Klosterwände und

Steintreppen, über die die Mädchen um Mitternacht zur Mette gehen mußten, hatten sie nicht auf diese beängstigende Stille und diesen eiskalten Wintermorgen vorbereitet.

Ängstlich blickte sie sich nach ihrem Retter um, doch sie war allein in der Hütte, und sie hörte auch nichts, was darauf hinwies, daß er sich bei seinen Tieren aufhielt. Ihr Gewand, der Schleier und der Umhang lagen ordentlich zusammengefaltet neben ihrem Schlaflager. Das Feuer war offensichtlich schon seit langem niedergebrannt.

Ein kurzer Anfall von Panik überfiel sie: Der Mann hatte sie verlassen! Sofort setzte freilich ihr Verstand wieder ein. Sehr wahrscheinlich war Sir Bertrand nur unterwegs, um Wasser für die Tiere zu holen, und falls er sie, Janeta, wirklich verlassen hatte, weil er zu der Ansicht gelangt war, daß sie für ihn eine unzumutbare Belastung darstellte, würde sie auch allein zurechtkommen. Schließlich befand sie sich ja in keiner übleren Lage als gestern abend. Sie sprach ein schnelles Dankgebet für sein Erscheinen und für den Unterschlupf, den er ihr ermöglicht hatte. Hätte Bertrand sich ihrer nicht angenommen, wäre sie bestimmt umgekommen.

Sie legte die Kleidungsstücke ab, die er ihr geliehen hatte, und zog ihre eigenen Sachen wieder an. Diese waren völlig zerdrückt und keineswegs so sauber, wie es wünschenswert gewesen wäre, doch sie waren trocken und sogar noch ein wenig warm, weil sie so lange neben dem Feuer gelegen hatten.

Janeta knüpfte gerade das Zugband ihres Umhangs zusammen, als sie hörte, daß Bertrand in den angrenzenden Schuppen trat und aufmunternd mit seinem Hengst sprach. Ihr klopfte das Herz vor Erleichterung. Sie hatte sich auch bereits entschlossen, sich vollkommen darauf zu verlassen, daß er sie sicher in die Stadt brachte.

Als er in die Hütte trat, nickte er zufrieden und schüttelte die Schneeflocken von seinem Umhang. »Ah, ich sehe, Ihr habt Euch bereits angekleidet. Ihr werdet bemerkt haben, daß sich das Wetter verschlechtert hat. Wir nehmen jetzt ein schnelles Frühstück ein und machen uns dann auf den Weg, bevor er unpassierbar wird. Ich will nicht, daß Saladin sich ein Bein bricht, wenn der Schnee vereist.«

Er raffte seine Kleidung zusammen, stopfte sie in eine der Satteltaschen und holte daraus noch mehr Brot und kalten Speck hervor. »Das Feuer habe ich nicht wieder angezündet, weil alles so feucht ist und wir ohnehin nicht mehr lange hier bleiben.«

Sie nickte, aß dankbar und spülte mit etwas Bier aus dem Weinschlauch nach. »Dauert es sehr lange, bis wir nach Winchester gelangen?«

»Mehrere Stunden, besonders wenn wir schlecht vorankommen. Doch keine Angst. Ich werde Euch schon hinbringen. Habt Ihr gut geschlafen?«

Sie errötete. »Ja, danke, sehr gut. Viel besser, als ich zu hoffen gewagt hätte. Sire, ich weiß wirklich nicht, was ich getan hätte, wenn Ihr nicht des Wegs gekommen wärt und mir Eure Hilfe angeboten hättet.«

»Ich habe nur meine ritterliche Pflicht erfüllt.« Er lächelte, beendete sein frugales Mahl und kniete sich vor sie. »Ich will mir noch einmal Euer Fußgelenk ansehen.«

Janeta merkte, wie ihr das Blut in die Wangen schoß, als er behutsam ihren verstauchten Fuß betastete. Was würde wohl die Mutter Oberin sagen, wenn sie wüßte, daß sie, Janeta, solche Intimitäten zuließ?

Er erhob sich. »Die Schwellung scheint zurückgegangen zu sein. Versucht einmal, aufzustehen und den Fuß zu belasten, doch nur für einen Moment.«

Janeta gehorchte und war dann erleichtert, als der Versuch viel weniger schmerzte als befürchtet. »Es ... es scheint besser zu gehen.«

»Gut. Ich werde Euch jetzt aufs Pferd helfen, und morgen wird alles wieder in Ordnung sein.« Er blickte sie eindringlich an. »Habt Ihr noch einmal darüber nachgedacht, was Ihr zu tun beabsichtigt? Das Leben dürfte nicht einfach sein. Falls Ihr es Euch anders überlegt habt, könnte ich Euch auch jetzt noch zum Kloster bringen.«

Entschlossen schüttelte sie den Kopf. »Für mich gibt es kein Zurück. Wenn Ihr mich nach Winchester bringt, werde ich Euch ewig dankbar sein. Danach müßt Ihr mich meinen eigenen Weg finden lassen.«

Er runzelte die Stirn. »Das werden wir ja sehen. Zunächst werde ich versuchen, für Euch eine ehrenwerte Anstellung zu finden. Falls mir das nicht gelingt, denken wir weiter nach. Ist Euch klar, daß man nach Euch suchen wird? Meint Ihr nicht, Ihr solltet Eurem Vater eine Nachricht zukommen lassen, wenn Ihr irgendwo untergekommen seid? Ich nehme doch an, daß man Euch im Kloster das Schreiben gelehrt hat?«

»Ja, ich kann schreiben und lesen. Ihr auch?«

Er lachte leise. »Es geht so, obwohl das Buchstabieren nicht gerade meine Lieblingsbeschäftigung ist. Unser Gemeindepriester hat meinem Vater erklärt, daß mein Bruder und ich wenigstens in der Lage sein sollten, es zu bemerken, wenn unser Vogt und die Schreiber uns betrügen. Davon abgesehen«, fuhr er nachdenklich fort, »solltet Ihr es nicht jedem erzählen, daß Ihr lesen und schreiben könnt. Herrinnen stellen nicht übermäßig gern Dienstmädchen ein, die gebildeter sind als sie selbst. Wenn Ihr allerdings Euren Vater von Eurer Sicherheit überzeugen könnt, wird er Euch möglicherweise nicht mehr dazu drängen, Euer Gelübde abzulegen.«

»Ihr freut Euch darauf, mich loszuwerden, ja?« fragte sie.

»Nun, Ihr könntet recht haben. Mein Vater wird die Suche nach mir bald aufgeben, wenn er erfährt, daß er nicht mehr für mich verantwortlich ist.«

Bertrand packte seine restlichen Sachen zusammen. Janeta ging zur Tür und schaute den Schneeflocken zu, die sich sanft auf den stillen Pfad und die Felder setzten. Die Welt war so schön . . . und so trostlos. Mehr denn je war Janeta dankbar für die Anwesenheit ihres Begleiters auf dem beängstigenden Weg, der sich vor ihr erstreckte.

Diesmal hob Bertrand sie auf die Kruppe, schwang sich vor ihr in den Sattel und bestand darauf, daß sie fest seine Taille umfaßte. Janeta war bisher nur sehr wenig geritten, obwohl sie sich erinnerte, ein Pony besessen zu haben, bevor sie ins Kloster gebracht worden war. Später hatten sich keine Gelegenheiten zum Reiten mehr ergeben. Überrascht merkte sie jetzt, daß sie gestern abend so gut wie überhaupt keine Angst vor dem riesigen Hengst, sondern nur vor der intimen Nähe zu dem Fremden gehabt hatte, und heute morgen dachte sie ausschließlich an die Gefahren der Reise.

Es schneite jetzt kaum noch; der Schnee lag zwei oder drei Finger hoch auf dem Pfad. Es war weniger kalt als in der Nacht. Janeta begriff, wie kostbar das Schlachtroß für Sir Bertrand sein mußte, als sie sah, wie langsam und vorsichtig er es über den unebenen Boden gehen ließ. Sollte das Pferd einen Fuß ungeschickt aufsetzen, könnte dies einen ernsthaften Schaden für sein Bein bedeuten, und das würde die Chancen seines Herrn beim Weihnachtsturnier verderben. Der Packesel bewegte sich nach anfänglichem Widerstreben gleichmäßig und zuverlässig voran.

»Sitzt Ihr bequem?« rief Bertrand Janeta auf ihrem Sattelkissen zu. »Friert Euch?«

»Nein. Jetzt da wir vorankommen, fühle ich mich wohl.« Die ungewohnte Freiheit der Bewegung vermittelte ihr ein merkwürdiges Gefühl der Heiterkeit. Die unmittelbare

Nähe des Mannes schenkte ihr Wärme. Im Kloster war es verboten, einander zu berühren, und Janeta hatte solche tröstliche Nähe zuletzt auf den Knien ihrer Amme erlebt.

Bertrand konzentrierte sich wieder auf den vor ihnen liegenden Pfad und sprach kaum. Das störte Janeta nicht. So konnte sie sich ganz ihrer Bewunderung der stillen, weißverschneiten Landschaft hingeben.

Sie erreichten wieder die Landstraße. Sir Bertrand fürchtete nicht mehr so sehr die unter dem Schnee verborgenen Unebenheiten. Er ritt jetzt schneller, und sie wären beinahe in das Scharmützel geraten, ehe sie überhaupt merkten, was sich da vor ihnen auf der Straße abspielte, die zuvor einen Bogen gemacht und die Kämpfenden ihren Blicken entzogen hatte. Der Schnee dämpfte das Geräusch der gegeneinanderschlagenden Klingen und der sich rasch bewegenden Füße.

Leise fluchend hielt Bertrand seinen Hengst an, und Janeta blickte entsetzt auf das wilde Getümmel vor ihnen. Vier Männer waren an dem Kampf beteiligt; einer von ihnen unternahm den anscheinend aussichtslosen Versuch, die Attacken der anderen drei abzuwehren. Furchtsam und voller Mitleid sah Janeta, wie das Opfer auf dem vereisten Boden beinahe ausglitt, fast unter die gepanzerten Füße seiner Angreifer geriet, sich dann freilich wieder fing und sich erneut in den Kampf warf. Weißes Feuer blitzte auf der Klinge seines Langschwertes.

Bertrand saß ab, hob Janeta herunter und führte seine beiden Tiere zum Straßenrand, wo sich ein verfallener Schuppen befand.

»Bleibt hier. Bewegt Euch nicht und faßt Saladin nicht an. Er verträgt keine Hand außer meiner an seinem Zaumzeug und ist darauf abgerichtet, im Kampf zu beißen und auszuschlagen. Haltet die Leine des Maulesels fest, oder das dumme Tier läuft wieder davon. Es ist sehr furchtsam.«

Janeta versuchte gar nicht erst, ihn davon abzuhalten, sich in den Kampf zu stürzen. Es wäre sinnlos gewesen. Er hatte sich bereits mit dem angegriffenen Reisenden verbündet und bewegte sich dicht an dessen Seite. Janeta hielt sich an dem Zaumzeug der Eselstute fest und verfolgte mit furchtsamen Augen den Kampf.

Die Lage hatte sich nun verändert; jetzt kämpften zwei gegen drei, und Bertrand war noch frisch. Sein neuer Waffengefährte kämpfte zwar verbissen, atmete indes schon schwer. Offenbar hatte das Gefecht bereits geraume Zeit angedauert. Janeta bewunderte den Kampfgeist des Mannes, der sich der Übermacht so tapfer zur Wehr gesetzt hatte. Anscheinend hatten seine Angreifer es für eine leichte Sache gehalten, ihn zu überwinden.

Wieder schlug Stahl gegen Stahl. Janeta hörte die Flüche, als einige Hiebe ins Ziel trafen, sowie den keuchenden Atem der Kämpfenden. Sie selbst fürchtete um Bertrand. Sie kannte ihn noch nicht lange; war es ihr nun bestimmt, mitanzusehen, wie er vor ihren Augen erschlagen wurde?

Bei diesem Gedanken erschauderte sie heftig, dennoch erachtete sie es nicht als töricht, daß er sich hier eingemischt hatte. Seine ritterliche Verantwortung erforderte es, einem Unterlegenen zur Hilfe zu eilen, und damit hatte er keinen Augenblick gezögert.

Sie blinzelte gegen die Wintersonne, um die Kämpfenden genau beobachten zu können. Der Mann, dem Bertrand seine Hilfe angedient hatte, war größer als er selbst, von guter Statur, sehr muskulös und schätzungsweise zehn oder zwölf Jahre älter als Bertrand. Mit Sicherheit war er kein Bauer oder Händler, denn er reiste im Kettenhemd und ging mit seinem Schwert um wie jemand, der an hartes Fechten gewöhnt war. Zweifellos handelte es sich um einen Ritter. Sein Pferd stand gehorsam still und wartete wie Saladin auf den Befehl seines Herrn.

Die anderen Männer trugen ebenfalls Kettenhemden und waren offensichtlich erfahrene Schwertkämpfer, denn sie fochten ebenso entschlossen wie ihre beiden Opponenten, doch Janeta merkte, daß sie trotz ihrer Überzahl von jetzt drei zu zwei nicht so geschickt waren. Bertrand und sein Waffenkamerad vermochten ihren Vorteil ständig auszubauen, und die drei Angreifer wichen immer mehr zurück.

Irgendwo in den Büschen zu ihrer Rechten wieherte ein Pferd; wahrscheinlich hatten die drei sich im Unterholz verborgen, um den fremden Ritter zu überfallen. Es handelte sich also nicht um einen wahllosen Raubüberfall auf einen Unbekannten. Die Angreifer hatten das Ziel verfolgt, ihr Opfer zu töten, und Bertrand war ihm noch gerade rechtzeitig beigesprungen.

Janeta hörte einen Aufschrei. Einer der Männer fiel zu Boden. Gnadenlos trampelten die anderen beiden über ihn hinweg. Jemand brüllte einen Rückzugsbefehl, und die beiden, die noch aufrecht standen, drehten sich um und rannten ins Dickicht. Bertrand wollte folgen, wandte sich dann jedoch zu seinem Gefährten um. Dieser taumelte und betastete seinen Schwertarm.

»Laßt sie gehen.« Das normannische Französisch des Ritters hatte einen stärkeren Akzent als das der meisten Normannen, die jetzt in England lebten, und Janeta nahm an, daß es sich bei dem Mann um einen der Poitevin-Favoriten des Königs handelte, die gegenwärtig so beliebt am Hof des jungen Henry waren. Lag hierin der Grund für die feige und unbeherrschte Attacke auf einen glücklosen Reisenden?

Bertrand schaute den beiden fliehenden Angreifern nach, zuckte mit den Schultern und wandte seine Aufmerksamkeit dann dem verletzten Opfer zu. »Bringt das Maultier her, Demoiselle«, rief er Janeta zu. »In meinen Satteltaschen befinden sich Salbe und Leinen.«

Er warf einen verächtlichen Blick auf den niedergestürzten Mann, der sich erhob und seinen Komplizen zu folgen versuchte. Drohend hob Bertrand sein Schwert, während der hochgewachsene Fremde mit grimmigem Lächeln zuschaute. Der Angreifer schrie vor Angst auf, lief schneller und schaffte es tatsächlich, das Dickicht zu erreichen, wo er dann offenkundig verzweifelt nach seinem Pferd suchte. Vermutlich hatte jedoch die hastige Flucht der anderen beiden das Tier verängstigt, so daß es sich losgerissen hatte.

Da weder Bertrand noch dessen Gefährte Anstalten machte, dem Mann zu folgen, ging Janeta zu ihnen, nachdem sie sich zuvor vergewissert hatte, daß Saladin nicht etwa erschrocken davongaloppiert war. Das riesige Roß tänzelte zwar nervös und schnaubte ängstlich, blieb jedoch an Ort und Stelle und wartete auf das Kommando seines Herrn.

Der fremde Ritter lehnte sich erschöpft gegen die morsche Schuppenwand, und Sir Bertrand befühlte vorsichtig den verwundeten Schwertarm. Als der Patient aufstöhnte, hielt er inne und nickte.

»Es scheint nichts gebrochen zu sein, Sire. Schaffen wir es, den Ärmel Eures Kettenhemdes hochzuschieben, damit ich das Blut stillen und die Wunde verbinden kann?«

Auf Bertrands Anweisung hin suchte Janeta in einer der Satteltaschen und holte eine Stoffbeutel heraus, der Streifen groben Leinens sowie einen kleinen Salbentopf enthielt. Offensichtlich war Sir Bertrand auf alle Vorkommnisse in dem anstehenden Turnier vorbereitet und erwartete als mindestes kleine Wunden und Blutergüsse.

Janeta trug den Beutel zu den beiden Rittern und verteilte Salbe auf einem der sauberen Leinenstreifen. Da es in der Nähe kein Wasser gab, feuchtete sie einen weiteren Stoffstreifen mit Bier an, weil sie damit das Blut abwischen wollte, um sich zu vergewissern, daß kein Faden oder Stoffteilchen von dem Hemd des Ritters in die Wunde geraten war. Das würde, wie sie wußte, die Heilung erheblich in Frage stellen.

Der Mann hatte seinen rotwollenen Umhang zurückgeschlagen und den Ärmel seines Kettenhemdes sowie des leinenen Harnischhemds darunter hochgeschoben, so daß Janeta jetzt den langen Schnitt an seinem Unterarm sehen konnte. Die Verletzung war nicht sehr tief und brauchte nicht genäht zu werden. Der Knochen hatte offenbar den Hieb abgelenkt; größerer Schaden war nicht eingetreten. Sir Bertrand trat zurück und ließ Janeta die Wunde reinigen und verbinden. Der fremde Ritter stöhnte wieder, doch bald war er erlöst und konnte seinen Ärmel mit der linken Hand wieder herunterziehen.

»Ich danke Euch, Demoiselle.« Seine Stimme klang tief und angenehm. Janeta hörte wieder den Akzent heraus, der den Mann als französischen oder normannischen Ausländer auswies. Er lächelte Bertrand zu. »Ihr scheint für Kämpfe und Zwischenfälle gut gerüstet zu reisen.« Seine Lippen zuckten amüsiert, sein Blick lief von seinen beiden Helfern zu Bertrands Saumtier und dem geduldigen Schlachtroß. »Lebt Ihr in der Nähe, Sire? Und reist Ihr ohne Diener oder Knappen?«

»Ebenso wie Ihr, mein Earl.«

Der Ritter zuckte zusammen und blickte Bertrand argwöhnisch an. Er besaß ein edles Gesicht mit hohen Wangenknochen und dichten Brauen, unter denen seine Augen fast schwarz wirkten. Sein Kinn war kantig, und seine Lippen bildeten eine lange, harte Linie. Schon an seiner aristokratischen Nase erkannte Janeta, daß man diesen Herrn nicht ungestraft verärgerte. Seiner Sprache nach zu urteilen, mochte er möglicherweise ein Höfling des Königs sein, allerdings ganz gewiß keiner von den geckenhaften Günstlingen. Das hatte schon seine Haltung im Gefecht gezeigt. Herausfordernd blickte er nun auf Bertrand hinunter.

»Ihr kennt mich?«

Bertrands Blick richtete sich auf das Wappenzeichen an der grünen Tunika des Mannes. »Ein jeder weiß, daß der aufgerichtete silberne Löwe auf rotem Grund das Zeichen des Simon de Montfort, Earl of Leicester, ist, Herr.«

Der Mann lächelte wieder und schaute nun Janeta an, die, den Salbentopf in den Händen, verlegen dastand. Als sie jetzt merkte, daß der Earl sie betrachtete, beeilte sie sich, den Arzneibeutel in die Satteltasche zurückzupacken.

»Und wer seid Ihr, junger Sire«, erkundigte er sich.

»Ich bin Sir Bertrand D'Aubigny. Mein Bruder hat einen Herrensitz in Northampton Shire inne, unweit Eures Besitzes in Leicester Shire, Herr.«

»Dann befindet Ihr Euch recht weit von daheim. Seid Ihr nach Winchester unterwegs?«

»So ist es, Herr. Ich will dort mein Glück bei den Kampfspielen versuchen.«

Als der Earl sah, daß Bertrands Gesicht zornfleckig wurde, lachte er leise und hob die Hand, um eine stolze Erwiderung gleich abzuwehren. »Beruhigt Euch, Herr Ritter. Ich weiß nur zu gut, was es heißt, der jüngere Sohn zu sein und fern von daheim seinen Weg finden zu müssen. Ich hatte das Glück, daß der gute Earl of Chester und Seine Gnaden der König meinem Anspruch zu Recht verholfen haben. Ich achte Euch nicht gering, mein Freund. Ich habe bemerkt, wie gut Ihr Euch in dem Kampf eben geschlagen habt, und ich bin sicher, daß Ihr bald einen Herrn finden werdet, der Euch in seine Dienste nimmt.«

»Ich könnte niemanden finden, dem ich bereitwilliger dienen würde als Euch, mein Earl.«

Wieder zuckte der Earl zusammen, doch dann warf er den Kopf zurück und lachte. »Ein Herr und ein Mann treffen zusammen, und von einem Moment auf den anderen wissen sie, daß sie gut zueinanderpassen. Willkommen in meinen Diensten, Bertrand D'Aubigny. Ich brauche Leute, denen ich vertrauen kann, wie Ihr selbst gesehen habt.«

»Zweifellos werdet Ihr Eure Gründe haben, weshalb Ihr ohne Eskorte unterwegs seid, Herr«, erwiderte Bertrand nur. »Ich würde Euch allerdings nicht raten, diesen Fehler zu wiederholen. Dies sind keine sicheren Zeiten für mit dem König verbundene Männer, besonders wenn es sich um solche aus Frankreich handelt.«

Bei dieser kühnen Bemerkung hob der Earl die schwarzen Brauen. Dann zuckte er leicht mit den Schultern, und seine dunklen Augen funkelten. »Würdet Ihr mich der Dame vorstellen, die mich so umsichtig versorgt hat? Eure Schwester vielleicht?«

Bertrand wollte gerade antworten, doch da mischte sich Janeta hastig ein.

»Nein, Herr. Sir Bertrand ist mir auf der Landstraße zur Hilfe gekommen.« Als ihr Bertrand einen warnenden Blick zuwarf, schüttelte sie kaum merklich den Kopf und sprach weiter. »Ich habe kein Recht auf seinen Schutz, doch er hat sich mir gegenüber als ein galanter und höflicher Ritter erwiesen.« Trotzig hob sie das Kinn. »Ich bin aus dem Kloster St. Catharine's geflohen, und er hat sich erboten, mich sicher nach Winchester zu bringen.«

Aus unerfindlichem Grund hatte Janeta sofort gewußt, daß es für Bertrands Hoffnungen schädlich sein würde, wenn sie diesen Mann belog. Sie mußte unbedingt die Wahrheit sagen, damit er, Bertrand, nicht in eine Zwangslage geriet, selbst wenn das bedeutete, daß der Earl schlecht von ihr dachte.

Er betrachtete sie ernst. »Ich will Euch nicht beleidigen, indem ich nach den Gründen für Eure Handlung frage, Demoiselle,« sagte er leise. »Ich bin sicher, Ihr habt das Notwendige getan, nur begreift Ihr, wie hart es für Euch in der Welt sein wird? Habt Ihr Euer Gelübde abgelegt?«

»Nein, nein, Sire«, versicherte sie. »Ich würde niemals ein Gelübde brechen, das ich vor dem heiligen Altar Gottes abgelegt habe. Mein Vater ließ mich im Kloster erziehen und ausbilden. Jetzt wünscht er, daß ich dort verbleibe. Diesem Wunsch will ich nicht nachkommen.«

Simon de Montfort lächelte verständnisvoll. »Dann müssen wir für Euch einen sicheren Zufluchtsort finden, Demoiselle.«

Bertrand wollte etwas sagen, doch der Earl brachte ihn mit erhobener Hand zum Schweigen, weil er etwas gehört hatte, was den anderen beiden wohl entgangen war. Jetzt hörte Janeta es ebenfalls – das zuerst sehr schwache und entfernte Geräusch, das stetig näher kam: Hufschlag auf der unebenen Landstraße sowie ein blechernes Klingeln, das sie nicht gleich zu identifizieren vermochte.

Eine Anzahl Berittener näherte sich. Der Earl nickte kurz zufrieden. Also erwartete er die Reiter. Vermutlich war das der Grund, weshalb er sich unbegleitet auf der Straße befunden hatte.

Bertrand schaute schnell zu Janeta hinüber und blickte dann wieder den Earl an. Simon de Montfort zog seinen Umhang zurecht und richtete seinen Helm. Janeta überlegte, für wen er diese hastigen Vorbereitungen wohl traf. Kam etwa der König geritten? Wohl kaum, denn das würde größeres Aufheben mit vielen Vorreitern und Bewaffneten bedeuten, die den königlichen Weg in die Hauptstadt Winchester freimachten.

»Herr, wünscht Ihr, daß ich mich zurückziehe?« fragte Bertrand zögernd. »Ich könnte die Demoiselle auch auf einem anderen Weg . . .«

»Nein, nein. Dieses Treffen könnte uns sehr dienlich sein. Bleibt hier, Sir Bertrand.«

Die ersten Reiter kamen jetzt in Sicht, berittene Bewaffnete, wie Janeta vermutet hatte. Sie bewegten sich in Zweierreihe vorwärts. Einer von ihnen trug ein Banner mit einem Wappen, welches Janeta unbekannt war, dem Earl indessen offensichtlich etwas sagte. Er trat vor und stellte sich mitten auf die Landstraße in der Absicht, sich deutlich zu zeigen.

Janeta fand jetzt die Erklärung für das Geräusch, das sie zunächst verwirrt hatte. Die Zelter, welche der Vorauseskorte folgten, waren prunkvoll aufgeputzt, und ihr Zaumzeug war mit Silberglöckchen besetzt, die in der klaren, frostigen Luft hübsch klingelten.

Hinter den drei Paaren Bewaffneter ritt eine Dame in Begleitung eines älteren Ritters, der wie der Earl Kettenhemd, Helm und volle Bewaffnung trug. Er ritt dichter an seine Schutzbefohlenen heran, als der scheinbar Fremde den Zug anhalten wollte.

Die Dame legte ihm eine Hand auf den Arm, um ihn von etwaigen vorschnellen, aggressiven Handlungen abzuhalten. »Ruhig, Sir John. Wenn ich mich nicht täusche, ist dies der Earl of Leicester.« Sie beugte sich zum Willkommen hinunter; der Earl trat sofort an ihre Seite, nahm ihre Hand und drückte einen Kuß hinein.

»Herrin, ich hatte gehofft, Euch auf dieser Landstraße zu begegnen und Euch in die Stadt begleiten zu können. Ich hörte, daß Ihr Euren Sitz in Odiham verlassen hattet, um Euch an den Weihnachtshof Eures Bruders zu begeben.«

Die Dame lachte fröhlich, und Janeta sah, daß sie sehr jung war, vermutlich nur wenig älter als sie selbst. Offensichtlich stammte sie aus adeligem Haus und war sehr bedeutend, denn die Nachhut bestand ebenfalls aus Bewaffneten. Ihnen folgten Wagen und Saumtiere, die mit Körben und Kisten beladen waren. Anscheinend beabsichtigte die Lady, bei Hofe in stets wechselnder, kostbarer Garderobe aufzutreten. Janeta blieb fast der Mund offenstehen. Sie selbst hatte in ihrem ganzen Leben nie mehr als einen kompletten Satz Kleidungsstücke zum Wechseln besessen.

Von der gegenwärtigen Mode verstand sie nur wenig, erkannte indessen, daß die Dame recht teuer gekleidet war. Sie trug ein schweres dunkelblaues Wollgewand. Der scharlachrote Umhang darüber war mit Fehpelz gefüttert und an Hals und Saum mit Bandstickerei verziert. Schleier sowie Schleierhaube bestanden aus feinstem Leinen und wurden von einem goldenen Stirnreifen gehalten. Gold und Edelsteine glitzerten ebenfalls unter ihrem Umhang.

Bertrand trat dicht an Janeta heran. »Die Witwe des Count of Pembroke, die jüngste Schwester des Königs, Lady Eleanor«, flüsterte er ihr ins Ohr und zog sie an die Schuppenwand zurück, denn sie merkten beide, daß die Prinzessin und der Earl Vertraulichkeiten austauschten. Sogar der ältere Ritter, dessen Schutzbefohlene die Lady war, zog sich zurück, obwohl er ein wachsames Auge auf Eleanor behielt.

Eine dicht hinter ihr reitende Dame, vermutlich eine Zofe, verhielt sich ebenso. Diese Frau war ungefähr zehn Jahre älter als die Prinzessin. Obgleich sie stolz zu Pferde saß und offenkundig eine wichtige Person war, trug sie einfache Kleidung und hielt die Lider bescheiden gesenkt, wenn sie den Blick nicht gerade eindringlich auf die Countess richtete.

Als sie Eleanors lautes Lachen hörte, runzelte die ältere Frau die Stirn, was Janeta nicht entging. Die Countess beugte sich noch immer dicht an den Earl heran. Sie legte ihre Finger leicht an seinen Schwertarm, und unwillkürlich zuckte de Montfort vor Schmerz zusammen. Sofort richtete sich Eleanor im Sattel auf und griff sich ans Herz.

»Herr, Ihr seid verletzt!«

Er lachte unbekümmert. »Es ist nichts. Vor einer knappen Stunde wurde mir auf der Straße aufgelauert. Ich war allein, und mir würde es übel ergangen sein, wenn mir dieser beherzte Bursche nicht zu Hilfe gekommen wäre. Es waren drei Angreifer, und wir beide haben sie in die Flucht geschlagen. Das Schwert des einen hat irgendwo eine Lücke in meinem Kettenhemd gefunden und einen langen, wenn auch nicht tiefen Schnitt hinterlassen. Der tut weh, und ich werde morgen einen steifen Arm haben, doch ich versichere Euch, es ist nichts Ernstes.«

Die Countess blickte Bertrand entgegen, der auf den Wink des Earls herankam und sich tief verneigte.

»Mein Dank ist Euch gewiß, Sire«, erklärte die Countess ernst, »desgleichen der Seiner Gnaden des Königs, denn der Earl of Leicester hat sich an der Seite meines Bruders als Mann von unschätzbarem Wert erwiesen, und zwar sowohl in Rat als auch in Tat. Falls ihm irgend etwas zugestoßen wäre, hätte das für uns katastrophale Folgen gehabt.«

Sie wandte sich wieder an den Earl. »Ihr hättet nicht ohne Begleitung reiten dürfen. Das war sehr leichtsinnig. Auf den Straßen wimmelt es von Räubern, und sie jagen immer in Rudeln. Ich glaube, ich muß der Vorsehung dankbar dafür sein, daß sie Euch diesen Mann im rechten Augenblick über den Weg geführt hat. Ich muß eine Möglichkeit finden, ihn zu belohnen . . .«

»Das ist nicht nötig, Herrin. Sir Bertrand D'Aubigny erzählte mir, daß er auf der Suche nach einem Baron sei, dem er seine Dienste antragen kann. Ich bin nur allzu bereit, ihn in meinem Haushalt aufzunehmen. Seine Fähigkeiten hat er bereits bewiesen.«

Erleichtert atmete sie auf. »Dann können wir ja sicher sein, daß Ihr einen starken Arm haben werdet, auf den Ihr Euch in der Not verlassen könnt.«

Jetzt drehte sich der Earl zu Janeta um, die ein wenig verlegen abseits stand. »Es gibt dennoch eine Möglichkeit, wie Ihr helfen könntet, Herrin.«

»Ihr braucht es mir nur zu sagen!«

»Sir Bertrand hat die Verantwortung für das Wohlergehen dieser Dame übernommen. Die Demoiselle Janeta sucht eine Anstellung in irgendeinem ehrbaren Haushalt. Wie Sir Bertrand, so hat auch sie mir sehr geholfen und sich als eine sehr behutsame, geschickte Wundpflegerin erwiesen. Es würde Sir Bertrands sowie mein Gewissen erleichtern, wenn Ihr sie in Eure Dienste stellen könntet.«

»Tritt näher, Mädchen.« Die Stimme der Countess klang freundlich, wenn auch gebieterisch. Bescheiden kam Janeta heran und vollführte einen tiefen Knicks.

»Wie heißt du, und warum suchst du eine Stellung? Wurdest du von deinem letzten Dienstherrn entlassen? Bist du eine Leibeigene oder eine Freie?«

Janeta zögerte. Durfte sie es wagen, der Lady zu sagen, daß sie aus St. Catharine's geflohen war? Die durchdringenden blauen Augen der Countess verlangten Wahrheit. Es wäre sinnlos, Ausflüchte zu machen. Eine Stellung im Haushalt dieser Dame angeboten zu erhalten, wäre mehr, als sie erwarten durfte, dennoch fürchtete sie, die Lady könnte sie einfach wieder dem Kloster überstellen.

Janeta erklärte schüchtern, wie die Dinge standen. Während der ganzen Zeit fühlte sie den harten Blick der Begleiterin der Countess abschätzend auf sich gerichtet.

»Und wie lautet dein Name?« wollte Lady Eleanor am Ende der stockend erzählten Geschichte wissen.

»Janeta Cobham, Herrin. Mein Vater ist Sir Hugh Cobham. Unser Herrengut liegt in Berkeshire.«

»Und dein Vater weigert sich, deiner Bitte zu entsprechen und dich aus dem Kloster zu nehmen?«

»Ja, Herrin. Er ... er hat seine Gründe.«

Die Countess dachte nach. »Das ist eine heikle Angelegenheit. Dein Vater muß von deiner Anwesenheit in meinem Haushalt informiert werden.«

»Dann wird er doch verlangen, daß ich zurückgebracht werde, Herrin.«

»Das glaube ich kaum.« Die blauen Augen blitzten, und Janeta merkte, was für ein Feuer sich in der liebreizenden jungen Witwe verbarg. Sie war eine Prinzessin, die Tochter des verstorbenen Königs John und nach der zweiten Eleanor, der Gemahlin König Henrys, die zweitwichtigste Dame im Reich.

»Ich glaube nicht«, fuhr die Countess fort, »daß er dich weiterhin zu einem Leben zwingen wird, das dir vollkommen zuwider ist, nachdem er gehört hat, daß ich bereit bin, dich in meinem Haushalt aufzunehmen. Auf jeden Fall mußt du mit uns nach Winchester kommen und unter meinem Schutz bleiben, bis dein Vater herbeigerufen werden kann.« Sie lächelte Bertrand freundlich zu. »Ihr werdet Euch selbst davon überzeugen können, daß die junge Dame, der Ihr Euren Schutz angeboten habt, in Winchester sicher ist.«

Ihre Gefährtin runzelte die Stirn, und der alte Ritter hüstelte mißbilligend, doch einer Lady Eleanor widersprach man nicht. Der Earl lächelte und bedeutete Janeta sowie Bertrand, sie mögen aufsitzen und sich dem Gefolge der Countess anschließen.

Janeta, die wieder hinter Bertrand auf dem Sattelkissen saß, hielt sich an seiner Taille fest und fühlte die harten Kettenglieder unter seinem Umhang. Sie fröstelte bei dem Gedanken an die Gefahr, in der sie sich beide noch vor kurzem befanden. Ihr Schicksal hatte sich plötzlich dramatisch gewendet. Für Janeta war es eine Freude gewesen, so schnell eine Stellung angeboten zu erhalten, doch nun fühlte sie sich nicht mehr ganz sicher.

Innerhalb der beschützenden Klostermauern war ihr Leben abgeschirmt gewesen und in gleichbleibenden, geordneten Bahnen verlaufen. Jetzt indessen würde sie bald in eine andere Welt geworfen werden, in die beängstigende Welt höfischen Überflusses, die ihr völlig unbekannt war.

Selbstverständlich würde sie zu den Dienstboten eingeteilt werden. Vermutlich mußte sie mit anderen Mädchen zusammen in einem Raum schlafen. Im Dormitorium des Klosters hatte sie wenigstens einen eigenen, durch Vorhänge abgetrennten kleinen Raum gehabt. Jetzt würde sie von den anderen Mägden umgeben sein, die entsetzlich neugierig waren, ihr viele Fragen stellten und sie ständig beobachteten.

Wie konnte sie unter diesen Umständen ihr Geheimnis wahren? Und falls das Feuermal entdeckt wurde, würde die Countess sie dann fortschicken, weil der häßliche blutrote Fleck sie abstieß, der ein sicherer Beweis dafür war, daß der Teufel Janeta gezeichnet hatte?

Als spürte er ihre Unsicherheit, rief Bertrand Janeta etwas zu. Wegen der Damen auf ihren Zeltern ritten sie jetzt langsam, so daß er sich nicht so sehr auf seinen Hengst konzentrieren mußte.

»Ihr seid sehr still, Demoiselle Janeta. Freut Euch der Ausgang der Dinge nicht? Das ist doch ideal für Euch. Ich sagte Euch ja, daß Ihr in der Stadt nicht allein zurechtkommen würdet. Für unbeschützte Mädchen kann das Leben dort sehr schwierig sein.« Er sprach nicht weiter; es war ihm peinlich, sie vor Gefahren warnen zu müssen, von denen sie vermutlich keine Vorstellung besaß.

Natürlich fürchtete sie sich jetzt. Das Leben würde tatsächlich für sie sehr schwierig werden in der von Intrigen regierten Umgebung des Hofes. Vielleicht wäre es für sie leichter gewesen, wenn sie im Haushalt eines Kaufmanns Arbeit gefunden hätte. Andererseits war sie von nobler Herkunft, und möglicherweise fand sie das höfische Leben herausfordernd und unterhaltsam. Er mußte an Roesia denken, an Morris' künftige Gemahlin. Sie hätte ihre Seele für eine solche Möglichkeit verkauft!

»Danke«, erwiderte Janeta leise. »Ich habe keine Angst.

Ich versuche nur, im Geist zu ordnen, was mir widerfahren ist. Es kam alles so plötzlich, und ich fürchte, mein Vater wird sich nicht so leicht von seiner Ansicht abbringen lassen, nicht einmal durch die Prinzessin.« Sie schwieg einen Moment. »Wer ist eigentlich diese Hofdame der Countess?« erkundigte sie sich dann. »Ich meine die, welche so schlichte Kleidung trägt – fast wie die Tracht einer Nonne.«

»Ich kenne sie nicht. Weshalb fragt Ihr?«

»Sie scheint etwas gegen mich zu haben, besonders nachdem sie das mit dem Kloster hörte. Und ... und ...«

»Und?«

»Ich habe sie beobachtet. Ich glaube, sie hat auch etwas gegen den Earl.«

Tief in Gedanken versunken schwieg Bertrand eine Weile. »Es gibt viele Personen am Hof, die Simon de Montfort den plötzlichen Aufstieg zur Prominenz neiden«, meinte er schließlich. »Es heißt, der König höre auf ihn, und er ist immerhin ein Ausländer.«

Janeta schaute nach vorn, wo der Earl stolz zur Rechten der Countess ritt. Sie zog die Brauen zusammen. Traf ihr Verdacht von vorhin zu? Hatten diese angeblichen Straßenräuber im Hinterhalt auf den Earl gewartet? Falls dem so war, dann hatte er entschlossene Feinde, und diese würden jetzt auch Bertrands Feinde sein.

4. KAPITEL

Durch das Nordtor ritten sie in Winchester ein. Der Schnee auf den Straßen war schon zu Matsch geworden. Neugierig schaute sich Janeta um. Die Geschäftigkeit, der Lärm und der Gestank der alten Hauptstadt faszinierten sie. Noch nie zuvor war sie in einer großen Stadt gewesen. Staunend betrachtete sie die Fachwerkhäuser, die sich so dicht gegenüberstanden, daß die Bewohner einander die Hand reichen konnten, wenn sie sich aus den oberen Fenstern lehnten.

Der Zug der Prinzessin kam wegen der vielen Leute, die ihrer Beschäftigung nachgingen, nur langsam voran, obwohl zwei der bewaffneten Begleiter vorausgingen und laut »Weg frei!« riefen, damit sie überhaupt den Alten Palast erreichte, wo ihr Bruder, der König, während der Weihnachtsfestivitäten und der traditionellen Kronenzeremonie residierte.

Eifrig schaute Janeta nach dem großen grauen Münster aus, von dem sie schon so viel gehört hatte. Leider sah sie davon nur einen der Türme, und dann näherten sie sich schon dem Palast. Ihr Mund war plötzlich ganz trocken. Sie wußte nicht, wo Bertrand Quartier nehmen würde, und erkannte zu ihrem Schrecken, daß dieses wahrscheinlich die letzten Momente waren, die sie in seiner Gesellschaft verbrachte. Sie vermochte sich nicht vorzustellen, wie sie ohne ihn in diesem fremden Leben zurechtkommen sollte.

Der »Palast« der Sachsenkönige war eine Enttäuschung. Auf den ersten Blick schien es sich um eine Ansammlung strohgedeckter Fachwerkhäuser zu handeln, die denen in der Stadt ähnlich waren. Da Janeta an die soliden Steinmauern des Klosters gewohnt war, fand sie, dem Palast mangelte es an Vornehmheit und Würde.

Die Reisenden ritten durch ein Tor in den Palasthof, in dem es von Stallburschen, Pferdeknechten und Dienern wimmelte. Aus den Hütten der Waffen- und Hufschmiede roch es nach Pferden, Öl und heißem Metall. Hinzu kamen aus den Küchen die angenehmeren Düfte nach frischgebakkenem Brot und bratendem Fleisch. Janeta lief das Wasser im Mund zusammen, und ihr wurde bewußt, wie hungrig sie war. Das Essen, das ihr von Bertrand angeboten worden war, hatte nur aus Resten bestanden, die kalt und alles andere als frisch gewesen waren.

Bertrand stieg vor ihr aus dem Sattel und hob sie herunter. In der Kälte während des Ritts war sie ganz steif geworden und taumelte jetzt gegen ihn. Er lachte, stellte sie wieder fest auf die Füße, umfaßte ihre Taille und stützte sie.

»Immer langsam! Ihr seid ja so unsicher auf den Beinen wie ich auf meiner ersten Seereise zur Normandie.«

Sie entzog sich seiner Hand, weil sie nicht wollte, daß er merkte, welche Angst sie davor hatte, seine Gesellschaft zu verlieren. »Ich danke Euch, Sir Bertrand«, sagte sie ein wenig atemlos. »Für einen Fremden wart Ihr ungemein freundlich.«

»Jetzt bin ich kein Fremder mehr.« Er lachte auf sie hinunter. »Können wir denn noch Fremde sein, nachdem wir an unserem eigenen Herdfeuer zusammen das Brot gebrochen haben?«

Das war eine unausgesprochene Erinnerung an die Tatsache, daß Janeta kaum einen Schritt von ihm entfernt geschlafen hatte. Bei diesem Gedankengang wurden ihre Wangen dunkelrot. Sie schwieg.

Auf dem Weg zu den Ställen herrschte beträchtlicher Lärm. Bewaffnete und Pferdeknechte brüllten, Hufe stampften, Schmiedehämmer schlugen, und die Jagdfalken in ihren Käfigen kreischten schrill. Bertrand beugte sich dicht an Janetas Ohr, damit sie ihn hören konnte.

»Ihr solltet Euch nicht allzu sehr beeindrucken lassen. Bald werdet Ihr Euch an alles hier gewöhnen.« Mit einer ausholenden Armbewegung deutete er amüsiert auf das allgemeine Chaos ringsum. »Ihr werdet unter dem Schutz der Countess stehen, und ich freue mich, daß ich mich nicht um Euch sorgen muß.«

»Ihr seid nicht für mich verantwortlich. Das wart Ihr nie«, schrie sie ihn fast an. »Geht Eurer Wege, Herr Ritter, und freut Euch, daß Ihr einer Bürde ledig sei, die Ihr Euch nicht ausgesucht hattet.«

Bertrand hörte ihrer Stimme den Zorn an, legte ihr beide Hände auf die Schultern und drehte sie zu sich herum. »Ihr tut mir unrecht, wenn Ihr glaubt, daß mir unsere kurze Bekanntschaft so wenig bedeutet. Selbstverständlich werde ich weiterhin an Eurem Wohlergehen interessiert sein. Ich weiß noch nicht, wo man mich unterbringen wird, doch ich werde in der Stadt ganz in der Nähe sein und zum Palast kommen, um mich nach Euch zu erkundigen. Der Earl wird dafür sorgen, daß ich nicht abgewiesen werde.«

Er zog ein wenig die Brauen zusammen. »Ich hoffe, er wird daran denken, Euren Vater zu benachrichtigen ... Nicht«, sagte er rasch und legte ihr sanft einen Finger auf die Lippen, um ihren möglichen Widerspruch zu unterbinden. »Euer Vater sollte erfahren, wo Ihr seid. Selbst wenn Ihr unter dem Schutz der Countess steht, benötigt Ihr Euren Vater, um Eure Interessen zu wahren. Bei Hofe kann es sehr einsam und sogar gefährlich sein.«

Fragend blickte sie ihn an, doch er lächelte nur zu ihr hinunter, während der Earl an seine Seite trat.

»Nun, D'Aubigny, wir werden ein Quartier auf der Burg erhalten. Ihr müßt Euch jetzt von der Demoiselle Janeta verabschieden.« Er verbeugte sich ernst vor ihr, und sie knickste.

»Erlaubt mir, Euch zu einer der Hofdamen der Countess zu führen«, sagte er. »Sie wird sich um Eure Unterkunft kümmern. Fürchtet Euch nicht, meine Kleine. Ihr werdet sowohl Sir Bertrand als auch mich regelmäßig sehen, während wir in Winchester sind. Ich komme oft, um dem König meine Aufwartung zu machen, und ich werde Sir Bertrand als meine Bedienung bei mir haben. Wenn Ihr Euch erst einmal eingelebt und Freunde gefunden habt, wird es Euch hier gutgehen.«

Janeta mußte schlucken. Genau das hatte sie sich während der vielen trübsinnigen Tage in St. Catharine's gewünscht, doch nun drohte die Vorstellung von einem Leben in dieser hektischen Umgebung sie vollkommen zu überwältigen. Sie zwang sich zu einem Lächeln. Ihr blieb kaum soviel Zeit, sich zu Bertrand umzudrehen und ihn noch ein letztes Mal anzusehen, bevor der Earl sie zu der Countess führte, die das Entladen der Saumtiere überwachte.

Die dunkle, abweisende Frau, deren offenkundige Mißbilligung Janeta bereits Sorgen gemacht hatte, sah den Earl herannahen und betrachtete dessen Schutzbefohlene.

»Ihr könnt das Mädchen bei mir lassen, Herr«, sagte sie kalt. »Ich werde dafür sorgen, daß man ihm im Schlafsaal der Mägde eine Lagerstatt anweist.«

Simon de Montfort ließ Janetas Hand los und wandte sich unsicher ab, als wollte er gern noch einmal mit der Countess sprechen, doch diese ging gerade ungehalten auf einen der Männer zu, der beinahe eine ihrer kostbaren Holztruhen fallen gelassen hätte.

»Gib doch acht, Mann! Die Truhe enthält Wertgegenstände!«

Der Bursche fing sich sofort wieder, tippte sich an die Mütze, und die Countess drehte sich seufzend zu ihrer Begleiterin um.

»Ach, Cecily, Ihr werft mir so oft meine mangelnde Geduld vor, doch manchmal sind diese dummen Diener wirklich eine wahre Prüfung. Ah, die kleine Demoiselle! Sie mag heute nacht in meinem Gemach bleiben.« Sie warf einen Blick auf Janetas gründlich verschmutztes und zerrissenes Gewand samt Umhang. »Man wird für sie angemessene Kleidung finden müssen.«

Lady Cecily blieb vor Erstaunen der Mund offenstehen. »Herrin, Ihr kennt doch dieses Mädchen überhaupt nicht.«

»Also Cecily! Glaubt Ihr, die Demoiselle verbirgt einen Dolch im Ärmel, um ihn mir in die Brust zu stoßen? Im übrigen werdet Ihr ja wie üblich in der Nähe sein. Sie kann auf einem Rollbett im äußeren Gemach schlafen. Ich will sie bei mir haben, weil ich sie noch genauer über ihr Daheim und ihre Herkunft befragen möchte.«

Die schönen blauen Augen blickten seltsam verträumt. »Ich weiß, was es bedeutet, wenn man ohne die Liebe einer Mutter aufwächst, wie Ihr wißt. Dieses Kind hat meinem Earl gute Dienste erwiesen und soll dafür belohnt werden. Jetzt laßt uns rasch in meine Gemächer gehen. Falls ich noch lange hier draußen stehe, verwandle ich mich in einen Eisblock.«

Lady Cecily blickte auf Janeta hinunter, und ihr Gesicht widerspiegelte eine Mischung aus Verwirrung, Ärger und regelrechter Gehässigkeit. Sie versetzte Janeta einen Stoß, schob sie dann vor sich her und folgte der Countess.

Über deren Anweisung war Janeta ebenso verblüfft wie Lady Cecily. Warum sollte sie, eine unwichtige Fremde, so ungewöhnlich behandelt werden? Im Kloster, wo Bescheidenheit als die wichtigste Tugend angesehen wurde, hatte Janeta Eifersucht unter den Nonnen kennengelernt; sie wußte, daß dieses hier sie bei den anderen Dienerinnen nicht eben beliebt machen würde, und sie besaß keine Erfahrung mit den Bedürfnissen hoher Damen.

In seinem Inneren erwies sich der Palast so weitläufig, wie Janeta es sich vorgestellt hatte. Sie gingen durch viele Korridore, Säle sowie Gemächer, in denen sich Menschen drängten und sich gegenseitig schoben und stießen, um gesehen zu werden. Selbst am Tage wurde der Palast von Fakkeln in Wandhaltern beleuchtet, denn sonst wäre es hier zu düster gewesen. Der Page, der vor der Countess, der Lady Cecily und Janeta herging, war so bunt und prächtig gekleidet, daß letztere nur staunen konnte.

In den Gemächern der Countess herrschte ein ebenso geräuschvolles Gedränge wie in den anderen Räumen auch.

Diener mit sperrigen Packstücken und Holztruhen kämpften sich durch die Türrahmen, Bedienerinnen schalten sie laut, obwohl sie sich doch schwitzend bemühten, ihr Bestes zu tun. Hunde gingen auf die Beine der schwerbeladenen Ankömmlinge los und behinderten diese noch mehr am Vorankommen. Ein Falke auf einem Gestell in einer Ecke des Erkers schlug wild mit den Flügeln und kreischte laut und schrill.

Die Countess stand mitten in dem ganzen Durcheinander und klatschte herrisch in die Hände. Sofort war alles still. Die Frauen versanken in Hofknicksen; die Männer legten ihre Bürden ab und warteten auf Anweisung, wohin die Packstücke zu bringen seien.

»Cecily, bitte kümmert Euch um alles. Ich muß baden und frische Kleidung anlegen, ehe ich zum großen Abendbankett hinuntergehe.«

Sie drehte sich zu einer älteren Frau in der Nähe um. »Und du läßt meinen Badezuber in mein Schlafgemach bringen und packst die größere von den beiden Kleidertruhen aus. Ich werde heute abend das Gewand aus blauem Samt tragen. Für diese Dame hier, die sich zu meinen Zofen gesellen wird, benötige ich ebenfalls ein Gewand. Suche etwas Passendes für sie heraus, das sie in der Halle tragen kann, wenn sie mich bedient. Da sie ein wenig kleiner ist als ich, wird es gekürzt werden müssen.«

Sie wandte sich um und nahm Janetas Hand. »Komm hier hinein mit mir, Kind. Wir werden uns um deine Toilette kümmern und dich neu einkleiden, ehe ich meinen Bruder begrüße.«

Noch verwirrter als zuvor betrat Janeta das Schlafgemach der Countess. Die Mägde packten schon frische Leinenlaken und Felldecken für das Bett aus. Janeta betrachtete staunend die bemalten Wände mit ihren hellen Behängen, welche vor der Winterkälte schützten. Frische

Binsen bedeckten den Boden; der aromatische Duft von darüber gestreutem Rosmarin und Lavendel stieg daraus auf.

Ein Diener stolperte mit einer der Kleidertruhen herein. Ihn führte eine ältere Frau, die anscheinend die Mägde unter sich hatte. Die Countess legte ihren schweren, pelzgefütterten Umhang ab und warf ihn aufs Bett. Müde zog sie Schleier und Haube vom Kopf, und Janeta bewunderte das dichte rotgoldene Haar, das zu zwei schweren Zöpfen geflochten der Countess bis über die Taille reichte. Welch ein Jammer, daß eine so schöne Frau so früh verwitwet war!

Eleanor deutete lächelnd auf einen Hocker am Fuß des Betts und sank selbst in einen Sessel mit lederner Lehne. »Wie schön, aus diesem bitterkalten Wind herauszusein! Und nun – wie war doch gleich dein Name?«

»Janeta, Herrin. Janeta Cobham.«

»Ach ja, jetzt erinnere ich mich wieder, und du kommst direkt von deiner Ausbildung im Kloster St. Catharine's.« Janeta setzte sich gehorsam, wenn auch zitternd auf den Hocker. Die Countess lachte ein wenig. »Du brauchst keine Angst zu haben. Ich beabsichtige nicht, dich dorthin zurückzubringen. Nun denn – während wir darauf warten, daß der Badezuber gebracht wird, erzähle mir doch alles über das Zusammentreffen mit Simon de Montfort.«

Diese Bitte wunderte Janeta, denn es gab kaum mehr zu erzählen, als die Countess bereits gehört hatte. Trotzdem wiederholte sie die Geschichte von dem Hinterhalt und berichtete, wie Sir Bertrand D'Aubigny sich sofort in den Kampf gestürzt hatte und wie die beiden Männer die feindlichen Angreifer besiegt hatten.

Die Countess lauschte so gespannt, als hörte sie der Erzählung eines Troubadours zu. Janeta meinte eigentlich auch, daß der Vorfall etwas Romantisches an sich hatte. Der Earl und der junge Ritter hatten mit Elan und Mut gefochten; sie konnte nur stolz auf Bertrands Anteil an der Angelegenheit sein.

»Du sagst, die Angreifer hätten ihre Pferde im Wald versteckt? Meinst du, die Männer könnten auf der Lauer gelegen und auf den Earl gewartet haben?«

Janeta bewegte sich unbehaglich auf ihrem Hocker hin und her. »Sir Bertrand und ich hielten das für sehr wahrscheinlich, Herrin.«

Die Countess nickte und schaute dann auf, als an die Tür geklopft wurde. Zwei Männer traten ein. Sie schleppten einen hohen, schweren, hölzernen Badezuber herein, den sie unter viel Stöhnen und Keuchen ans Fußende des Betts stellten und dann das Gemach wieder verließen. Eine alte Dienerin schob zwei Mägde mit großen Krügen herein. Die beiden gossen dampfendes Wasser in den Zuber. Weitere Mägde folgten mit heißem und kaltem Wasser.

Janeta wagte nicht, ohne ausdrücklichen Befehl von ihrem Hocker aufzustehen. Die alte Dienerin blickte sie streng an. Sie stellte hölzerne Wandschirme um den Zuber herum und hängte Badetücher darüber. Noch immer erteilte die Countess Janeta keine Anweisung.

Drei weitere Mädchen traten ein, halfen der Countess beim Entkleiden, steckten ihr das herrliche Haar mit Elfenbeinkämmen auf dem Kopf hoch und stützten sie, während sie in den Zuber stieg. Die alte Frau, die von Eleanor mit Martha angeredet wurde, kniete sich davor und seifte ihre Herrin ab. Als diese danach im Zuber stand, wickelte Martha sie in ein Badetuch ein. Fröstelnd und lachend lief die Countess zu dem Kohlebecken, das neben dem offenen Fenster stand, damit der aufsteigende Rauch abziehen konnte.

»Hinein mir dir in den Zuber, Janeta!« rief sie fröhlich. ›Das Wasser ist noch warm, und Martha hat frische Kleider für dich herausgelegt.« Sie rümpfte die Nase. »Was du jetzt anhast, kannst du nicht mehr tragen. Es ist gründlich verschmutzt und nicht im geringsten ansehnlich.«

Janeta erschrak bei der Vorstellung, sich jetzt vor den Frauen zu entkleiden. Sie fürchtete, daß dann ihr Geheimnis zutage treten würde und die Countess beim Anblick des häßlichen Feuermals entsetzt sein würde. Doch dem Befehl mußte nachgekommen werden. Also schlich sie sich hinter die wackeligen Wandschirme und hoffte, dahinter verborgen zu sein.

Die Wärme des duftenden Wassers und das schöne Gefühl, endlich wieder sauber zu sein, erfreuten Janeta. Sie hörte die Countess lachen und mit Martha schwatzen, die vermutlich ein altes Faktotum und die frühere Amme der Countess war. Die beiden Fauen waren so mit Eleanors Toilette beschäftigt, daß sie Janeta gar nicht beachteten, als diese aus dem Zuber kletterte und sich dann rasch in eines der Laken hüllte, die über dem Wandschirm hingen.

Martha rief herüber, daß ein Hemd sowie ein Gewand auf der Truhe bereitlägen, und Janeta lief rasch hin, um es sich anzuschauen.

Das Gewand bestand aus feiner Wolle und war von einem tiefen Safrangelb. Janeta wußte sofort, daß diese Farbe gut zu ihrem dunklen Haar passen würde. Sie legte beide Kleidungsstücke an und mühte sich mit den Schmuckknöpfen an den langen, engen Ärmeln ab. Glücklicherweise war das Gewand nicht so lang wie von der Countess befürchtet, und im übrigen gehörte dazu ein weiches ledernes braunes Gürtelband, mit dem man den Stoff raffen konnte.

Janeta plagte sich mit der ungewohnten Rückenverschnürung ab, als Martha kopfschüttelnd zu ihr kam und ihr half. Danach trat sie zurück und musterte das Mädchen kritisch. Die Countess, in weichen blauen Samt gehüllt, kam ebenfalls heran.

»Das sieht sehr gut aus. Sir Bertrand wird es ebenfalls gefallen, glaube ich. Martha, bitte die pfirsichfarbene Haube und den Schleier!«

Janetas Herz tat einen Sprung. Sollte sie Bertrand so bald wiedersehen?

Martha brachte Haube sowie Schleier und legte Janeta beides an. Lachend reichte die Countess ihr einen Spiegel aus poliertem Eisen mit Ebenholzrücken. »Hier, schau dich einmal an, Kind. Ich denke mir, dazu hattest du während der vielen Jahre hinter Klostermauern nur wenig Gelegenheit.«

Janeta faßte es nicht. Sie sah selbst wie eine Prinzessin aus. Der feine, weiche Stoff schmiegte sich an ihren Busen, das Gürtelband betonte ihr schmale Taille, und der weite Rock darunter fiel in weichen Falten bis zum Boden hinab. Als betrachtete sie eine Fremde, prüfte sie ihr Gesicht.

So also hatte Bertrand sie gesehen. Ihr Gesicht war oval; alles daran war zart und klein bis auf den Mund, der ihrem kritischen Blick jetzt übergroß erschien. Ihre viel zu volle Unterlippe konnte man kaum schön nennen. Ihre Augen waren von einem rauchigen Blaugrau, und das Stirnband aus pfirsichfarbenem Samt mit der daran befestigten gleichfarbigen Haube sowie dem Schleier bedeckten den größten Teil ihres dunklen Haars. In dem durch das hohe Spitzbogenfenster hereinfallenden Licht meinte sie eine Spur von Kupferrot in ihren glatten, schweren Strähnen zu entdekken, das die rotgoldene Pracht der Countess widerzuspiegeln schien.

Hatte Bertrand sie attraktiv gefunden? Trotz ihrer neunzehn Jahre sprach jeder von ihr nur als Kind. Sie seufzte ein wenig. Die Jahre im Kloster hatten verhindert, daß sie sich zu einer richtigen Frau entwickelte, wie sie nun merkte. Die Countess war nur wenig älter als sie, doch das Leben und die Ehe hatten sie reifer gemacht, so daß jetzt zwischen ihr und Janeta fast eine ganze Generation zu liegen schien.

»Nun?« Lächelnd, wenn auch ein wenig ungeduldig streckte Eleanor wieder die Hand nach dem Spiegel aus.

»Ich vermag es kaum zu glauben, daß ich das bin. Ihr seid so gut zu mir, Herrin, und dabei habe ich mich noch nicht in Eurem Dienst bewährt.«

»Das wirst du schon noch.« Eleanor wischte Janetas scheuen Versuch beiseite, Dankbarkeit zu zeigen. »Komm jetzt. Wir müssen uns zum Nachtmahl in die Halle begeben.« An Martha gewandt fragte sie: »Ist Lady Sandford fertig?«

»Sie kam den Korridor entlang, als ich die Kleidung für Demoiselle Janeta brachte«, antwortete die alte Frau.

»Cecily, kommt herein!« Die hübschen blauen Augen der Countess blitzten vergnügt, als ihre frühere Erzieherin eintrat und knickste. »Seht Euch die Verwandlung unserer kleinen Novizin an. Ist sie nicht schön genug, um ein Schmuckstück unter meinen Damen darzustellen?«

Lady Sandford trug ein dunkelblaues Gewand aus feinem Wollstoff. Ihre Haube und der weiße Schleier wirkten wie die Kopfzier einer Nonne. Sie betrachtete Janeta, zog die Augenbrauen hoch und schürzte die Lippen. Einen Moment sah es so aus, als wollte sie etwas einwenden, doch dann nickte sie und lächelte schwach.

»Herrin, das Mädchen sieht ... recht bezaubernd aus. Hoffen wir, daß Euer Bruder, der König, Eure Entscheidung gutheißt, die Demoiselle in Euren Dienst zu stellen. Schließlich wird ihr Vater ...«

»... nur zu gern einverstanden sein, wenn er erkennt, daß sie hier bei mir eine bessere Zukunft hat«, fiel Eleanor ihr ins Wort. »Und was Henry betrifft – weshalb sollte er Einwände erheben? Ich habe ihm mit meiner Ehe einmal einen großen Gefallen erwiesen, doch jetzt gehören mein Leben sowie mein Haushalt mir selbst.«

Die Frauen traten den etwas verwirrenden Weg durch

die düsteren Korridore zur großen Halle an. Ein lockenköpfiger Page ging ihnen voran. Janeta, die neben Lady Sandford herging, merkte deutlich, daß die Dame gründlich gegen ihre, Janetas, Aufnahme in den Haushalt war.

Der Lärm und das Durcheinander in der Banketthalle traf Janeta wie ein Schlag ins Gesicht. Der lange Saal war gesteckt voll. Der Geruch von Wein, üppigen Gerichten und menschlichen Körpern benahm ihr den Atem. Ein Zeremonienmeister erschien, schwang seinen weißen Amtsstab und führte die drei Damen zum Herrentisch, wo die Countess ihren Platz unter dem Baldachin neben dem jungen König und der Königin einnahm. Lady Sandford vollführte einen Hofknicks vor dem königlichen Paar. Janeta hörte, daß man sie vorstellte. Lady Sandford stieß sie ein wenig an, worauf sie ebenfalls in einen tiefen Hofknicks versank.

Als sie sich wieder erhob, sah sie, daß sich der prächtig gekleidete junge Mann in seinem geschnitzten Sessel zurücklehnte und sie ausführlich musterte. Er sah seiner Schwester sehr ähnlich. Sein Haar unter dem goldenen Stirnreifen leuchtete rotgolden. Er sah gut aus und hatte ein freundliches, ebenmäßiges Gesicht, in dem nur das eine hängende Augenlid störte.

Er nickte lächelnd, beugte sich dann zu seiner jungen Gemahlin und erläuterte ihr die Entscheidung seiner Schwester, Janeta in ihren Dienst zu nehmen. Die Königin beherrschte die normannisch-französische Sprache dieser Nordländer noch nicht ganz. Sie war klein und äußerst wohlgestaltet, besaß einen makellosen hellen Teint, und ihr Haar, das ein wenig unter der Schleierhaube hervorlugte, war nachtschwarz. Janeta hatte Eleanor de Provence vor sich, die, wie jedermann im ganzen Saal wußte, von dem jungen König angebetet wurde.

Als die Countess eingetreten war, hatte der Lärm ein wenig nachgelassen. Jetzt setzte er aufs neue ein. Janeta ließ sich von Lady Sandford zu dem Bankettisch führen, wo auch der Earl of Leicester seinen Platz hatte und sich nun erhob, als die beiden Damen herankamen. Zu ihrer großen Freude entdeckte Janeta Bertrand, der am unteren Ende der Tafel saß.

»Herr, die Countess wünscht, daß Ihr Euch der Demoiselle Janeta während des Mahls annehmt und ihren früheren Gefährten findet«, sagte Lady Cecily. »Ich wäre Euch dankbar, wenn Ihr sie am Ende des Festschmauses zu den Gemächern der Countess zurückbringen würdet.«

Der Earl verneigte sich. »Gewiß, Lady Sandford. Erlaubt mir, daß ich Euch zuerst zu Eurem eigenen Platz geleite.«

»Den kann ich selbst finden«, entgegnete sie frostig und rauschte davon.

Simon de Montforts dunkle Augen schienen Janeta zuzulachen. »Dann laßt mich Euch zu Sir Bertrand führen. Ich bezweifle nicht, daß er entzückt sein wird, Pokal und Speisen mit Euch zu teilen, Demoiselle Janeta.« Als er ihre Hand nahm, zitterten ihre Finger ein wenig, und er drückte sie aufmunternd.

Bertrand trat sofort hinzu und übernahm Janeta. Er dirigierte sie zu dem Platz neben seinem, und der Earl verbeugte sich vor ihr. »Ihr seid jetzt wirklich eine große Lady, Demoiselle.«

Sie errötete tief. Daß die in der Nähe Sitzenden sie so anstarrten, war ihr peinlich. Außerdem fühlte sie sich in ihrer ungewohnt prunkvollen Kleidung nicht wohl. Simon de Montfort kehrte zu seinem Platz zurück. Bertrand hielt ihre kalten Finger fest und lächelte auf Janeta hinunter.

»Der Earl hat recht. Ihr seht großartig aus und könnt es durchaus mit der Königin und der Countess of Pembroke aufnehmen.«

»Das will ich gern glauben«, antwortete sie trocken. »Zumal die fremden Federn, mit denen ich mich schmücke, der Countess gehören.«

»Dann ist sie also gut zu Euch?«

Janeta dachte nach. »Ich verstehe nicht, weshalb sie mich wie eine Favoritin behandelt. Lady Sandford macht aus ihrer Abneigung keinen Hehl. Ich fürchte, in ihr habe ich mir eine Feindin gemacht.«

Bertrand folgte ihrem Blick zu Lady Cecily, die wie eine Krähe unter lauter bunten Vögeln dort saß, wo der Bankett- und der Herrentisch zusammentrafen. Sie hielt sich betont aufrecht und stocherte widerwillig in den Speisen herum, welche ihr Tischherr ihr so entgegenkommend auf ihr Speisebrett gelegt hatte.

Bertrand seufzte. »Ich habe gehört, daß sie einst die Erzieherin der Countess war und seit deren Kindheit ihre ständige Begleiterin ist. Die Lady verwitwete ebenfalls jung und hat offensichtlich nie ihre Trauerkleidung abgelegt. Sie soll eine sehr fromme Dame sein. Vermutlich mißbilligt sie deshalb Eure Entscheidung, das Kloster zu verlassen.«

»Das werden mehrere Menschen mißbilligen«, meinte Janeta düster.

»Zu denen ich nicht gehöre.«

Sie warf ihm einen scharfen Blick zu, doch er winkte schon einen Pagen mit einem Weinkrug heran, damit dieser den Pokal auffüllte. Dann beugte er sich vor, um mit seinem Dolch Scheiben von Wildbret in Weinsauce von dem gemeinsamen Speisebrett aufzunehmen. Er salutierte ihr ernst, während er ihr seinen Pokal reichte, nachdem er zuvor mit einem der bereitliegenden Tücher sorgfältig den Rand abgewischt hatte.

Janetas und Bertrands Finger berührten sich, als sie den Pokal entgegennahm. Die Intimität dieses Vorgangs war ihr sehr bewußt, denn seit ihrem Eintritt in St. Catharine's hatte sie niemals einen Pokal mit jemand anderem geteilt. Ein so enger Kontakt hatte selbst unter jungen Mädchen als Gott mißfällig gegolten.

Bertrands Finger waren kühl und fest. Janeta nahm den Weinhauch seines Atems sowie den männlichen Geruch von Leder und Waffenöl wahr, der noch an seinen Händen hing. Bertrand badete oder wusch sich bestimmt regelmäßig; das bezweifelte sie nicht, denn sie hatte noch keinen unangenehmen Schweiß- oder Schmutzgestank an ihm bemerkt, obwohl sie schließlich ganz dicht mit ihm zusammen auf einem Pferd gesessen hatte.

Solche Reinlichkeit war ungewöhnlich, wie sie von ihrem Vater, ihrem Bruder und den anderen Männern wußte, mit denen sie auf dem heimischen Gut zusammengekommen war. Allen Mädchen im Kloster war stets größte Reinlichkeit gepredigt worden, und daß Bertrand es damit ebenfalls so genau nahm, freute sie.

Der Lärm ringsum verwirrte sie. Im Kloster hatte man stets schweigend gegessen, wenn nicht gerade jemand aus der Heiligen Schrift vorlas. Janeta merkte, daß sie aß, ohne genau zu wissen, was eigentlich. Gang um Gang wurde aufgetragen und wieder abgeräumt. Die Gerichte waren so gehaltvoll, daß sie immer nur ein wenig davon nehmen konnte, und sie hatte Angst davor, zuviel aus dem Weinpokal zu trinken. Bertrand dagegen aß mit gutem Appetit, wie sie sah. Mit dem Trinken hielt er sich allerdings ebenso zurück wie sie.

»Seid Ihr tatsächlich auf der Burg untergebracht?« erkundigte sie sich und mußte sich dann dicht zu ihm neigen, um bei dem Lärm seine Antwort zu verstehen.

»Ja, und für Saladin und das Maultier habe ich einen guten Stall gefunden. Ich teile mir das Schlafquartier mit einigen Männern des Earls. Am Weihnachtsturnier werde ich als ein Teil dieses Haushalts teilnehmen.«

Sie biß sich auf die Unterlippe. »Also beabsichtigt Ihr, Euch an den Kämpfen zu beteiligen?«

»Gewiß. Deshalb bin ich ja nach Winchester gekommen.«

»Ihr steht doch jetzt im Dienst des Earls und braucht nicht Leib und Leben für Euren Unterhalt zu riskieren.«

Er blickte sie eindringlich an, und seine hellbraunen Augen wirkten im Licht der an den Wänden hängenden Fackeln golden. »Ihr mißbilligt das Turnier, obwohl es nur eine Unterhaltung für die Weihnachtsfestivitäten ist? Ich muß doch dem Earl beweisen, wie geschickt ich in den Kriegskünsten bin.«

»Ich weiß. Ja, ich verstehe wirklich, doch seid vorsichtig.«

»Sorgt Ihr Euch um mich?«

»Selbstverständlich. Ihr seid mein einziger Freund am Hof, und ich will Euch nicht so bald verlieren.«

Er neigte sich zu ihr und nahm wieder ihre Hand. »Eure Freundschaft ehrt mich, Demoiselle Janeta. Ich freue mich darauf, Euch künftig noch oft zu sehen, und ich werde nicht so töricht sein, diese Möglichkeit leichtfertig aufs Spiel zu setzen.«

Sie beugte den Kopf, damit er nicht sah, daß ihr plötzlich die Tränen in die Augen stiegen. Natürlich wußte sie, daß dies hier nur ein höfisches Geplänkel war, dennoch wurde ihr bei seinen freundlichen Worten ganz warm. Daß sie ihn hier wiedergesehen hatte und daß er während des Mahls so zuvorkommend gewesen war, ließ sie die Kälte vergessen, die von Lady Sandford auszugehen schien. Janeta vergaß auch ihre Furcht davor, wie die Countess sie heute abend aufnehmen würde. War nicht die Gunst einer Prinzessin oft nur eine Laune? Nun, im Augenblick genoß sie, Janeta, nur die Freude über Bertrands Gesellschaft.

Als Lady Sandford erschien und forderte, die Demoiselle möge ihr zu den Gemächern der Prinzessin folgen, überkamen sie gemischte Gefühle. Die frechen Scherze der Spaßmacher, die ihr das Blut in die Wangen getrieben hatten, die ausgelassenen Darbietungen der Turner und Akrobaten, das unausgesetzte Lachen und Schwatzen ringsum verursachten ihr starken Kopfschmerz. Trotzdem wollte sie sich nur ungern der Gesellschaft Bertrands berauben lassen. Unwillig, wenn auch gehorsam, folgte sie dennoch der Hofdame.

Sie merkte, daß sie Lady Eleanor falsch eingeschätzt hatte, denn diese empfing sie so freundlich wie zuvor und erkundigte sich mit einem kleinen schlauen Lächeln, ob ihr denn ihr erstes Bankett bei Hofe geschmeckt habe. Janeta war also bei ihrem Gespräch mit Bertrand beobachtet worden.

Man vereinbarte, daß sie auf dem Rollbett im Vorraum von Eleanors Gemach schlafen sollte, und zwar in Gesellschaft von Martha, der ehemaligen Amme der Countess. Ein Kohlebecken erwärmte das Gemach, und das Bett war gewiß nicht weniger bequem als ihre schmale Pritsche im Schlafsaal des Klosters. Dennoch lag Janeta noch stundenlang wach. Sie machte sich Sorgen wegen des kommenden Turniers und wurde auch den Gedanken an den Überfall auf den Earl of Leicester auf der Landstraße nach Winchester nicht los.

Am nächsten Morgen schien das Turnier der einzige Gesprächsstoff unter den Damen der Countess zu sein. Allein Lady Sandford äußerte sich nicht zu der Angelegenheit. Sie bemerkte nur scharf, daß solche Vorstellungen der Lehre der Heiligen Kirche direkt entgegenstünden. Die jüngeren Damen kümmerte das nicht. Eine von ihnen schnitt sogar hinter dem Rücken der Lady eine Grimasse und sagte lachend zu Janeta: »Ihr müßt die alte Krähe einfach nicht beachten.«

Lady Sandford sah einer Krähe durchaus nicht unähnlich; alt indessen war sie gewiß nicht. Obgleich sie Lady Eleanors Erzieherin gewesen war, die sich selbst noch in den Zwanzigern befand, meinte Janeta, daß der Altersunterschied zwischen den beiden nur wenige Jahre betrug und daß sie zudem noch immer enge Vertraute waren.

Ihre Aufgaben fand Janeta in keiner Weise unerfreulich oder beschwerlich. Viele helfende Hände machten das Baden und Ankleiden der Countess zu einer leichten Arbeit, und Eleanor, wiewohl gebieterisch, war anscheinend nicht allzu schwer zufriedenzustellen.

Am Tag nach ihrer Ankunft wurde Janeta zu der Countess befohlen.

»Reitest du, Janeta?«

Janeta erschrak ein wenig; diese Frage hatte sie nicht erwartet. »Als Kind bin ich auf einem Pony geritten, Herrin«, gestand sie. »Im Kloster hatte ich keine Gelegenheit zum Reiten und bin jetzt ganz außer Übung.«

»Nun, du wirst mit mir in Gesellschaft meiner anderen Damen ausreiten müssen. Wir werden also dafür sorgen, daß du rasch darin unterrichtet wirst.«

Janeta konnte nur ein wenig verwirrt nicken.

»Die Reitknechte sind alle sehr beschäftigt und auch nicht besonders zuverlässig. Sie sind ein bunter Haufen und stammen aus allen möglichen Haushalten. Du brauchst jemanden, auf den du dich verlassen kannst. Ich werde zur Burg schicken und den Earl of Leicester bitten, uns Sir Bertrand zur Verfügung zu stellen, der dann mit dir ausreiten und dir das nötige Zutrauen zu dir selbst vermitteln soll. Du wirst bald in der Lage sein, mit den Besten von uns zu jagen.«

Janeta war verblüfft. Es schien, als würde sie immer wieder absichtlich mit Bertrand D'Aubigny zusammengebracht. Natürlich freute sie sich darüber, ihn wiederzusehen, wenngleich sie auch nicht ganz verstand, weshalb die Countess so an ihrem Wohlergehen interessiert war.

Offenbar verstand Cecily Sandford das ebenfalls nicht. Als sie Janeta später an diesem Nachmittag allein im Korridor antraf, packte sie sie beim Arm und zog sie herrisch an sich. »Es wäre für alle Beteiligten besser, wenn Ihr das Leben hier bei Hofe unbefriedigend fändet und den Wunsch äußertet, in Euer Kloster zurückzukehren«, zischte sie.

Janeta befreite sich zornig aus dem schmerzhaften Griff. »Ich bedaure, daß Ihr einen solchen Eindruck von mir habt. Zwar glaube ich kaum, daß ich es verdiene, doch mir gefällt es hier sehr gut, und ich hege nicht die Absicht, nach St. Catharine's zurückzugehen, weder auf Euren Wunsch noch auf den der Countess. Ich werde mein Bestes tun, um sie in jeder Weise zufriedenzustellen, und ich verstehe nicht, weshalb Euch soviel daran liegt, mich loszuwerden. Ich bin doch ein Niemand. Ich kann Euch nicht aus der Gunst der Countess vertreiben und stelle deshalb keinerlei Bedrohung für Euch dar.«

Dies war eine kühne und aufrichtige Rede. Janeta bedauerte auch sofort ihre eigenen Worte. Lady Sandford erwiderte nichts. Sie knirschte mit den Zähnen und wollte schon fortgehen, blieb jedoch noch einmal stehen. »Ihr versteht das nicht«, sagte sie leise. »Ihr seid eine Bedrohung für alle unsere Hoffnungen. Nun, lassen wir das. Schließlich seid Ihr nicht dafür verantwortlich.« Damit eilte sie fort, und Janeta blickte ihr verblüfft hinterher; sie hatte der Stimme der Lady unterdrückte Tränen angehört.

Am nächsten Tag wurde Janeta in Begleitung eines sehr neugierigen Pagen in den Palasthof geschickt, wo sie Bertrand D'Aubigny wartend vorfand. In seinen Umhang gehüllt, hielt er die Zügel eines älteren Zelters. Sein eigenes Pferd, der verhätschelte Saladin, war an einem Ring an der Stallwand angebunden.

Man hatte Janeta geraten, sich warm anzuziehen. Die zweckmäßige Reitkleidung war für sie herausgelegt worden. Gern wäre sie sofort zu Bertrand gelaufen, um ihn freudig zu begrüßen, doch die Anwesenheit des wachsamen Pagen hielt sie davon ab, und so näherte sie sich eher schüchtern und streichelte dem Zelter sanft die Nase.

Bertrand sah den frechen Jüngling an und entließ ihn dann mit einer Handbewegung. »Deine Herrin wird in meinen Händen sicher sein. Ich werde sie selbst zum Gemach der Countess zurückgeleiten, wenn wir unseren Reitunterricht beendet haben.«

Widerstrebend verzog sich der Junge und schaute noch mehrmals über die Schulter hinweg zu dem Paar zurück.

»O Sir Bertrand«, hauchte Janeta. »Wie schön, Euch zu sehen! Ich habe große Angst davor, mich im Sattel lächerlich zu machen, und nehme nur zu gern die Anleitung eines Freundes an.«

»Das ahnte die Countess, und deshalb bin ich hier. Und zu fürchten braucht Ihr Euch nicht. Ich habe Euch das sanfteste Pferd im ganzen Stall herausgesucht und werde außerdem stets in Eurer Nähe sein.«

Er hob sie in den Sattel und führte den Zelter langsam um den Hof. Wie von der Countess vorausgesagt, gewöhnte sich Janeta schnell daran, im Sattel zu sitzen, und ließ das Pferd traben. Als Bertrand bemerkte, daß sie Vertrauen gewonnen hatte, bestieg er Saladin, und sie ritten durch das Tor hinaus in die Stadt.

Es war noch sehr kalt. Der Schneematsch war von den Gehwegen entfernt worden und lag nun in schmutzigen Haufen vor den armseligen Behausungen. Die Luft war angenehm, und Janeta zeigte sich bester Dinge.

Sie ritten durch das Stadttor und in die dahinter befindlichen Weiden. Arbeiter hämmerten schon an den Tribünen und Logen für das Turnier. Janeta wandte den Blick ab und sprach nicht über das anstehende Ereignis. Sie wollte Bertrand an diesem schönen Morgen nicht verärgern. Ihr sanftes Reitpferd trabte gemächlich dahin, und sie versuchte auch nicht, das Tempo zu forcieren; sie wollte nur lernen, das Tier richtig zu handhaben. Saladin, der stolze, feurige Hengst, blieb, von seinem Herrn fest kontrolliert, ruhig an ihrer Seite.

Die langsame Gangart erlaubte eine Unterhaltung. Bertrand erzählte begeistert von seinem Leben auf der Burg. Der Earl of Leicester sollte an des Königs Seite bleiben, wenn dieser nach London ritt, und Janeta überlegte, ob Eleanor ihren Bruder begleiten oder zu ihrem Landsitz in Odiham zurückkehren würde.

»Seht Ihr den Earl oft?« wollte sie wissen. Simon de Montfort hatte gewiß enge Freunde; Bertrand dagegen war erst kürzlich in seinen Dienst getreten, also schien dies recht unwahrscheinlich.

»Ja. Er behält mich dicht an seiner Seite, was sehr schmeichelhaft ist. Ich glaube, er zweifelt an der Loyalität einiger derjenigen, die ihn umgeben. Da ich ihm das Leben gerettet habe, scheint er mir zu vertrauen.«

»Ist seine Verletzung gut verheilt?«

»Ja, und ganz ohne die Hilfe eines Wundarztes. Er spricht oft voller Dankbarkeit von Euren Diensten. Ihm liegt viel daran, daß Ihr Euch im Haushalt der Countess einlebt.«

»Sie behandelt mich gut«, sagte Janeta nachdenklich. »Es scheint, als ob sie – wie der Earl – sich ihrer anderen Bediensteten nicht ganz sicher ist.« Sie biß sich auf die Lippe. »Daß sie mir ihre Gunst schenkt, erzürnt Lady Sandford sehr. Erst gestern hat sie mir erklärt, ich sei eine Bedrohung aller ihrer Hoffnungen. Was kann sie damit wohl gemeint haben?«

Bertrand zuckte mit den Schultern. »Eifersucht ist eine sehr starke Empfindung. Ich kann mir vorstellen, daß die Lady befürchtet, ihren Einfluß auf die Countess zu verlieren.«

»Sie wird doch wohl nicht glauben, daß ausgerechnet ich ihren Platz einnehmen könnte.«

»Wohl kaum.« Er wandte seinen Hengst und schaute genau zu, wie Janeta das gleiche Manöver ausführte. »Habt Ihr schon etwas von Eurem Vater gehört?«

Janeta überlief es kalt. Sie fürchtete sich vor der Wut ihres Vaters, wenn er bei Hofe auftrat. Selbst die Freundlichkeit der Countess vermochte ihr nicht zu helfen, falls er verlangte, daß sie ins Kloster zurückkehrte. Der König war ein zutiefst frömmiger junger Mann; er mochte sehr wohl darauf bestehen, daß die Wünsche ihres Vaters der Meinung seiner Schwester vorgingen.

Sie schob ihre Zweifel beiseite, als sie wieder in die Stadt einritten und zum Alten Palast zurückkehrten. Sie war stolz darauf, daß sie sich auf ihrem Zelter so gut gehalten hatte, doch sie wußte, daß das so gewesen war, weil Bertrand ihr die Sicherheit geschenkt hatte.

Als sie in den Hof ritten, sah Janeta, daß Besucher eingetroffen waren; Stallknechte führten gerade die fremden Pferde in die Ställe. Bertrand saß ab und wollte Janeta ebenfalls vom Roß heben, als er eine aufgeregte Frauenstimme hörte.

»Bertrand – hier? Morris, sieh nur! Bertrand ist hier. Was für eine schöne Überraschung!«

Bertrand stellte Janeta auf den Boden, und beide drehten sich zu den Ankömmlingen um. Die Frau lief auf sie zu. Der Mann blieb ein wenig zurück, als traute er seinen eigenen Sinnen nicht. Er war jung, stämmig und nicht so groß wie Bertrand, obwohl er diesem sehr ähnlich sah. War dies der ältere Bruder, der den Familienbesitz geerbt hatte?

Die Frau war klein und schlank. Sie trug einen warmen Umhang aus grünem Samt. Die pelzgefütterte Kapuze bedeckte die Schleierhaube, doch Janeta sah das blonde Haar, das sich ein wenig unter dem Schleier hervorringelte.

Die junge Dame hob Bertrand das Gesicht zum Begrüßungskuß entgegen, und er neigte sich zu ihr. Die Lippen trafen sich – dauerte der Kuß etwa länger, als dieses für eine formelle Begrüßung nötig war?

Schließlich trat Bertrand zurück. »Demoiselle Janeta, gestattet mir, daß ich Euch meinen Bruder Morris und dessen Verlobte, die Demoiselle Roesia Fitzherbert, vorstelle. Ich hatte nicht erwartet, sie beide so bald wiederzusehen.«

Morris D'Aubigny nahm seine Bruder fest beim Arm, doch Janeta schien es, als drückten seine grauen Augen Zweifel aus. Hatte er gehofft, Bertrand wäre weit fort von Roesia?

»Ich hätte mir denken können, daß ich dich hier finden würde, da doch das Weihnachtsturnier vorgesehen ist«, sagte er betont herzlich. »Der König hat mich zu den Festlichkeiten an den Hof bestellt und mir befohlen, meine Verlobte mitzubringen. Glücklicherweise war das Wetter gut genug für eine verhältnismäßig angenehme Reise.«

Er blickte auf Janeta hinunter und verneigte sich ein wenig. »Es scheint, als wäre mein Bruder Euch zu Diensten gewesen, Demoiselle.«

»Demoiselle Janeta Cobham ist eine der Damen im Haushalt der Countess of Pembroke«, erläuterte Bertrand. »Ich habe beim Earl of Leicester Dienst genommen und wurde aufgefordert, die Demoiselle bei ihrem Ausritt zu begleiten.«

Morris D'Aubigny nahm diese Neuigkeit mit deutlicher Kälte auf. Breitbeinig stand er da und blickte von Bertrand zu Roesia. »Dann wirst du also doch nicht in die Normandie reisen? Wie erfreulich. Du mußt mir erzählen, wie das alles gekommen ist, doch zunächst müssen wir Roesia und ihre Damen zu ihren Unterkünften bringen.«

»Du findest mich auf der Burg, Morris, wenn du die Zeit für eine Unterhaltung hast.«

Sir Morris D'Aubigny verneigte sich und führte seine Verlobte entschlossen zu der Tür zum Palast. Bertrand blickte den beiden nach. Janeta meinte, ein sehnsüchtiges Lächeln auf seinen Lippen zu entdecken, und verabschiedete sich rasch von ihm.

Mit ihren eigenen Gedanken beschäftigt, eilte sie zu den Gemächern der Countess, die jedoch gerade der Königin im Frauengemach aufwartete. Es dauerte einige Stunden, ehe Janeta wieder gebraucht wurde. Selbst dann befand sie sich noch mit den Gedanken woanders, und Martha mußte sie streng zur Ordnung rufen, bis sie merkte, daß die Countess sie zu sehen wünschte.

Während des ganzen Tages hatte Janeta versucht, Roesia Fitzherbert zu entdecken, ohne indessen eine Spur von ihr zu finden. Vermutlich war sie der Königin Eleanor im Frauengemach vorgestellt worden.

Die Countess deutete auf ihren Elfenbeinkamm, und Janeta löste ihr die Zöpfe. Lady Sandford war nicht anwesend, und Martha war von der Countess hinausgeschickt worden. »Nun, wie war der Unterricht?« erkundigte sie sich und blickte Janeta in dem blanken Eisenspiegel an.

»Ich danke, recht gut, Herrin. Sir Bertrand war überaus geduldig und hat mir ein sehr gehorsames Pferd ausgesucht. Meine früheren Reitkenntnisse kamen schnell zurück, und ich glaube, ich werde bald in der Lage sein, Euch zu Roß zu begleiten, wohin Ihr auch immer nach den Weihnachtsfeierlichkeiten zu reisen wünscht.«

Eleanor blickte ihre neueste Bedienstete scharf an. »Hat Sir Bertrand von den Plänen des Earls of Leicester gesprochen?«

»Ich hörte, der Haushalt des Earls soll zusammen mit dem König nach Süden reisen, Herrin.«

»Ich verstehe. Und der Earl – hat er sich von seiner Verletzung erholt?«

»Vollkommen, Herrin, denn er will ja bei den Waffenspielen dabeisein. Bertrand wird mit den anderen Rittern des Haushalts reiten . . .« Janeta sprach nicht weiter.

»Machst du dir Sorgen?«

»Ich habe noch nie bei einem Turnier zugeschaut, Herrin, doch im Kloster wurde uns beigebracht, Gott sei es nicht gefällig, wenn Männer ihr Leben bei eitlen Vorstellungen aufs Spiel setzen.«

»Es ist gefährlich«, sagte die Countess und biß sich auf die Unterlippe, »und es bietet die Möglichkeit, alte Rechnungen zu begleichen. Der König mißbilligt es, doch in der Weihnachtszeit ist es nun einmal Tradition, und man hat ihn praktisch gezwungen, sein Einverständnis dazu zu geben. Er wird bei den Kämpfen anwesend sein und ich gleichfalls.« Sie nahm Janetas Hand. »Möchtest du mich begleiten?«

»Ja, Herrin«, hauchte Janeta leise. »Wenn ich nicht dabei wäre . . .«

»Dann würdest du dich noch mehr sorgen. Gut. Du wirst bei mir in der Loge sitzen. Und nun hast du mich genug gekämmt, Kind. Rufe Martha und geh zu Bett. Morgen ist Heiligabend. Wir werden alle damit beschäftigt sein, die grünen Zweige in Sälen und Gemächern anzubringen.«

Am nächsten Tag hatte Janeta vollauf damit zu tun, Botengänge für die Countess und deren Damen zu erledigen. Letztere erwarteten mit Spannung das Weihnachtsfest und beschäftigten sich damit, ihre Gewänder für die Feierlichkeiten auszuwählen und den Pagen und Knappen, welche das Frauengemach dekorierten, Befehle zu erteilen.

Wieder suchte Janeta unter den buntgekleideten Damen vergebens nach der goldhaarigen Roesia. Sie selbst hatte keine Ahnung, ob sie an dem symbolträchtigen Weihnachtsmahl teilnehmen würde, und falls ja, was sie dazu anziehen sollte. Würde Bertrand als Bediensteter des Earls of Leicester anwesend sein? Das war sehr wahrscheinlich, denn dies war der Tag, an dem der Loyalitätseid feierlich erneuert wurde, und dazu mußte Simon de Montfort zusammen mit den anderen Baronen anwesend sein.

Zu ihrer Freude teilte die Countess ihr mit, daß sie einen Platz am mittleren Tisch bei den anderen Damen einnehmen würde, und trug Martha auf, ihr ein passendes Gewand herauszusuchen. Janeta erhielt schließlich eines aus rotem Samt mit einem Übergewand in Mitternachtsblau. Lady Sandford beanstandete, Stil sowie Farben seien viel zu anspruchsvoll für ein so junges Mädchen. Darüber lachte die Countess nur.

»Unsinn. Dies ist eine großen Feier, und Janeta muß – wie wir alle – ihre Rolle dabei spielen.«

Alle sehen in mir immer nur ein Kind, dachte Janeta verärgert und betrachtete sich düster in dem zerkratzten Spiegel, den Martha ihr geliehen hatte. Die Jahre im Kloster hatten sie gelehrt, die Augen niederzuschlagen und bescheiden einherzugehen. Beides ließ sie viel jünger erscheinen als sie war, fand sie jetzt.

Bisher war der Tag recht hektisch verlaufen. Nach der Frühmesse im Münster hatten die Damen untereinander Geschenke ausgetauscht. Janeta, die weder Geld noch Gegenstände besaß, die sie hätte verschenken können, fühlte sich ein wenig ausgeschlossen, doch bevor man zum Festmahl schritt, schenkte die Countess ihr eine goldene Kette und weigerte sich, Janetas unter Tränen geflüsterten Dank anzunehmen und ihre Bemerkung zu akzeptieren, eine solche Güte verdiene sie überhaupt nicht.

»Nimm dies als Zeichen meines Dankes für deine Bemühungen um meinen Earl«, meinte die Countess. »Was die überlassenen Gewänder betrifft, so wird das ausgeglichen werden, sobald dein Vater hier eintrifft. Ich werde darauf bestehen, daß er dir die Mittel zur Verfügung stellt, damit du für alle Gelegenheiten passend gekleidet bist.«

Als Janeta an diesem Abend hinter der Countess und den anderen Damen die große Halle betrat, hämmerte ihr Herz. Was würde Bertrand zu ihrem neuen Putz sagen? Würde er sie überhaupt bemerken, oder würde er seine Aufmerksamkeit ausschließlich seinem Bruder und Roesia Fitzherbert widmen?

Inzwischen hatte sich Janeta schon an die Pracht und das chaotische Treiben in der großen Bankethalle mit dem in der Mitte befindlichen Herd gewöhnt. Die langen Tische bogen sich unter dem Gewicht der vielen Speisebretter, der Silberplatten und -schüsseln, und heute abend war alles noch wesentlich großartiger.

Dies war das heilige Weihnachtsmahl; der König würde die Krone des heiligen Eduard tragen und sich dem Volk zeigen. Alle Edlen des Landes waren im Saal zugegen, von den größten Earls bis zu den niedrigsten Baronen und den Rittern ihres Haushaltes. Jedermann trug seine besten Kleider und schien entschlossen, soviel wie möglich zu essen und zu trinken. Es gab Pfauenbraten sowie gerösteten Schwan, Aal, Gebäck und Gelees. Keine Kosten waren gescheut worden, um der Welt zu zeigen, daß der König wirklich der Herr seines Volkes war, großzügig, gnädig und nachsichtig.

In der Tat gab es vieles nachzusehen. Von den anderen Damen hatte Janeta bereits von den vielen kleinen Eifersüchteleien und Gehässigkeiten gehört, die den Frieden des Reichs störten. Es hieß, der König stünde zu sehr unter dem Einfluß der Kirche und der ausländischen Adeligen, denen er gewogen war, und der prominenteste unter ihnen sei der Emporkömmling Simon de Montfort, Earl of Leicester.

Diesmal konnte Janeta nicht an einem der niederen Tische nach Bertrand Ausschau halten, denn ihr Platz befand sich dem Herrentisch mit den Sesseln des Königs, seiner Königin und seiner Schwester gegenüber zwischen den Damen der Countess.

Der Lärm im Saal legte sich sofort, als der Zeremonienmeister mit seinem Stab auf den binsenbestreuten Boden stieß. Die Hochrufe der noch im Hof Stehenden brandeten auf. Die Zuschauer wollten den jungen König und die Königin sehen, die ihre Staatsrobe sowie ihre goldenen Kronen trugen. Die im Saal Versammelten erhoben sich wie ein Mann, als der Zeremonienmeister wieder ein Zeichen gab und Henry mit seiner Gemahlin erschien. Die steifen, schweren Stoffe ihrer scharlachroten und goldenen Gewänder raschelten, während das Paar durch die Halle schritt, um die Plätze am Herrentisch einzunehmen. Tief verneigten sich die anwesenden Männer, und die Damen versanken in Hofknicksen.

Der König nahm die Huldigung durch sein Volk entgegen und setzte sich. Nachdem die ganze Gesellschaft ebenfalls wieder Platz genommen hatte, brach das Lärmen aus neue los. Ängstlich schaute Janeta wieder nach Bertrand aufs. Trotz aller Feindseligkeiten von seiten der Barone des Königs hatte der Earl of Leicester seinen Platz nahe beim Herrentisch, und endlich entdeckte Janeta auch Bertrand sowie Morris D'Aubigny am unteren Ende des gegenüberstehenden langen Tisches. Roesia Fitzherbert saß zwischen den beiden Brüdern. Sie trug ein rosa Gewand mit Silberstickerei. Ein silberner Stirnreifen hielt ihren durchsichtigen Schleier.

Janeta merkte schnell, daß die neben ihr sitzende Cecily Sandford sich ebensowenig wohl fühlte wie sie selbst. Wie Janeta, so aß und trank sie nur wenig. Ihr Blick richtete sich starr auf Lady Eleanor, Countess of Pembroke, die ihrerseits ebenso unablässig Simon de Montfort anschaute. In seiner hellblauen Tunika mit der Bandstickerei an Schulter und Saum sah er heute abend großartig aus. Sein schwerer dunkelroter Samtumhang war von seinen breiten Schultern zurückgeschlagen, und seine dunklen Augen glänzten erregt.

Eleanor war Janeta noch nie so schön erschienen wie heute abend. Sie trug ein Gewand aus rosenfarbener Seide unter einem Umhang aus Goldstoff. Ihr herrliches Haar unter dem weißen und goldenen Schleier fiel ihr lose um die Schultern, und um die Stirn trug sie das Diadem einer Prinzessin. Simons und Eleanors Blicke versanken ineinander. Janeta verstand: Simon liebte die verwitwete Schwester des Königs, und diese Liebe wurde zweifellos erwidert.

Janeta lächelte in sich hinein. Jetzt wußte sie endlich, weshalb Eleanor so ausnehmend freundlich zu ihr war. Sie, Janeta, hatte die Attacke auf Simon miterlebt und war ihm sogar zu Diensten gewesen. Außerdem stand sie in Verbindung zu jemandem aus dem Haushalt des Earls und konnte ihrer Herrin Botschaften von ihm übermitteln. Warum auch nicht? Eleanor hatte einmal einen älteren Mann geheiratet, um ihrem Bruder einen Gefallen zu erweisen; jetzt stand es ihr doch sicherlich frei, ihrem Herzen zu folgen. Dabei wollte ihr Janeta nur zu gern helfen.

Deshalb also befürchtete Cecily Sandford, daß es mit ihrem Einfluß auf die Countess bald zu Ende ging. Es gab keinen Grund, die Eheschließung zu unterbinden. Simon de Montfort stand beim König in hohem Ansehen, und Henry ließ sich möglicherweise dazu überreden, der Heirat zuzustimmen.

Janeta seufzte zufrieden und wandte ihre Aufmerksamkeit den dreien am unteren Ende des Tisches zu. Roesia Fitzherbert neigte sich so dicht an Bertrand D'Aubigny heran, daß sich beider Lippen schon fast berührten. Janeta spürte eine mörderische Wut in sich aufsteigen, die sie zu überwältigen drohte, wie es bei ihren Anfällen in St. Catharine's oft gewesen war. Sie hielt sich an der Tischkante so fest, daß ihre Fingerknöchel weiß durch die Haut schimmerten. Ihr war, als müßte sie an ihrer Wut ersticken. Wie konnte Roesia, die einem anderen Mann versprochen war, es wagen, so schamlos mit dessen Bruder zu kokettieren?

Janeta stieß einen kleinen Wutschrei aus, unterdrückte ihn jedoch sofort. Cecily Sandford blickte sie aus kalten Augen an, und Janeta wandte sich rasch ab. Leider durfte sie nicht aufstehen und die königliche Tafel verlassen, so gern sie das auch getan hätte. Also blieb sie sitzen, und die bunte Szenerie ringsum verschwamm vor ihren tränenverschleierten Augen.

5. KAPITEL

Zusammen mit den Damen der Countess saß Janeta in der hölzernen Loge, die für das Turnier außerhalb der Stadtmauern errichtet worden war. Glücklicherweise war der Schnee ganz verschwunden. Der Sankt-Stephans-Tag zeigte sich strahlend und kalt. Die Wintersonne schien auf die farbenfrohe Szene, auf die grünen, blauen und roten pelzgefütterten Umhänge der Zuschauer, auf die bunten Tuniken der Herolde und auf die aufgemalten Wappenzeichen an den Schilden derer, die an den bevorstehenden Kampfspielen teilnehmen würden.

Dies war der zweite Tag des Turniers; die Ausscheidungskämpfe hatten bereits vor Weihnachten stattgefunden, und die Champions konnten es nicht mehr erwarten, gegen ihre Gegner anzutreten. Die königliche Gesellschaft hatte heute zum erstenmal die Logen eingenommen.

Janeta schaute über das Feld. An seinen beiden Enden standen die Zelte der Ritter. Über dem einen flatterte die

Standarte des Bruders des Königs, Richard Earl of Cornwall, und über dem anderen die von Simon de Montfort, Earl of Leicester. Unter Janetas Loge spielte sich eine scheinbar chaotische, in Wahrheit jedoch gut organisierte Szene ab. Herolde bewegten sich von Zelt zu Zelt. Knappen trugen eifrig Kettenpanzer und Helme umher; manche führten Schlachtrösser an den Zügeln. Da Sir Bertrand bis jetzt noch nicht über einen Knappen verfügte, fragte sich Janeta, wer ihn wohl heute bedienen würde.

Die Countess trat auf. Sie schien sich eindeutig auf die farbenprächtige Vorstellung zu freuen. Ihr Bruder auf seinem geschnitzten und gepolsterten Sessel schien die Vorfreude nicht zu teilen. Seine Königin deutete aufgeregt auf ein oder zwei Schilde der Champions; er nickte ihr indes nur halbherzig zu und blieb weiterhin in sich zusammengesunken in seinem Sessel sitzen.

Janeta wagte nicht, sich umzudrehen, um nachzusehen, ob Roesia Fitzherbert sich bei der Gesellschaft befand. Seit dem Weihnachtsessen hatte Janeta weder Roesia noch Bertrand zu Gesicht bekommen. Entschlossen bemühte sie sich, die heftigen Empfindungen zu vertreiben, die sie überfallen hatten. Selbstverständlich hatte sie keinerlei Anspruch auf Bertrand D'Aubigny. Er hatte sich zwar ihr gegenüber als Freund und Wohltäter erwiesen, doch seine Verwandten und andere Frauen gingen sie nichts an.

Im übrigen hatte sie wahrscheinlich die Nähe der beiden an jenem Abend überbewertet. Roesia war schließlich Morris D'Aubignys zukünftige Gattin. Dennoch hatte es diese übereifrige Begrüßung im Palasthof gegeben ...

Janeta hielt sich vor, daß es Bertrands eigene Angelegenheit war, wenn er sich selbst zum Narren und seinen Bruder zu seinem Feind machen wollte. Möglicherweise versuchte Roesia aus irgendwelchen perversen Gründen ja auch, die beiden Brüder gegeneinander aufzuhetzen.

Bisher hatte Janeta nur eine einzige Person kennengelernt, die einen solchen Charaktermangel aufwies. Schwester Anne, eine junge Novizin, war neu zu St. Catharine's gekommen. Nach außen bescheiden und bestrebt, es jedem recht zu machen, hatte sie es innerhalb weniger Tage nach ihrer Ankunft geschafft, viele Nonnen gegeneinander auszuspielen. Glücklicherweise hatte die Äbtissin die plötzliche Gereiztheit in ihrem sonst so friedlichen Haus schnell bemerkt, und Schwester Anne war wieder fortgegangen.

Roesia schien von dem gleichen unruhestiftenden Wesen zu sein. War das der Grund dafür, daß Bertrand sein Daheim verließ, um ein Leben als Söldner zu führen? Jetzt war er erneut an sie geraten, und die Versuchung mochte zu groß für ihn sein. Seufzend fragte sich Janeta, ob sie vielleicht ungerecht war; möglicherweise veranlaßten ihre freundschaftlichen Gefühle Bertrand gegenüber sie dazu, dem Mädchen zu mißtrauen. Immerhin hatte er einen Platz in Simon de Montforts Haushalt gefunden, und es wäre doch zu schade, wenn der Frieden nun durch eine unglückliche Laison gestört würde.

Unten sammelten jetzt die Knappen die Schilde ihrer Ritter ein. Die Herolde traten vor und nahmen vor der königlichen Loge Aufstellung. Die Menschen an den das Kampffeld begrenzenden Zäunen verstummten. Trompeten erschollen, und Herolde riefen die Namen der Champions dieses Tages aus. Die Ritter traten aus ihren Zelten und begaben sich zu ihren Rössern.

Es war vereinbart worden, daß die Mannschaftskämpfe heute und am nächsten Tage nur Scheingefechte unter dem Kommando Richards of Cornwall sowie des Earl of Leicester sein sollten. Die Ritter stellten sich hinter ihren Anführern auf. Jeder Champion würde, wie sein Opponent ebenfalls, einen Ritter von der gegnerischen Seite ins Visier nehmen.

Janeta erkannte das Wappenzeichen des Löwen von de Montfort und hätte gern gewußt, ob es sich bei dem neben dem Earl reitenden Mann um Bertrand handelte, was sie nicht erkennen konnte, weil inzwischen alle Teilnehmer Helme trugen. Jetzt hielt der Mann seinen Schild hoch; er trug einen silbernen Balken auf blauem Feld. Konnte das D'Aubignys Wehr sein?

Die Tribünen der niedrigeren Ränge zu beiden Seiten der Königsloge füllten sich schnell. Janeta sah, daß Morris D'Aubigny mit seiner Verlobten jetzt in der Loge zu ihrer Rechten Platz nahm. Mit den Blicken suchte Roesia Fitzherbert den Kampfplatz ebenso eifrig ab, wie Janeta es zuvor getan hatte.

Der König setzte sich aufrecht hin und ließ sich von seinem Kämmerer den kleinen vergoldeten Stab reichen, mit dem der Beginn der Spiele angekündigt wurde. Die Ritter bewegten sich mit ihren Pferden vor und blieben vor der Königsloge stehen. Zum Salut senkte jeder einmal seine Lanze, wendete dann sein Roß und ritt weiter, um dann vor der Dame seiner Wahl anzuhalten, die Lanze zu senken und das Gunstzeichen von der Lady zu erbitten. Starr vor Angst befürchtete Janeta, Bertrand würde so töricht sein, dieses Gunstzeichen in aller Öffentlichkeit von Roesia zu erbitten.

Gespannt schaute sie zu, wie der Ritter mit dem blau und silber gezeichneten Schild vor der königlichen Gesellschaft stehenblieb und dann die Lanze vor Countess Eleanor senkte, die lachend ein Stück silbernen Schleierstoffs daran befestigte. Jetzt hatte Janeta keine Zweifel mehr, denn sie erkannte auch das aufgeputzte Schlachtroß als Saladin wieder. Also wollte Bertrand der Lady seines Herrn Ehre erweisen. Vermutlich hatte Simon de Montfort ihn dazu beauftragt, denn andernfalls hätte Bertrand es nie gewagt, den Earl vor jedermann in dieser Form bloßzustellen. Ganz offensichtlich war es noch immer unklug, daß Simon seine Liebe zu der Schwester des Königs offen zeigte.

Verstohlen drehte sich Janeta um, weil sie sehen wollte, wen Simon selbst als Ehrendame ausgewählt hatte. Er hielt sein Roß vor dem Sessel der Königin an und senkte die Spitze seiner Lanze zu ihren kleinen Füßen. Für diese galante Geste erhielt er leisen Beifall.

Die Königin indes setzte sich sehr aufrecht hin und blickte nicht zu ihrem Gatten, um dessen Anweisung zu erbitten. Auf dem Kampfplatz wurde es sehr still. Wollte die Königin absichtlich den auserwählten Freund ihres Gemahl beleidigen, indem sie ihm das traditionelle Gunstzeichen verweigerte?

Sehr langsam hakte sie ein Tuch von ihrem Ärmel los, wo es zu diesem Zweck befestigt worden war, und band es mit zitternden Fingern an den Schaft der Lanze des Earls. Dieser salutierte der Königin sowie dem König noch einmal und ritt dann zu seinem seidenen Zelt.

»Das war ein peinlicher Moment«, flüsterte die Dame neben Janeta. »Gut, daß die Königin sich so rasch wieder gefangen hat. Es würde Reibereien zwischen ihr und dem König gegeben haben, wenn sie vor aller Welt ihren Haß auf Leicester gezeigt hätte.«

»Ich verstehe nicht – nimmt die Königin denn dem König dessen Freundschaft zu dem Earl of Leicester übel?« fragte Janeta ebenfalls flüsternd.

Die andere Frau zuckte mit den Schultern, senkte den Kopf und betrachtete die königliche Gesellschaft verstohlen. »Die Königin kann der Familie de Montfort deren Rolle bei den Albigenser-Kreuzzügen nicht verzeihen, die große Zerstörungen in ihre eigene Provinz in der Provence gebracht haben.«

Ein neuer Beweis für Intrigen und Gegenströmungen hier bei Hofe! Janeta wurde es immer unbehaglicher. Sie hatte schon von den Raubzügen reden hören, welche die französischen Ritter in Südeuropa unternommen und dabei Jagd auf die Ketzer gemacht hatten, die es wagten, einen Glauben zu vertreten, der dem der Mutterkirche entgegenstand. Obwohl Janeta um die Seelen solcher Menschen fürchtete, hielt sie die fürchterlichen Foltern und die Hinrichtungen für unnötig grausam. Besonders das arme Volk tat ihr leid, die vielen Frauen und Kinder, die keiner Bösartigkeiten gegen ihre Nachbarn schuldig waren. Welche Rolle Simon de Montfort bei diesen Vorgängen gespielt hatte, entzog sich ihrer Kenntnis.

Angstvoll wartete sie nun auf den Kampf zwischen Bertrand und dessen Gegner. Als er in die Schranken ritt und von den Herolden vermeldet wurde, legte ihr die Countess eine Hand auf den Arm.

»Habe keine Angst. Für heute und morgen hat der König bestimmt, daß dieses Turnier nur à plaisance – zum Vergnügen – ausgefochten wird. Die Lanzenspitzen sind mit harmlosen Aufsätzen versehen. Sir Bertrand kann nicht zu Schaden kommen.«

Trotzdem sah Janeta furchtsam zu, wie die beiden Ritter aufeinander zuritten. Der erste Versuch ergab keinen Kontakt, und die beiden Streiter ritten zu ihrem jeweiligen Ende des Platzes zurück. Selbst wenn nur mit geschützten Waffen gekämpft wurde, konnte Bertrand, wie Janeta befürchtete, doch aus dem Sattel geworfen werden und sich dabei den Hals oder das Rückgrat brechen.

Die beiden ritten erneut aufeinander zu. Der Boden schien unter den Hufen der Schlachtrösser zu erbeben. Diesmal splitterten die Lanzen. Die Kämpfer mußten jetzt absitzen und zu Fuß mit Schwertern weiterfechten, deren Schneiden mit Falzen entschärft waren.

Zu Janetas großer Erleichterung gewann Bertrand diese Runde und durfte nun Roß und Rüstung seines Gegners beanspruchen. Die beiden ritten vom Platz, um die Sache freundschaflich zu regeln; der Mann sollte sein Eigentum behalten, doch Bertrand würde ein beträchtliches Lösegeld zustehen.

Simon konnte ebenfalls triumphieren und wurde zum Champion des Tages erklärt. Ernst überreichte er der Königin auf seiner Lanzenspitze die kleine vergoldete Krone des Siegers. Diesmal nahm die hohe Dame das Zeichen lächelnd an, und der König beugte sich herab, um mit Simon zu sprechen, dem der Knappe den Helm abgenommen hatte.

Janeta schaute zu Roesia hinüber, um zu sehen, ob diese sich ebenfalls um Bertrand gesorgt hatte. Die Lady saß indes ganz gelassen neben ihrem Verlobten und schien nicht weiter bekümmert zu sein. Erleichtert verließ Janeta mit der Countess die Loge, um sich wieder zum Alten Palast zu begeben. Heute würde man wieder festlich speisen, und morgen sollte der letzte Tag des Turniers stattfinden.

Es erleichterte sie nicht eben, daß sie während des Banketts noch mehr Gerüchte über die Rivalität zwischen dem Earl of Cornwall und dem Freund des Königs hörte. Jedesmal, wenn sie einen Blick auf den triumphierend rechts neben der Königin sitzenden Simon de Montfort warf, dachte sie daran, wie loyal Bertrand morgen für ihn kämpfen würde. Die Königin haßte Leicester ganz eindeutig und verübelte ihrem Gatten dessen Gunstbeweise dem Earl gegenüber. Hatte sie etwa den Hinterhalt auf der Landstraße befohlen, dem Simon de Montfort beinahe zum Opfer gefallen wäre? Und falls dem so war, durfte sich Janeta dann auf die Versicherung der Countess verlassen, daß der Wettkampf morgen ebenfalls nur à plaisance und nicht etwa etwas ganz anderes war?

Am nächsten Morgen half Janeta der Countess bei deren Vorbereitungen für den zweiten Besuch in der Turnierloge.

Mit gemischten Gefühlen nahm sie es auf, als Lady Eleanor ihr erklärte, daß sie, Janeta wieder eine ihrer Begleiterinnen sein würde. Janeta fürchtete zwar entsetzlich um Bertrand, war jedoch nicht sicher, ob sie es ertragen konnte, beim Mannschaftskampf zuzuschauen. Außerdem wußte sie nicht, was sie dazu anziehen sollte.

Die anderen Damen waren entschlossen, sich gegenseitig in der Pracht ihrer Gewänder zu übertreffen, denn heute war schließlich der Tag der Festlichkeiten. Janeta besaß jedoch nur wenige Kleidungsstücke, und da es bitterkalt war, mußte sie ihren wärmsten Umhang hervorholen.

Als ein junger Page erschien und ihr hochmütig mitteilte, sie werde im Privatgemach der Countess erwartet, wunderte sie sich, denn Eleanor hatte sie eben erst freundlich entlassen mit der Aufforderung, sich recht warm anzuziehen. Also hatte sie ihr Grünwollenes angelegt, nahm jetzt ihren Umhang auf und folgte dem Knaben.

Dieser klopfte zögernd an die Tür der Countess und trat dann zurück, um Janeta eintreten zu lassen. Auf der Schwelle stockte sie und starrte den großen Mann an, der mit ihr zugewandtem Rücken vor dem Sessel der Countess stand. Jetzt drehte er sich um, und Janeta hörte deutlich, daß er vor Wut schnaubte.

»Janeta«, hieß die Countess sie freundlich willkommen. »Wie du siehst, ist dein Vater endlich eingetroffen und möchte über deine Zukunft mit dir reden.«

»Herrin«, stieß Sir Hugh Cobham rauh hervor, »wie ich bereits zum Ausdruck brachte, ist es mein Wunsch, daß meine Tochter in das Kloster St. Catharine's zurückgeschickt wird. Sie hielt es für angezeigt, sich mir gegenüber ungehorsam zu erweisen, doch ich kann es ihr nicht gestatten, Eure Großmütigkeit und Eure . . .«

Eleanor unterbrach ihn mit honigsüßer Stimme. »Ich wußte, daß Ihr die Sache in diesem Licht sehen würdet, Sir

Hugh. Deshalb sorgt bitte dafür, daß Janeta mit angemessener Kleidung und ausreichenden Mitteln ausgestattet wird, um ihre Stellung in meinem Haushalt aufrechtzuerhalten. Wußtet Ihr eigentlich, wie großartig sie ist? Sie hat sich bereits als unbezahlbar erwiesen. Ich hatte mich schon widerstrebend dazu entschlossen, mehrere Kleidungsstücke auszumustern, weil sie beschädigt waren, doch Janeta hat sie ausgezeichnet reparieren können. Außerdem zeichnet sie sich durch ihre Dienstbereitschaft und ihre Offenheit aus, beides Dinge, die meine anderen Damen oft vermissen lassen. Ihr werdet verstehen, daß ich sie bei mir behalten will.«

Trotz des liebenswürdigen Tons, der Eleanors Forderung verschleierte, erkannte Sir Hugh dahinter den festen Willen, den die Countess wohl von ihrem Vater, einem Plantagenet, geerbt hatte. Hilflos blickte er von seiner zitternden Tochter zu der liebreizenden Lady königlichen Geblüts und hüstelte verlegen.

»Aus Gründen, die ich nicht erläutern möchte, halte ich es dennoch für Janeta am besten, wenn sie ihr Gelübde für das Novizitat ablegt«, meinte er ein wenig unsicher.

Janetas Hoffnung sank. Als die Countess sie indessen mit einer Handbewegung aufforderte, näher zu treten, gehorchte sie und knickste vor der Lady sowie vor ihrem Vater.

»Was sagst du zu deinem Vater, Janeta? Willst du in meinem Dienst bleiben?«

Diese Frage klang eher wie ein Befehl, und Janeta nickte ängstlich. »Jawohl, Herrin.«

»Janeta ist fast noch ein Kind . . .«

»Ich bin neunzehn Jahre alt, Vater«, erinnerte sie ihn. Bei dieser Information hob Eleanor erstaunt die Augenbrauen. Offenbar hatte sie das Mädchen für jünger gehalten.

»Trotzdem weiß sie nichts von der Welt und ist kaum qualifiziert, zu beurteilen, was am besten für sie ist«, beharrte ihr Vater.

»Und mich haltet Ihr für ebensowenig qualifiziert?« fragte Eleanor eisig.

Erneut hüstelte Sir Hugh verlegen. »Ihr, Herrin, kennt offensichtlich die Welt und hattet auch Gelegenheit, mit meiner Tochter die Dinge durchzusprechen . . .«

»Und ich bin deshalb in der Lage, das Beste für ihr Wohlergehen zu tun.«

Er verzagte vor dem arroganten Blick aus diesen blauen Augen. »Verehrte Countess, ich würde mir niemals erlauben, Euch zu widersprechen, nur . . .«

Unvermittelt öffnete sich die Tür, und der König stand auf der Schwelle. Er machte ein finsteres Gesicht und war offensichtlich verärgert. »Eleanor, was hält dich so lange auf? Wir warten auf dich und wollen uns zum Turnierplatz begeben.« Sein Blick fiel auf Sir Hugh, der in Gegenwart seines Souveräns auf ein Knie niedersank. »Wer ist das?«

»Sir Hugh Cobham, Sire, Janetas Vater. Ihr werdet Euch erinnern, daß ich ihm eine Botschaft sandte, um ihn von der Anwesenheit seiner Tochter hier zu informieren.«

»A ja. Wir dachten, er könnte beunruhigt sein.«

»Sie Hugh macht sich Sorgen wegen Janeta.«

Der König winkte ab. »Dazu besteht kein Grund, Sir Hugh. Nicht der geringste. Eure Tochter befindet sich, wie Ihr seht, in guten Händen. Sie darf sich glücklich schätzen, sich unter den Damen meiner Schwester zu befinden. Lady Eleanor mag das Mädchen gern, und meine Königin bewundert Demoiselle Janetas Geschick im Umgang mit der Nadel, das diese bei der Reparatur einer kostbaren Stickerei bewiesen hat, wie ich hörte.«

Er strahlte förmlich vor Freude. Seine junge Gemahlin hatte sich seine Geneigtheit sehr schnell erobert, und was Königin Eleanor wünschte oder pries, war auch in Henrys Augen wünschens- oder preisenswert.

Nachdenklich schaute Sir Hugh Janeta an. Sie verharrte

in Gegenwart des Königs in einem tiefen Hofknicks und hatte den Kopf gebeugt, so daß ihr Vater ihr Gesicht nicht zu sehen vermochte. Freilich erkannte er, daß er geschlagen war.

Er verbeugte sich formell erst vor dem König und dann vor der Countess. »Es ehrt mich, daß meine Tochter Eurer Aufmerksamkeit wert ist, Sire«, sagte er tonlos. »Ich werde es mir angelegen sein lassen, ihr Mittel zur Verfügung zu stellen, Herrin. Es soll ihr an nichts fehlen. Und wenn Ihr mich jetzt entschuldigen wollt, mein Fürst . . .«

»Gewiß, Sir Hugh. Wir hoffen, Euch noch oft bei Hofe zu sehen, wenn Ihr Eure Tochter hier besucht. Da Ihr nun schon einmal hier seid, wollt Ihr uns vielleicht zu den heutigen Vergnügungen begleiten. Ihr möchtet sicherlich noch länger mit Janeta sprechen, doch wir müssen jetzt leider den Palast verlassen.«

Nichts konnte im Augenblick Sir Hugh weniger erfreuen als die Aussicht darauf, seinem Souverän während der langen Zeremonien des Turniers Achtung zu erweisen. Viel lieber wollte er allein sein und seine Wunden lecken, doch er schluckte seine Wut hinunter und verneigte sich erneut.

»Zuviel der Ehre, mein Fürst . . .«

»Ja, nun . . . gehen wir. Mir behagen diese Veranstaltungen wenig, und ich will die Angelegenheit rasch hinter mich bringen. Der Champion der Königin reitet im Buhurt, und wir dürfen dabei nicht fehlen. Das wäre unhöflich.«

Eine der Damen der Countess brachte den pelzgefütterten Umhang ihrer Herrin, und der König geleitete seine Schwester aus dem Gemach. Eleanors andere Damen eilten nach, und Janeta blieb nur, schweigend und ohne Reue zu zeigen, neben ihrem Vater her den königlichen Geschwistern zu folgen.

Auf dem Kampffeld schien ein noch größeres Chaos zu

herrschen als gestern. Als Janeta die königliche Loge betrat, rief die Countess ihr zu: »Komm, setze dich zu mir – neben deinen Vater.«

Sir Hugh, der sich schon zu den niederen Baronen hinten in die Loge setzen wollte, erschrak, kam jedoch gehorsam heran und nahm den ihm angewiesenen Platz neben Lady Eleanor ein. Janeta, die sich der Eifersucht der anderen Damen bewußt war, setzte sich befangen neben ihren Vater.

Unten eilten die Herolde und die Knappen der gegnerischen Mannschaften mit Rüstungsteilen, Helmen und frischbemalten Schilden zu ihren jeweiligen Zelten. Sogar aus dieser Entfernung hörte Janeta die Männer brüllen und die Pferde hinter den Zelten schnauben und wiehern. Binnen kurzem würde der flache, offene Platz zum Schlachtfeld werden. Ihr fröstelte bei der Erwartung des Kommenden, und sie drehte sich zu der Countess um, weil sie sehen wollte, ob diese ebenfalls beunruhigt war. Das schien nicht der Fall zu sein. Eleanor unterhielt sich so angeregt mit Sir Hugh, als hätte sie nicht erst vor einer knappen Stunde ihren Willen gegen seinen durchgesetzt.

Janeta hatte plötzlich das Gefühl, als hätte ihr jemand ein Messer in den Rücken gejagt. Sie drehte sich um und sah Roesia Fitzherbert mit Sir Morris D'Aubigny hinter sich sitzen. Bertrands Bruder begrüßte sie mit einem höflichen Kopfnicken, und Janeta lächelte ihm ein wenig nervös zu.

Trompeten erschollen. Die Ritter traten aus den Zelten, und die Knappen führten die Pferde heran. Janeta suchte mit den Blicken nach dem blau und silbern bemalten Schild, an dem sie Bertrand in Helm und Rüstung erkennen würde. Sie seufzte leise, als sie sah, daß er an der Seite des Earls of Leicester ritt.

»Ich hörte, daß du von dem Earl of Leicester und einem seiner Ritter nach Winchester begleitet wurdest«, sagte Sir Hugh.

»So ist es, Vater.« Janeta deutete auf die beiden Männer. »Sir Bertrand D'Aubigny hat mich auch reiten gelehrt – auf Befehl der Countess.«

Ihr Vater nickte und preßte die Lippen zusammen. »Ich nehme an, der Bursche besitzt kein Geld?«

»Ich fürchte, du hast recht«, antwortete sie sehr leise. »Doch Sir Bertrand steht hoch in der Gunst des Earls und wird zweifellos einen passenden Platz in dessen Haushalt finden.«

»Hmm.« Sir Hugh schaute über das Feld. »Wollen wir hoffen, daß er sich hierbei hervortut.« Plötzlich schien ihm der Atem zu stocken.

Janeta folgte seinem Blick und sah einen Ritter stolz und unbehelmt auf seinem Pferd sitzen. Neben einem Herold her ritt er vor den Platz des Königs und hielt dort sein Roß an. Er trug einen kleinen Stab, ähnlich dem, mit dem der König den Beginn der Kämpfe des heutigen Tages signalisierte.

Sir Hugh beobachtete den Mann genau. Im Gegensatz zu Janeta kannte er ihn offenkundig. Natürlich waren ihm viele der anwesenden Barone bekannt; auf dem kurzen Weg vom Palast hierher hatte ihn manch einer begrüßt. Dennoch erregte dieser bestimmte Mann seine ganze Aufmerksamkeit.

Janeta wandte sich an ihre nächste Nachbarin, eine der Damen der Countess, die bisher noch keine allzu offene Kritik an Eleanors Gunstbezeigungen Janeta gegenüber geäußert hatte. »Kennt Ihr den Ritter neben dem Herold?« erkundigte sie sich.

»Das ist Fulke L'Estrange. Erst kürzlich kehrte er von seinem eigenen Gut an den Hof zurück. Er ist der Leiter des heutigen Turniers und dafür verantwortlich, daß alle Streiter die ritterlichen Regeln einhalten.«

Die beiden hatten nur geflüstert. Janetas Vater drehte

sich nicht um; vermutlich hatte er nicht gehört, was gesprochen worden war. Er musterte den Mann noch immer. War dies einer seiner Nachbarn? Eignete Sir Fulke Land in der Nähe des Cobham-Besitzes?

Janeta beschlich das Gefühl, daß ihr Vater und dieser Ritter Feinde waren, obwohl sie noch nie etwas über Meinungsverschiedenheiten zwischen den Cobhams und einem ihrer Nachbarn gehört hatte. Ihres Wissens hatte Sir Hugh auch nie irgendwelche Vorteile von seinem Souverän erbeten, und dem Hof hatte er sich stets ferngehalten, also konnte es auch keine Eifersucht zwischen den beiden geben. Janeta zuckte mit den Schultern und widmete ihre Aufmerksamkeit wieder den Vorgängen auf dem Feld.

Der Leiter des Turniers und ein weiterer Mann, der jetzt absaß und neben ihm herging, bewegten sich nun an den Rittern vorbei, die in zwei Reihen an jedem Ende der Schranken Aufstellung genommen hatten, und inspizierten die Waffen.

Janetas Informantin beugte sich zu ihr heran. »Der andere ist der Chevalier d'Honneur. Seht Ihr das an seine Lanze gebundene Zeichen? Wie der Leiter, so hat auch er die Aufgabe, dafür zu sorgen, daß niemand gefährliche Waffen führt. Er wird jeden zu Fall gebrachten und ernsthaft verletzten Ritter mit seiner Lanze berühren und ihm gestatten, den Kampfplatz ehrenvoll zu verlassen.«

»Aha.« Janeta atmete ein wenig auf. Es schien, als wäre ihre Sorge um Sir Simon und Sir Bertrand grundlos. Dieses Turnier war wirklich nur dazu da, den Rittern eine Gelegenheit zu geben, ihr Waffengeschick vorzuführen, eine farbenfrohe Veranstaltung, die in Frieden zu Ende gehen würde und nach deren Abschluß Sieger und Besiegte sich dem Trubel des Abends hingeben konnten.

Obwohl das ungemein beruhigend war, und obwohl die blasse Wintersonne das Feld mit ihrem Gold übergoß, fühlte sich Janeta während der einleitenden Höflichkeiten recht unwohl. Sie spürte den mißbilligenden Blick ihres Vates auf sich gerichtet. Zwar hatte die Countess die erste Schlacht um ihre, Janetas, Zukunft gewonnen, doch Sir Hugh hatte gewiß noch nicht aufgegeben. Weshalb bestand er nur so hartnäckig darauf, daß sie den Schleier nahm? Natürlich stimmte es, daß sie wegen ihres körperlichen Makels nie eine Braut sein würde ...

Bei diesem Gedanken durchfuhr es sie kalt. Roesia Fitzherbert besaß zwei rivalisierende Champions, doch Bertrand würde schließlich auch irgendwann heiraten. Der Earl of Leicester würde ihm eine passende niedere Erbin suchen. Sie, Janeta, würde vermutlich ihr Leben als eine von der Gnade der Countess of Pembroke Abhängige verbringen. Wahrscheinlich hatte ihr Vater recht; hätte sie das Kloster nicht verlassen, wäre sie dort möglicherweise Priorin oder Äbtissin geworden.

Die Dame neben ihr berührte ihren Arm, als die Herolde die Fanfaren an die Lippen setzten und der Wettkampf begann.

Zuerst erkannte Janeta überhaupt nichts. Sie sah nur ein wildes Durcheinander von Rössern und Reitern. Hufe wirbelten, Schaum flog aus Pferdemäulern, und Schmutzbrokken wurden hochgeschleudert. Männer brüllten, und das Geräusch der gegen die Holzschilde schlagenden Waffen war ohrenbetäubend.

Janeta beugte sich vor, um nach Bertrand auszuschauen, doch bei dem Kampfgedränge war es unmöglich, jemanden zu erkennen. Sir Hugh neben ihr atmete erregt. Wahrscheinlich erinnerte er sich der Zeiten, in denen er auch an solchen kriegerischen Übungen teilgenommen hatte. Wessen Partei mochte er wohl favorisieren? Bis jetzt hatte er das nicht gezeigt.

Janeta schaute zu dem König hinüber. Wie die anderen

Zuschauer in der Loge, so hatte auch ihn die Erregung gepackt. Gespannt beugte er sich vor. Sein Bruder Richard of Cornwall führte die eine Seite an und sein Freund, Simon de Montfort, der Champion der Königin, die andere. Königin Eleanor hatte dem Earl nur widerstrebend ihr Unterpfand gegeben, doch nun jubelte sie ihrem Champion zu, und ihr bestickter Schleier flatterte im Wind.

Die Countess wirkte gespannt und aufmerksam. Sie jubelte niemandem zu, sondern saß wie erstarrt da und hatte die Finger um die Armlehnen ihres vergoldeten Sessels verkrampft. Mit den Augen suchte sie auf dem Kampffeld nach de Montfort.

Die Kämpfer trennten sich vorübergehend. Mehrere Ritter waren vom Pferd gestürzt. Ihre Knappen liefen mit Tragen hinzu, um sie aus dem Gedränge zu ziehen. Janetas Herz schlug heftig, als sie sah, daß der Earl of Leicester und Bertrand noch aufrecht im Sattel saßen. Der Turnierleiter zeigte einen neuen Durchgang an, und beide Seiten gingen wieder aufeinander los. Janeta hörte die Ausrufe: »A moi, Cornwall!« und »De Montfort, Leicester, der Champion!«

Wieder verschwanden die Kämpfer hinter fliegendem Schmutz und Schaum, doch die Hiebe schienen jetzt langsamer aufeinanderzufolgen; offenbar waren die Helden müde. Janeta hatte einigen der Knappen bei Waffenübungen im Palasthof zugeschaut und dabei gemerkt, wie schwer die Zweihänder, die langen Schwerter, und die Streitäxte waren. Das Gewicht der Rüstung war ebenfalls beträchtlich. Selbst an einem kalten Wintertag wie diesem mußten die Männer entsetzlich schwitzen.

Ihrer Ansicht nach war das Turnier ein sinnloses, tödliches Spiel. Selbst bei geschützten Waffen konnten die Männer schwer verletzt werden. Sie hatte selbst gesehen, wie die betroffenen Kämpfer an den Logen vorbei vom Feld geschleppt wurden. Einer von ihnen hätte Bertrand oder auch

Simon sein können. Falls de Montfort getötet wurde, wäre dies das Ende von Bertrands Hoffnungen. Davon abgesehen, mochte sie den großen dunklen Franzosen, dem das Herz der Countess gehörte. Eleanor würde verzweifeln, falls de Montfort fiele.

Der Chevalier d'Honneur ritt zwischen den kämpfenden Rittern umher. Gelegentlich berührte er den einen oder anderen schwer Getroffenen und sorgte dafür, daß dieser an den Rand der Kampfbahn geschafft wurde. Fast hoffte Janeta, Bertrand wäre einer von ihnen. Sie wußte, daß er eine solche Einmischung nur ungern zulassen würde, doch dann müßte sie selbst nicht mehr solche Angst um ihn haben.

Nur wenige Ritter waren jetzt noch übrig unter ihnen, sowohl de Montfort als auch der Earl of Cornwall. Das Spektakel mußte bald vorbei sein. Der König wurde der Sache langsam müde und hätte sie gern beendet. Trotzdem mußte weitergekämpft werden, bis eine der beiden Seiten zum Sieger erklärt wurde. Die Ehre verlangte es so.

Wieder ritt jemand vom Feld. Halb ohnmächtig hing der Ritter auf seinem Sattel. Sein Knappe rannte zu ihm. Das Gesicht des Jungen zeigte allergrößte Angst. Cornwall ritt ebenfalls vom Feld. Sein Schwert war gebrochen. Er lenkte sein Schlachtroß zu dem Holzzaun in der Nähe seines Zeltes, wo die Ersatzwaffen lagerten.

Unter den Zuschauern kam plötzlich Bewegung auf. Einer der Ritter wurde von Cornwalls Männern schwer bedrängt, und Janeta erkannte zu ihrem Schrecken, daß es sich um Simon de Montfort handelte. Dann sah sie Bertrand D'Aubigny dem Earl zur Hilfe reiten. Die blaue Farbe seines schwer beschädigten Schilds leuchtete im blassen Sonnenlicht auf. Cornwall war nicht mehr zu sehen, denn die ihn langsam umkreisenden Schlachtrösser verdeckten ihn. Die Ritter schlugen zu, zogen sich zurück und ritten erneut heran.

Janeta schrie auf, als einer der Männer zu Boden fiel und es so schien, als stürzten sich die umkreisenden Ritter auf ihn, um ihn zu töten. Sie wußte sofort, daß es sich bei dem Gefallenen um Bertrand handelte, und sie sah, daß de Montfort jetzt absaß und sich über ihn stellte.

Die Schwerthiebe hörten nicht auf. Die Männer beugten sich tief von ihren Pferden hinunter, um zuschlagen zu können. Janeta wartete auf das längst überfällige Eingreifen des Chevalier d'Honneur. Der Mann schien mit Taubheit geschlagen und sein Roß gelähmt zu sein. Er drehte den behelmten Kopf dem Earl of Cornwall zu, als wartete er auf dessen Anweisungen.

Der König war aufgestanden und hob seinen Stab. Schrille Schreckensschreie kamen aus den Reihen der Zuschauer. Das hübsche Spektakel war plötzlich häßlich und ernst geworden. Janeta wollte die Loge verlassen, doch ihr Vater hielt sie mit eiserner Hand zurück. Stumm rief sie die Heilige Jungfrau an, Bertrand zur Hilfe zu kommen und ihn wie de Montfort nicht sterben zu lassen.

Unten ritt Fulke L'Estrange sein Schlachtroß in das Kampfgetümmel und hielt seinen Stab in die Höhe. Janeta hörte ihn wütende Befehle brüllen. Die kämpfenden Ritter wichen vor ihm zurück, als wäre er ein Racheengel, was er in Janetas Augen auch war. Jetzt konnte sie den Gefallenen und den großen Ritter mit der zerbeulten, blutverschmierten Rüstung deutlich sehen, der über ihm stand. Sie stieß einen lauten Entsetzensschrei aus und kämpfte gegen die schwarze Ohnmacht an, die sie zu überwältigen drohte. Wie kam das Blut an den Harnisch des Earls of Leicester? Wenn alle Ritter mit geschützten Waffen kämpften, wie konnte es dann geschehen, daß diese beiden Männer dort dem Tod so nahe waren?

Der König erteilte Befehle. Janeta hatte ihn noch nie so erregt und wütend gesehen. Knappen rannten mit einer

Trage hinzu, und Bertrand D'Aubigny wurde vorsichtig vom schlammigen Feld zu dem seidenen Zelt des Earls of Leicester transportiert.

Janetas Gesicht war kreidebleich. »Der verletzte Ritter ist derjenige, der so gütig zu mir war«, erklärte sie ihrem Vater. »Ich muß zu ihm gehen und feststellen, wie schwer seine Verwundung ist.«

»Janeta, du wirst jetzt nichts tun, was zu Gerüchten Anlaß geben könnte!« Sir Hugh hielt sie am Arm fest.

Ihr Herz hämmerte, ihre Beine drohten nachzugeben. Sie merkte, daß sich der ihr so bekannte Wutanfall in ihr aufbaute. In diesem Moment starb vielleicht Bertrand dort drüben im Zelt, und ihr Vater ließ sie nicht zu ihm gehen! Mit größter Mühe beherrschte sie ihren Zorn und wollte sich schon aufs Bitten verlegen, als ihr die Countess unerwartet zur Hilfe kam, die sich erhoben hatte und nun dem Ausgang der Loge zustrebte. Herrisch bedeutet sie Janeta, ihr zu folgen.

»Komm mit! Ich will mich nach dem Earl of Leicester und seinem verwundeten Ritter erkundigen.« Sie bedachte ihren königlichen Bruder mit einem flammenden Blick. »Ihr solltet Untersuchungen einleiten, Sire. Irgend etwas geht hier nicht mit rechten Dingen zu. Weshalb ist der Chevalier d'Honneur den geschlagenen Rittern nicht sofort zur Hilfe gekommen? In diesem Kampf hätte niemand ernsthaften Schaden erleiden dürfen.«

Der König beugte sich hinunter und befahl L'Estrange zu sich. »L'Estrange, Ihr seid der Leiter dieses Turniers. Ihr habt die Frage zu klären, wie es zu diesem Zwischenfall kommen konnte. Euch will ich keine Vorwürfe machen«, fügte er rasch hinzu. »Ihr seid eingeschritten, sobald Ihr die Notwendigkeit dazu erkanntet, doch irgend jemandem muß die Schuld zugewiesen werden. Die Waffen können nicht gründlich inspiziert worden sein. Bittet Cornwall, meinen Bruder, zu mir. Mich deucht, seine Ritter sind hieran beteiligt . . .«

Janeta folgte eilig der Countess und vernahm die Worte des Königs nur noch von fern. Die beiden Damen rafften ihre Röcke und liefen zu dem Zelt. Die aufgeregten Knappen und Diener, die sich an seinem Eingang drängten, wichen respektvoll zurück, als sich die Countess näherte.

Im Inneren des Zelts kam Simon de Montfort den beiden Frauen entgegen und sah Janetas entsetztes Gesicht. »Es besteht kein Grund zu ernsthafter Sorge. Sir Bertrand ist nicht lebensgefährlich verwundet. Allerdings hat er eine schwere Schulterverletzung erlitten und sehr viel Blut verloren. Er wird gerade von meinem Feldscher versorgt. Sir Bertrand hat kurz das Bewußtsein verloren, ist jetzt indessen wieder bei sich. Verletzungen am Rücken hat er glücklicherweise nicht davongetragen.«

Lady Eleanor blickte angstvoll in Simons Gesicht. »Und Ihr? Seid Ihr wieder verletzt?«

»Es ist nichts geschehen, weshalb Ihr Euch sorgen müßtet, Herrin. Nur kleine Wunden, ein paar Kratzer und Beulen.« Er blickte zu der Trage hinüber, wo der Feldscher gerade seinen Patienten untersuchte. Ein Diener mit einer Schüssel voll blutigem Wasser näherte sich verlegen der kleinen Gruppe. Er war deutlich darauf bedacht, die Damen nicht zu erschrecken. Eleanor trat zur Seite, damit der Bursche seine Schüssel draußen entleeren konnte.

Der Arzt bestätigte, daß bei Bertrand keine Lebensgefahr bestand, obwohl seine Verletzung sehr ernst war. Falls ein Schulter- oder Armmuskel durchtrennt wäre, würde er seinen Schwertarm nicht mehr gebrauchen können. Womit sollte er sich dann seinen Lebensunterhalt verdienen?

»Bekümmert Euch nicht, Demoiselle«, sagte der Earl leise. »Bertrand wird die bestmögliche Pflege erhalten, und ich werde dafür sorgen, daß seine Zukunft gesichert ist.«

Der Arzt richtete sich vor der Trage auf und kam zum Zelteingang, um dem Earl Bericht zu erstatten. »Der Patient kann bald zur Burg verbracht werden, Herr. Die größte Gefahr ist überstanden. Wir müssen natürlich genau beobachten, ob sich seine Wunde infiziert. Erlaubt mir, daß ich Euch jetzt untersuche.«

»Mir geht es gut«, erklärte de Montfort gereizt. »Ich lasse Euch später auf der Burg kommen. Geht jetzt und sorgt für den Transport des Patienten.«

Der Mann verneigte sich und verließ das Zelt. Ohne eine Erlaubnis abzuwarten, eilte Janeta sofort an Bertrands Seite. Man hatte ihm ein improvisiertes Kissenpolster aus zusammengerollten Umhängen gegeben; daran lehnte er jetzt leichenblaß und mit geschlossenen Augen, doch als sich neben seinem Lager etwas bewegte, schlug er die Lider auf. Er erkannte Janeta, lächelte schwach und versuchte, den Kopf zu heben.

»Demoiselle Janeta, wie schön, daß Ihr gekommen seid.« An seinen Bewegungen war zu erkennen, daß er große Schmerzen litt. »Ihr seht ängstlich aus, doch dazu besteht kein Grund. Das Blut ist gestillt. Ich werde bald wieder auf den Beinen sein.«

Janeta berührte kurz seinen heilen Arm. »Die Countess ist besorgt um Euch – um Euch beide«, sagte sie rasch. »Ihr hättet nicht an dem Kampf teilnehmen dürfen, nicht nachdem ...« Sie unterbrach sich und schloß dann: »Anscheinend hat der Earl mehr Feinde als angenommen.«

»Er scheint in der Tat das Ziel eines Anschlages gewesen zu sein. Andererseits war es möglicherweise auch gar kein Attentat. Waffen verlieren manchmal ihren Schutzfalz ...« Er sah Janetas beunruhigte Miene. »Bei Hofe gibt es viele Rivalitäten, Eifersüchteleien ... Von Cornwall weiß man, daß er des Königs Zuneigung zu Simon de Montfort mißbilligt.« Er grinste mutwillig. »Anscheinend habe ich mir einen Herrn ausgesucht, der auf meine Dienste wirklich angewiesen ist.«

Janeta verbiß sich, was ihr auf der Zunge lag, und zwang sich zu einem Lächeln. »Ich denke, Euer Bruder wird Euch bald auf der Burg besuchen kommen – er und Demoiselle Roesia.«

Falls sie eine Reaktion bei der Erwähnung dieses Namens erwartet hatte, so wurde sie enttäuscht. Bertrand nickte nur schwach, und sie merkte, daß ihn die Unterhaltung mehr anstrengte, als er zeigen mochte. Wieder berührte sie seinen Arm. »Ich sollte nunmehr gehen. Ich ermüde Euch, und der Arzt sagte, man würde Euch bald in Euer Quartier auf der Burg bringen.«

Bertrand lächelte ermutigend. Janeta kehrte daraufhin zu der Countess und Simon de Montfort zurück. Eleanor stand nahe bei ihm und schaute ihn sowohl entschlossen als auch flehentlich an.

»Simon, so darf es nicht weitergehen. Wir wissen beide, daß diese Sache beim Buhurt kein Zufall war. Ihr solltet auf dem Kampffeld sterben. Davon muß Henry ebenfalls überzeugt werden. Die Schuldigen müssen genannt und bestraft werden.«

Die Antwort des Earls klang ebenso fest entschlossen. »Falls ich noch heute zum König ginge und ihn offen um Eure Hand bäte . . .«

»Nein, nein! Ihr habt mir geschworen, das nicht zu tun, ehe ich . . .« Sie sprach nicht weiter, sondern blickte sich im Zelt nach möglichen Lauschern um.

»Ich liebe Euch, Eleanor. Ich bin erst zufrieden, wenn Ihr meine Gemahlin seid. Macht bedeutet mir nichts daneben. Wir können uns vom Hof zurückziehen. Falls wir zu lange zögern, könnte Henry womöglich einen anderen Gatten für Euch erwählen.«

»Nein«, widersprach sie leise. »Ihr wißt, daß er das nicht

tun wird. Wenigstens vor diesem Schicksal bin ich sicher. Unternehmt noch nichts, Liebster«, flehte sie. »Wir sind noch jung. Wir können warten. Nur laßt Euch nicht zu weiteren Kriegsspielen verleiten und reitet niemals ohne Eskorte aus. Es würde mir das Herz brechen, falls . . .« Sie drehte sich hastig um, als sie leise Schritte hinter sich hörte, atmete indes erleichtert auf, als sie Janeta sah.

»Wie geht es dem jungen Bertrand?«

»Er erholt sich von seinen Verletzungen, Herrin, obwohl er noch sehr schwach ist. Ich bin nicht länger geblieben, weil ich fürchtete, ihn zu übermüden.«

»Gewiß.« Die Countess zwang sich zu einem Lächeln. »Wir sollten jetzt gehen. Unsere Anwesenheit hier hält den Feldscher davon ab, seine beiden Patienten in ihr eigenes Quartier bringen zu lassen, wo sie besser versorgt werden können. Der König wird schon auf den Bericht über ihren Zustand warten.«

Sie reichte Simon die Hand zum Abschied hin. Er ergriff sie und hielt sie fest, weil er Eleanor nur widerstrebend aus den Augen lassen wollte. Sie indes entwand sich ihm und zog sich, von Janeta gefolgt, zurück.

6. KAPITEL

Spät in dieser Nacht wurde Janeta in das Gemach der Countess gerufen. Die anderen Damen waren bereits zu Bett gegangen. Eleanor saß gegen die Kissen gelehnt und fand offensichtlich keine Ruhe. Sie klopfte neben sich auf das Polster und befahl Janeta, sich zu setzen.

»Ist die Tür fest verriegelt?«

»Jawohl, Herrin.«

»Hast du außer Martha jemanden auf dem Korridor gesehen?«

»Nein, Herrin. Da bin ich ganz sicher.«

»Gut.« Die Countess schwieg eine Weile und faltete geistesabwesend das zarte Leinenlaken. Unvermittelt richtete sie ihre großen blauen Augen direkt auf Janeta.

»Du hast gehört, was wir gesprochen haben – heute nachmittag im Zelt des Earls, nicht wahr?«

Janeta errötete tief und senkte den Kopf. »Vergebt mir, Herrin. Es ließ sich nicht vermeiden, daß . . .«

»Schon gut«, unterbrach Eleanor ungeduldig. »Ich weiß, daß ich dir vertrauen kann.« Janeta nickt ein wenig. »Gut. Dann bist du also bereit, uns zu helfen?«

Janeta erschrak. »Wie das, Herrin?«

»Du wirst in den nächsten Tagen die Burg aufsuchen, um dich nach der Gesundheit eines gewissen verletzten Ritters zu erkundigen.« Eleanor lachte leise, als sie sah, daß sich die Röte auf Janetas Wangen bis zu ihrem Hals ausbreitete. »Du wirst gemerkt haben, wie die Dinge bei Hofe stehen. Man haßt die Poitevin-Ratgeber meines Bruders, und Simon ist einer von ihnen – ein gehaßter Ausländer, der nicht im Rat des Königs sitzen darf. Sogar der Earl of Cornwall, der Bruder des Königs, ist der Meinung, er selbst hätte ein weit größeres Recht darauf, angehört zu werden. Seine Eifersucht auf Simon ist wohlbekannt. Du hast die Rivalität heute auf dem Kampfplatz klar gesehen.«

»Herrin, Ihr werdet doch nicht denken, daß Richard of Cornwall hinter dieser abscheulichen Attacke auf den Earl steckt?«

Eleanor blickte düster drein. »Ich weiß es nicht. Einen Beweis dafür habe ich nicht, doch die Königin verhehlt kaum ihren Haß auf den Earl of Leicester. Es gibt viele, die ihm den Tod wünschen – und seinen ihm dienenden Rittern ebenfalls.«

Janeta wurde blaß, als ihr die volle Bedeutung dieser Worte bewußt wurde.

»Henry wird natürlich Nachforschungen anstellen lassen«, fuhr die Countess nachdenklich fort. »Der Chevalier d'Honneur scheint der Schuldige zu sein, doch er muß im Auftrag einer wichtigeren Person gehandelt haben. Es war nur gut, daß Fulke L'Estrange das Gefecht noch rechtzeitig abgebrochen hat.« Sie schaute Janeta unfroh lächelnd an. »Es wäre ein recht unglücklicher Zeitpunkt, wenn Simon jetzt den König auf unsere mögliche Heirat anspräche. Wir müssen vorsichtig sein, und ich muß mich eine Weile von ihm fernhalten. Bei Hofe verbreiten sich Gerüchte mit Windeseile. Ich kann ihm jedoch regelmäßig Briefe schicken, wenn du mir dabei hilfst. Bist du dazu bereit?«

»Gewiß, Herrin. Ihr wißt, daß es nichts gibt, das ich nicht für Euch tun würde. Ihr habt mich zu Euch genommen, mich vor dem Zorn meines Vaters beschützt . . .«

»Ja.« Eleanor tippte sich sinnend mit einer Fingerspitze an die weißen Zähne. »Seltsam, daß dein Vater dich unbedingt im Kloster wissen will . . . Man sollte doch denken, er rechnet mit einer Beförderung, wenn er dich in meinem Haushalt ließe. Dein Vater ist wohl nicht sehr ehrgeizig?«

»Ich gestehe, ich weiß nicht viel von ihm, Herrin. Ich war erst zehn Jahre alt, als ich zwecks Ausbildung nach St. Catharine's geschickt wurde, und davor hat er mir nur wenig Beachtung geschenkt.«

Eleanor seufzte. »Ich war sogar noch jünger, als meine Mutter mich in die Obhut von Erzieherinnen gab, um sich ihren eigenen Belangen besser widmen zu können.«

Janeta hatte gehört, daß nach König Johns Tod seine Witwe, die schöne Isabel of Angouteme, zu ihrem früheren Geliebten, Hugh de Lusignan, zurückgekehrt war und ihn geheiratet hatte, obwohl er schon wegen der Heirat ihrer eigenen Tochter verhandelt hatte. Wie Janeta, so mußte auch Eleanor als Kind sehr einsam und verletzlich gewesen sein.

Sie schaute Janeta wieder an, und ihre blauen Augen funkelten vor Erregung im Kerzenlicht. »Ich muß dich allerdings warnen: Falls du in einer solchen geheimen Mission entdeckt wirst, kann das deine unehrenhafte Entlassung aus meinen Diensten zur Folge haben. Du würdest deinem Vater zurückgegeben werden, und er dürfte dich dann sehr unangenehm behandeln.«

Janeta zögerte. Sie wußte das alles ganz genau; es mußte gut überlegt werden. Ihre neu gewonnene Freiheit würde sich in diesem Fall auflösen wie Nebel an einem Sommermorgen. Sie zuckte mit den Schultern. »Ja, das ist mir klar, doch ich bin bereit, das Risiko einzugehen.«

»Dann kann ich mich also darauf verlassen, daß du meine Briefe persönlich überbringst und daß niemand davon erfährt? Nicht einmal Lady Sandford darf es wissen.«

Janeta neigte den Kopf. Ihr Herz pochte so laut, daß sie meinte, Eleanor müßte es hören. Sie erhielt die Möglichkeit, den Haushalt des Earls of Leicester zu besuchen und würde Bertrand wiedersehen – oft! Selbst das drohende Risiko, daß sie den Zorn ihres Vaters würde ertragen müssen, vermochte ihre Freude darüber nicht zu mindern.

In Begleitung eines jungen Pagen machte sich Janeta früh am nächsten Morgen auf den Weg nach Winchester Castle, Simon de Montforts Quartier. Ein Pergament knisterte an ihrer Brust, wo sie Lady Eleanors Brief versteckt hatte.

Nachdem man auf dem Umhang des Pagen das Wappenzeichen der Countess of Pembroke erkannt hatte, wurden die Ankömmlinge in den Burghof gelassen. Hochmütig teilte Janeta dem Wachhabenden mit, sie habe die Erlaubnis ihrer Herrin, sich persönlich nach der Gesundheit des Earls of Leicester sowie des Ritters zu erkundigen, der bei dem gestrigen Turnier so schwer verletzt worden war. Man führte sie in die große Halle, während ihr Anliegen dem Earl übermittelt wurde.

In der Halle herrschten der Lärm und das Durcheinander einer großen Garnison. Überall lungerten Bewaffnete herum; manche vergnügten sich beim Würfelspiel, andere schliffen Dolche und Schwerter nach oder prüften die Befiederung von Pfeilen. Zwei Schreiber stritten sich an einem Tisch über Pergamentrollen, die vermutlich die Kostenaufstellung der Burg enthielten. Hunde knurrten sich an, und ein Falke kreischte schrill auf seinem Gestell.

Janeta, die sich noch nicht an diesen chaotischen Betrieb eines großen militärischen Haushalts gewöhnt hatte, rückte ängstlich dichter an ihren jugendlichen Begleiter heran. Der Junge seinerseits schaute sich aufgeregt in der großen Halle um. Seinen Augen schien nichts zu entgehen. Wahrscheinlich wäre er auf der Stelle bereit gewesen, seine sichere und bequeme Existenz im Dienst der Countess gegen dieses abenteuerliche und scheinbar weniger geregelte Leben hier einzutauschen.

Der Wachmann kehrte schnell zurück. »Der Earl würde selbst kommen und Euch begrüßen, Demoiselle. Im Augenblick wird er in seinem Gemach vom Arzt versehen. Wenn es Euch beliebt, mir zu folgen, würde ich Euch dorthin bringen.«

Janeta und ihr Page hatten Mühe, mit dem Mann Schritt zu halten, der durch die Halle und einen Korridor zum Quartier des Earls vorausging.

»Ich hoffe, daß die Verletzungen des Earls nicht schlimmer sind als anfangs angenommen«, sagte sie außer Atem.

»Nein, nein, Demoiselle.« Der ergraute Veteran drehte sich zu ihr um und lächelte sie an, daß seine gelben Zähne durch den dunklen Bart leuchteten. »Der Earl hat nur ein paar Kratzer abbekommen, doch die müssen versorgt werden. Er wird Euch nicht lange warten lassen.«

»Und der junge Ritter?« fragte sie hastig. »Ihm geht es doch nicht schlechter?«

Der Wachmann machte jetzt kein so zuversichtliches Gesicht mehr. »Soweit ich weiß, hat er kein Fieber«, sagte er vorsichtig. »Allerdings wird es ihn hart ankommen, falls er seinen Schwertarm nicht mehr gebrauchen kann. Sir Bertrand hat sich als ein mannhafter Krieger erwiesen. Wir beten alle für seine volle Genesung.«

Er klopfte an die schwere Tür. Der Arzt, den Janeta gestern nachmittag im Zelt des Earls gesehen hatte, erschien. Er drehte sich noch einmal zu seinem Herrn um.

»Seid vorsichtig, Sire«, warnte er. »Bewegt den rechten Arm möglichst nicht. Der Kratzer kann schlimmer werden, falls Ihr ihn zu sehr belastet und sich die Wundränder wieder öffnen.« Er warf einen Blick auf Janeta sowie den offensichtlich besorgten Wachmann und verzog sich rasch.

Trotz der Mahnung des Arztes war Simon de Montforts Händedruck beruhigend kräftig. »Ihr kommt von Lady Eleanor? Seid willkommen, Demoiselle.«

Janeta knickste und warf einen ängstlichen Blick auf den Wachmann sowie den Pagen, die in Hörweite bei der Tür standen. Sie hoffte, Simon de Montfort würde ihrer Miene ansehen, daß sie mit ihm allein sein mußte. Anscheinend sah er es tatsächlich, denn er nickte kurz, schickte die beiden hinaus und befahl ihnen, draußen vor der Tür zu warten, bis er sie wieder riefe.

Unverzüglich händigte Janeta ihm den Brief der Countess aus. Simon entschuldigte sich und trat zu der offenen Schießscharte, um Eleanors an ihn gerichtete Worte zu lesen. Als er sich wieder umdrehte, meinte Janeta etwas in seinen Augen glitzern zu sehen. Waren das etwa Tränen? Und das bei einem der berühmtesten Krieger des Reiches?

»Ihr werdet vielleicht Bertrand D'Aubigny sehen wollen, Demoiselle?«

Janeta wollte nicht übereifrig erscheinen, deshalb nickte sie nur, obwohl ihre Lippen vor Sehnsucht zitterten.

De Montfort lächelte. »Ich werde Euch meinen Wachmann mitgeben. Er kennt die Tugend der Diskretion. Den Jungen behalte ich hier. Pagen schwatzen viel, wie ich aus eigener Erfahrung weiß. Wenn Ihr wieder gehen wollt, werde ich Euch eine Antwort für die Countess mitgeben.«

Der Earl rief nach dem Wachmann, der sofort erschien und den Befehl entgegennahm, Janeta zu Sir Bertrands Gemach zu führen. Wieder ging er durch viele Flure, die von dem Quartier des Earls zu einem kleinen Raum im Westturm führten.

»Wir haben Sir Bertrand hier allein untergebracht«, erläuterte er, als Janeta ihn fragend ansah. Sie wußte, daß Alleinsein ein rarer Artikel im Haushalt der Großen war. »Der Feldscher hat gesagt, Sir Bertrand brauche viel Ruhe. Der Ritter ist in guten Händen. Ihr braucht Euch um ihn nicht zu sorgen.« Er warf ihr einen scharfen Blick zu, und Janeta fühlte, wie ihr das Blut in die Wangen stieg.

Der winzige Raum war kaum mehr als eine Aushöhlung in der dicken Burgmauer neben der Wendeltreppe, die zu den Wehrgängen und Zinnen über dem Turm führte. Ein mit einem Strohpolster und groben Decken versehenes Rollbett stand an einer Wand. Daneben befand sich ein Klapptisch mit einem Krug und einem irdenen Trinkgefäß. Bertrands Rüstung hing an einem Holzständer am Fußende des Betts, und sein Umhang diente als zusätzliche Bettdecke. Ein Kohlebecken stand neben der mit Ledervorhängen abgedeckten Türöffnung.

Gegen das Strohpolster gestützt lag Bertrand auf dem Bett und lächelte tapfer, als seine Besucherin eintrat. Fiebrige Röte überzog sein Gesicht, und seine Hand, mit der er Janetas ergriff, war ungesund feucht. Unsicher blieb Janeta stehen, doch er bedeutete ihr, sich zu ihm aufs Bett zu setzen. Der Wachmann blieb ungerührt beim Durchgang und schob das Leder zurück, um ein wenig Luft hereinzulassen.

»Bertrand«, flüsterte Janeta angstvoll. »Leidet Ihr große Schmerzen? Ihr seht aus, als hättet Ihr noch Fieber.«

»In der Nacht war es schlimm, doch der Arzt meint, nun sei es gebrochen. Mir ist fürchterlich heiß. Weh tut es nur, wenn ich meinen Arm zu bewegen versuche. Ihr braucht keine Angst um mich zu haben. Es heilt schon wieder.«

»Gewiß.« Sie lächelte. »Der Earl meint, auf seinen Wundarzt sei Verlaß. Sogar der Wachmann hat eine gute Meinung von ihm.«

Bertrand lachte ein wenig. »Das ist wirklich ein großes Lob. Die meisten Soldaten fürchten Feldschere wie die Pest und sträuben sich gegen sie.«

»Die Countess hat mich hergeschickt. Sie ist überaus besorgt um Euch.«

Belustigt blickte er sie an. »Dann seid Ihr also nicht aus persönlicher Sorge um mein Wohlergehen gekommen?«

»Natürlich bin ich das. Ihr wißt genau, daß ich stets die freundschaftlichsten Gefühle für Euch hegen werde. Ebenso wie Ihr genau wißt, daß ich von Anfang an gegen Eure Teilnahme an diesem gottlosen Turnier war«, fügte sie streng hinzu. »Es ist gegen die Lehren der Kirche, und ...«

»Dann betet Ihr also nicht für meine unsterbliche Seele?«

»Redet nicht solchen Unsinn«, schalt sie. »Ich dachte, Ihr hättet soviel Verstand, Eure Sünden zu bekennen, bevor Ihr Euch auf diese Torheit einließet. Und selbstverständlich bete ich für Euch – unablässig! –, und zwar sowohl für Eure Seele als auch für Eure vollständige Genesung.«

Er lachte, doch seine Augen glänzten noch immer fiebrig. »Gott wird von den Gebeten meiner kleinen Novizin gerührt sein.«

»Ich bin keine Novizin! Das wißt Ihr ganz genau.«

Er lächelte nicht mehr, sondern versuchte, sich vorzubeugen, als wollte er Janeta genauer befragen, doch die verletzte Schulter schmerzte ihn zu sehr. Mit einem Soldatenfluch auf den Lippen sank er zurück.

»Ich darf mich wirklich glücklich schätzen«, sagte er leise. »Dankt der Countess für ihre Güte.«

Janeta blickte sich kurz um und sah, daß der Wachmann fortschaute. Sie drehte sich wieder zu Bertrand zurück. »Die Countess ist über das Geschehene so beunruhigt wie ich. Sie glaubt, daß sowohl der Earl als auch Ihr absichtlich angegriffen wurdet. Ihr müßt jetzt ständig auf Euch achtgeben.«

Bertrand wollte gerade etwas Beschwichtigendes äußern, als Stimmen von unten her zu hören waren. Schwere Schritte kamen die Treppe hoch, gefolgt von schnellerem Trippeln. Anscheinend wurde der gerüstete Ankömmling von einem Pagen oder einer Frau begleitet. Bertrand runzelte die Stirn und bedeutete Janeta, sie möge schweigen.

Man hörte, wie der alte Wachmann draußen mit jemandem sprach. Dann ertönte eine herrische Stimme, und der Veteran steckte den Kopf durch den lederverhangenen Durchgang. »Ich bedaure, Euch stören zu müssen, Demoiselle, Sir Bertrand. Dieser Ritter hier behauptet, Euer Bruder zu sein, Sire.«

Morris? Die Nachricht schien Bertrand nicht so zu erfreuen, wie Janeta es erwartet hätte. »Danke, Sergeant. Er soll hereinkommen – falls er hier noch hereinpaßt.«

Janeta wollte verschwinden, doch Bertrand hielt sie fest. Morris D'Aubigny duckte den Kopf unter dem Querbalken des Durchgangs. Als er Janeta sah, stockte er.

»Ah, Bertrand, ich sehe, du bist nicht allein. Die Männer des Earls schienen nicht zu wollen, daß ich dich besuche. Ich mußte erst meine Autorität geltend machen. Ich glaubte schon, dir ginge es schlechter, doch offensichtlich hast du dich schon so weit erholt, daß du Besucher empfangen kannst.«

Bertrand lächelte. »Die Countess of Pembroke war so gütig, mir ihre Botin zu senden, um sich nach meinem Befinden zu erkundigen. Mir geht es etwas besser, Morris, doch der Quacksalber meint, es wird noch eine Weile dauern, bis ich meinen Schwertarm wieder gebrauchen kann. Ich hoffe nur, der Mann verschweigt mir keine schlechten Nachrichten, was meine künftige Tauglichkeit betrifft.« Er verzog das Gesicht. »Ich lebe schließlich von meinem Schwertarm.«

Bevor Morris vollends eintreten konnte, unterbrach ihn eine liebliche Stimme, und Roesia Fitzherbert drängte sich herein. »Du bist stets willkommen im Herrenhaus, gesund oder nicht, Bertrand. Ist es nicht so, Morris?«

Der ältere Bruder schluckte und nickte. »Gewiß. Birtwood ist dein Daheim, und das wird auch so bleiben. Falls alle Stricke reißen, suchen wir dir eine passende Anstellung.«

Bertrand verzog die Lippen, und Janeta verfluchte im stillen Morris' Taktlosigkeit. Das einzige, was Bertrand jetzt nicht wollte, war, vom Wohlwollen seines Bruders abhängig zu sein.

Roesia warf einen Blick auf Janeta. Die Feindseligkeit in ihren blauen Augen war nicht mißzuverstehen. Sie drehte sich wieder zu Morris um. »Wir hätten ihn von hier fort in dein Quartier in der Stadt bringen sollen, Morris. Er sollte bei seinen Familienangehörigen sein. Ich . . . Wir könnten ihn besser pflegen, als es hier in dieser großen Festung möglich ist.«

Ehe Morris zu widersprechen vermochte, redete sie schon weiter. »Morris, du weißt, daß er es dort viel ruhiger und bequemer haben würde.«

Schwach erhob Bertrand die Stimme. »Das ist nicht nötig. Ich werde hier angemessen versorgt und werde bald wieder auf den Beinen sein, nachdem jetzt auch das Fieber nachläßt.«

Eine gebieterische Stimme gab den Ausschlag. Simon de Montfort war klar und deutlich von der Treppe her zu hören. »Sir Bertrand zu diesem Zeitpunkt zu verlegen, wäre mehr als leichtsinnig. Die Blutung könnte wieder einsetzen. Mein Feldscher hat Erfahrung mit solchen Verletzungen. Außerdem ist es notwendig, daß Bertrand Bewegungsübungen unter Anleitung eines Fachmannes macht, wenn er seine Fähigkeiten zurückgewinnen will.«

Morris D'Aubigny verneigte sich und trat, von Roesia gefolgt, auf den Treppenabsatz hinaus. Janeta, der ihre Anwesenheit hier peinlich war, befreite ihre Hand aus Bertrands Griff, knickste und wandte sich dem Earl zu, der nun in den winzigen Raum hereinkam.

Lächelnd schaute er auf den jungen Mann hinunter. »Wollt Ihr hier bei Euren Gefährten bleiben, Herr Ritter?«

Bertrands Dankbarkeit war ganz offenkundig. Ihm lag überhaupt nicht daran, in das Quartier seines Bruders gebracht zu werden. »Wenn Ihr es so wünscht«, antwortete er leise.

»Ich befehle es sogar. Ihr gehört zu meinem Haushalt, und ich bin für Euer Wohlergehen verantwortlich.« Der Earl drehte sich um und lächelte der verwirrten Roesia beim Durchgang wohlwollend zu. »Ich verstehe Eure Sorge, Demoiselle, doch Sir Bertrand ist wirklich hier am besten aufgehoben.«

Sie schluckte, knickste und wandte das Gesicht ab. Janeta bezweifelte nicht, daß die Frau wütend war, weil der Earl ihre Pläne durchkreuzt hatte. Janeta ihrerseits war entzückt. Je weniger die drei zusammen waren, desto besser würde das Verhältnis der beiden Brüder untereinander sein.

Draußen legte der Earl eine Hand unter Janetas Arm und führte sie die Treppe hinunter. »Ich habe den Brief für Euch fertiggestellt, Demoiselle Janeta.« Seine Augen funkelten. »Ich bin sicher, Ihr meint auch, daß Bertrand in seinem augenblicklichen Zustand von allen gefährlichen Ablenkungen ferngehalten werden muß.«

Janetas graublaue Augen wirkten beunruhigt. Simon drückte sanft ihren Arm. »Es wäre am besten, wenn die Demoiselle endlich Sir Morris ehelicht. Ich habe bemerkt, daß sie ganz versessen aufs Reisen ist und sich oft dabei nicht von ihrer Dienerin begleiten läßt. Ein solches Verhalten könnte für unseren Helden Probleme mit sich bringen, findet Ihr nicht auch?«

Janeta zuckte nur schwach die Schultern, und der Earl wurde wieder ernst. »Ich weiß, Ihr seid dem Mann dankbar, der Euch so ritterlich zur Hilfe gekommen ist. Ich habe bemerkt, daß Ihr Demoiselle Roesia angesehen habt, als wünschtet Ihr, sie wäre nicht gerade jetzt auf der Bildfläche erschienen.«

»Herr«, begann Janeta mit ihrer hastigen Erklärung, »meine Gefühle für Sir Bertrand sind rein freundschaftlicher Natur. Ich möchte nicht, daß Ihr annehmt . . .«

». . . Ihr hättet etwas anderes als Sir Bertrands Wohlergehen im Sinn«, fiel er ihr ins Wort. »Glaubt mir, Demoiselle, das verstehe ich. Ich wäre wirklich dumm, würde ich nicht erkennen, daß das Bestreben dieser eitlen Dame, die beiden Brüder gegeneinander auszuspielen, sehr gefährlich sein könnte.«

Er händigte Janeta einen versiegelten Brief aus. »Glücklicherweise sind sowohl die Countess als auch ich des Schreibens mächtig. Es wäre eine Katastrophe, wenn dies hier jemand anderem unter die Augen käme. Ihr versteht, was ich meine?«

»Jawohl, Herr.« Janeta nahm das gefaltete Pergament entgegen und barg es in ihrem engen Ärmel. »Ihr könnt meiner Diskretion jederzeit sicher sein, Sir.« Mit einer würdevollen halben Verbeugung dankte er ihr.

Nachdem sie in der großen Halle angekommen waren, winkte er den Pagen der Countess heran, der an eine Wand gelehnt den Bogenschützen beim Würfelspiel zuschaute. Der Junge eilte sofort herzu, und Janeta verließ mit ihm die Burg.

Während des kurzen Wegs zum Alten Palast drehten sich ihre furchtsamen Gedanken nur um Bertrand. Würde er wirklich ganz genesen? Er schien sich jetzt nicht mehr in unmittelbarer Gefahr zu befinden, dennoch machte ihr seine Schulterwunde große Sorgen. Wenigstens hatte der Earl ihr die Angst genommen, Bertrand könnte erneut unter den Einfluß der schönen Roesia Fitzherbert geraten. Seine Krankheit könnte ihn dafür noch anfälliger machen. Würde die Frau trotz Morris' offenkundiger Mißbilligung Bertrand weiterhin besuchen? Janeta hoffte nur, Bertrands Bruder würde sie davon abhalten.

Im Laufe der folgenden Tage wurde Janeta noch mehrmals als Botin eingesetzt. Der Earl kam oft, um mit dem König zu tafeln, hielt sich dabei indessen stets von der Countess fern. Von ihrem Platz am unteren Ende der langen Tafel bemerkte Janeta, daß die Feindseligkeit der Königin gegenüber dem Freund ihres Gemahls noch immer deutlich erkennbar war für jeden, der die Zeichen zu deuten verstand. Falls der Earl sein Begehren dem König kundtäte, würde er mit Sicherheit auf Widerstand stoßen.

Immer wenn Janeta auf die Burg kam, stellte sie zu ihrer Erleichterung fest, daß es Bertrand wieder ein wenig besser ging. Sie sah ihn nicht jedesmal, doch oftmals erleichterte ihr der Earl den Besuch, indem er gönnerhaft meinte, sie müsse sich doch um ihren Reitlehrer kümmern.

Bei ihrem vierten Botengang erschien Bertrand selbst in der Halle, um sie zu begrüßen. Noch immer trug er seinen rechten Arm in einer seidenen Schlinge, von der Janeta annahm, Roesia habe sie ihm geschenkt. Auf jeden Fall war er jetzt erheblich kräftiger und hatte keine Schmerzen, es sei denn, eine unvorsichtige Bewegung erinnerte ihn an die Verletzung.

Janeta freute sich, als er bei der Begrüßung mit beiden Händen ihre ergriff und sie zu einer gepolsterten Fensterbank zog. »Es ist gut, Euch endlich wiederzusehen«, sagte er strahlend.

»Und Euch ebenfalls. Ihr benutzt jetzt Euren Arm schon unbekümmerter. Hat der Arzt Euch größere Hoffnung auf eine vollständige Genesung gemacht?«

Er lächelte. »Ja. Er meint, es dauert nicht mehr lange, und ich kann wieder auf dem Fechtplatz üben.«

Sie atmete auf. »Dann kehrt Ihr also nicht in das Haus Eures Bruders zurück, um dort ganz gesund zu werden?«

Er schnitt eine Grimasse. »Nein, der Heiligen Jungfrau sei Dank! Morris kehrt bald heim. Die Hochzeitszeremonie findet nächste Woche auf Roesias Landsitz statt, und danach reist das Paar nach Birtwood.« Seine goldenen Augen trübten sich, und Janeta verspürte Mitleid mit ihm.

»Euch werden Sir Morris' Besuche hier fehlen. Ich vermute, Euer Bruder wird nicht oft an den Hof kommen.«

»Kaum. Er ist kein ehrgeiziger Mensch. Das Leben bei Hofe sagt ihm nicht zu, selbst wenn er reich genug wäre, um es sich leisten zu können. Roesia allerdings wird es fehlen. Der kurze Aufenthalt hier hat sie auf den Geschmack gebracht.«

»Sie ist sehr schön. Sie muß hier viele Bewunderer gehabt haben.«

»In der Tat.« Bertrand lächelte gequält. »Sie prahlte fortwährend mit ihren zahlreichen Eroberungen.«

Wieder hatte Janeta Mitleid mit ihm. Die Eifersucht mußte ihn geplagt haben; er hatte hier fern vom Alten Palast gelegen, während sich Roesia dort vergnügte . . .

Janeta erkannte jetzt, daß sie selbst tiefe Gefühle für Bertrand empfand. Natürlich durfte sie ihn nicht lieben. Sie hatte die anderen Damen kichern hören, wenn sie über die amourösen Abenteuer bei Hofe redeten, und viele der Geschichten waren mit so zotigen Einzelheiten ausgeschmückt gewesen, daß Janetas Wangen gebrannt hatten. Die Schwestern von St. Catharine's wären entsetzt gewesen.

Da sie an die Klosterregeln gewöhnt war, hatte sie sich nicht erlaubt, an Bertrand in solch empörenden Worten auch nur zu denken. Sie liebte ihn als einen wahren Freund, der ihr nichts als Güte entgegengebracht hatte. Ohne ihn hätte sie Winchester nie erreicht. In ihren Augen besaß er sämtliche ritterlichen Tugenden, wenn er auch, wie sie befürchtete, unritterliche Gedanken an Roesia hegte. Diese Dame hatte es schließlich mehr als deutlich gemacht – und das sogar in Gegenwart ihres Verlobten! –, daß ihr sehr viel an Bertrand lag.

»Es muß Euch doch sehr schmerzen, wenn Ihr daran denkt, daß sie bald Euren Bruder ehelichen wird«, sagte sie übergangslos.

»So ist es in der Tat«, antwortete er unbedacht.

»Es ist klar, weshalb Ihr gezwungen wurdet, Euer Gut zu verlassen.«

»Ist das so offensichtlich?« Er blickte sie an.

Sie nickte, wandte sich ab und schaute aus dem Rundbogenfenster auf die Pagen hinunter, welche auf dem Fechtplatz ihre Übungen absolvierten. »Ich kann verstehen, wie tief Ihr Roesia liebt, und ich halte es für sehr ritterlich und tapfer von Euch, daß Ihr ihre Nähe meidet, damit Ihr nicht ständig in Versuchung geführt werdet.«

Ein kurzes Schweigen trat ein. Da Janeta zum Fenster hinausschaute, konnte sie Bertrands Gesichtsausdruck nicht sehen.

»Dann deutet Ihr die Zeichen völlig falsch, Janeta«, sagte er leicht amüsiert. »Ich hege keineswegs irgendwelche amourösen Gefühle für Roesia.«

Janeta fuhr zu ihm herum. »Ihr liebt Roesia gar nicht?«

»Dieses eitle Geschöpf? Selbstverständlich nicht. Ich verstehe auch überhaupt nicht, wieso Morris sich so in sie vernarren konnte. Für gewöhnlich ist er ein sehr vernünftiger Mensch.«

»Roesia ist doch so liebreizend . . .«

»Hübsch ist sie, ja. Für viele auch begehrenswert, nehme ich an. Ihr dagegen seid schön. Man müßte blind sein, würde man nicht sehen, daß ein Vergleich mit ihr immer zu Euren Gunsten ausgeht. Ich frage mich, ob Ihr nicht auch von Bewunderern umlagert wurdet. Vermutlich verhält es sich so, doch Ihr wart klug genug, nicht mit Euren Siegen zu prahlen.«

Janeta war vollkommen verblüfft. Wie konnte Bertrand sie für schön halten? Wenn sie ihr dunkles Haar mit Lady Eleanors rotgoldenen Locken verglich, war sie doch ein ganz durchschnittliches Mädchen, und mit der blonden, zarten rosa und weißen Schönheit von Roesia Fitzherbert konnte sie ebenfalls nicht mithalten.

»Ich war mir ganz sicher. Weshalb habt Ihr dann Birtwood verlassen, wenn Ihr es so liebt, und weshalb wollt Ihr jetzt nicht dorthin zurückkehren?«

»Verlassen habe ich es, weil Roesias Bemühungen um mich wirklich peinlich wurden. Ich fürchtete, Morris würde das irgendwann merken, was uns entfremden, wenn nicht gar verfeinden konnte. Morris und ich standen einander immer sehr nahe. Er hat mich das Kriegshandwerk gelehrt und mich auf Feldzügen mitgenommen. Hätte es ihn nicht gegeben, würde ich mir nie meine Sporen verdient haben.

Birtwood konnte mir nie gehören«, fuhr er fort. »Ich sagte bei unserer ersten Begegnung, daß ich kein Vermögen besitze und für mich selbst sorgen muß. Als die Zeit reif war, bin ich von daheim fortgezogen. Ich liebe Birtwood, doch das Gut ist klein; es wird Morris und seine Braut kaum bequem ernähren. Ganz gewiß wird es Roesia nicht den Lebensstil bieten, den sie sich vorstellt. Das ist der Grund, weshalb ich sagte, ich bedauerte, daß die Hochzeit so nahe ist. Ich wünschte, Morris könnte sich noch von Roesia befreien, doch er ist gefangen. Er wird das Beste aus seinem Leben mit einer Frau machen müssen, die seine Qualitäten niemals zu würdigen weiß.«

Janeta schwieg. Sie mußte das Gehörte erst verarbeiten.

»Meinem Herrn, dem Earl, ist meine mißliche Lage bekannt«, erzählte Bertrand weiter. »Deshalb beharrte er auch darauf, daß ich nicht in der Verfassung sei, in Morris' Unterkunft gebracht zu werden.«

Unvermittelt erhob er sich, ergriff ihre Hand und zog Janeta hoch. »Vertraut Ihr mir so weit, daß Ihr mit mir allein durch den Küchengarten spazieren würdet?«

Sie nickte benommen, und Bertrand führte sie rasch aus der Halle. Heute war es weniger kalt, doch die Luft draußen war angenehm frisch. Die beiden trugen ohnehin ihre Umhänge, denn in der Halle und auf den Korridoren der Burg war es immer, winters wie sommers, sehr kühl.

Nebeneinanderher wanderten sie durch den Waffenhof, in dem der Klang von Eisen gegen Eisen hallte. Die Teilnehmer an dem Übungsgefecht schrien einander Herausforderungen zu, und einer von ihnen rief Bertrand, der mit einer fröhlichen Bemerkung antwortete und Janeta dann durch einen Torbogen an den Stallungen und der Hütte des Waffenschmieds vorbei durch einen weiteren Torbogen in einen kleinen, geschützten Garten führte.

Abgesehen von ein paar halb vertrockneten Kohlköpfen gab es hier jetzt nichts, und der Boden war hartgefroren. Die Kräuter waren längst abgestorben; man sah nur die kleinen Beete, welche die Burg im nächsten Frühjahr wieder mit Gewürz- sowie Heilpflanzen versorgen würden.

Um den Garten lief eine hohe Mauer. Der Lärm aus dem Waffenhof drang kaum bis hierher. Hier war Janeta mit Bertrand ganz allein. Sie hatte keine Anstandsdame dabei, und der Page, der sie eskortiert hatte, war in der Halle zurückgeblieben. Dennoch fürchtete sie sich nicht. Ein Anflug von Erregung durchfuhr ihren Körper. Sie wagte nicht, Bertrand anzusehen, weil er sonst wohl das nackte Verlangen in ihren Augen erkannt hätte.

Sie vermochte es noch immer nicht zu glauben – er liebte Roesia Fitzherbert nicht! Er sorgte sich nur um seinen Bruder und darum, daß Morris einen unwürdigen Ehebund schloß. Und Bertrand hatte gesagt, sie, Janeta, sei schön! Bei diesem Gedanken zitterte sie so sehr, daß die Glieder ihr kaum noch gehorchten.

Unvermittelt blieb Bertrand stehen, nahm ihre Hände in seine und drehte Janeta zu sich herum.

»Kleine Janeta, Ihr seid so liebreizend, daß ich mir selbst kaum noch trauen kann. Doch Ihr wußtet, daß Ihr bei mir sicher wart, und Ihr werdet auch weiterhin von mir nichts zu befürchten haben.«

»Und was, wenn ich gar nicht sicher sein möchte?« flüsterte sie und blickte zu seinem ernsten Gesicht hoch. »Ach Bertrand, ich habe mich die ganze Zeit selbst gequält, weil ich glaubte, Ihr liebtet Roesia, und diese Liebe würde Euch zerstören ... und jetzt sagt Ihr mir, Ihr hieltet mich für schön. Doch das kann nicht sein. Niemand hat je gesagt, daß ...«

Er ließ ihre linke Hand los und streichelte lächelnd ihre Wange. »Ich vergaß, wie streng Ihr erzogen wurdet. Im Kloster waren Eitelkeiten nicht erlaubt. Wahrscheinlich habt Ihr Euch niemals richtig gesehen. Doch inzwischen habt Ihr sicherlich Euer Bild in einem Spiegel der Countess erblickt, oder Ihr habt bei Hofe die Bewunderung in den Augen der jüngeren Ritter bemerkt.«

Sie schüttelte heftig den Kopf. »Ich . . . ich habe nie hingeschaut, und Männer . . . sie sagen hübsche Dinge, doch das tun sie bei einer jeden. Ich hielt das für das vorgeschriebene höfische Benehmen, das keine Bedeutung hat.«

»Und da niemand es wagen würde, dem Schützling der Countess zu nahe zu treten, habt Ihr nie erkannt, wie liebreizend Ihr seid. Die Farbe Eurer Augen ist schwer zu bestimmen. Manchmal erscheinen sie grau, manchmal blau wie die der Countess, und ein andermal sind sie . . .« Er unterbrach sich, blickte sie wieder eindringlich an und strich dann mit einem Finger über ihre Nase und ihre Lippen. »Ich glaube, de Montfort hat das ebenfalls bemerkt.«

Bertrands sanfte Liebkosung erweckte in ihr seltsame Empfindungen, und sie konnte kaum stillstehen.

Er schüttelte den Kopf, als beunruhigte ihn etwas, das er jedoch nicht richtig einzuordnen vermochte. »Wie dem auch sei, Ihr seid liebreizend. Das dachte ich bereits an jenem Tag, als ich Euch fand. Ich konnte nicht glauben, daß Eure Familie so sorglos war, Euch ohne Schutz ausgehen zu lassen.«

Janeta trug eine enganliegende Kopfhaube, die nur das Gesicht freiließ; ein schlichter silberner Reifen befestigte ihren kurzen Schleier darüber. Bertrand hob die Hand, strich den Stoff beiseite und warf einen Blick auf das herrliche dunkle Haar darunter.

Sofort wehrte sich Janeta. »Nein, nein, das dürft Ihr niemals tun! Ihr dürft nicht meinen Hals berühren . . .« Die Angst schnürte ihr die Kehle zu. Tränen drohten sie zu ersticken. Bertrand hatte gesagt, sie sei schön, doch er kannte sie ja nicht . . . kannte nicht ihr Geheimnis, diesen häßlichen weinroten Fleck, den ihr Vater ein Teufelsmal nannte!

Bertrand gab sie so unvermittelt frei, daß sie beinahe gestolpert wäre. »Es tut mir leid, Janeta. Dazu hatte ich kein Recht. Ich bin ein armer Mann und kann Euch nichts bieten. Euer Vater würde es nie erlauben, daß ich mich Euch nähere.«

»Nein«, flüsterte sie. »Ihr versteht das nicht richtig. Bitte, Bertrand – es ist nicht so, wie Ihr denkt ... glaubt mir doch.«

Er nahm ihr Gesicht zwischen seine Hände und wischte ihr die Tränen mit dem Daumen fort. »Weint doch nicht, süße Janeta. Ich verstehe das durchaus. Ihr kamt mit mir, Ihr vertrautet mir, und ich habe mir empörende Freiheiten erlaubt. Vergebt mir. Ich muß Euch jetzt in die Halle zurückbringen.«

Sie wollte ihm alles erzählen, wollte ihn bitten, Geduld mit ihr zu haben, doch sie wußte nicht die richtigen Worte. Und wie sollte sie auch das Entsetzen in seinen Augen ertragen, das, wie ihr Vater geschworen hatte, jeden Mann befallen würde, der sie anschaute? Sollte Bertrand doch denken, was ihm beliebte. Sie wollte ihn freigeben, damit er eine wertvollere Frau als Roesia Fitzherbert lieben konnte, denn Roesia würde ihm ja doch nur Unglück und Entehrung bringen. Er verdiente Besseres, ihr Bertrand.

Er nahm sie bei der Hand und trat mit ihr den Rückweg an. Ehe er jedoch den Torbogen erreichte, blieb er noch einmal stehen und zog sie dichter zu sich heran, so daß sie das schnelle Schlagen seines Herzens hörte.

»Als ich am Anfang Eure mißliche Lage erkannte und merkte, wie verzweifelt Ihr das Kloster verlassen wolltet, dachte ich, ich würde irgendwann einmal vielleicht genug Gold besitzen. Dann wollte ich Euch wiederfinden und heiraten. Jetzt weiß ich, daß Ihr mir verwehrt seid. Ihr sollt jedoch wissen, daß ich Euch aufrichtig liebe, Janeta Cobham. Niemals werde ich eine andere Frau so begehren, wie ich mich nach Euch sehne.«

Janeta konnte es nicht fassen, daß er so etwas wirklich zu ihr sagte. Falls er sie tatsächlich so tief liebte, wie er behauptete, dann – sie wagte kaum auf solches Glück zu hoffen – wäre er möglicherweise bereit, dieses grauenhafte Feuermal zu übersehen. Sie wollte zu der Heiligen Jungfrau beten, daß es so sein möge.

Ihre Augen waren tränenfeucht. »Ich . . . ich weiß nicht, was ich Euch sagen soll, liebster Bertrand. Ich habe Euch vertraut und mich an jedem Tag nach Eurer Nähe gesehnt. Ich glaube . . . ich glaube, ich liebe Euch auch . . . Wenn Ihr bei meinem Vater um meine Hand . . .«

»Als der Earl verlangte, daß Ihr in den Haushalt der Countess eintratet, und ich erkannte, daß es zu dieser Zeit das Beste war, um Eure Zukunft sicherzustellen, wußte ich, daß Ihr für mich verloren wart. Lady Eleanor wird eine passende Ehe für Euch arrangieren wollen, der Euer Vater zustimmen wird. Ihm wird nichts anderes übrigbleiben, oder er würde den König beleidigen.«

»Mein Vater will nicht, daß ich heirate.« Sie schüttelte den Kopf, als sie in Bertrands besorgte Augen blickte. »Ich vermag es Euch jetzt nicht zu erklären. Ich glaube, ich war nie für eine Ehe bestimmt. Dennoch, Bertrand – wäre es mir möglich, nach meinen eigenen Wünschen zu handeln, dann würde ich mich Euch schenken. Kann der Earl nicht irgend etwas für uns tun? Er weiß doch, wie es ist, wenn man über seinem Stand liebt.«

Bertrand lächelte ein wenig. »Ihr wißt also von seiner tiefen und ewigen Liebe zu Lady Eleanor?«

»Sie vertraut mir. Ich trage ihre Briefe zu dem Earl. Wenn sie wüßte, wie tief ich für Euch empfinde . . .«

Er neigte den Kopf und küßte zart ihre Lippen. »Dann müssen wir Geduld üben, Liebste. Falls sich die Herzenswünsche des Earls und der Countess erfüllen, werden die beiden vielleicht auch unseren Wünschen geneigt sein.

Doch die Heilige Jungfrau mag wissen, wie ich Euch ein Heim bieten soll. Falls wir heiraten, würde das bedeuten, daß wir beide immer im Haushalt eines anderen dienen müßten.«

»Wäre das denn so schlimm?« fragte sie leise. »Wir lieben und bewundern den Earl und die Countess doch. Es wäre ein Privileg, ihnen dienen zu dürfen. Bertrand, der König muß ihnen gestatten, zu heiraten. Ich fürchte, andernfalls würde Lady Eleanor das Herz brechen.«

»Der Earl steht hoch in der königlichen Gunst. Wahrscheinlich könnte man Henry dazu drängen, der Ehe zuzustimmen, und damit wären wir unserem eigenen Glück nahe.«

Der Kuß war sehr zart gewesen und hatte Janeta irgendwie unbefriedigt zurückgelassen. Vorhin hatte sie Bertrand verstimmt, indem sie sich zu hastig zurückzog. Jetzt vertrieb sie ihre Bedenken wegen der Entdeckung ihres Geheimnisses. Er liebte sie doch, und das Feuermal würde ihn nicht abstoßen . . . dennoch hatte sie als Kind die Reaktion anderer auf den Anblick dieses dunkelroten Flecks gesehen.

Bertrand nahm ihre Hand, drückte einen Kuß hinein und führte Janeta dann rasch auf dem Weg zurück, auf dem sie gekommen waren. Als sie wieder in die Halle traten, war es mit der Einsamkeit vorbei. Bertrand konnte sich nur noch höflich verbeugen, als der Page mit großen, neugierigen Augen zu Janeta herankam, woraufhin sie die Verbeugung mit einem Knicks beantwortete und fortging.

Sie unterband das Geschwätz des Jungen, indem sie ihn in den Straßen zur Eile antrieb. In Gedanken hörte sie noch immer Bertrand von seiner Liebe reden. Er begehrte sie, würde um sie angehalten haben, wenn er es gewagt hätte. Sie wollte mit der Countess reden, ihr alles erklären. Eleanor würde sie verstehen, denn sie liebte ja so wie sie und würde es möglich machen, daß . . .

Janeta lief so schnell, daß ihr jugendlicher Begleiter keuchen mußte. Es war, als flöge sie ihrer Herrin entgegen, weil sie in ihr das Geheimnis der Liebe entdecken wollte, die in ihrem Herzen wohnte.

Glücklicherweise blieb der eschöpfte Page weit genug zurück und konnte deshalb nicht sehen, wie rot ihre Wangen geworden waren. Sie hatte gewollt, daß Bertrand ihr die Kopfhaube zurückschob, ihren Hals, ihre Brust liebkoste, mit den Fingern in ihrem Haar spielte . . . Großer Gott, sie war ja wollüstig! Was hatte es nun gebracht, daß die Nonnen sie streng vor den fleischlichen Sünden gewarnt hatten? Sie liebte Bertrand D'Aubigny, und sie genoß das Glück dieser Erkenntnis.

7. KAPITEL

Mit Janetas glücklicher Stimmung war es aus, als sie den Alten Palast betrat, um sich zu den Gemächern der Countess zu begeben. Zu ihrer Verblüffung herrschte hier das absolute Chaos. Diener mit schweren Reisetruhen und Satteltaschen liefen aufgeregt umher, kamen sich gegenseitig in die Quere und stolperten über die eigenen Füße, während sie verzweifelt versuchten, den Befehlen des rotgesichtigen Kämmerers nachzukommen.

Am Eingang zu den Gemächern der Countess begegnete Janeta der zornigen Lady Sandford.

»Wo habt Ihr Euch eigentlich versteckt, stolze junge Madam? Hier gibt es bis Anbruch der Nacht noch so viele Aufgaben zu bewältigen, und Ihr wart nirgendwo zu finden.«

Janeta blickte sie benommen an. »Vergebung, Lady Sandford. Ich verstehe nicht . . . Ich befand mich auf einem Botengang für die . . .« Sie sprach nicht weiter, weil sie nicht wußte, ob sie der Lady Sandford enthüllen sollte, daß sie für die Countess unterwegs gewesen war. Verwirrt schaute sie sich um. »Was geht hier vor? Es sieht ja so aus, als rüste sich der ganze Haushalt zur Abreise.«

»So ist es«, triumphierte Lady Sandford. »Wenn Ihr hier gewesen wärt und Eure Pflicht erfüllt hättet, würdet Ihr es auch gewußt haben. Der gesamte persönliche Besitz der Countess, mit Ausnahme der Dinge, die heute nacht benötigt werden, muß eingepackt werden. Morgen früh bei Tagesanbruch reist der königliche Haushalt nach Westminster ab, und die Countess mit ihm. Beeilt Euch, Demoiselle. Steht hier nicht herum und haltet Maulaffen feil. Erst einmal packt Eure eigenen Sachen, und dann meldet Ihr Euch bei Martha im Gemach der Countess. Ich habe wirklich etwas anderes zu tun, als Pagen im ganzen Palast herumzuschicken und abwesende Bedienstete zu suchen.«

Mit flatterndem schwarzen Gewand verschwand sie um eine Ecke, und Janeta drehte sich zu dem Pagen um, der von Ohr zu Ohr grinste. »Du, Junge!« fauchte sie gereizt über die Unverschämtheit des Burschen. »Du hast doch gehört, was Lady Sandford sagt. Du gehst jetzt sofort zum Pagenmeister und meldest dich zum Dienst!«

Der Knabe eilte davon. Janeta drehte sich um und stieß dabei beinahe mit einer anderen Dame zusammen, die eine der Schmuckschatullen der Countess trug.

»Oh, da seid Ihr ja, Janeta Cobham. Die Herrin hat schon nach Euch gefragt. Bei Eurer Rückkehr in den Palast solltet Ihr sofort zu ihren Gemächern kommen.«

Janeta nickte. Ihr Herz hämmerte unangenehm. Das durfte doch nicht sein! Man konnte sie doch nicht aus Winchester herausreißen, gerade jetzt nicht, da Bertrand und sie einander ihre Liebe gestanden hatten. Wenn sie ihn weiterhin auf der Burg besuchen oder wenn er hier zum Palast kommen könnte, um den Reitunterricht fortzusetzen, hätten sie die Möglichkeit gehabt, in Ruhe abzuwarten, bis sich die Angelegenheit zwischen Lady Eleanor und dem Earl geklärt hatte, und dann hätten sie mit einem von beiden wegen ihrer eigenen Heirat sprechen können. Wie Janeta ihren Vater kannte, war es unerläßlich, daß die Countess sich für die eheliche Verbindung mit Bertrand D'Aubigny einsetzte, denn sonst hatte das Ganze keine Aussicht auf Erfolg.

Was war wohl geschehen, das die Countess veranlaßt hatte, den plötzlichen Entschluß zu fassen, mit ihrem königlichen Bruder nach Westminster zu gehen? Sie würde doch sicherlich auch lieber in Simon de Montforts Nähe geblieben sein. War etwa ihr Briefwechsel entdeckt worden? Hatte der König deshalb seiner Schwester befohlen, die Umgebung des Earls zu verlassen? In diesem Fall würde das eine Katastrophe sowohl für die Countess als auch für sie, Janeta, bedeuten, denn sie konnten beide nicht mehr auf ihr Glück hoffen.

Janeta dachte an die Gelegenheiten, bei denen ihr Bertrand nahegekommen und sich zu ihr hingezogen hatte. Sie dachte an den erregenden Geruch von Leder und Waffenöl, an die Kraft seiner Muskeln und einfach nur an seinen lieben, vertrauten Anblick. Man durfte sie doch nicht von ihm trennen, wenn keine Aussicht auf ein Wiedersehen bestand! Sie liebte ihn; daß sie einander begegnet waren, hatte die Vorsehung bestimmt.

Sie fühlte, daß er der einzige Mann war, der sie akzeptieren würde. Wenn sie mit ihm zusammen war, konnte sie die schreckliche Bedeutung des Mals auf ihrer Brust vergessen. Heute nachmittag war die Furcht nur in dem Augenblick zurückgekehrt, als Bertrand versucht hatte, ihr die Kopfhaube abzuziehen, die ihr Haar und ihren Hals verhüllte. Das hätte fast ihren Glauben an ihn zerstört, doch später hatte sich das Vertrauen wieder eingestellt. Jetzt wollte sie sich diese Hoffnung nicht mehr nehmen lassen, und wenn man sie dazu zwang, den Haushalt der Countess zu verlassen!

Eleanor befand sich in ihrem Gemach und übergab Martha gerade eine Anzahl weicher Ledergürtel, als Janeta hereinkam, die noch ihren Umhang trug und vom Laufen durch die kalten Straßen rote Wangen hatte. Die alte Dienerin schaute bei ihrem Anblick fragend auf. Eleanor lächelte Janeta zu. Sie nahm ein blaugoldenes Gürtelband auf.

»Das reicht für das Festmahl heute abend. Der Rest kommt zu meinem Zierat in die kleinste Truhe. Kümmere dich bitte darum, Martha. Geh jetzt und komme in einer Stunde wieder, um mich für das Nachtmahl anzukleiden. Und laß dir Zeit, um deine eigenen Sachen zu packen. Du warst den ganzen Nachmittag auf den Beinen und wirst wahrscheinlich auch noch die ganze Nacht wachbleiben. Ich werde dafür sorgen, daß du einen Platz in einer der Kutschen erhältst. Ich weiß ja, wie sehr du es haßt, hinter jemandem auf einem Pferd zu sitzen.«

Die alte Frau verzog das Gesicht. »Ja, dieser Tage haben meine alten Knochen etwas gegen das harte Sattelleder. Besten Dank, Herrin! Ihr solltet vor dem Essen auch noch eine Weile schlafen. Die Reise wird morgen recht anstrengend werden.« Sie verließ das Gemach.

»Hast du den Earl getroffen? Hat er meinen Brief erhalten?«

»Jawohl, Herrin, nur . . .« Janeta überreichte der Countess die Pergamentrolle, die Simons Antwort erhielt, und wartete ungeduldig, während die Countess den Brief las.

Mit leuchtenden Augen schaute Eleanor schließlich auf. »Du weißt ja gar nicht, was du während der vergangenen Tage für mich getan hast, Kind.«

»Ist alles gut, Herrin?«

»Sehr gut sogar.«

»Nur . . .«

»Was hast du, Janeta? Du siehst so niedergeschlagen aus. Hat dich jemand beleidigt? Doch nicht Sir Bertrand?«

»Nein, Herrin. Ganz im Gegenteil. Er hat sogar ... Wir ...« Tränen traten in Janetas Augen. »Ach, Herrin, muß ich wirklich mit Euch kommen? Ich dachte, Ihr wolltet hier auch nicht fort ... Ich kann Bertrand jetzt nicht verlassen. Vielleicht sehe ich ihn nie wieder. Bitte ...«

»Törichtes Kind«, schalt die Countess lächelnd. »Was bringt dich auf den Gedanken, Bertrand und du könntet getrennt werden? Selbstverständlich eskortiert der Earl of Leicester den König nach Westminster, denn Seine Gnaden haben ihm befohlen, an der Dreikönigsfeier teilzunehmen, und ich bezweifle nicht, daß sich Sir Bertrand im Gefolge des Earls befinden wird.«

Vor lauter Erleichterung mußte sich Janeta an Eleanors Sessellehne festhalten, weil ihre Beine nachzugeben drohten. »Ach ... O Herrin ...« Mehr vermochte sie nicht zu sagen.

»Dein Vater konnte dazu bewegt werden, zumindest einen Teil des Weges mit uns zu reisen.« Die Countess verzog ein wenig das Gesicht. »Du wirst also jetzt keine Gelegenheit haben, dich von ihm zu verabschieden. Laß dich nicht dazu hinreißen, mit ihm zu sprechen über ... über das, was wir noch geheimhalten müssen. Vertrau mir nur, Janeta. Du hast mir einen großen Dienst erwiesen. Das werde ich dir nie vergessen, und wenn die Zeit kommt, werde ich es dir vergelten.«

Die Palastbewohner erwachten bereits vor Tagesanbruch, nahmen rasch das Frühstück ein und waren schon reisebereit, ehe die Wintersonne aufging.

Janeta hatte eine unruhige Nacht verbracht, weil sich ihre Gedanken im Kopf drehten. Die Countess hatte ihre Unterstützung zugesagt, doch Janetas anfängliche Freude darüber war in Zweifel umgeschlagen. Die Erwähnung ihres Vaters hatte sie an ihre erste Hürde erinnert. Zwar war sie während seines Aufenthalts bei Hofe des öfteren mit ihm zusammengekommen, trotzdem hatte sie noch das Gefühl, ihn überhaupt nicht zu kennen. Er erhob keine Einwände mehr dagegen, daß sie St. Catharine's verlassen hatte, doch sie wußte genau, daß er nur auf königlichen Befehl handelte.

Daß Bertrand praktisch mittellos war, würde ein weiteres Hindernis sein, und die Weigerung ihres Vaters, sie mit einer Mitgift zu versehen, würde die Sache auch nicht erleichtern. Alles in allem gab es jedenfalls noch eine Menge Probleme zu überwinden.

Als sie zusammen mit den anderen Damen aus dem Palast trat, stellte sie zu ihrer Freude fest, daß das Gefolge des Earls of Leicester sich bereits dem königlichen Haushalt angeschlossen hatte. Bertrand, der einen gutmütigen Zelter am Zügel führte, kam auf sie zu.

»Habt Ihr genug Selbstvertrauen, um zu reiten, Demoiselle?« erkundigte er sich lächelnd. Als sie kurz nickte, hob er sie in den Sattel, holte dann Saladin und saß selbst auf. Janeta wurde tief rot, als ihre Gefährtinnen sie teils kichernd, teils verächtlich anschauten. Alle ihre Befürchtungen lösten sich indessen auf, als sie merkte, daß ihr Zelter tatsächlich sanft und gehorsam war und daß der Earl Bertrand befohlen hatte, an ihrer Seite zu bleiben.

»Ich hatte große Angst, als ich hörte, der König beabsichtige, nach Norden zu reisen. Ich fürchtete, ich würde Euch monatelang oder überhaupt nicht mehr wiedersehen. Die Entscheidung kam so plötzlich. Kennt Ihr den Grund dafür? Die Countess scheint jedenfalls glücklich zu sein, weil der Earl die Reisegesellschaft begleitet.«

Bertrand nickte nachdenklich. »Der ganze Haushalt des Earls war überrascht. Simon de Montfort wollte eigentlich für den Rest des Winters auf seinen Landbesitz in Mittelengland zurückkehren, doch plötzlich beim Nachtmahl in der großen Halle verkündete er die Änderung seines Plans.«

»Ich dachte schon, die Abreise sollte die Countess von ihm trennen.«

Bertrand schüttelte den Kopf. »Der König schätzt die Gesellschaft meines Herrn. Sehr wahrscheinlich hat er keine Ahnung von der Beziehung seiner Schwester zu Simon. Wäre es so, würden die Aufmerksamkeiten des Earls wohl kaum willkommen sein, jedenfalls nicht, wenn sie auf eine Ehe mit Lady Eleanor abzielten. Simon würde vermutlich vom Hof ausgeschlossen werden.«

»Dem Klatsch der anderen Damen habe ich entnommen, daß keine große Freundschaft zwischen der Königin und Lady Eleanor besteht. Um so überraschender ist es, daß sie nun nach Westminster mitreist, statt zu ihrem eigenen Besitz nach Odiham zu gehen, wo sie sich doch bevorzugt aufhält.«

Bertrand zuckte mit den Schultern. »Merkwürdig ist es in der Tat, wenn auch erfreulich für uns.« Seine Zuneigung zu ihr stand ihm ins Gesicht geschrieben.

»Mein Vater reist mit uns«, teilte Janeta ihm rasch mit. »Zeigt Euer Begehr nicht allzu deutlich. Beim Frühstück habe ich nur im Vorbeigehen mit ihm gesprochen. Wir Damen waren zu sehr mit den Angelegenheiten der Countess beschäftigt, als daß wir uns zu lange im Gespräch hätten aufhalten können. Ich weiß nicht, ob er auch ganz nach Westminster mitkommt oder ob er bald zu seinem eigenen Gutssitz weiterreist, was ich hoffe.«

Sie seufzte. »Ich kenne ihn kaum, und wir waren ja auch lange getrennt, doch wenn er mich so düster anschaut, bekomme ich immer Angst. Nur unter Druck hat er meinem Verbleib im Haushalt der Countess zugestimmt; trotzdem weiß ich, daß er mich eigentlich hinter Klostermauern wissen will.«

»Weshalb nur, wo ihm doch die Gunst der Countess Euch gegenüber Aufmerksamkeit bei Hofe verschaffen kann? Ich verstehe den Mann einfach nicht.«

»Ich auch nicht.« Sie wandte sich ab, weil sie wußte, daß sie nicht ganz aufrichtig zu Bertrand war.

Eine Stunde später wurde Bertrand durch einen Bewaffneten zu Simon gerufen, und Fulke L'Estrange, der in der Nähe ritt, nahm seinen Platz ein. Er äußerte, er habe gehört, Janeta sei eine Anfängerin in der Kunst des Reitens, und er sei bereit, sich als ihr Mentor zur Verfügung zu stellen, bis ihr Lehrer wieder zu ihr zurückkehrte.

Janeta dankte höflich und betrachtete verstohlen sein gutaussehendes Gesicht. Während der letzten Tage hatte er sich ihr gegenüber sehr freundlich gezeigt, doch ihr war der Zorn ihres Vaters nicht entgangen, wenn immer er sie beide miteinander plaudern sah. Bei solchen Gelegenheiten hatte sie sich stets hastig von Fulke L'Estrange getrennt. Gegenwärtig ritt ihr Vater voraus und unterhielt sich mit einem der Ritter des Earls. Sie konnte also endlich einmal sagen, was ihr auf der Seele lag.

»Ich habe Euch noch nicht angemessen dafür gedankt, daß Ihr an jenem furchtbaren Turniertag den bedrängten Rittern zur Hilfe gekommen seid, Sire. Ohne Euer promptes Einschreiten hätte es sicherlich Tote gegeben.«

»Und unter ihnen einer, der Euch ganz besonders lieb ist, nicht wahr?«

Vor Verlegenheit errötete Janeta. »Sir Bertrand war bei vielen Gelegenheiten sehr gütig zu mir, und ich habe selbstverständlich um ihn gebangt.«

»Gewiß.« Ein Lächeln zuckte um seine Lippen, die ein goldener Kinn- und Schnurrbart umrahmte. »Zweifellos ist er Euch für Eure Sorge zutiefst dankbar, Demoiselle Janeta. Er darf sich glücklich schätzen.«

Sie errötete aufs neue, und er lachte.

»Nur keine Angst, Demoiselle. Es würde mir nicht im Traum einfallen, über Eure Angelegenheiten zu reden. Es ist nur mein Bestreben, Euch zu Diensten zu sein. Ihr seid neu am Hof und könnt den Rat eines Mannes gebrauchen, der mit allem – einschließlich der Mängel und Gefahren – bestens vertraut ist. Bitte, wendet Euch im Bedarfsfall an mich. Ich kannte Eure Mutter. Wenn ich Euch anschaue, meine ich manchmal, sie zu sehen. Sie war sehr schön.«

Janeta staunte. »Ihr kanntet sie? Wie kommt das, Herr?«

»Bei zwei Gelegenheiten kam ich mit dem verstorbenen König auf Euren Gutssitz. Ich diente John damals als persönlicher Knappe. Eure Mutter war eine bezaubernde Gastgeberin.«

»König John – er kam auf unser Gut? Mein Vater hat nie davon gesprochen, und auch sonst niemand. Wie merkwürdig, daß eine so große Ehre niemals erwähnt wurde.«

»Die Besuche waren rein privater Natur. Der König kam zur Jagd, und Euer Vater hielt sich damals oft am Hof auf. Er unterstützte seinen Souverän während der schwierigen Tage der Opposition der Barone und war mit dem König auf Runnymede, als die Magna Carta gezeichnet wurde.« L'Estrange seufzte. »Später traten Probleme auf, und er war nicht beim König, als dieser in Newark starb.«

»Ihr wart bei ihm?«

L'Estrange nickte ernst. »Ich hatte die Ehre, mit dem Marschall zu dem jungen König zu reiten und bei dessen überstürzter Krönung anwesend zu sein.« Wieder seufzte er. »Damals waren die Zeiten für uns alle hart. Das Land war in Auflösung begriffen und braucht die starke Hand Williams des Marschalls.«

Janeta schaute ihn mit leuchtenden Augen an »Ich erinnere mich nicht an meine Mutter. Sie starb, wenige Monate, nachdem ich geboren wurde. Meine Amme meinte, Mutter habe sich nach meiner Geburt nicht mehr erholt. Ich glaube, mein Vater hat mir das und ... alles andere nie vergeben können.«

L'Estrange blickte sie aufmerksam an, und sie lachte unsicher. »Als meine Amme starb, schickte er mich nach St. Catharine's. Damals war ich gerade zehn Jahre alt. Er wollte, daß ich nach meiner Ausbildung das Gelübde ablege.«

»Doch Ihr fühltet keine Berufung?« Er lachte kurz auf, als sie den Kopf schüttelte. »Natürlich nicht. Es wäre auch die reinste Verschwendung gewesen. Sir Bertrand wäre der erste, der mir hierin beipflichten würde.«

Janeta lächelte. Wie ungemein liebreizend sie ist, dachte Fulke, und das trotz ihrer Neigung, sich so fest in diese unkleidsame Kopfhaube einzuwickeln.

»Ihr sagtet, meine Mutter sei schön und bezaubernd gewesen und habe dem König Freude bereitet?«

Hellblaues Feuer blitzte in seinen Augen auf. »So war es in der Tat. Ich darf sogar sagen, er war ganz begeistert von ihr.«

Janeta lachte fröhlich. »Und da meint man immer, John sei böse und gottlos gewesen. Das habe ich nie glauben können. Meine Amme sagte, er habe England weit mehr geliebt als sein Bruder, König Richard, den unsere Insel nicht kümmerte, und der sie verkauft haben würde, wenn das möglich gewesen wäre, um Gold für seine Kreuzzüge zu bekommen. Ihr kanntet König John. Fürchtet Ihr ihn sehr? Die Nonnen sagen, er hätte oft und ganz unvermittelt die schrecklichsten Wutanfälle gehabt.«

Fulke L'Estrange lächelte geradezu entzückt. »Ja, Demoiselle, so war es. Alle Plantagenet-Fürsten litten unter solchen Anfällen. Johns Vater, König Heinrich, warf sich dem Vernehmen nach immer zu Boden und biß in die Binsenstreu, wenn etwas nicht nach seinen Wünschen ging. Ich denke allerdings, das tat er hauptsächlich nur des Effekts wegen, denn er war ein sehr geschickter Herrscher. John konnte ungeheuer charmant sein. Wir, die wir ihm nahestanden, liebten ihn trotz seiner Mängel sehr, und die Frauen liebten ihn bis zum Wahnsinn. Doch über solche

Dinge sollte ich nicht mit einer unschuldigen jungen Dame reden, die so streng in einem Kloster erzogen wurde.«

»Ihr macht Euch über mich lustig, Sir Fulke. Ihr müßt mich für ein neugieriges, törichtes Geschöpf halten. Doch nach dem, was ich im Kloster über König John hörte, mußte ich ihn für einen Gesandten des Teufels halten. Es heißt, er habe fast nie die Messe besucht, und das Land lag unter Interdikt, während er sich weigerte, Stephan Langton als seinen Erzbischof zu akzeptieren. War er wirklich ein solcher Heide?«

Fulke schaute zur Seite und schwieg. Janeta fürchtete, daß sie mit ihren ungehörigen Fragen zu weit gegangen war, doch da lächelte er sie wieder an.

»Nein. John hatte seine Schwächen, und es waren weiß Gott nicht wenige. Grausam sein konnte er auch. Wenn er freilich liebte, dann tat er es aufrichtig. Ich verehrte ihn als meinen obersten Herrn. Über seinen Glauben vermag ich nichts zu sagen. Als er ein Kind war, versuchte man, ihn als Laienbruder in die Kirche zu zwingen, müßt Ihr wissen, und damals wurde wahrscheinlich der Samen der Rebellion gegen Papsttum und und Kirche gelegt.« Fulke lachte leise. »Die Heiligen kennen seinen Vater, König Heinrich, der ja auch seine Schwierigkeiten mit der Kirche hatte.«

L'Estrange drehte sich um und unterbrach das Gespräch, als er einen Reiter sich nähern hörte. »Wer immer das ist, hat es sehr eilig.«

Der Ankömmling wurde von dem Wachmann befragt, und Janeta sah, daß er sehr jung war, vermutlich ein Page. War jemand mit dringenden Nachrichten für den König aus Winchester gekommen? Ihre Neugier wurde bald befriedigt, denn der Bursche ritt mit Erlaubnis des Wachmannes zu ihr heran.

»Demoiselle Janeta Cobham?« Seine hohe Stimme klang erregt.

»Ja.« Janeta schaute dorthin, wo ihr Vater bei den niederen Baronen des Haushalts ritt. Hatte er jetzt noch irgendwelche Mittel gefunden, sie der Countess fortzunehmen?

Der Junge brachte sein Pferd näher heran, wobei er es sorgsam vermied, ihres zu verängstigen. »Ich freue mich, daß ich Euch noch rechtzeitig gefunden habe, Demoiselle. Meiner Herrin lag sehr viel daran, daß Ihr ihre Grüße und ihr Geschenk noch vor Eurer Abreise aus Winchester erhieltet, doch als ich dort ankam, entdeckte ich, daß der königliche Haushalt schon viel früher als vorgesehen aufgebrochen war. Ich mußte sehr scharf reiten, um Euch einzuholen.«

Lächelnd verneigte er sich, griff in seine Tunika und überreichte Janeta ein kleines in Seide eingeschlagenes Päckchen. »Mit Empfehlungen der Lady D'Aubigny, Demoiselle. Sie wünscht, daß Ihr dieses als Zeichen ihrer Dankbarkeit für Eure Sorge um den Bruder ihres Gatten nach seiner Verwundung im Turnier von Winchester annehmt.« Er salutierte.

Lady D'Aubigny? Ein wenig verwirrt schaute Janeta den Jungen an, der sich jetzt entschuldigte, sein Pferd wendete und sich vorsichtig seinen Rückweg durch den Reiterzug suchte. Als sie ihn nicht mehr sehen konnte, drehte sie sich wieder um und merkte, daß Fulke L'Estrange sie fragend anschaute. Nun fiel es ihr auch wieder ein: Vor einem oder zwei Tagen hatte Roesia Fitzherbert ja Morris, Bertrands Bruder, geheiratet und war Lady D'Aubigny geworden.

Janeta lächelte gequält und steckte sich das kleine Päckchen in den Ärmel ihres Gewands. Was hatte sich Roesia Fitzherbert nur dabei gedacht, ihr Grüße zu schicken, von einem Geschenk ganz zu schweigen? Wieso erinnerte sich die Dame überhaupt an sie? Roesias Gedanken sollten sich doch jetzt nur um ihren Gatten drehen.

Falls Fulke L'Estrange Janetas Verwirrung bemerkt

hatte, so äußerte er sich nicht dazu. Janeta hatte gehofft, Bertrand würde schnell an ihre Seite zurückkehren, doch offenbar brauchte ihn der Earl länger. Es ärgerte sie ein wenig, daß sie bei Fulke L'Estrange zurückgelassen worden war.

Die Reisegesellschaft hielt in einem Dorf zum Mittagsmahl an. Der König, die Königin und die Schwester des Königs sowie der Earl of Leicester mitsamt den wichtigen Mitgliedern des Haushaltes begaben sich in das Haus des Gutsherrn, während L'Estrange Janeta sowie einige der niederen Damen der Countess zum örtlichen Gasthof brachte, wo er die Proteste des Wirts abwehrte und alle anderen Kunden hinausschickte, damit seine Schützlinge ein wenig unter sich waren.

L'Estranges herrschaftliches Auftreten amüsierte Janeta. Obwohl der Gasthof eher armselig war, fanden sie hier drinnen Schutz vor dem kalten Wind und saßen auch bequemer als in ihrem Sattel. Man aß kalten Speck auf Roggenbrot – mehr konnte der Wirt der unangemeldeten Gesellschaft nicht bieten – und trank Bier. Andere Damen beanspruchten L'Estranges Aufmerksamkeit.

Erst nach dem Mahl fand Janeta Gelegenheit, das Päckchen aus dem Ärmel zu ziehen. Sie löste das Seidenband, welches es verschnürte, und fand einen kleinen Beutel aus weichem Leder, in dem sich eine wunderschön gearbeitete Anstecknadel aus Gold und Email befand. Die Brosche hatte die Form einer roten Rose mit Stiel und Blättern. Janeta bewunderte die lebensechte Blüte und übersah dabei, daß der Stiel mit einem ebenso lebensechten, scharfen Dorn geschmückt war. Sie schrie leise auf und blickte ärgerlich auf den roten Blutstropfen an ihrem Finger.

»So etwas!« Sie schaute hoch und fand Fulke L'Estrange wieder an ihrer Seite.

»Trotz ihrer unbestrittenen Schönheit besitzen die Rosen nun einmal üble Dornen. Was habt Ihr der Lady nur getan, Demoiselle Janeta, daß sie es für nötig hält, Euch an diese Tatsache zu erinnern?«

»Überhaupt nichts, Herr Ritter. Die Anstecknadel ist so hübsch und so naturgetreu, daß ich glaube, die Dame hat den Dorn gar nicht bemerkt.«

»Meint Ihr?« fragte er spöttisch.

Janeta wandte sich errötend ab. Natürlich wußte sie ganz genau, daß das Geschenk eine offene Herausforderung war. Ein solches Schmuckstück hatte ein Goldschmied nicht auf Lager; es mußte sich um eine Auftragsarbeit handeln, die sicher sehr teuer war, weil sie innerhalb so kurzer Zeit angefertigt wurde. Obwohl Roesia den älteren der Brüder D'Aubigny geheiratet hatte, informierte sie Janeta auf diese Weise, daß sie noch immer ein Interesse an Bertrand verfolgte. Erschaudernd legte Janeta die Anstecknadel in den Lederbeutel zurück.

Nachdem man zur Fortsetzung der Reise aufgebrochen war, sah sie zu ihrer Freude Bertrand auf sich zureiten. Daß sich Fulke L'Estrange noch immer dicht bei ihr befand, war ihr ein wenig peinlich. Noch mehr verärgerte es sie, als ihr Vater unvermittelt an ihrer Seite erschien und L'Estrange energisch von ihr fortdrängte.

»Ich werde die Reisegesellschaft nach ein paar Meilen verlassen, und ich würde gern Gelegenheit nehmen, mit meiner Tochter unter vier Augen zu reden, Sire.«

L'Estrange verneigte sich im Sattel, ritt zur Seite und lächelte Bertrand zu, der eilig zu seiner Schülerin zurückkehren wollte. Janeta warf ihm einen hilflosen Blick zu, während ihr Vater ihre Zügel faßte und sie zur Seite zog.

»Ich bemerkte, daß Fulke L'Estrange sich sehr aufmerksam um dich kümmerte«, stellte er finster fest und schaute über die Schulter zu dem elegant gekleideten Ritter, der jetzt lachend mit Bertrand plauderte. Letzterer war offenkundig verärgert darüber, daß er nicht zu Janeta gelangen konnte.

»Fulke L'Estrange hat beim Turnier dem Earl of Leicester das Leben gerettet«, erinnerte Janeta ihren Vater, »und Bertrand D'Aubigny ebenfalls. Beiden Männern verdanke ich viel. Ich wollte L'Estrange gegenüber nicht unhöflich erscheinen.«

»Hm.«

Janeta wußte nicht genau, was dieses Brummen zu bedeuten hatte. »Sir Fulke hat mir von meiner Mutter erzählt«, bemerkte sie. »Er scheint sie gekannt zu haben.« Sie blickte ihren Vater an und sah, daß die nackte Wut in seinen Augen brannte, und Janeta erschrak. Das war nicht nur Wut, sondern ausgesprochener Haß!

»Vater, hattet Ihr schon einmal Grund, Sir Fulke zu mißtrauen?« fragte sie leise.

Sir Hugh preßte die Lippen zusammen und hielt Janetas Zügel noch fester. »Der Mann ist ein vom Ehrgeiz zerfressener Opportunist. Er denkt nur daran, bei Hofe Gunst zu erringen. Meide ihn wie eine Giftschlange, Tochter, denn sonst könnte sein Schleim auch dich überziehen.«

Sie lachte ein wenig unsicher. »Dadurch, daß er sich um mich kümmert, kann er bei Hofe wenig Gunst erringen. Ich glaube, er wollte mir als Neuling am Hof nur behilflich sein. Wenn wir erst einmal Westminster erreichen, wird er bald edlere Gesellschaft finden.«

»Wahrscheinlich.« Sir Hugh blickte Janeta wieder an. »Vergiß nie, daß du ... anders bist als andere Frauen, Tochter. Gehorche der Countess, erfülle deine Pflichten gut und denke an dein Seelenheil. Du weißt, mir wäre es lieber gewesen, wenn du in St. Catharine's geblieben wärst, doch ich bin ja einer anderen Meinung unterlegen. Ich beschwöre dich, mir keine Schande zu machen. Ich erwarte, daß mir über dich nur Gutes zu Ohren kommt.«

»Jawohl, Vater«, antwortete sie automatisch und hoffte, daß er wenigstens beim Abschied ein wenig Zuneigung vorgab. Er tat es natürlich nicht, sondern nickte nur finster.

»Lebe wohl, Kind. Die Countess wird mir eine Nachricht schicken, sofern es erforderlich sein sollte.« Damit ritt er von dannen, noch ehe Janeta etwas zu erwidern vermochte. Ungehalten wischte sie sich die Tränen aus den Augen, als Bertrand seinen Platz neben ihr wieder einnahm.

»Ihr weint ja. Was hat er Euch gesagt, daß Ihr so verärgert seid?«

»Nichts.« Sie zerdrückte neue Tränen. »Das ist ja der Ärger. Er hat mich beschworen, eine treue Dienerin zu sein und ihm keine Schande zu machen.«

Bertrand fluchte leise. »Es tut mir leid, daß ich Euch während der Reise verlassen mußte, doch der Earl hatte einen Auftrag für mich. Ich darf im Moment nichts näher darüber sagen, doch ich versichere Euch, ich habe Euch nicht ohne wichtigen Grund vernachlässigt. L'Estrange erzählte mir, daß Ihr eine gute Reiterin seid und meinem Unterricht alle Ehre macht.«

Sie lachte. »Zu freundlich. Mein Pferd ist sehr gutmütig, denn sonst hätte ich sicherlich Schwierigkeiten bekommen.«

Er lächelte. »Wir übernachten bei Guildford. Der königliche Haushalt wird das Gästehaus des Klosters dort einnehmen. Die Männer des Earls werden sich Unterkünfte in der Stadt suchen. Morgen früh werde ich Euch im Reiterzug wiederfinden, das verspreche ich.«

Janeta fragte sich, ob Fulke L'Estrange Roesias Geschenk an sie erwähnt hatte. Hoffentlich nicht, dachte sie. Sie wollte Bertrand nicht mit dem Wissen um die Bösartigkeit seiner Schwägerin belasten. Natürlich könnte sie, Janeta, sich des Geschenks ja auch bei nächster Gelegenheit entledigen, doch falls Morris dann eines Tages darauf zu sprechen käme, würde sie nicht wissen, wie sie erklären sollte, weshalb sie die Anstecknadel nicht mehr besaß. Das Schmuckstück war immerhin teuer und nach außen hin ein Zeichen der Dankbarkeit. Für den Augenblick wollte sie es Bertrand jedenfalls nicht zeigen.

Janeta übernachtete in dem überfüllten Gästehaus. Die Countess und die sie bedienende Lady Sandford schliefen zusammen, so daß Janetas Dienste nicht benötigt wurden. Sie lag noch lange wach, hörte die anderen Damen schnarchen und dachte über Roesias offenkundige Abneigung sowie die Gründe für den Haß ihres eigenen Vaters auf Fulke L'Estrange nach. Als sie erwähnt hatte, daß der Mann ihre Mutter gekannt haben mußte, hatte Sir Hugh geschwiegen, und Janeta hatte nicht weiter nachgefaßt.

Offenbar wußte ihr Vater, daß L'Estrange den verstorbenen König bei dessen Besuch auf ihrem Gut begleitet hatte, und wahrscheinlich lag hierin der Grund für seinen Haß. Hatte sich L'Estrange ihrer Mutter in amouröser Absicht genähert? Nein, das war nicht gut möglich, denn damals war er ja kaum mehr als ein Knabe gewesen. Trotzdem . . .

Janeta drehte sich auf ihrer Strohmatratze um und versuchte einzuschlafen. Ihr tat alles weh, und sie dachte jetzt schon mit Grauen an den Weiterritt nach Westminster. Sie hoffte nur, daß sie Bertrand ständig an ihrer Seite hatte; das würde das ganze Unternehmen erträglich machen.

Das Wetter am nächsten Morgen war gut, und bei der Abreise gab es keine Verzögerungen. Bertrand erschien sehr früh an ihrer Seite und unterhielt sie unterwegs mit Geschichten über den Haushalt des Earls of Leicester. In einem Gasthaus bei Windsor teilten sie einen Tisch, und obgleich Fulke L'Estrange ihr von weitem zunickte, näherte er sich ihr nicht, wofür sie ihm dankbar war.

Die vielen Hütten und Wohnhäuser, die den Westminster-Palast umgaben, wunderten Janeta nicht weiter, denn dergleichen kannte sie ja schon aus Winchester. Beeindruckt war sie hingegen von dem Palast selbst. Überall sah sie hier Wandbehänge, die die Winterkälte nicht hereinließen, und in den Gemächern befanden sich auf den Fußböden sogar Felle sowie Teppiche, die während der Kreuzzüge aus Outremer hergebracht worden waren. Die Gemächer der Countess of Pembroke lagen von denen des Königs und der Königin etwas entfernt, worüber Eleanor recht froh zu sein schien.

An diesem Abend war Janeta damit beschäftigt, die Dinge auszupacken, welche die Countess sofort benötigte; am nächsten Tag half sie dabei, auch den Rest hier einzuräumen. Eleanor war mit ihren eigenen Gedanken beschäftigt, doch nicht unglücklich, woraus Janeta schloß, daß der König keinen Tadel ausgesprochen und etwa deswegen darauf bestanden hatte, daß seine Schwester ihn nach Westminster begleitete.

Das Festmahl zum Dreikönigstag fand in der großen Halle statt. Wieder trug Henry dabei seine Krone. Janeta erhielt einen Platz am Fuße des Herrentischs und wurde so von Bertrand getrennt. Simon de Montfort saß – sehr zum Mißvergnügen der Königin – erneut nahe beim König.

Nachdem die Tafel aufgehoben war und der Tanz sowie die geräuschvolleren Spiele begannen, erschien Bertrand an Janetas Seite und führte sie aus der Halle hinaus in den kalten Korridor. Mit einem Blick auf die im Zugwind heftig flackernden Fackeln murrte sie und zog sich ihren Umhang fester um die Schultern.

»Hier draußen ist es so kalt und so zugig. Weshalb hätten wir nicht in der Nähe der Kohlebecken bleiben können?«

»Weil ich Euch sagen möchte, aus welchem Grund ich auf dem ersten Teil der Reise nicht an Eurer Seite bleiben konnte. Ich durfte nicht früher reden, weil es mitgehört worden wäre, und in der Halle hätte man es ebenfalls gehört.«

»Oh, ist es so wichtig?«

Er nickte und zog sie zu sich heran. Sie hätte es gern geschehen lassen, doch seine Nähe wirkte sich verheerend auf ihr Herz aus, und ihre Beine versagten ihr den Dienst. Janeta wehrte sich, wenn auch nur halbherzig.

»Man wird uns sehen und es Cecily Sandford melden. Die Dame mag mich schon jetzt nicht, weil mir die Countess ihre Gunst schenkt.«

»Es gibt eine Menge verliebter Pärchen, die sich die Ekken und Nischen in diesem Palast während des Festessens zunutze machen. Ich bezweifle, daß ausgerechnet wir hier auffallen. Liebt Ihr mich, mein Mädchen?«

»Bertrand, das wißt Ihr doch, nur . . .«

Sanft hielt er ihr mit einer Hand den Mund zu. »Dann hört, was ich Euch zu sagen habe. Es betrifft uns beide. Der König hat seine Zustimmung zu Simon de Montforts Ehe mit Countess Eleanor erteilt.«

Janeta wich ein wenig zurück, doch Bertrand hielt ihr weiterhin den Mund zu.

»Die beiden werden heimlich getraut. Die Zeremonie soll morgen nacht in der Privatkapelle stattfinden. Der Earl befahl mir, für die Eskorte zu sorgen, wenn man gleich danach zu seinen Ländereien in Mittelengland aufbricht. Ich habe bereits Kuriere vorausgeschickt, die die Gemächer vorbereiten sollen. Der König hat dem Paar dic Burg von Kenilworth zum Hochzeitsgeschenk gemacht.«

»Dann werden wir beide also auch für einige Zeit zusammensein können?« Janetas Augen leuchteten.

»Noch viel besser, meine Liebste. Ich habe mit dem Earl geredet, und er hat versprochen, daß wir ebenfalls bald heiraten können. Er wird die Countess um ihr Einverständnis bitten und die Zustimmung Eures Vaters abwarten.«

»Die mein Vater nie erteilen wird.«

»Doch, das wird er. Der Wille des Königs ist Gesetz; der Wille der Countess ist es praktisch ebenfalls. Bald, Liebste, werden wir vermählt sein – viel eher, als ich es zu hoffen gewagt hätte.« Er lachte triumphierend. »Und dann braucht Ihr nicht mehr in meinen Armen zu erstarren. Niemand wird uns etwas verbieten dürfen, und wir brauchen uns keine Gelegenheiten auf zugigen Korridoren mehr zu stehlen. Küßt mich, Janeta, und sagt mir, daß Ihr mich so schnell wie möglich heiraten wollt.«

Glücklich seufzte sie auf. »Heilige Jungfrau – Bertrand, ich vermag es kaum zu glauben. Ihr sagt, der Earl und die Countess heiraten morgen?«

»Ja, Liebste, doch es ist streng geheim. Ihr dürft kein Wort darüber verlauten lassen.«

»Gewiß nicht. Und der Earl vertraut Euch?«

»So ist es.« Bertrand lachte leise. »Ich glaube, er weiß, wie gut ich ihn verstehe.«

»Ihr habt ihm zweimal geholfen, sein Leben zu retten.«

»Und er ist dankbar. Unsere Heirat ist das schönste Geschenk, das er mir machen kann. Er hat mir außerdem eine Beförderung in seinem Haushalt versprochen. Euer Vater wird sich nicht mehr über den Standesunterschied beklagen können.«

»St. Catharine, die Schutzheilige aller Jungfrauen, hat meine Gebete erhört«, flüsterte sie. »Ach Bertrand, meine Herrin wird mit dieser Verbindung zufrieden sein, und ich werde mit meinem Auserwählten glücklich werden.«

»Amen«, fügte er inbrünstig hinzu, und dann neigte er sich zu einem Kuß zu ihr.

8. KAPITEL

Als Bertrand Janeta in die Halle zurückführte, hatte das Festmahl inzwischen recht unwürdige Formen angenommen. Der König und die Königin verkündeten ihren Wunsch, sich in ihre Gemächer zurückzuziehen. Lady Sandford, deren Gesichtsausdruck ihren Abscheu vor den rüpelhaften Vorgängen deutlich zeigte, winkte Janeta heran, die sich daraufhin hastig von Bertrand verabschiedete und an Eleanors Seite eilte.

In der Miene ihrer Herrin suchte sie nach irgendwelchen Anzeichen dafür, daß die Nachricht zutraf, die sie soeben von Bertrand erhalten hatte. Eleanor indessen gab sich völlig unbewegt. Sie knickste, als der König sowie die Königin die Halle verließen, und als Simon de Montfort ebenfalls aufbrach, lächelte sie ihm zum Abschied zu. Danach versammelte sie ihre Damen um sich und verließ den Saal.

Janeta erwartete eigentlich, daß sie aufgefordert werden würde, in dieser Nacht im Gemach der Countess zu schlafen. Da ihr indes solches nicht befohlen wurde, zog sie sich enttäuscht in den überfüllten Raum zurück, den sie mit den anderen Damen teilte. Sie war wohl doch nicht wirklich die Vertraute der Countess.

Wie so oft dieser Tage lag sie einige Stunden wach. Bertrand hoffte so sehr, daß sie bald heiraten würden; daran hatte sie nie so recht geglaubt. Geträumt hatte sie davon, doch ein Traum war nicht die Wirklichkeit. Sie hatte immer gefürchtet, daß irgendein Hindernis auftauchen würde, welches ihr das Glück verwehrte.

Beim Auspacken ihrer Gewänder und der wenigen Habseligkeiten hatte sie sich den Finger aufs neue an Roesias Geschenk geritzt und dabei gedacht, Morris' Gemahlin könnte ihr noch aus der Ferne Schaden zufügen. Besaß dieses grausliche Schmuckstück etwa einen tödlichen Zauber, welchen Roesia in ihrer Bösartigkeit Bertrand angehext hatte? Dennoch wollte sich Janeta des Gegenstands nicht entledigen, noch nicht.

Am nächsten Tag war der Countess nichts anzumerken. Sie schien freundlich wie immer. Das wilde Gelage vom vergangenen Abend hatte bei ihr anscheinend keine Spuren hinterlassen. Lady Sandfort musterte die anderen Damen sehr genau, um irgendwelche Auswirkungen der gestrigen Ausschweifungen zu entdecken. Schuldbewußt gewann Janeta den Eindruck, als betrachtete die Lady sie besonders genau. Ahnte sie etwa, was bei diesem kurzen Zusammensein auf dem Korridor besprochen worden war? Und sollte sie bei der Trauungszeremonie zugegen sein? Sicherlich würde sie als ehemalige Erzieherin und langjährige, enge Freundin der Countess dazu ausersehen werden.

Am späten Nachmittag schickte Eleanor endlich nach Janeta. Martha, die alte Amme und Dienerin, schloß die Tür, und Janeta stellte sich mit dem Rücken dagegen, um etwaigen unerwünschten Besuchern den Eingang zu verwehren. Die Countess saß auf ihrem Bett und winkte Janeta zu sich heran.

»Kann ich dir vollkommen vertrauen, Kind?«

»Gewiß, Herrin.«

»Ich werde heute nacht in der Privatkapelle dem Earl of Leicester angetraut. Da dir meine Gefühle für Simon de Montfort bereits bekannt sind, halte ich es für angezeigt, daß du zusammen mit Martha als Trauzeugin fungierst.«

Janeta unterdrückte ihre Freudentränen ebenso wie die aufkeimende Furcht. Diese Zeremonie sollte doch absolut geheim bleiben; risierte sie da nicht ihre Zukunft im königlichen Haushalt, wenn sie daran teilnahm? Falls der König und seine Gemahlin erfuhren, daß sie bei der Trauung zugegen war, könnte sie für alle Zeiten in Ungnade fallen.

»Wie du sehr richtig vermutest, soll zunächst noch niemand von meiner Trauung erfahren«, erklärte Eleanor. »Der Earl ist noch neu am Hof. Zumindest wird er von vielen Baronen für einen Neuling gehalten, und deswegen wird sein Aufstieg an die Macht durch eine so wichtige Ehe einigen Groll erregen. Mein Bruder, der König, hat jedoch sein Einverständnis zu der Ehe gegeben. Du brauchst also seinen Zorn nicht zu fürchten, wenn du an der Zeremonie teilnimmst. Ich möchte gern jemanden bei mir haben, der Verständnis für meine Liebe hat.«

Eleanor lachte ein wenig unsicher. »Ich glaube nämlich, du vor allen anderen verstehst mich, Janeta. Du wirst also heute in meinem Gemach schlafen, und nachdem alle anderen zu Bett gegangen sind, wirst du mich zusammen mit Martha ankleiden. Dann werden wir uns alle in die Kapelle begeben. Als Eskorte wird der Earl jemanden schicken, dem er vertraut«, fuhr sie mit einem kleinen Lächeln fort. »Ich bin sicher, wir werden keinen Grund haben, an der Rechtschaffenheit dieses Menschen zu zweifeln, Janeta. Ich muß dich nicht daran erinnern, daß du niemandem gegenüber auch nur eine Andeutung über das Bevorstehende machst. Niemand darf etwas erfahren.«

»Und Lady Sandford?« Janeta formte die Frage fast nur mit den stummen Lippen.

Eleanors Lächeln verschwand. »Niemand!«

»O Herrin, ich freue mich ja so für Euch beide. Ich werde für Euer künftiges Glück beten.« Janeta, die die Instruktionen der Countess vor dem Bett kniend entgegengenommen hatte, richtete sich wieder auf, knickste und verließ den Raum.

Als sie an ihren Platz bei den anderen Damen im Frauengemach zurückkehrte und dort ihre Stickerei wieder aufnahm, warf Cecily Sandford ihr einen scharfen Blick zu, schwieg jedoch. Janeta war froh, daß man sie nicht danach fragte, wofür die Countess ihre Dienste benötigt hatte. Sie senkte den Kopf über der schwierigen Arbeit, gab vor, sich voll darauf konzentrieren zu müssen, und wehrte auf diese Weise alle etwaigen Fragen ab.

Aufgeregt, wenn auch angstvoll wartete sie darauf, ins Gemach der Countess gerufen zu werden. Endlich kam ein Page; sie und die anderen Damen kleideten die Countess zum Schlafengehen aus. Danach schickte Eleanor alle mit Ausnahme von Janeta und Martha fort. Cecily Sandfords Miene spiegelte ihre Enttäuschung darüber, ausgeschlossen zu werden. Sie knickste und entfernte sich.

Erleichtert atmete Eleanor auf und winkte die beiden Verschwörerinnen zu sich heran. »Wir müssen mindestens noch eine Stunde warten, bevor ich mich ankleide. Die Zeremonie findet um Mitternacht statt. Bis dahin müssen wir uns mit irgend etwas ablenken.«

Sie lächelte. »Ein Brautgemach wird für uns in der Nähe der königlichen Gemächer vorbereitet«, erzählte sie. »Ihr beide werdet dort im Vorraum Wache halten. Simon bewohnt seit seiner Ankunft in Westminster dort andere Räume.« Sie schaute zum dunklen Fenster. »Wie sich die Minuten in die Länge ziehen! Ich glaube, ich ertrage diese Anspannung nicht.«

»Die Stunden vor Eurer ersten Hochzeit verbrachtet Ihr in Angst und Schrecken«, sagte Martha leise. »Diesmal nicht, oder?«

»Nein, diesmal nicht, Martha. Ich liebe Simon so sehr. Sage mir, daß ich nichts Falsches tue.«

»Ihr folgt Eurem Herzen, meine Kleine. Wie könnte das jemals falsch sein?«

»Trotzdem fürchte ich . . .« Eleanor hielt sich die Hand vor den Mund, als wollte sie ihre Zweifel unterdrücken.

Martha erhob sich. »Kommt, ich glaube, es ist Zeit, daß wir mit dem Ankleiden beginnen.«

Es war ein erfreulicher Dienst, den die beiden jetzt versahen. Gewöhnlich war Eleanor von zwanzig oder mehr kichernden Damen umgeben; jetzt stand sie still und brav da, während Janeta und Martha sie für die Hochzeit ankleideten. Sie hatte bereits in parfümiertem Wasser gebadet sowie ihr Haar gewaschen und getrocknet. Martha löste jetzt liebevoll die Zöpfe, so daß der Schopf in Ringeln auf die Schultern hinabfiel.

In der Kapelle würde es kalt sein; Eleanor hatte sich ein mitternachtsblaues Gewand mit weitem Rock ausgesucht, das aus kürzlich importiertem Samt bestand. Dazu legte sie einen Umhang aus feiner Wolle in hellerem Blau an, dessen schmückende Stickerei, wie Janeta erfreut feststellte, von ihr selbst vor wenigen Tagen fertiggestellt worden war. Das goldene Lederband um Eleanors schmale Taille war mit Saphiren besetzt. Seine Enden fielen fast bis zum Saum des Gewands hinab.

Sie trug kaum Schmuck, nur ein ebenfalls mit Saphiren besetztes goldenes Kreuz an einer schweren Goldkette. Da sie ja keine jungfräuliche Braut mehr war, trug sie ihr rotgoldenes Haar nicht lose, sondern unter einem goldenen Netz zusammengefaßt. Um die Stirn lag eine goldene Adelskrone, ein Diadem, das ihren königlichen Rang auswies.

Janeta kniete vor ihr, um den Saum ihres Gewands zu richten. Als sie sich jetzt erhob, fing sie Marthas Blick auf und nickte ihr lächelnd zu. Der Earl würde allen Grund haben, stolz auf seine Braut zu sein. Eleanor umarmte ihre alte Amme und legte die Hände um Janetas Kinn.

»Ich danke euch beiden. Mein zukünftiger Gemahl und ich werden in unseren Gebeten eurer für eure gute Arbeit gedenken.«

Janeta mußte schlucken. Es war ihr nicht vergönnt gewesen, eine geliebte Schwester für eine solche Gelegenheit anzukleiden, doch nun hatte sie das Gefühl, die Lady Eleanor hätte diese Rolle eingenommen. Janeta wünschte ihr aus vollem Herzen alles Gute und sehnte sich nach der Zeit, da die Eheschließung der Welt bekanntgegeben werden und der Earl seinen Platz stolz an der Seite seiner Gemahlin einnehmen konnte.

Es klopfte. Auf Marthas Kopfnicken hin ging Janeta an die Tür. Sie wußte bereits vorher, daß sie draußen Bertrand vorfinden würde, und so war es auch. Sein braunes Haar glänzte im Licht der Fackel an der gegenüberliegenden Wand. Er trug ebenfalls eine Fackel in der Hand, um den Damen den Weg durch die dunklen Gänge des Palasts zu beleuchten. Seine Augen strahlten bei Janetas Anblick, die ihr bestes Gewand aus safrangelber Wolle trug, das ihr Eleanor geschenkt hatte. »Die Countess ist bereit«, flüsterte sie.

Er nickte, verneigte sich und ging zur Seite, als Eleanor zur Tür trat. Martha, welche ihr noch den Faltenwurf des Umhangs richtete, folgte ihr.

In der grauen Düsternis der kleinen Kapelle wirkte der Altar wie ein Juwel; Vergoldung, Pyxis und Kruzifix leuchteten im Kerzenschein, der seinen Schimmer auch um Eleanors Kronreif und das goldene Netz legte. Beim Eintreten der Damen drehte sich Simon de Montfort um und seufzte ergriffen. Seine dunklen Augen leuchteten. Er nahm Eleanors Hände, und sein herzliches Lächeln zeigte den beiden Begleiterinnen, daß er ihnen dankbar war. Der Kaplan des Königs erschien und bedeutete dem Paar, vor den Altar zu treten.

Im selben Moment wurde die Tür der Kapelle aufgestoßen. Der König trat ins Kerzenlicht, kam heran und stellte sich neben seine Schwester. Zu Janetas Verblüffung begleitete ihn Fulke L'Estrange, dessen Aufzug ebenso prunkvoll war wie der seines Herrn. Der Earl war zwar auch prächtig angetan in seinem üblichen Scharlachrot, hatte es indessen vorgezogen, sich nicht übermäßig zu putzen. Janeta sah bei ihm kein Gold aufblitzen. Sie lächelte ein wenig; wie klug er doch war! Er wollte mit seiner Ausstattung weder seine Braut noch deren königlichen Bruder übertreffen. Bertrand war ordentlich, wenn auch zurückhaltend mit einer dunkelgrünen Tunika sowie einem schlichten braunen Umhang bekleidet.

Janeta stand ein paar Schritt hinter dem Brautpaar und klammerte sich an Bertrands Hand fest. Martha war hinter sie getreten und stand mit dem Rücken an der Tür, wie um etwaigen Eindringlingen den Zutritt zu verwehren.

Der König schaute sich einmal kurz um, und Janeta überlegte, ob er seiner Gemahlin tatsächlich nichts von dieser Hochzeit verraten hatte. In diesem Fall rechnete er wohl mit harten Worten, denn die Königin hatte für den Bräutigam nichts übrig. L'Estrange drehte sich fast im selben Moment wie der König um und lächelte. Seine blauen Augen blitzten, als er Janeta Hand in Hand mit Bertrand sah. Er zog die Brauen zusammen, hob die Hand und strich sich den goldenen Bart.

Der König und Eleanor waren wahrhaft schöne Plantagenets, doch Simon, der groß und aufrecht dastand und die von der Zeremonie vorgeschriebenen Antworten gab, war an edler Würde nicht zu übertreffen. Das Paar kniete jetzt nieder, um den Segen zu empfangen. Janeta stand nicht nahe genug, um die geflüsterten Worte deutlich zu hören oder den Austausch der Ringe zu sehen, doch sie jubelte innerlich, als der Kaplan die zusammengelegten Hände der Brautleute mit seiner Stola bedeckte, die beiden zu Mann und Frau erklärte und dann seinen Schlußsegen sprach, der Eleanor, Dowager Countess of Pembroke, Prinzessin von England, zur Countess of Leicester, zu Simon de Montforts Gemahlin machte.

Bertrand faßte Janetas Hand fester. Lächelnd wandte sie

sich zu ihm um. Es war vollbracht. Niemand konnte es ableugnen, so sehr diese Verbindung auch Richard of Cornwall, dem Bruder des Königs, sowie der Mehrzahl der Barone mißfallen mochte. Simon de Montfort war nunmehr der rechtmäßige Schwager des Königs, und seinem Blick war anzusehen, daß er Eleanor, seine Braut, anbetete.

Der Earl mochte ein ehrgeiziger Mann sein, und nicht wenige sagten, diese Verbindung sei für ihn nur ein weiterer Schritt auf dem Weg in die hohe Gunst des Königs. Janeta indes wollte beharrlich bis ans Ende ihrer Tage erklären, daß den Mann ganz andere Gründe bewegt hatten, um beim König um Eleanors Hand anzuhalten. Jeder konnte deutlich sehen, daß die beiden einander aufrichtig liebten.

Strahlend hob Eleanor jetzt ihrem Bruder das Gesicht zum Kuß entgegen. Henry lächelte ein wenig unsicher, als er die Hand seines neuen Schwagers ergriff.

Der König, Bertrand, Fulke L'Estrange sowie Janeta und Martha geleiteten das Brautpaar zu den für den Earl of Leicester reservierten Gemächern. Anscheinend hatte man die anderen Diener schon zu Bett geschickt, denn es war Bertrand, der seiner neuen Herrin und deren beiden Dienerinnen in das Schlafgemach des Earls leuchtete. Der König und Fulke L'Estrange blieben noch eine Weile draußen bei dem Bräutigam.

Rasch entkleideten Martha und Janeta ihre Herrin und legten ihr ein pelzgefüttertes Bettgewand an. Martha stand es als ehemaliger Amme zu, Eleanors wunderschönes Haar auszukämmen und sie dann zur Schlafstatt zu führen. Der Fußboden rund um das Bett sowie die Kissen strömten den süßherben Duft frischgestreuter Kräuter aus. Das Fackellicht beleuchtete Eleanors Züge. Ihre Augen strahlten. Die Braut schien in keiner Weise ängstlich zu sein, sondern wartete ungeduldig auf Simon.

Schließlich küßte sie Martha, winkte Janeta ebenfalls zu

einem Kuß auf die Wange heran, und dann öffnete Martha die Tür, um ihrem neuen Herrn mitzuteilen, daß er sich nunmehr zu seiner Gemahlin begeben konnte. Der König ließ dem Kaplan den Vortritt, auf daß dieser das Ehebett segne. Janeta und Martha zogen sich mit einem Knicks in den Vorraum zurück.

Janeta hatte wiederholt gehört, daß bei solcher Gelegenheit immer sehr viele obszöne Scherze gemacht wurden; nicht jedoch hier. Henry war ein tief frömmiger junger Mann, der dergleichen für unziemlich gehalten hätte. L'Estrange leuchtete ihm zu seinen Gemächern, und Bertrand nahm zu Janetas Erleichterung seinen Platz vor der Tür zum Vorraum ein, so daß man sicher schlafen konnte.

Janeta schlief fest und traumlos, bis Martha sie wieder weckte.

»Sorgt dafür, daß die Countess warmes Wasser und Badetücher erhält. Ich kümmere mich um alles im Gemach. Wir müssen uns beeilen. Die Herrin wünscht, in ihre eigenen Gemächer zurückzukehren, bevor der Haushalt wach ist. Sie und der Earl werden den Palast verlassen, ehe sich die Neuigkeit herumspricht. Es ist besser so.«

Janeta rieb sich die Augen und nickte. Bertrand war draußen auf dem Korridor nicht zu sehen; wahrscheinlich hatte man ihm irgendeinen Auftrag erteilt. Janeta machte sich eilig auf die Suche nach einer Dienstmagd, die die benötigten Dinge herbeischaffen sollte.

Als Janeta wieder die Räume der Countess betrat, wurde ihr der Weg ins Schlafgemach von Lady Cecily Sandford verstellt. Die ehemalige Erzieherin sah nicht so aus, als hätte sie in dieser Nacht geschlafen. Im blaugrauen Licht der Morgendämmerung wirkte ihr Gesicht hart und verhärmt.

»Wo ist sie?« fragte sie scharf und ohne den respektvollen Ton, den Janeta erwartet hätte, wenn von der Herrin die Rede war. »Die Countess – wo ist sie? Nein, macht Euch nicht die Mühe, zu lügen. Sie ist bei ihm, diesem Ungeheuer de Montfort, nicht wahr? Das habt Ihr und diese dumme Martha arrangiert.« Lady Sandford hatte tonlos und müde gesprochen.

Janeta zögerte. Durfte sie es erlauben, daß die Lady schlecht von ihrer Herrin dachte? Sicherlich sollte die ehemalige Erzieherin jetzt erfahren, daß Eleanor keine Sünde beging, wenn sie bei ihrem angetrauten Gemahl lag. Ehe Janeta jedoch irgend etwas äußern konnte, sah sie, daß Lady Sandfords Miene plötzlich größte Bestürzung spiegelte.

»Sie hat ihn doch nicht etwa geheiratet?«

»Der König war anwesend«, flüsterte Janeta. »Die Heirat wurde jedoch noch nicht bekanntgegeben. Ihr müßt Schweigen bewahren, Lady Sandford.«

Aufgebracht packte die Frau Janeta bei den Schultern und schüttelte sie, wie ein Jagdhund eine Ratte schütteln würde. »Ihr habt das eingefädelt! Ihr habt Briefe zwischen den beiden befördert! Das habe ich mir ja gedacht. Sobald ich Euch sah, wußte ich, daß Ihr Schwierigkeiten bringen würdet. Aus einem Kloster fortzulaufen! Besitzt Ihr kein Gewissen? Wißt Ihr nicht, was Ihr angerichtet habt?« Janeta wurde so heftig gegen die Wand des Flurs gestoßen, daß sie beinahe zu Boden gefallen wäre. Der ungerechte Vorwurf bestürzte sie.

»Die Lady Eleanor liebt den Earl. Lady Sandford, könnt Ihr nicht mit ihr glücklich sein? Wenn es an der Zeit ist, wird der König die Vermählung verkünden. Es liegt keinerlei Ungehörigkeit vor. Die Countess ist eine Witwe und . . .«

»Keine Ungehörigkeit?« Lady Sandfords Stimme klang schrill vor Empörung. »Für Euch ist ein Sakrileg keine Ungehörigkeit? Hier handelt es sich nicht um die unwissende

Tat einer liebeskranken Bauernmagd! Eleanor wußte ganz genau, was sie tat. Sie darf nicht heiraten. Sie ist bereits eine Braut Christi! Habt Ihr nicht bemerkt, daß sie seinen Ring trägt, wie ich meinen trage?«

Zuerst glaubte Janeta, sie könnte nicht richtig denken, weil sie mit dem Kopf gegen die Wand geprallt war, doch schnell erkannte sie ihren Irrtum. Sie blickte die aufgebrachte Lady Sandford an und versuchte zu begreifen, was sie eben gehört hatte. Sie meinte, plötzlich keine Luft mehr zu bekommen. Abwehrend streckte sie die Hände aus, doch instinktiv wußte sie, daß Cecily Sandfords Qual echt und nicht der Ausbruch einer eifersüchtigen Freundin war, die ihren Platz an eine andere, unwürdigere verloren hatte.

»Ich habe den Ring wohl gesehen«, gab sie benommen zu. »Ich dachte, es wäre ihr Ehering ... der Ring des Lord of Pembroke.«

»Als Pembroke starb, trauerte Eleanor aufrichtig um ihn. Er war ein alter Mann, doch er behandelte sie gut, und sie mochte ihn sehr gern, obwohl sie ihn natürlich nicht so liebte, wie eine junge Frau einen Mann liebt ... Sie fürchtete, ihr Bruder würde sie danach zu einer weiteren politisch wichtigen Ehe zwingen. Die Countess war eine fromme Tochter der Kirche, wie ich ebenfalls.«

Die Stimme der Lady war jetzt nur noch ein Flüstern. »Ich weiß, was sie empfand; ich hatte damals auch gerade meinen Gatten verloren. Wir holten den Rat des Erzbischofs von Canterbury ein, und nach reiflichem Überlegen sowie vielen Gebeten beschlossen die Countess und ich, gemeinsam das Gelübde ewiger Keuschheit abzulegen. Obwohl keine von uns beiden in ein Kloster eintreten wollte, waren wir an dieses Gelübde gebunden wie jede Nonne auch. Eleanor schwor damals, daß sie, falls sie jemals in die Versuchung käme, ihr Gelübde zu brechen, sofort in das nächste Kloster reiten und den Schleier nehmen würde.

Weshalb, meint Ihr wohl, trage ich diese Tracht?« fragte die Lady. »Ich habe oft gewünscht, ich wäre eine wirkliche Braut Christi geworden, doch ich wußte, daß ich bei Eleanor bleiben mußte, um sie in ihrem Vorsatz zu bestärken.« Tief seufzte sie auf. »Und dann kam er, dieser Ausländer, Simon de Montfort, und ich fürchtete ...«

»Wollt Ihr mir sagen, daß das alles allgemein bekannt sei? Daß der König selbst es wußte?« fragte Janeta unheimlich ruhig.

»Jeder wußte es. Eleanor hat ihren Schwur in der Kathedrale auf Knien und als wahre Braut Christi gekleidet abgelegt. Der Erzbischof Edmund selbst steckte ihr den Brautring an den Finger und erklärte sie zur wahren Nonne.« Cecily winkte ungehalten ab. »Natürlich hattet Ihr keine Ahnung davon. Jetzt ist mir auch klar, weshalb Eleanor ausgerechnet Euch zu ihrer Kupplerin auserkoren hat.«

Janeta wurde es fast übel. Die Frau, die sie mehr als alle anderen bewunderte, hatte sie absichtlich mißbraucht! Janeta dachte an den Moment, als sie und Martha Eleanor für Simon de Montforts Bett zurechtgemacht hatten. Die beiden Frauen hatten genau gewußt, daß sie eine der schwersten Sünden begingen, und sie, Janeta, hatte ihnen dabei geholfen. Es hatte keinen Sinn, wenn sie sich jetzt sagte, sie hätte es nicht gewußt. Wieder einmal zeigte sich, daß sie von Geburt an dazu bestimmt war, anderen Schaden zuzufügen. Dafür war sie gezeichnet, wie ihr Vater ihr ständig vorhielt. Deswegen war sie auch ins Kloster gegeben worden, doch sie in ihrem sündigen Hochmut hatte gedacht, sie wüßte es besser. Und nun hatte sie einer anderen Frau geholfen, ihren heiligen Schwur zu brechen.

Hatte Bertrand davon gewußt? Dieser Gedanke traf sie wie ein Keulenschlag. Bertrand hatte die Gönnerschaft des Earls angestrebt. Er hatte sie, Janeta, dazu bewegt, in den Haushalt der Countess einzutreten, und sie hatte Simon de

Montforts Quartier auf Winchester Castle nur deshalb aufgesucht, um sich nach Bertrands Zustand zu erkundigen. Der Earl und die Countess hatten heimlich vereinbart, Bertrand zu Janetas Reitlehrer zu machen, damit die zwei sich frei zwischen den beiden Haushalten bewegen konnten.

Ihr schauderte heftig. Sie hatte sich darauf verlassen, daß diese fürstliche Trauung ihre eigene Heirat mit Bertrand ermöglichen würde. War sie damit erpreßt worden? Eleanor hatte es natürlich nicht so gesehen, sondern als eine Belohnung für zwei loyale Menschen, die ihr gut gedient hatten. Durch den letzten Brief, den Janeta auf die Burg trug, hatte Simon wahrscheinlich davon erfahren, daß der König bereit war, der Verbindung zuzustimmen; danach war man umgehend nach Westminster aufgebrochen.

Cecily Sandford betrachtete Janeta eindringlich. »Ich habe Euch falsch eingeschätzt«, sagte sie unsicher. »Weil Ihr Euch selbst gegen das Kloster entschieden hattet, dachte ich, Ihr hättet Euch mit der Countess verbündet, um ihr zu helfen. Doch so war es nicht, oder?«

»Nein«, antwortete Janeta tonlos. »Ich hatte keine Ahnung.«

Cecily Sandford lächelte unfroh. »Wie solltet Ihr auch? Ihr befandet Euch ja hinter Klostermauern, als dieser Schwur abgelegt wurde, und niemand im Haushalt braucht über etwas zu plaudern, was ohnehin jeder weiß.«

»Was geschieht jetzt? Ist die Ehe gültig? Der König war doch dabei. Er muß es gewußt haben.«

»Oh, er wußte es auch. Simon de Montfort erfuhr es möglicherweise erst, als es schon zu spät war. Ich weiß, daß sie ihn liebt«, fuhr sie leise fort. »Es ist durchaus denkbar, daß er sie ebenfalls liebt, obwohl der Ehrgeiz bei Männern immer eine wichtige Rolle spielt. Diese Heirat ist schließlich sehr vorteilhaft für Simon. Der König hat ihr zugestimmt, weil er meint, den Earl an seiner Seite haben zu müssen. De

Montfort ist ein fähiger Ratgeber, das muß man ihm lassen. Was jetzt geschieht, weiß ich nicht. Wahrscheinlich wird es einen schrecklichen Skandal geben. Die Bischöfe werden Einspruch erheben, ebenso wie die wichtigsten Barone, die nur einen guten Grund suchen, Leicester vom Hof zu vertreiben.« Sie seufzte tief. »Nichts bedrückt mich indes so sehr wie meine Furcht um Eleanors Seelenheil.«

Janeta bekreuzigte sich. Ihre Lippen zitterten. »Können die Bischöfe die Ehe für ungültig erklären?«

»Durchaus, doch der Schaden ist ja bereits eingetreten. Die Ehe ist doch schon vollzogen?«

Janeta nickte heftig errötend.

»Kind, dafür seid Ihr nicht verantwortlich – ich auch nicht mehr, der Heiligen Jungfrau sei Dank.« Lady Sandford wandte sich rasch zum Gehen. »Noch habe ich Pflichten. Ich muß mich an die Arbeit machen. Danach werde ich um Erlaubnis einkommen, mich aus dem Haushalt der Countess zurückziehen zu dürfen.«

Das hörte sich so unheilvoll an wie das Grabgeläut für Janetas Hoffnungen. Lady Sandford hatte ihre Entscheidung nach ihrem Gewissen getroffen; nun war es an Janeta, die ihre zu treffen.

Das Leben im Palast regt sich bereits. Bald würden die anderen Damen aufstehen. Janeta durfte sich ihren Schmerz nicht ansehen lassen. Außerdem wartete die Countess noch auf das warme Wasser und die Tücher, um ihre Toilette zu vollenden. Martha würde im Brautgemach jetzt wohl die Spuren der Nacht beseitigen . . .

Wie Lady Sandford, so mußte auch Janeta ihre Pflichten erfüllen, bevor sie um Erlaubnis bat, den Haushalt verlassen zu dürfen, der, wie sie jetzt wußte, befleckt war. Sie fand eine gähnende Dienstmagd, schickte sie für einen Krug heißen Wassers in die Küchen und ging dann selbst, um Tücher, Seife sowie parfümiertes Öl aus der Reisetruhe in

Eleanors Schlafkammer zu holen. Sie befand sich schon auf dem Rückweg zu den Gemächern des Earls, als Bertrand auf sie zueilte.

»Wo wart Ihr denn? Ich habe Euch schon gesucht. Hier ...« Er hielt einen vorbeikommenden Pagen an. »Bring dies in das Gemach des Earls of Leicester. Beeile dich!«

Der Junge nahm Janeta die Last ab und schnüffelte neugierig an dem kleinen Tiegel mit dem nach Rosen duftenden Öl, der auf dem Tablett neben dem Wasserkrug und dem bestickten Tuch stand. Ihm waren amouröse Intrigen nicht neu. Was immer in den Gemächern der Großen geschah, ging ihn nichts an. Schmerzliche Erfahrung hatte ihn gelehrt, daß seine Ohren und wahrscheinlich auch sein Rücken schmerzen würden, falls er sich irgendwelchen Klatsch erlaubte. Er lächelte Bertrand verschlagen zu und ging, den Auftrag zu erfüllen.

Bertrand und Janeta folgten und betraten schließlich den Vorraum, in dem Janeta und Martha die vergangene Nacht verbracht hatten.

»Martha wunderte sich schon, wo Ihr so lange bliebt«, sagte Bertrand, der schon reisefertig angezogen war. »Die Countess benötigt Kleidung aus ihren Gemächern. Ich war schon im Aufbruch begriffen, doch ich wollte nicht abreisen, ohne Euch Lebewohl gesagt zu haben. Ich soll vorausreiten und alles für Simon regeln, der zu seinen Grafschaften nach Mittelengland reisen wird.« Er unterbrach sich, als er ihr starres weißes Gesicht sah. »Was habt Ihr, Janeta? Ihr seid doch nicht etwa krank?« Er wollte sie in die Arme nehmen, doch sie schlug wütend seine Hände fort.

»Faßt mich nicht an!«

Er wich zurück. »Was ist denn? Hat jemand schlecht von mir gesprochen?«

Janeta spürte das Nahen des unbeherrschbaren Wutanfalls, der sie sowohl in der Kinderzeit als auch später im Kloster immer verängstigt hatte. Ihr Körper zitterte, ihr war eiskalt und übel, und um Bertrands liebe, vertraute Gestalt legte sich ein roter Nebel.

»Sind sie noch immer zusammen?« Sie spie die Frage förmlich aus.

»Wer? Meint Ihr den Earl und die Countess?«

»Ich meine den Earl und seine Hure!«

»Was sagt Ihr da?« Bertrand klang ebenso verwirrt wie zornig. »Ihr wart Zeuge, als die Ehe im Beisein des Königs geschlossen und vom königlichen Kaplan abgesegnet wurde.«

»Doch Ihr wie der König und alle anderen bei Hof wußtet, daß Eleanor nicht heiraten durfte. Jeder wußte es, nur Janeta Cobham nicht, die arme Närrin, die aus lauter Güte in den Haushalt genommen wurde, weil sie sich als wertvolles Werkzeug erweisen würde.«

Bertrand wich noch weiter zurück. Er vermochte kaum zu glauben, daß es Janeta war, die diese bösen Worte aussprach. »Oh, Ihr meint dieses Gelübde, das sie damals ablegte, als sie fast noch ein Kind war und einen Gatten betrauerte, der sie immer wie ein Püppchen behandelt hatte? Sie stand unter dem Einfluß Cecily Sandfords, die für sie wie eine Mutter war. Ich vermute, die Countess hat das längst bereut.«

»Sie hat in der Kathedrale vor dem Altar einen Eid geschworen. Der Erzbischof von Canterbury hat ihr den Ring angesteckt, der sie an Christus bindet. Sie darf sich keinen anderen Gatten nehmen.«

Ungehalten schüttelte er den Kopf. »Es wird geregelt werden. Simon wird einen Dispens erwirken. Da der König persönlich der Verbindung zugestimmt hat und selbst Zeuge der Zeremonie war, wird der Papst kaum wagen, sich dem entgegenzustellen. Natürlich wird es eine große

Summe Geldes kosten, um die Kirche zu überzeugen. Ich bin beauftragt, in Leicester die notwendigen Mittel zu beschaffen. Eleanor hat nicht den Schleier genommen. Sie ist nicht in ein Noviziat eingetreten. Dieses Gelübde wird nicht als bindend angesehen werden. Es gab Umstände, die es abschwächten.«

»Wußtet Ihr davon?«

Er seufzte. »Natürlich habe ich davon gehört. Damals war dieser Eid im ganzen Land Gesprächsstoff. Eine passende ausländische Ehe für die jüngste Schwester des Königs wäre die Lösung gewesen. Die meisten Menschen überraschte es, daß er Eleanor einen solchen Schritt erlaubte, doch Henry war ja schon immer extrem fromm.«

»Jetzt ist er anscheinend weniger fromm, oder er schätzt den Earl of Leicester so hoch, daß er sogar bereit ist, seine Schwester meineidig werden zu lassen.«

Auf Bertrands Gesicht erschienen zornrote Flecken. »Das sind starke Worte, Janeta, und . . .«

»Sie entsprechen der Wahrheit!«

Er blickte sich um, als fürchtete er Lauscher. »Ihr solltet vorsichtig sein. Eure Rede könnte als Verrat ausgelegt werden.«

»Das würde Euch Sorgen machen, nicht wahr? Ihr könntet die Gunst des Earls verlieren.«

»Richtig«, bestätigte er nüchtern. »Ich möchte, daß Ihr das ganz klar seht: Eine offene Mißbilligung des Earls und seiner Gemahlin könnte uns beide ihre Gunst kosten.«

»Meint Ihr, für mich wäre das belangreich?«

Ihre Haltung verwirrte ihn. »Was der Earl und die Countess getan haben, geht uns nichts an. Das einfache Volk hat die Affären der Großen nicht zu kommentieren. Ihr lebt nun schon lange genug bei Hofe, um das zu verstehen. Glaubt Ihr, Lady Sandford würde ihre Herrin offen kritisieren, was immer sie auch im stillen über sie denken mag?«

»Lady Sandford war weder an den Arrangements für die Trauung beteiligt noch hat sie die Braut für das Bett ihres Geliebten vorbereitet. Das habe ich getan – unwissentlich. Bertrand, ich habe eine Todsünde begangen.«

»Unsinn. Euch trifft keine Schuld, wie immer die Kirche am Ende entscheiden mag. Ihr und Martha habt nur den Befehlen Eurer Herrin gehorcht. Ihr habt Eure Seele nicht mit einer Sünde belastet.«

»Ich habe der Countess doch geholfen! Ich habe die Briefe zwischen ihr und dem Earl befördert. Bertrand, ich habe die Katastrophe über die beiden gebracht!«

»Das sind die törichten Ängste eines zu streng erzogenen Mädchens. Ihr habt doch selbst entschieden, daß Ihr nicht im Kloster leben könnt. Ihr seid fortgelaufen. Habt Ihr kein Mitgefühl mit der Countess?«

Janeta nickte heftig. »Doch, natürlich. Ich leide mit ihr, doch ich habe ja auch kein Gelübde abgelegt. Obwohl ich für mich keine Zukunft außerhalb der Klostermauern sah, lief ich fort, ehe ich mich zum Noviziat verpflichtete. Die Countess wird gute Ratgeber gehabt haben, beispielsweise den Erzbischof von Canterbury. Er wird sie doch daran gemahnt haben, daß der Eid, den sie leisten wollte, unwiderruflich ist. Diese Ehe ist dem Untergang geweiht, Bertrand. Gott verflucht sie. Die beiden können exkommuniziert werden, und ich habe – in aller Unschuld natürlich – zu dem Zustandekommen des Bundes beigetragen. Ich muß diesen Haushalt verlassen. Zu bleiben würde meine Sünde noch schwerer machen.«

Bertrand trat dicht zu ihr heran und nahm sie bei den Schultern. »Seid Ihr irrsinnig? Ist Euch klar, was Ihr tun wollt? Die Hoffnung auf unsere eigene Heirat würde sich zerschlagen, falls Ihr diesen Schritt unternähmt.« Er schüttelte sie, und erneut fühlte sie die Wut in sich aufsteigen. Sie hob die Hand und schlug ihm ins Gesicht.

»Ich habe Euch gesagt, Ihr sollt mich nicht anfassen! Ihr führt mich in Versuchung, eine weitere Sünde zu begehen! Ihr habt mich in diesen Haushalt gebracht, habt mich als ahnungslose Kupplerin eingesetzt . . .«

»Weder wußte ich noch kümmerte es mich, ob Ihr ahnungslos wart. Ich wiederhole: Die Sache geht uns nichts an. Unsere Aufgabe ist es, unserer Herrschaft zu dienen. Ihr redet ja, als wäre unsere Begegnung auf der Straße nach Winchester geplant gewesen.«

»Vorbestimmt war sie.«

»Langsam denke ich, diese Klostererziehung hat Euch halb irre gemacht. Wie hätte unsere Begegnung denn vorbestimmt sein können? Wir begegneten dem bedrängten Earl, und ich half ihm. Wollt Ihr mir sagen, es sei eine Sünde gewesen, einem Unterlegenen zu helfen?«

Tränen brannten in ihren Augen. »Ich weiß nicht. Mein Vater sagte, er hätte mich in ein Kloster gegeben, damit ich anderen Menschen keinen Schaden zufügen kann, denn ich sei . . .«

»Euer Vater wollte Euch loswerden«, unterbrach er sie grob. »Er wollte Euch aus den Augen und aus dem Sinn schaffen, damit er nicht gezwungen war, Euch eine anständige Mitgift zur Verfügung zu stellen. Das habt Ihr selbst oft gesagt.«

Janeta befreite sich aus Bertrands Griff und bedeckte ihr Gesicht mit den Händen. Hilflos sah er zu, wie die Tränen durch ihre Finger quollen.

»Ich liebe Euch, Janeta«, sagte er verzweifelt. »Was soll ich nur tun, wenn ich Euch verliere?«

»Ich liebe Euch auch«, schluchzte sie. »Mehr als mein Leben. Seht Ihr das nicht? Ich mache Euch nicht verantwortlich für das Geschehene – das waren törichte Worte –, vielmehr gebe ich mir selbst die Schuld. Ich wußte, daß die Verbindung geheim war. Ich hätte erkennen müssen . . .«

»Was hättet Ihr erkennen müssen?«

»Ich wollte Euch wiedersehen. Seit ich Euch auf der Landstraße begegnet war, fühlte ich . . . wußte ich . . . Noch nie hatte ich so starke Empfindungen. Ich fühlte, daß sie nicht gut sein konnten. Und dann Roesia – ich dachte, Ihr liebtet sie. Ich war eifersüchtig und wollte immer in Eurer Nähe sein für den Fall, daß . . .«

»Ich sagte Euch, daß mir nichts an Roesia liegt. Falls sie mich liebt, dann ist es eine einseitige Liebe. Janeta, seid vernünftig. Wie können wir ohne die Hilfe des Earls und der Countess auf eine Zustimmung zu unserer Eheschließung hoffen? Falls Ihr darauf besteht, den Dienst zu quittieren, verliere ich Euch.«

Sie hob ihm ihr tränenüberströmtes Gesicht entgegen. »Ich weiß«, stöhnte sie leise. »Versteht Ihr denn nicht? Ich muß tun, was richtig ist.«

»Könnt Ihr denn nicht begreifen, daß die beiden einander so lieben wie wir uns? Simon de Montfort ist für hohe Ämter bestimmt. Das Volk von England braucht ihn. Der König braucht ihn. Die Countess wird helfen, ihn groß zu machen.«

Janeta wandte den Blick ab und nickte. »Natürlich begreife ich das alles. Das ändert allerdings nichts an der Tatsache, daß diese Ehe fluchbeladen ist. Sie ist gegen Gottes Willen. Ich fürchte für die Countess, den Earl und die Kinder, die sie zusammen haben werden.«

»Das ist abergläubischer Unsinn. Ich dachte, für Euch hätte unsere Liebe einen höheren Wert als all das.«

Unvermittelt riß er sie wieder in die Arme. Janeta fühlte seinen harten Körper an ihrem unter den Falten ihres Gewands. Bertrand bedeckte ihr Gesicht mit Küssen, schob die Kopfhaube beiseite und preßte die Lippen auf Janetas weißen Hals. »Ich werde Euch dahin bringen, daß Ihr mich liebt«, flüsterte er rauh. »Ihr werdet wieder zu Verstand kommen. Und jetzt sagt mir, daß Ihr unsere Liebe fortwerfen wollt für irgendeinen wunderlichen Einfall . . .«

Janeta hatte das Gefühl, dahinzuschmelzen. Ihr verräterischer Körper wollte kapitulieren. Falls Bertrand sie jetzt genommen hätte, würde sie sich nicht gewehrt haben. Trotzdem stieß sie ihn plötzlich mit aller Kraft fort. »Nein«, stöhnte sie. »Das darf ich nicht. Ich darf meine Seele nicht verdammen, nicht einmal Euch zuliebe, Bertrand D'Aubigny.«

»Dann wollt Ihr also alles aufgeben, was uns so kostbar war, und das nur wegen Eures Glaubens?«

»Ich muß.«

»Was werdet Ihr tun? Wohin werdet Ihr gehen?« fragte er hoffnungslos.

»Ich weiß nicht. Vielleicht wird mein Vater . . .«

»Ich bezweifle, daß Euer Vater Euch wieder aufnehmen wird, nachdem Ihr den König und dessen Schwester erzürnt habt.«

»Dann . . . vielleicht haben die Nonnen von St. Catharine's Mitleid mit mir.« Sie schluchzte leise auf. »Dort kann ich für meine Sünden büßen.«

»Ich vermag kein Verständnis für Euch vorzugeben, Janeta. Ich bin bereit, in dieser Sache die Entscheidung der Geistlichkeit zu akzeptieren. Der Earl war gut zu mir. Ich will ihm weiterhin dienen.«

Sie nickte. »Ich weiß. Ich kann nicht erwarten, daß Ihr diese ernste Angelegenheit mit meinen Augen seht. Ihr müßt Eure eigene Zukunft bedenken.«

»Versprecht mir, daß Ihr nichts überstürzt. Bevor die Kurie ihr Begehr deutlich äußert, darf nichts entschieden werden. Falls ein Dispens gewährt wird, wollt Ihr doch sicherlich nicht gegen die Entscheidung des Papstes handeln?«

»Ich fühle mich verantwortlich«, beharrte sie müde. »Die

Countess wird selbst entscheiden, was für sie richtig ist. Ich denke, das hat sie bereits getan. Ich weiß nur, daß ich mich schuldig fühle und Buße üben muß.«

»Auf Kosten unserer Liebe?«

»Denkt Ihr, ich tue das leichtfertig?«

»Ich denke, Eure Liebe für mich ist vielleicht nicht so groß wie Lady Eleanors für den Earl«, sagte er herausfordernd.

Janeta wandte sich von ihm ab. Ihre Beine zitterten heftig, und wäre sie jetzt ganz dicht bei ihm geblieben, hätte sie sich seinem stärkeren Willen ergeben. Er durfte jetzt nicht ihr Gesicht sehen, in dem sich der Schmerz spiegelte, der sie zerriß. Dann würde er noch größeren Druck ausüben, und sie fürchtete, daß sie dieser Versuchung nicht würde widerstehen können.

»Entschuldigt mich bitte«, sagte sie tonlos. »Ich muß jetzt gehen und Martha finden.«

»Dann heißt es Lebewohl? Ihr werdet Westminster verlassen?«

»Ihr müßt Euch um den Earl kümmern. Versucht, mich zu vergessen. Versucht, mir zu vergeben, Bertrand.« Sie raffte ihre Röcke und rannte davon. Tränen verschleierten ihren Blick. Sie stolperte gegen einen verlegenen Pagen, der seine Arme ausstrecken mußte, damit sie nicht noch hinfiel. Ob Bertrand versucht hatte, ihr zu folgen, wußte sie nicht. Sie würde es nicht ertragen haben, wenn er es nicht getan hätte. Sie wollte sich jetzt nur noch verbergen wie ein verwundetes Tier, das sich ein Versteck zum Sterben suchte. Tief in ihr war etwas gestorben, und sie vermochte nicht auf eine Wiederauferstehung zu hoffen. Martha hatte sich anscheinend mit ihrer Herrin sowie dem Earl eingeschlossen. Janeta hätte die drei jetzt auch kaum ertragen, falls man ihr Zutritt zum Gemach gewährt hätte. So verließ sie Simons Quartier. In den Palastgängen herrschte schon

Betriebsamkeit. Dienstboten sowie Hofbeamte beeilten sich, sich zu ihrem Dienst zu melden. Janeta wurde gegen die Mauer gedrängt und sehnte sich danach, den Palast zu verlassen, wenn auch nur für einige Minuten.

Die Rückseite des Palasts ging auf den Fluß hinaus, und da Janeta keinen Umhang trug, fror sie in der kühlen Luft. Der Weg führte sie auf die Palasttreppe, unter der die Fährboote lagen, die zur Stadt flußabwärts fuhren. Die gewaltige Themse strömte träge dahin und schien in ein Leichentuch aus grauem Nebel gehüllt zu sein. Das freudlose Bild entsprach genau Janetas Stimmung. Sie ging bis zu der niedrigen Mauer, die den Flußuferpfad von den jetzt im Winter braunen und kahlen Palastgärten trennte. Sie ignorierte die wenigen Personen, die ihr begegneten und neugierig das Mädchen anstarrten, das in der nebligen Kälte so unpassend gekleidet war.

Ein Mann blieb auf seinem Weg zur Palasttür kurz stehen und kam dann auf Janeta zu, die blicklos über den braunen Fluß hinausstarrte. Fulke L'Estrange legte seinen Umhang ab, drehte sie zu sich herum und wickelte sie in das wärmende Kleidungsstück.

»Demoiselle Janeta, wollt Ihr Euch den Tod holen? Was tut Ihr hier draußen ohne Euren warmen Umhang?«

Janeta blickte den Mann verständnislos an, kuschelte sich dann jedoch in das warme Kaninchenfell.

»Irgend etwas stimmt doch nicht mit Euch, Demoiselle. Wißt Ihr noch – ich war der Freund Eurer Frau Mutter. Wollt Ihr mich ihr zuliebe nicht ins Vertrauen ziehen?«

Noch immer schaute sie ihn leer an, und dann begann sie zu weinen. Er legte seine Hand unter ihren Arm und führte sie zum Palast zurück. Gehorsam ging sie mit ihm und fand sich schließlich in einer Fensternische der großen Halle wieder. Der Herd war weit entfernt, die unzureichenden Kohlebecken standen bei den offenen Fenstern, als könnten sie die eisige Kälte und den Zug fernhalten, doch immerhin befand sich Janeta nicht mehr im feuchten Flußnebel. Fulke L'Estrange zog sie auf die Fensterbank und wickelte seinen Pelzumhang noch fester um sie.

»Habt Ihr die Countess verärgert? Hat sie Euch gescholten oder sogar geschlagen? Sie besitzt nämlich das Tempeprament der Plantagenets und gibt manchmal seinen Ausbrüchen nach. Das hat nicht viel zu sagen. Im Moment hat sie eine Menge im Kopf. Bald wird es ihr leid tun, daß sie Euch verstört hat. Sie mag Euch und hat Euch viel zu verdanken.«

Jenta schüttelte nur stumm den Kopf.

»Hat sie beschlossen, Euch zurückzulassen, wenn sie nach Mittelengland aufbricht? Ich dachte, sie hält Eure Dienste für unbezahlbar. Allerdings hat sie es jetzt sehr eilig. Vermutlich schickt sie in ein paar Tagen nach Euch.« Er lächelte. »Ihr werdet ganz gewiß nicht lange von Eurem Bertrand getrennt sein.«

Jetzt fand Janeta die Sprache wieder und erzählte Fulke, was ihr eben erst gefundenes Glück zerstört hatte.

Fulke schwieg einen Moment. »Ich dachte mir schon, daß Ihr es vielleicht nicht wißt«, sagte er dann. »Es wird alles gut enden. Der König hat der Verbindung zugestimmt. Er wird sich nicht von Simon trennen wollen. Zwar dürfte es Skandal und Aufruhr im Rat geben, doch Henry wird sich am Ende durchsetzen, und nach einer Weile wird die Kurie die Ehe anerkennen.«

»Das weiß ich, doch ich kann mir meinen Anteil an der Sache nicht vergeben. Ich kann nicht weiterhin in der Gunst des Earls und der Countess leben und davon profitieren.«

»Und was sagt Jung Bertrand dazu?«

»Ihn ehrt Simons Gönnerschaft. Seine Zukunft im Haushalt de Montfort ist gesichert. Er bleibt beim Earl.«

L'Estrange stellte sich vor Janeta, um sie von den Blicken der anderen in der Halle abzuschirmen. Nachdenklich schlug er mit dem Handschuh gegen seinen Oberschenkel. »Euer Vater wird nicht sehr erfreut über Eure neue Entscheidung sein.«

»Nein ...« Ihre Stimme zitterte. »Ich muß ins Kloster zurückkehren.«

»Meint Ihr nicht, das wäre ein voreiliger Entschluß? Ihr seid jetzt erregt und verärgert. Ihr denkt nicht klar.«

»Das sagte Bertrand auch. Außerdem ... weiß ich auch gar nicht, wie ich ohne Hilfe und ohne Begleitung dorthin kommen soll ...« Ihre Stimme erstarb. Ein neuer Tränenstrom drohte. Für wie schwächlich mußte dieser Mann sie doch halten! Als sie starrsinnig beschlossen hatte, St. Catharine's zu verlassen, war sie nicht so furchtsam gewesen.

So ging das nicht weiter. Sie besaß ja noch die Reliquie ihrer Mutter und, wenn alle Stricke rissen, auch noch Roesias Anstecknadel. Damit wollte sie sich die Mittel verschaffen, die sie für die Reise benötigte, und dank Bertrands Unterweisung konnte sie jetzt sogar einigermaßen gut reiten. Der Gedanke an ihn drohte sie wieder von ihrem Vorsatz abzubringen, vernünftig zu denken.

»Ich würde Euch nur zu gern eskortieren«, sagte L'Estrange leise. »Doch erst müßt Ihr die Erlaubnis der Countess einholen, Euch aus ihrem Dienst zu entfernen. Nicht ...« Er hob eine Hand, als Janeta widersprechen wollte. »Nein, überlaßt das mir. In Eurem jetzigen Zustand würdet Ihr nicht die richtigen Worte finden. Ich denke freilich noch immer, Ihr habt Euch übereilt für die Klostermauern entschieden. Ihr benötigt ein wenig Abstand, und ich glaube, dafür weiß ich die Lösung. Ich habe eine Kusine, die gegenwärtig Wohnung in der Thames Street, bei der Brücke zur Stadt, genommen hat. Sie wäre entzückt, Euch aufzunehmen. Ihr würdet ihr Gesellschaft leisten können. Sie ist seit kurzem verwitwet und oft sehr einsam.«

»Sire, ich will Euch nicht solche Umstände machen. Ihr

seid für mich nicht verantwortlich. Außerdem könntet Ihr beim König in Ungnade fallen, falls man entdeckt, daß Ihr mir geholfen habt, mich aus dem Dienst zu entfernen.«

Er lachte. »Ich habe einen breiten Rücken, Demoiselle Janeta. Im Gedanken an Eure reizende Frau Mutter wäre es mir eine Ehre, Euch zu Diensten sein zu dürfen. Wollt Ihr Euch meinen Händen anvertrauen?«

Sie blickte ihn lange und besorgt an, seufzte dann und legte ihre eiskalte Hand auf seine. »Ja, Sire, das will ich, und ich werde Euch ewig dankbar sein.«

»Gut, dann geht in Euer Quartier und packt Eure Besitztümer. Ich werde Euch bei dem Earl und der Countess entschuldigen. Die beiden werden heute morgen viel zu sehr mit sich selbst beschäftigt sein, um sich über Euer Verhalten allzusehr zu besorgen. Trefft mich hier gleich nach der Mittagsstunde; ich werde ein Fährboot anmieten, das uns den Fluß hinunterbringt.«

Dankbar legte Janeta Fulkes warmen Umhang ab, stand auf und knickste. L'Estrange verneigte sich und zwinkerte ihr aufmunternd zu. Sie schaute noch einmal in die Runde, als wollte sie sich verabschieden von dem Leben unter den Großen im Lande. Dann lächelte sie Fulke L'Estrange zu und eilte aus der Halle.

9. KAPITEL

Das Haus, zu dem Fulke L'Estrange Janeta brachte, erwies sich als erstaunlich klein. Da sie an Paläste sowie an das Kloster gewöhnt war, fand sie es reichlich armselig.

L'Estrange hatte wie versprochen in der großen Halle auf sie gewartet, als sie um die Mittagsstunde mit einem Leinenbeutel, der ihre beklagenswert wenigen persönlichen Besitztümer enthielt, zu ihm zurückkehrte. Außer dem Gewand, mit dem sie aus St. Catharine's gekommen war und das sie jetzt trug, hatte sie nur ein Hemd zum Wechseln sowie ein zweites Gewand mitgenommen.

Die Geschenke der Countess, mit Ausnahme der schlichtesten und am wenigsten wertvollen, hatte sie in der kleinen Truhe neben ihrem Bett zurückgelassen. Eine Nachricht für Martha hatte sie nicht geschrieben. Die alte Amme war des Lesens unkundig; sie hätte sich erst einen Schreiber suchen müssen, und dann wären Janetas Worte unter fremde Augen gekommen. Sir Fulke hatte ja auch versprochen, er würde Janeta beim Earl und der Countess entschuldigen, und sie vertraute ihm. Glücklicherweise war sie beim Pakken von niemandem gesehen worden.

Auf dem Fährboot war es eiskalt und feucht gewesen. Janeta hatte keine Lust verspürt, sich die Umgebung anzuschauen. Durch die starke Strömung unter dem Brückenbogen hindurchzufahren, fand sie beängstigend, doch L'Estrange hatte ihr versichert, daß die Eigner des Fährboots die Gefahren des Stroms genau kannten, da sie tagtäglich mit ihnen umgingen.

Sie hatten an den Landestufen der Thames Street angelegt, Sir Fulke hatte Janeta das Gepäck abgenommen und sie dann sofort zum Haus seiner Kusine geführt, das sich zwischen eine Taverne und ein etwas größeres und wohlhabender aussehendes Haus drängte. Eine junge Magd, die sich einen Tropfen von der roten Nase wischte, hatte sie eingelassen. Das Mädchen war Janeta zwar schlampig vorgekommen, doch es war höflich gewesen und hatte sich über Sir Fulkes Eintreffen gefreut.

Sie waren in einen kleinen, sehr dunklen Raum geführt worden, wo sie sich nunmehr befanden. Obwohl es noch sehr früh an diesem winterlichen Nachmittag war, vermochte Janeta wegen der Dunkelheit zuerst ihre Gastgeberin kaum zu erkennen. In dem kleinen Kamin brannte ein

Feuer, das den Raum freilich nur wenig erwärmte, doch die Stimme der Gastgeberin klang sehr freundlich, und als eine Kerze angezündet wurde, sah Janeta, daß Mistress Spooner, wie Sir Fulke seine Kusine ankündigte, viel jünger als angenommen war.

Der Raum war dürftig eingerichtet, doch an einer Wand befand sich ein dicker Behang, der den Zug in der Nähe der Tür fernhielt. Die wenigen Einrichtungsgegenstände machten einen ordentlichen Eindruck, und die Binsenstreu auf dem Boden roch einigermaßen frisch.

Sir Fulke eilte zu seiner Kusine und küßte sie auf die Wange, während Janeta unschlüssig im Hintergrund blieb und meinte, den neugierigen Blick der hinter ihr stehenden schlampigen Magd fast körperlich in ihrem Rücken zu fühlen.

»Avice, meine Liebe, ich muß dich um einen Gefallen bitten. Leider konnte ich dich nicht vorher informieren.« Sir Fulke winkte Janeta näher an den einzigen Sessel in diesem Raum heran, aus dem sich Mistress Spooner erhoben hatte. »Das ist Demoiselle Janeta Cobham. Sie stand im Dienste der Countess of Pembroke, sieht sich jetzt jedoch aus Gründen, über die ich nicht sprechen möchte, außerstande, länger in diesem Haushalt zu verbleiben. Ich glaube, ich habe dir schon erzählt, daß ich ihre Mutter kannte. Ich wäre dir unendlich dankbar, wenn du die Demoiselle für die nächsten Tage in deinem Haus aufnehmen würdest. Dann kehre ich zurück, und wir können ihre Zukunft neu überdenken. Im Augenblick hat sie keinen anderen Beschützer.«

Avice Spooner war eine große, gutgebaute Frau von vielleicht drei- oder vierundzwanzig Jahren und damit erheblich jünger als ihr Vetter. Sie trug ein Gewand aus feiner brauner Wolle mit Stickereien an Halsausschnitt und Saum. Eine Goldkette schmückte ihren Hals. Ihr Gürtelband bestand ebenfalls aus Goldleder. Da die Frau keine Trauerkleidung trug, mußte der Tod ihres Ehegatten mindestens ein Jahr zurückliegen. Sie besaß üppige Rundungen, ihr Gesicht war dicklich, doch hübsch, und ihre hellbraunen Augen traten ein wenig hervor. Sie hatte volle Lippen, und als sie freundlich lächelte, sah Janeta ihre zwar ziemlich großen, doch gesunden weißen Zähne. Kleine braune Haarsträhnen ringelten sich unter ihrem Schleier hervor, und ihr Grübchenkinn, das auf dem Halsstück ihrer schneeweißen Kopfhaube ruhte, würde wohl bald zu einem Doppelkinn werden. In ein paar Jahren würde die Frau nicht mehr rundlich, sondern fett sein, doch gegenwärtig sah sie noch bemerkenswert gut aus.

»Fulke, natürlich bin ich dir stets gern zu Diensten, das weißt du doch. Komm dichter ans Feuer, mein Guter. An Tagen wie heute kann man ja die Kälte kaum aus dem Haus heraushalten. Gytha«, sagte sie zu der Magd, »bring Brot, Fleisch und warmes Würzbier.« Sie deutete auf einen Hokker neben ihrem Sessel.

»Setzt Euch doch, Demoiselle. Fulke, mußt du heute nach Westminster zurückkehren? Bleib wenigstens zum Nachtmahl hier.«

»Sehr gern, doch vor Tagesanbruch muß ich wieder in Westminster sein.« Er blickte die Magd so lange schweigend an, bis sie den Raum verließ. »Es gibt Unruhe am Hof, und ich möchte in der Nähe des Königs sein für den Fall, daß er meiner bedarf.«

Fragend hob Avice Spooner die nachgezogenen Brauen. »Wurde ein Anschlag auf Henry unternommen?«

»Nein, nein, nichts dergleichen, allerdings sind viele Gerüchte und Verleumdungen in Umlauf.« Er winkte ab. »Die üblichen Reibereien unter ein paar Baronen im Rat.« Sein Blick kreuzte sich mit Janetas, was Avice Spooner nicht entging, die erneut die Brauen hob, jedoch nichts äußerte.

Fulke L'Estrange lächelte seiner Kusine vertraulich zu. »Mir kann es nicht schaden, wenn ich in diesen schwierigen Zeiten fest zum König stehe. In wenigen Tagen ist die fragliche Angelegenheit vergessen und der Aufruhr vorbei. Dann komme ich hierher zurück, und wir werden darüber sprechen, was wir am besten für Demoiselle Janeta tun können.«

Janeta bezweifelte nicht, daß Sir Fulke sie mit diesen Avice Spooner gegenüber gemachten Bemerkungen beruhigen wollte, doch als er nach dem eiligen Mahl das Haus verließ, fühlte sie sich ganz und gar verlassen.

Ihre Gastgeberin erhob sich gähnend. »Ihr müßt sehr müde sein. Ihr habt sicherlich bemerkt, daß dies ein sehr kleines Haus ist. Ihr werdet leider das Bett mit mir teilen müssen. Gytha, meine einzige Magd, schläft auf einem Rollbett im selben Raum. Ich kann Euch zwar kein eigenes Gemach zur Verfügung stellen, doch Ihr werdet es trotzdem einigermaßen bequem haben. Allerdings vermute ich«, fügte sie verschlagen hinzu, »daß Ihr Besseres gewohnt seid, da Ihr doch in der Umgebung der Großen des Landes gelebt habt.«

»Ich . . . ich danke Euch«, stammelte Janeta. »Ich hoffe, Ihr denkt nicht falsch von mir. Ich mußte schon oft mein Gemach mit anderen teilen. Paläste sind sehr düster und überfüllt . . .«

Die hellbraunen Augen blitzten auf, und Janeta fragte sich, ob die Frau sie etwa beneidete. Diesen Gedanken vergaß sie gleich wieder, denn Mistress Spooner wurde wieder so liebenswürdig wie zuvor und versicherte, daß Janeta ihr in keiner Weise lästig fallen würde.

Janeta folgte ihr die Stiege hinauf. Sie hatte zwar wirklich schon oft ein Gemach mit jemandem geteilt, wenn auch noch niemals ein Bett. Falls Mistress Spooner nun ihr entstellendes Feuermal zu Gesicht bekäme, würde sie dann noch immer bereit sein, dem Schützling ihres Vetters Unterkunft zu gewähren? Da sie indes sehr sparsam mit Kerzen umzugehen schien – nur ein einziges Licht brannte auf der Truhe am Bett –, konnte sich Janeta zu ihrer Erleichterung eilig in seinem schwachen Schein entkleiden und unter die Decke schlüpfen, ehe ihre Gastgeberin Gelegenheit fand, sie genauer anzuschauen.

Während Avice Spooner den Platz neben ihrer Besucherin einnahm, warf sie ihr einen so scharfen Blick zu, daß Janetas Wangen heiß wurden. Fulke L'Estrange hatte seiner Verwandten an der Tür etwas zugeflüstert, bevor er fortging; hatte er ihr einen Grund für Janetas Ausscheiden aus dem königlichen Haushalt genannt? Und falls ja, welchen? Hielt die Frau sie etwa für schwanger? Das war ja so oft der Grund für Herrinnen, schutzlose Mädchen fortzuschicken. Und falls Mistress Spooner das dachte, nahm sie vielleicht auch an, Sir Fulke hielt sich selbst für Janetas Zustand verantwortlich?

Nicht zum erstenmal war es Janeta fast unmöglich, einzuschlafen. Gytha schnarchte laut auf ihrem Rollbett, das unter der hohen Schlafstatt hervorgezogen worden war und nun so nahe an Janetas Seite stand, daß sie nur die Hand hätte auszustrecken brauchen, um das Mädchen zu berühren. Avice Spooner atmete ruhig und gleichmäßig; anscheinend schlief sie tief.

Auf der Straße draußen ging es ungewöhnlich geräuschvoll zu. Man hörte ständig Schritte auf dem Kopfsteinpflaster, laute Stimmen und Gelächter. Die Taverne nebenan schien ihre Kunden während der ganzen Nacht zu bedienen. Nachdem Janeta endlich eingedöst war, wurde sie früh durch das Klappern der eisenbereiften Räder der Karren geweckt, die zu den Flußwerften unterwegs waren. Später hörte sie die Lehrbuben aus den Läden an der London Bridge schreien sowie die Rufe der Fährleute, die ihre

Boote durch die gefährlichen Strömungen unter den Brükkenbögen steuerten.

Das war alles ungewohnt und beängstigend. Während Janeta so dalag und auf Mistress Spooners Erwachen wartete, dachte sie über ihre eigene Anwesenheit hier nach. Obwohl die Frau das keineswegs angedeutet hatte, war Janeta davon überzuegt, daß Avice Spooner gegen ihren Aufenthalt hier war und dem nur zustimmte, nachdem Fulke L'Estrange sie dazu gedrängt hatte.

Janeta verfolgte diesen Gedankengang. Besaß der Mann auf irgendeine Weise Macht über die Mistress? Vielleicht trug er zu ihrem Lebensunterhalt bei. Sicherlich, denn obwohl das Haus klein war und man offensichtlich sparen mußte, machte Avice Spooner nicht den Eindruck, als befände sie sich in einer Notlage. War ihr verstorbener Ehemann auch ein Ritter gewesen? In diesem Fall hätte Fulke sie doch mit Lady Spooner anreden müssen, es sei denn, sie war wirklich seine Verwandte. Ihn hielt Janeta für einigermaßen wohlhabend. Das deutete schon seine Kleidung an, und außerdem mußte er über erhebliche Mittel verfügen, um sich am Hof niederlassen zu können.

Während sie die blasse Wintersonne durch das Bogenfenster betrachtete, überlegte sich Janeta, was sie eigentlich über ihren Beschützer wußte. Er hatte ihr erzählt, er sei Knappe bei dem verstorbenen König gewesen. Sein Alter schätzte sie auf vierzig Jahre, obwohl er jünger wirkte. Das Haar an seinen Schläfen zeigte keine Spur von Silber, und er hatte die Haltung eines Mannes in der Blüte seiner Jugend. Niemand hatte gewagt, ihm auf dem Turnierplatz zu widersprechen, als er sein Urteil sprach; offenbar war seine Tüchtigkeit dort wohlbekannt.

War er verheiratet? Janeta merkte, daß sie es versäumt hatte, das zu ergründen, bevor sie sich ihm anvertraute. Er war so liebenswürdig, so amüsant, so ritterlich gewesen, doch sie erinnerte sich, daß ihr Vater ihn offenkundig verabscheute und sie sogar vor ihm gewarnt hatte. War sie zu vertrauensselig gewesen? Sie wußte nichts über die Frau, in deren Obhut er sie zurückgelassen hatte. Was, wenn Avice Spooner sich seinen Wünschen nun widersetzte und sie, Janeta, hinauswarf auf diese vollen, stinkenden Straßen dort draußen?

Bertrand D'Aubigny erledigte rasch seinen Auftrag in Leicester und brach dann umgehend nach Odiham auf. Glücklicherweise war das Wetter gut – kalt, doch ohne Schneefall –, so daß er schnell vorankam. Saladin widerfuhr auf dem hartgefrorenen Schlamm der Landstraße auch kein Unglück, und am Abend des vierten Tages nach der Hochzeit konnte Bertrand in den Hof von Lady Eleanors Landsitz einreiten. Er hatte seine Aufgabe erfüllt und wollte nun um Erlaubnis einkommen, sich aus dem Dienst des Earls zurückziehen zu dürfen, um Janeta zu suchen und sie zu bitten, ihm seine scheinbare Gleichgültigkeit gegenüber ihrer Seelenpein zu vergeben. Der Earl war unendlich gut zu ihm gewesen; diesen letzten Dienst hatte er ihm unbedingt erweisen müssen.

Der Haushofmeister teilte ihm mit, der Earl sowie die Countess speisten gerade zur Nacht in der großen Halle. Die gerümpfte Nase des Mannes zeigte Bertrand, daß er nicht zu dem Earl vorgelassen werden würde, bevor der Haushofmeister seine eigene Position klargestellt hatte.

»Der Herr hat mich instruiert«, erklärte er eisig, »daß Ihr erwartet werdet und daß ich ihn zu unterrichten habe, sobald Ihr eingetroffen seid. Ein Gemach steht Euch zur Verfügung. Ich werde einen Diener rufen, der Euch umgehend dorthin führen wird. Ferner werde ich dafür sorgen, daß Euch unverzüglich Speisen gebracht werden, denn nach der Reise müßt Ihr hungrig und müde sein. Wegen der

Pflege Eures Rosses werde ich strenge Anordnungen erteilen. Der Earl erläuterte, wie wertvoll es . . .«

»Um diese Anordnungen habe ich mich bereits selbst gekümmert«, fuhr Bertrand ihm in die Rede, »und ich habe meine Befehle dem Pferdeknecht mittels einer Ohrfeige verdeutlicht. Der Kerl war weder eifrig noch respektvoll genug. Ich glaube, jetzt weiß er, was ich will.«

Der Haushofmeister verneigte sich und winkte einen jungen Diener heran, dem er etwas ins Ohr flüsterte. Der Bursche fuhr zu Bertrand herum und starrte ihn mit großen Augen an. Er war ein flachshaariger, stämmiger Jüngling und schien, anders als der mürrische Pferdeknecht, mehr als diensteifrig zu sein. Er führte Bertrand in eine kleine, in die dicke Wand des Nordturms eingelassene Kammer, deutete eine hastige Verbeugung an, versprach, sofort mit Speis und Trank zurückzukehren, und ging.

Dieser Gutssitz war ein Geschenk des Königs an die Countess. Nach dem Tod ihres ersten Gemahls verbrachte sie hier die meiste Zeit. Bertrand blieb wenig Gelegenheit, sich näher umzuschauen, doch es schien ihm hier recht behaglich zu sein. Er fragte sich, ob Eleanor es sehr bedauern würde, diesen vertrauten Ort gegen die nördlicher gelegene Burg von Kenilworth einzutauschen, die das Geschenk des Königs für die Frischvermählten war.

Der Bursche kehrte wie versprochen zurück. Bertrand wusch sich rasch und legte frische Kleidung an, um die königliche Nase nicht durch den Geruch nach Schweiß, Pferd und Reisestaub zu beleidigen.

Nachdem er sein Mahl aus Suppe, Bratenfleisch und Brot eingenommen und mit gutem, frischem Bier nachgespült hatte, schickte man nach ihm. Im Laufschritt folgte er dem Boten, denn je früher er seinen Bericht erstattete, desto eher konnte er hier wieder verschwinden und sich auf die Suche nach Janeta machen.

Er wurde in einen kleinen Altan hinter der großen Halle geführt. Eleanor saß in einem gepolsterten Sessel am Feuer; Simon stand hinter ihr und hatte einen Arm über die geschnitzte Sessellehne gelegt.

»Willkommen, Bertrand. Wir hatten Euch nicht so früh erwartet.«

Bertrand trat heran und ließ sich vor der neuen Countess of Leicester auf ein Knie nieder. Mit einem huldvollen Lächeln reichte sie ihm die Hand zum Kuß. »Ich hoffe, Ihr habt Euren prächtigen Hengst nicht umgebracht. Wir sind natürlich froh, Euch so bald wiederzusehen.«

»Nein, Herrin. Saladin ist zäh, und ich pflegte ihn gut.«

Sie nickte, drehte sich halb um und blickte den Earl an.

»Habt Ihr meinen Befehl überbracht? Und wird er sofort ausgeführt?« fragte dieser drängend.

»Ich ließ keinen Zweifel daran, wie notwendig Eile ist, Herr. Der Kämmerer versicherte mir, der von Euch angeforderte Betrag wird innerhalb einer Woche zur Verfügung stehen. Man wird Bäume in den Wäldern südlich von Leicester fällen. Der Erlös für das Holz wird die gegenwärtig verfügbare Summe aufstocken.«

Simon lächelte trübe. »Wahrscheinlich wurdet Ihr nicht besonders herzlich empfangen. Ich bedaure, daß ich meine neu erworbene Grafschaft sowie meine Ländereien so bald schröpfen muß, doch seit Ihr auf Reisen wart, wurde mein Bedarf an Mitteln noch dringlicher.« Er setzte sich in einen Sessel der Countess gegenüber und deutete auf einen in der Nähe stehenden Faltstuhl. »Setzt Euch, Mann. Ihr müßt ja erschöpft sein.«

Bertrand tat, wie ihm geheißen, denn er hatte gelernt, daß man in Gegenwart des Earls nicht nur der Form halber stand, wenn dies nicht gefordert wurde. Über Simons Bemerkung indes runzelte er fragend die Brauen. »Werdet Ihr so bald Boten nach Rom entsenden, Herr?«

»Ich halte es für notwendig, selbst dorthin zu reisen. Ich muß meine Sache dort persönlich vertreten. Ich bedaure, die Countess schon so bald verlassen zu müssen, doch es läßt sich leider nicht ändern. In ein paar Tagen werde ich sie auf Kenilworth etablieren, und dann treffe ich meine Reisevorbereitungen.«

Das überraschte Bertrand. Jetzt im Winter waren die Straßen zum Reisen nicht geeignet, besonders nicht die in den Alpen von Frankreich nach Italien. Er hatte gedacht, es würden noch Monate vergehen, bevor sein Herr aufbrach. Eleanor seufzte tief, und er hatte Mitleid mit der so unvermittelt verlassenen Braut.

Simons Miene war düster. »Natürlich wißt Ihr, daß ich am Hof Feinde habe. Ich fürchtete immer, man würde den König gegen mich aufbringen. Die Königin ist meiner Familie gegenüber ohnehin feindlich eingestellt. Das kann ich verstehen, doch es scheint, als hätte jemand anders sie noch weiter aufgestachelt. Sie teilte dem König mit – und jetzt werdet Ihr staunen, Bertrand! –, eine der kürzlich an den Hof gekommenen Damen, nämlich die Lady D'Aubigny, habe ihr gesagt, sie sei sicher, daß ich die Lady Eleanor vor der Hochzeit verführt habe.

Das ist eine gemeine Lüge«, fuhr er fort. »Die Countess hätte dergleichen Unehrenhaftes nie erlaubt, besonders nicht in Anbetracht ihres Gelübdes. Doch Schmutz bleibt kleben, und der König ist wütend. Er hat mich vom Hof entlassen und mir rundheraus gesagt, er sei nicht länger willens, mein Anliegen vor dem Papst zu unterstützen. Ich wollte Eleanor ohnehin vom Hof nehmen, doch eine solche Reaktion des Königs hatte ich nicht erwartet. Dadurch wird unsere Sache um so schwieriger. Ich werde alles Gold benötigen, das ich auftreiben kann, und, wie gesagt, es ist erforderlich, daß ich persönlich in Rom erscheine.«

Bestürzt blickte Bertrand von einem zum anderen. »Ihr

sagt, die Gemahlin meines Bruders, Roesia, habe Euch des Fehlverhaltens beschuldigt?«

»So lautet meine Information.«

»Weshalb hätte sie das tun sollen, und welchen Beweis sollte sie für eine solche Anschuldigung haben?«

Der Earl zuckte mit den Schultern. »Weshalb sie das getan hat, kann ich mir nicht vorstellen, es sei denn, sie wollte damit der Königin einen Dienst erweisen. Und Beweise? Nun, anscheinend hat sie von Briefen gesprochen, welche die Countess mit Hilfe der Demoiselle Janeta zur Burg Winchester gesandt hat, und das stimmt unglücklicherweise. Es handelte sich freilich nur um Briefe rein persönlicher Natur, in denen von unseren Gefühlen füreinander und von unserer Sehnsucht, im Ehestand vereinigt zu sein, die Rede war. Der letzte Brief von Eleanor informierte mich darüber, daß sie endlich Henrys Einverständnis erhalten hatte und daß er eine geheime Trauung in der Kapelle des Westminster-Palastes arrangieren würde. Nie gab es Andeutungen über irgendwelche Intimitäten zwischen uns, und ich schwöre, es gab auch keine Intimitäten bis zu der Nacht, in der wir vom Kaplan des Königs zusammengefügt wurden und Ihr mir halft, mich auf meine Hochzeitsnacht vorzubereiten.«

»Ich vermag mir nicht vorzustellen, weshalb Roesia der Königin böswillig eine solche Geschichte aufgetischt haben sollte.« Bertrand preßte die Lippen zusammen. »Es sei denn ...«

»Ja?«

»Der Tag, als Ihr sie davon abhieltet, mich in Morris' Unterkunft zu bringen ... Sie muß vor Wut fast erstickt sein.«

»Hegt sie tiefe Gefühle für Euch, mein Freund?«

Bertrand nickte langsam. »Ihr Vater hätte niemals einer Heirat mit mir zugestimmt. Er wußte, daß ich unvermögend war. Seine Wahl fiel auf Morris.« Er wandte das Gesicht ab. »Auf jeden Fall habe ich ihre Gefühle niemals bestärkt. Ich hätte Roesia nie lieben können.«

»Habt Ihr ihr das klar gesagt?«

»Ich glaube schon. Natürlich wollte ich sie nicht verletzen. Das Problem wuchs allerdings mit jedem Tag, und aus diesem Grund verließ ich schließlich unser Rittergut.«

»Doch sie hoffte, Ihr würdet bleiben und Eurem Bruder dienen?«

»Vermutlich«, antwortete Bertrand unsicher. »Roesia ist eigensinnig und eitel. Morris ist ihr verfallen.« Er unterbrach sich und kaute auf einem Daumennagel. »Um ehrlich zu sein, ich glaube, er wird nicht glücklich mit ihr. Doch ich konnte die Hochzeit nicht verhindern, und ich durfte ihm nicht sagen, weshalb . . .«

»Verstehe.«

»Ihr glaubt also, sie will Janeta ebenfalls Schwierigkeiten bereiten?« fragte die Countess.

»Sehr wahrscheinlich.« Bertrand seufzte. »Sie beide haben sich ein- oder zweimal auf der Burg getroffen, als Morris sich nach dem Turnier nach meinem Zustand erkundigen wollte und Roesia dazu mitbrachte. Sie ist ein eifersüchtiger Mensch und will sich an denen rächen, die ihrer Ansicht nach ihre Pläne durchkreuzt haben. Ihr tatet das, Herr, als Ihr darauf bestandet, mich auf der Burg zu belassen, und sie erriet vermutlich völlig zutreffend – meine Liebe zu Janeta.«

Der Earl streckte seine langen Beine dem Kaminfeuer entgegen. »Eine Frau, deren Liebespläne vereitelt wurden, kann in der Tat gefährlich werden. Nun, daran können wir jetzt wenig ändern.«

Bertrand blickte finster drein. »Ich verstehe nicht, wieso Morris sie der Königin vorstellen konnte. Er kam wie viele andere Barone während des Festes nach Winchester, doch er steht nicht in besonderer Gunst . . .«

»Offenbar hat Fulke L'Estrange ihn in seinem Ehrgeiz bestärkt. L'Estrange hat sich unerklärlicherweise mit Eurem Bruder angefreundet, ihn zum Turnier gebracht und ihm einen Platz in der königlichen Loge verschafft.«

Bertrand biß sich nachdenklich auf die Lippe. »An jenem bösen Tag rettete L'Estrange mein und Euer Leben, Herr.«

»Ach ja?« Der Earl lächelte den verblüfften Bertrand spöttisch an. »O ja, mein Freund, ich glaube, daß L'Estrange die Attacke auf uns sehr wohl selbst arrangiert haben kann – das heißt, die Attacke auf mich, doch er wußte ja, daß Ihr mir zur Hilfe eilen würdet, so daß die Angelegenheit auch dazu bestimmt war, Euch in Todesgefahr zu bringen.«

»Ihr meint, er ist Euer Feind, Herr?«

»Nein, Bertrand, ich meine, er ist vielmehr Euer Feind. Gewiß, er hat Euch gerettet, doch erst nachdem der König ein Eingreifen befahl. Der Chevalier d'Honneur handelte erstaunlich zögerlich, um nicht zu sagen, nachlässig. Ist es Euch noch nicht in den Sinn gekommen, daß er dazu aufgefordert worden sein könnte?«

Bertrand staunte immer mehr. »Das verstehe ich nicht, Herr. Weshalb sollte ein so reicher und wichtiger Baron wie Fulke L'Estrange einem so unbedeutenden Mann wie mir schaden wollen?«

»Vielleicht besitzt Ihr einen Schatz, nach dem ihm der Sinn steht?« Simon lächelte breit. Eleanor schaute ihn höchst interessiert an.

Bertrand machte ein ratloses Gesicht; dann leuchtete ein warmes goldenes Licht in seinen braunen Augen auf. »Janeta?«

»Eben – Janeta! Habt Ihr nicht bemerkt, wie genau er sie beobachtet?«

»Der Mann ist doch alt . . .«

Simon lachte. »Wie schnell die Jugend doch mit einem so

ungerechten Urteil zur Hand ist! L'Estrange ist mitnichten alt, kaum über vierzig und im besten Mannesalter. Er wurde vor kurzem Witwer, und Janeta ist sehr schön, jugendlich und erfrischend unschuldig.«

»Sie hat keine nennenswerte Mitgift«, wandte Bertrand gequält ein.

»Beruhigt Euch, mein Freund. Ich weiß aus sicherer Quelle, daß Sir Hugh Cobham L'Estrange haßt. Wenn immer sich die beiden trafen, behandelte er ihn mit großer Kälte. Ich bezweifle, daß er Fulke seine Tochter geben wird. Und weil wir gerade von der jungen Dame reden – ich nehme an, Ihr könnt uns sagen, wo sie sich befindet.«

Die Countess richtete ihre blauen Augen fest auf Bertrand, und der fühlte, wie ihm der Schweiß den Rücken hinunterrann. »Ja, ich mache mir große Sorgen um sie, Sir Bertrand. Seit meiner Hochzeitsnacht hat niemand sie mehr gesehen. Martha suchte nach ihr, doch sie schien aus Westminster verschwunden zu sein. Am Ende mußten wir ohne sie abreisen. Ich überlegte schon, ob sie vielleicht mit Euch gegangen sein könnte, doch das schien mir unwahrscheinlich. Angesichts ihrer Klostererziehung wäre dergleichen denn doch ziemlich schamlos gewesen.«

Bertrand wußte nicht, was er dazu sagen sollte. »Ist sie denn nicht um Erlaubnis eingekommen, Eure Dienste verlassen zu dürfen, Herrin?«

»Hat sie Euch gesagt, daß sie das tun wollte?« fragte Eleanor erstaunt.

Bertrand wurde es immer unbehaglicher. Hilfesuchend blickte er den Earl an. »Ja, Herrin«, antwortete er dann schließlich. »Wir sprachen kurz miteinander – nach ... nach der Trauung.«

»Habt Ihr miteinander gestritten?« fragte der Earl scharf.

»Ja, Herr.«

»Worüber?«

»Sie ... sie wollte, daß ich meinen Dienst bei Euch quittiere, doch ... doch ich konnte keinen Grund dafür erkennen.«

»Warum wollte Janeta einen solchen Schritt unternehmen? Ich dachte, sie wäre glücklich, mir zu dienen.«

Bertrand wich Eleanors Blick aus. »Sie entdeckte ... Lady Sandford erzählte ihr von ... von dem Gelübde, das Ihr und die Lady abgelegt hattet. Das bedrückte Janeta sehr. Sie meinte, es wäre teilweise ihre Schuld ... weil sie dabei geholfen hatte, daß Ihr ...«

»Ach ...« Diese eine Silbe, zumal nur geflüstert, drückte die ganze Traurigkeit der Situation aus. »Ich verstehe. Ich war mir nicht sicher, ob sie es wußte. Ich glaube, ich habe mir ihr Unwissen zunutze gemacht. Jetzt muß ich ihre Empörung begreifen. Schließlich ist sie erst vor kurzem aus St. Catharine's gekommen.«

»Sie verließ das Kloster, weil sie selbst ein solches Gelübde nicht abzulegen vermochte, Herrin. Ich sah nicht ein, weshalb sie so streng mit ihrem Urteil war, und das sagte ich ihr auch. Ich weigerte mich, sie vom Hof fortzubringen.«

»Und seitdem habt Ihr ein schlechtes Gewissen«, stellte der Earl leise fest.

»Ja, Herr. Ich beeilte mich, Euren Auftrag zu erfüllen, und wollte mich dann mit Eurer Erlaubnis aus Euren Diensten entfernen. Ich kann mir ein Leben ohne Janeta nicht länger vorstellen, und wiewohl es mich sehr bekümmert, Euch zu verlassen ...«

»Ja, ja, ich verstehe schon. Das sollte ich wohl auch. Ich liebe ja ebensosehr wie Ihr.«

Eine Weile schwiegen sie alle. Dann fragte Eleanor besorgt: »Wenn Janeta also nicht bei Euch ist, wo befindet sie sich dann?«

»Ich kann mir nicht denken, daß sie Euch so unhöflich

verlassen wollte, Herrin«, erklärte Bertrand. »Ich weiß, wie sehr sie Euch liebte. Selbst wenn sie sich davor fürchtete, es Euch persönlich zu sagen, hätte sie Euch eine Nachricht hinterlassen. Ich habe keine Ahnung, was vorgefallen ist. Könnte sie nach Süden zum Landsitz ihres Vaters gegangen sein?« Er erbleichte. »Sie kann doch nicht ohne Begleitung und ohne Mittel gereist sein! Alles mögliche hätte ihr auf der Landstraße zustoßen können!«

Die drei wechselten ängstliche Blicke. »Da es sich hier um religiöse Grundsätze handelt«, meinte der Earl nachdenklich, »könnte sie möglicherweise ins Kloster zurückgekehrt sein.«

»Das wäre denkbar«, überlegte Eleanor. »Allerdings war sie sehr entschlossen, nicht in das Noviziat einzutreten.«

»Ob Cecily Sandford näheres weiß?« fragte der Earl.

»Das glaube ich nicht«, antwortete die Countess. »Wir hatten ein sehr offenes Gespräch. Cecily wünschte mir Glück, ohne meiner Entscheidung zustimmen zu können. Sie hat sich auf ihr eigenes Wittum zurückgezogen. Janeta erwähnte sie nicht. Falls sie sie mitgenommen hätte oder etwas über ihren Aufenthaltsort wüßte, würde sie es mir gesagt haben.«

»Habe ich Eure Erlaubnis, nach St. Catharine's zu gehen, Herr?« bat Bertrand.

»Gewiß. Ich empfehle, daß Ihr morgen bei Tagesanbruch reitet. Eigentlich wollte ich Euch bitten, bei der Countess auf Kenilworth zu bleiben, doch das werde ich anderweitig regeln. Ihr müßt erst einmal Janeta finden. Obwohl sie mit unserer Ehe nicht einverstanden ist, haben wir dem Mädchen viel zu verdanken. Findet Janeta, Bertrand, und versichert ihr, daß wir für Eure gemeinsame Zukunft etwas arrangieren werden und daß sie nicht in unserem Haushalt leben muß, wenn ihr das ihre religiösen Skrupel verbieten.«

»Ich danke Euch, Herr.«

»Sagt ihr, daß ich sie verstehe«, bat Eleanor leise, »und daß ich sie um Vergebung bitte dafür, daß ich sie in etwas hineingezogen habe, das sie für sündig hält.«

»Ich bin sicher, sie erkennt inzwischen, weshalb Ihr Euch so und nicht anders verhalten habt, Herrin.« Bertrand lächelte ein wenig. »Gott segne Euch beide für Euer Verständnis.«

»Reist bald ab, Bertrand, und laßt uns so bald als möglich eine Nachricht zukommen. Ich werde mich unausgesetzt um Janeta sorgen.« Eleanor reichte ihm die Hand zum Kuß hin.

Bertrand verneigte sich tief, küßte die kleine weiße Hand, salutierte seinem Herrn und kehrte sofort in sein kleines Gemach zurück.

Langeweile und Angst plagten Janeta, während sie in dem Haus in der Thames Street auf Fulke L'Estranges Rückkehr wartete. Sie stellte bald fest, daß sie mit Mistress Spooner absolut nichts gemeinsam hatte, und vermied es, wo immer möglich, dieser zu begegnen, was angesichts eines so kleinen Hauses sehr schwierig war. Ständig dachte sie an Bertrand, und wenn sie einmal allein war, ließ sie ihren Tränen freien Lauf. Wie sollte sie das Leben ohne ihn nur ertragen?

War es ungerecht von ihr gewesen, zu erwarten, daß er nur um ihrer Sichtweise wegen seine Stellung aufgab, von der doch seine Zukunft abhing? Wo mochte er jetzt sein? Er war aufgebrochen, um einen Auftrag für den Earl of Leicester auszuführen. War er davon inzwischen bereits zurückgekehrt, und vermißte er sie ebenso wie sie ihn?

Neuigkeiten vom Hof erreichten sie nicht. Deshalb wußte sie auch nicht, ob der Skandal um Lady Eleanors Heirat diese bei dem gemeinen Volk in Verruf gebracht hatte, oder ob Simon de Montfort gezwungen worden war, den Hof mit seiner jungen Braut zu verlassen. Janeta wußte, daß es Monate, wenn nicht gar Jahre dauern konnte, bevor ein Dispens erteilt wurde, doch mit der Schlauheit eines Menschen, der am Hof gelebt hatte, wußte sie ebenfalls, daß der Papst diesen Dispens schließlich aussprechen würde. Simon würde ein angemessenes Bestechungsgeld zahlen, und die Neuvermählten würden, von der Öffentlichkeit nicht mehr getadelt, ihr gemeinsames Leben beginnen können.

Bertrand hatte recht; die Heirat der Countess of Leicester sowie deren Bruch des Gelübdes ging das gemeine Volk nichts an. Die Tatsache, daß sie, Janeta, sich schuldig fühlte, durfte hingegen nicht so einfach beiseite geschoben werden. Buße mußte sein, und die konnte nur in den Mauern von St. Catharine's geübt werden.

Avice Spooner schien es überhaupt nicht zu interessieren, weshalb sich Janeta in ihrem Haushalt befand. Die Frau redete wenig, begab sich oft in die Stadt, ohne Janeta zum Mitkommen einzuladen, und plauderte mit ihrer Magd mehr als mit ihrem Gast. Janeta gelangte immer mehr zu der Überzeugung, daß Mistress Spooner keine Dame war. Sie trug recht auffällige Kleidung und benahm sich nicht besonders fein. Janeta war oft froh, wenn die Frau nicht im Haus war und ihr deren belustigte Blicke erspart blieben. Es schien fast, als wüßte Mistress Spooner etwas, das Janeta unbekannt war, und das bereitete letzterer ein immer größer werdendes Unbehagen.

Nach zehn Tagen stellte sich Fulke L'Estrange wieder in der Thames Street ein, was Janeta zutiefst erleichterte. Er war jovial wie immer, begrüßte Mistress Spooner herzlich und küßte sie auf beide Wangen. Danach hob er Janetas Hand zu einem respektvollen Kuß.

»Ich bedaure, daß ich länger fortbleiben mußte als beabsichtigt, doch wie Ihr Euch denken könnt, ging es bei Hofe etwas chaotisch zu, und der König wollte auf meine Dienste nicht verzichten.«

Janeta entzog ihm ihre Hand und richtete den Blick auf

Avice Spooner. »Ich hatte nicht erwartet, daß Ihr Euch meinetwegen Ungelegenheiten macht oder Euch in Mißkredit bringt. Ich habe keinen Anspruch auf Euch. Für Eure Güte danke ich Euch. Mein Aufenthalt hier hat Mistress Spooner nicht wenige Unannehmlichkeiten verursacht, und ich hoffe, Ihr bringt mir die Nachricht, daß Arrangements getroffen wurden, mittels derer ich baldmöglichst nach St. Catharine's aufbrechen kann.«

Er lachte. »Demoiselle, Ihr hört Euch ja an, als hättet Ihr es eilig, uns zu verlassen.«

»Nicht doch, Sir, Ihr mißversteht mich.« Sein leiser Spott verwirrte sie. »Mistress Spooner war eine freundliche Gastgeberin, doch ich bin sicher, sie ist froh, wenn sie von einer ungebetenen Besucherin wieder befreit wird.«

»Ihr seid mein Gast, Demoiselle«, betonte Sir Fulke in einer Tonlage, die Janeta unbehaglich war, obgleich er noch immer lächelte. »Ihr wollt natürlich London möglichst schnell verlassen, was ich verstehen kann. Ich war für Euch tätig, und es wird Euch freuen zu erfahren, daß wir alle morgen nach Süden aufbrechen werden.« Er hob ihr Kinn an. »Das bringt wieder Licht in Eure Augen.«

»Wir?« Verblüfft drehte sich Janeta zu Avice Spooner um. »Reist Mistress Spooner mit uns?«

»Ja. Ihr benötigt doch weibliche Gesellschaft. Avice ist gern bereit, Euch zu begleiten. Ich habe sie darum gebeten.« Wieder hörte sich seine Stimme so metallen an.

»Das Wetter ist doch so schlecht ... Mistress Spooner wird lieber an ihrem eigenen Herd bleiben wollen. Ich darf ihr nicht solche Unannehmlichkeiten ...«

»Wollt Ihr ohne weibliche Begleitung bei St. Catharine's eintreffen? Würden es Eure Nonnen billigen, Euch so kompromittiert aufzunehmen?«

Janeta wußte nicht, ob er sie noch immer verspottete. Sie errötete tief. »Nein, wahrscheinlich nicht. Mein Vater würde es wohl erheblich mißbilligen.« Sir Fulke hatte natürlich recht. Dennoch wäre sie viel glücklicher gewesen, wenn sie Avice Spooner samt deren schlampiger Magd endlich von hinten hätte sehen können.

Vor Tagesanbruch stand Janeta bereits auf und wartete ungeduldig auf die Abreise. Fulke L'Estrange tadelte sie sanft, weil sie sich weigerte, das Frühstück einzunehmen.

»So eilig habt Ihr es, uns loszuwerden? Kommt, setzt Euch und eßt. Die Reise ist lang, und die Kälte wird Euch um so mehr in die Knochen fahren, wenn Ihr nicht eßt, solange es Euch noch möglich ist.«

Da sie Sir Fulke ohnehin nicht zur Eile anzutreiben vermochte, gehorchte sie und würgte Brot, Fleisch und Bier hinunter, obwohl sie daran zu ersticken meinte.

L'Estrange hatte ihr einen sanfte Zelter und Avice Spooner ein etwas ungebärdigeres Pferd beschafft. Offenkundig ritt die Frau gut und hatte ihn bereits auf mehreren Reisen begleitet. Janeta war froh, daß Gytha, die Magd, im Haus an der Thames Street zurückgelassen wurde. Die kaum verhohlene Überheblichkeit des Mädchens war beinahe unerträglich gewesen.

L'Estranges aufreizendes Verhalten hörte auf, sobald sie sich auf die Abreise vorbereiteten. Wieder schien er der gütige, zuvorkommende Freund zu sein, dem sich Janeta in Westminster anvertraut hatte. Als sie mit ihrem Kleiderbündel die Stiege herunterkam, hielt er ihr einen pelzgefütterten braunen Kapuzenumhang aus weichstem Wollstoff entgegen.

Sie schüttelte den Kopf, weil sie sich nicht noch mehr in seine Schuld begeben wollte. »Wirklich, Sir, Ihr habt schon genug für mich getan. Ich bin warm gekleidet und möchte St. Catharine's auch nicht allzu prächtig gewandet erreichen. Man würde dort solchen Putz mißbilligen.«

»Unsinn. Ich will mir nicht auf jedem Schritt unserer Reise um Euch Sorgen machen müssen. Euer Vater würde auch wollen, daß ich mich um Eure ordentliche Ausstattung kümmere. Falls Euch der Gedanke an Schulden Kopfzerbrechen bereitet, dann wird mir Sir Hugh Cobham sicherlich alles bezahlen. Wenn wir das Kloster erreicht haben, mögt Ihr Eure Nonnentracht wieder anlegen. In meiner Obhut werdet Ihr tun, was ich sage. Bitte.« Das letzte Wort nahm dem Befehl jede Schärfe.

Widerstrebend legte Janeta ihren schlichten Umhang ab und hüllte sich in den, welchen ihr Sir Fulke entgegenhielt. Sie sah, daß Mistress Spooner warm und modisch mit einem Kapuzenumhang aus scharlachroter Wolle angetan war. L'Estrange war wie gewöhnlich recht extravagant gekleidet und trug ebenfalls einen scharlachroten, mit geflochtener Goldlitze abgesetzten Umhang.

Eine umfangreiche Eskorte von zehn Bewaffneten war vor dem Haus aufgezogen, als sie hinaustraten, was Janeta einigermaßen erschreckte. Obwohl sie L'Estrange bereits bei Hofe gekannt und seinen pompösen Aufzug bemerkt hatte, hätte sie ihn nicht für einen mächtigen Baron gehalten. Dennoch hatte er die Position des Turnierleiters inne und stand deutlich in der Gunst des jungen Königs.

Fulke hob beide Frauen auf ihre Pferde. Dank Bertrands liebevoller Unterweisung ritt Janeta zuversichtlich an. L'Estrange ritt an ihrer Rechten, Avice Spooner zu ihrer Linken; sechs Bewaffnete bildeten die Vor- und vier die Nachhut.

Unterwegs zeigte Fulke L'Estrange Janeta verschiedene bemerkenswerte Gebäude und Plätze. Avice Spooner wurde nicht angeredet und schien auch selbst wenig zu sagen zu haben. Janeta fragte sich, ob die Frau zürnte, weil sie gezwungen worden war, dem Schützling ihres Vetters als Gesellschafterin zu dienen. Falls ja, so zeigte sie es nicht, sondern schien mit Fulke L'Estranges Plänen vollkommen einverstanden zu sein.

Janetas Wißbegier, was Avice Spooners Position in Sir Fulkes Haushalt betraf, wuchs mit jedem Tag. Würde die Frau L'Estrange wieder brav nach London zurückbegleiten, nachdem sie bei St. Catharine's angekommen waren? War sie damit zufrieden, im Hintergrund zu bleiben, statt ihren Vetter zu drängen, sie bei Hofe einzuführen?

Als man nach Westen in Richtung Windsor abbog, erinnerte sich Janeta wieder an die Reise von Winchester nach Westminster. Damals hatte sie so große Hoffnungen gehegt, und Bertrand war an ihrer Stelle geritten. In ein paar Tagen würde sie wieder in den Klostermauern eingeschlossen sein, und Bertrand war für sie endgültig verloren . . .

Es überraschte Janeta sehr, als die Reisegruppe die Landstraße verließ und bei Guildford nach Süden abbog. Auf ihrem Weg von Winchester waren sie nicht durch diese Stadt gekommen; wahrscheinlich kannte Sir Fulke hier eine Übernachtungsmöglichkeit. Während der letzten Stunde hatte er geschwiegen; vermutlich hatte er gedacht, sie wäre müde. Tatsächlich hätte sie sich über eine Pause gefreut. Sie wurde langsam ganz steif, und ihr taten alle Knochen weh. Schnell schaute sie heimlich zu Mistress Spooner, um zu sehen, ob diese irgendwelche Zeichen der Erschöpfung zeigte. Als hätte die Frau das gespürt, drehte sie sich nun zu Janeta um, und bei ihrem eisigen Blick lief es dieser kalt über den Rücken.

»Der Wind hat sich wieder gedreht. Ihr werdet froh sein, in ein Haus zu kommen«, meinte Sir Fulke. »Es dauert nicht mehr lange, dann können wir uns ausruhen und ein gutes Mahl genießen. Jedenfalls hoffe ich, daß uns eines erwartet. Ich habe einen Boten mit entsprechenden Anweisungen vorausgeschickt.«

»Dann kennt Ihr den Gastwirt?«

Sir Fulke lächelte Mistress Spooner zu. »O ja, wir beide kennen den Besitzer gut.«

Mistress Spooner lachte so klirrend und unnatürlich wie immer, ein Lachen, das Janeta irritierend und beängstigend fand, obwohl sie nicht hätte sagen können, weshalb.

»O ja, Demoiselle Janeta.« Zum erstenmal seit Antritt der Reise sprach Avice Spooner sie an. »Wir kennen den Besitzer sehr gut.«

Einer der Bewaffneten drehte sich um, als amüsierte er sich über diesen Scherz. Fragend blickte Janeta Sir Fulke an. Als er sein Pferd näher an ihres heranlenkte, zuckten seine Lippen.

»Wir sind zu meinem Rittergut bei Guildford unterwegs, Demoiselle Janeta«, erläuterte er. »Dort werdet Ihr jede Bequemlichkeit vorfinden.«

»Und völlig sicher sein vor den Gefahren der Landstraße«, fügte Mistress Spooner hinzu.

»Ich wußte gar nicht, daß Ihr einen Landsitz so nahe bei Windsor besitzt«, sagte Janeta. »Ihr erwähntet es nicht, als wir auf dem Weg nach Westminster hier vorbeikamen.«

»Richtig.« Er schaute geradeaus, und sie konnte seinen Gesichtsausdruck nicht deuten. »Ich glaube, ich war mit den Gedanken woanders, und natürlich befand ich mich in einer höchst bezaubernden Gesellschaft, die meine ganze Aufmerksamkeit in Anspruch nahm.«

Janeta war es immer unangenehm, wenn er ihr solche übertriebenen Komplimente machte. Wäre sie nicht davon überzeugt gewesen, daß er sie nur neckte, würde sie es für angezeigt gehalten haben, ihm Vorhaltungen zu machen.

Eine weitere Frage kam ihr in den Sinn. »Sir Fulke ...« Sie wußte nicht, wie sie es formulieren sollte. »Ich habe nie herausgefunden ... Ich meine, ich weiß nicht, ob ... Wird Eure Gattin uns dort empfangen?«

»Keine Gattin«, antwortete er lächelnd. »Mistress Spooner wird die Gastgeberin spielen. Meine Gemahlin ist leider Anfang letzten Jahres verstorben.«

»Das ... das tut mir aufrichtig leid, Sir.«

Er seufzte. »Sie war immer recht schwächlich. Wir verloren ein Kind nach dem anderen, und der letzte Versuch brachte sie um. Es war eine Totgeburt, und sie starb drei Tage später an den Folgen.«

Das erfüllte Janeta mit Mitleid. Sie wußte, daß viele Frauen im Kindbett als Folge von Komplikationen während der Geburt starben. Sie erinnerte sich an Alice Smallthorpe und deren eingestandene Angst davor. Deshalb hatte sich das Mädchen vor seiner Hochzeit gefürchtet und wäre viel lieber im Kloster geblieben, als ein solches Schicksal zu erleiden. Janeta unterdrückte den Gedanken daran, daß sie sich selbst die Möglichkeit nahm, Kinder zu gebären, wenn sie ihr Heil in St. Catharine's suchte.

Als die Reisenden bei Guildford den Fluß überquerten, erschauderte Janeta unwillkürlich, denn sie erinnerte sich, daß sie bei den Nonnen einmal die Geschichte von einem grausigen Massaker gehört hatte, welches Godwin, Earl of Essex, unter den Anhängern Alfreds, des Bruders von König Eduard dem Bekenner, hier angerichtet hatte.

Blutrot hätten sich die Fluten gefärbt, hatte die Nonne erzählt, weil so viele Männer in einem mutwilligen Akt des Verrats niedergemetzelt worden waren. Alfred selbst war gefangengenommen und geblendet worden. Er erlag später seinen Verletzungen. Eduard hatte den Godwins nie verziehen, nicht einmal, nachdem man ihn dazu gebracht hatte, aus Gründen der Staatsräson Edith, die Tochter des Earls, zu ehelichen. Janeta stellte sich vor, wie schrecklich es sein mußte, aus politischen Gründen verheiratet zu werden. Um dergleichen zu vermeiden, hatte Eleanor Plantagenet ja auch das Gelübde ewiger Keuschheit abgelegt und es dann wieder gebrochen, als es ihr paßte.

Janeta war mit ihren trüben Gedanken beschäftigt, als Fulke sich zu ihr beugte und ihr in die Zügel griff. »Vor Euch, Demoiselle, befindet sich das Torhaus meiner Heimstatt. Willkommen auf Grimsdell.«

Sie blickte hoch und riß dabei vor Aufregung am Zügel. Das Pferd erschreckte sich und brach seitwärts aus. Sir Fulke brachte es rasch wieder unter Kontrolle.

Das Gebäude war wesentlich größer, als Janeta angenommen hatte, ein von einem Graben umgebenes Herrenhaus aus grauem Stein, das die Landschaft dominierte. Von einer Anzahl kleiner Hütten umgeben, stand es auf einem künstlich aufgeschütteten Hügel. Als die Ankömmlinge auf die Zugbrücke ritten, gackerten Hühner und brachten sich vor den Hufen der Rösser in Sicherheit, Hunde rannten bellend hinterher, doch kein Mensch kam aus den armseligen Unterkünften, um der Ankunft des Herrn und seiner Begleiter zuzuschauen, die jetzt durch das Torhaus in den Hof einritten.

Janeta blickte zu dem dunklen, stillen Wasser des Grabens zurück und erschauderte. Ihr schien es, als wäre man in dem Herrensitz von der Außenwelt völlig abgeschnitten. Plötzlich fühlte sie sich hier mehr eingekerkert als in den Mauern von St. Catharine's.

Knechte kamen heran, um die Pferde zu halten. Die Bewaffneten saßen ab; ihre Sporen klirrten auf dem harten, unebenen Sandboden des Hofs. Das Haus selbst war eine kleine Burg mit einem Turm an einer Seite, wahrscheinlich das einzige Überbleibsel eines früheren Bauwerks. Die Halle mit dem Untergewölbe war eine später hinzugefügte Fachwerkkonstruktion. Steinstufen führten zu ihr hinauf.

L'Estrange hob Janeta vom Pferd und führte sie zu den wartenden Dienern. Avice Spooner folgte. Ein alter Mann, wahrscheinlich der Haushofmeister, der anscheinend großen Respekt vor Sir Fulke hatte, erwartete die Ankommenden auf der obersten Treppenstufe. Er verbeugte sich und murmelte kaum verständliche Entschuldigungen, während Fulke ihn beiseite drängte und Janeta in die Halle brachte.

Draußen wurde es schon dunkel. Janeta schaute sich unsicher in der düsteren Halle um, ein wenig unheimlich war ihr schon zumute. Der Kamin war in die gegenüberliegende Mauer eingelassen; zwei in Wandhaltern steckende Fakkeln rußten daneben. Offensichtlich waren sie erst kürzlich angebracht worden, denn von den Flammen eines früheren, zentralen Herdes war das Dach rauchgeschwärzt.

L'Estrange zog Janeta zum Feuer, das trotz der hell lodernden Scheite nur wenig Hitze abzugeben schien. Vermutlich wurde die Halle in Abwesenheit des Herrn kaum benutzt, sie wirkte völlig ausgekühlt.

Ungehalten befahl er seinem Haushofmeister, Wein zu bringen, und schob Janeta sanft zu einem Sessel beim Kamin. »Ihr bleibt hier eine Weile sitzen, wärmt Euch auf und trinkt Wein. Danach werdet Ihr Euch vermutlich in das für Euch vorbereitete Gemach zurückziehen wollen. Ich werde Euch das Nachtmahl dort servieren lassen.«

Janeta dankte und nippte an dem angewärmten Wein, den der Haushofmeister für sie alle gebracht hatte. Sir Fulke stellte sich vor den Kamin und blickte zu den flakkernden Flammen hinunter.

»Mistress Spooner wird Euch Euer Gemach zeigen. Sie kennt es gut.« Er warf einen Blick zu der noch stehenden Frau hinüber. Sie lächelte, doch dieses Lächeln erreichte nicht ihre Augen. Janeta fragte sich aufs neue, ob Avice Spooner es übelnahm, daß sie behandelt wurde, als wäre sie eine bezahlte Dienerin der Besucherin.

Als Janeta vor Müdigkeit schon fast umfiel, forderte Sir Fulke Avice Spooner endlich auf, ihr den Weg zum Gästegemach zu weisen. Ein Diener mit einer Fackel ging voran und führte sie eine Wendeltreppe mit einem Seil als Handlauf hinauf in ein Turmgemach drei Stockwerke über der Halle. Er betrat den Raum und zündete eine auf der Truhe beim Bett stehende Kerze an.

Janeta trat ein und schaute sich um. Die Mauern bestanden aus unverputztem Stein. An zweien von ihnen befanden sich Behänge, deren Motive sie nicht zu erkennen vermochte, weil es viel zu dunkel war. Das Bett wirkte recht komfortabel; ein Rollbett war daneben herausgezogen. Ein Kohlebecken befand sich vor dem unverglasten hohen Fenster, und ihm gegenüber stand eine teppichbelegte Gebetsbank. Die Unterkunft war insgesamt sehr gut, was Janeta freute, denn am nächsten Tag stand ihr eine anstrengende Reise bevor. Sie konnte eine kleine Verschnaufpause gut gebrauchen. Sie entledigte sich des pelzgefütterten Umhangs und legte ihn aufs Bett.

Avice Spooner befahl dem Diener, warmes Wasser sowie Tücher zu holen, und prüfte das Gemach kritisch, als wäre sie an ihre Rolle als Gastgeberin hier gewöhnt. »Nun«, erklärte sie mit ihrem etwas harten Lächeln. »Ihr werdet Euch während Eures Aufenthalts hier über nichts zu beklagen brauchen. Euch steht des Beste zur Verfügung.« Ihr Blick ging zu dem verhangenen Bett. »Die Dame des Hauses verbrachte hier viel Zeit. Natürlich nur dann, wenn sie nicht Sir Fulkes Bett teilte.« Ihre Augen glitzerten bösartig.

»Ich nehme an, er war oft im Auftrag des Königs von hier abwesend.«

»Ja, Fulke befand sich oft in London oder Westminster.«

»Seine Gemahlin muß doch manchmal sehr einsam gewesen sein.«

Avice Spooner hob die Brauen. »Gewiß, und manchmal denke ich, daß sie dafür sehr dankbar war.«

Janeta blickte sie fragend an, doch die Frau zuckte nur

nichtssagend lachend mit den Schultern und legte ihren eigenen Umhang ebenfalls ab.

»Nur keine Angst, meine Liebe. Ich werde heute nacht das Gemach mit Euch teilen.«

Janeta wandte sich ab, damit Avice Spooner ihr nicht ansah, daß sie viel lieber allein geschlafen hätte, obwohl das festungsähnliche Herrenhaus durchaus etwas Beängstigendes an sich hatte. Sie vertrieb den Gedanken rasch. Der Herr des Hauses befand sich nur selten hier; wahrscheinlich zog er es vor, dem Gebäude hier fernzubleiben, in dem er seine Gemahlin und seine Neugeborenen verloren hatte.

Janeta nahm sich vor, nicht mehr über den Verlust zu reden. Nachdem Fulkes Trauerzeit vorbei war, was jetzt bald der Fall sein müßte, würde er sich eine neue Gattin unter den schönen Hofdamen suchen, und bald würde er sich über den lange ersehnten Erben freuen können. In St. Catharine's wollte sie für ihn beten.

10. KAPITEL

Die Schwester Pförtnerin des Klosters St. Catharine's beäugte Bertrand durch die Öffnung in der Pforte. Er merkte, daß sie sehr verstört war. Das überraschte ihn nicht. Vermutlich würde sie niemals wieder einen derartig grimmig dreinblickenden Besucher in voller Kettenrüstung zu sehen bekommen.

Zweifelnd schüttelte sie den Kopf. »Ich werde Eure Bitte an die Mutter Oberin weiterleiten, doch möglicherweise will sie nicht mit Euch sprechen. Es ist fast Zeit für den Abendgottesdienst . . .«

»Ich halte sie ja nur für ein paar Momente auf.« Bertrand drückte das Gesicht noch dichter an die Guckööffnung. Die Pförtnerin wurde noch ängstlicher. Sofort wich er zurück.

»Ich werde eine Nonne holen, die der Äbtissin Eure Mitteilung überbringt. Wartet hier«, sagte sie ein wenig atemlos. Das Fensterchen wurde zugeschoben, und Bertrand blieb ungeduldig vor der Pforte stehen.

Er war schnell vorangekommen, denn das Wetter hatte es gut mit ihm gemeint. Falls Janeta vor ihm hier eingetroffen war, könnte es sich nur um einen, höchstens zwei Tage handeln. In so kurzer Zeit würde sie doch sicherlich noch keine unwiderrufliche Entscheidung getroffen haben. Er hoffte, daß die Äbtissin mehr Zeit dazu gebraucht hatte, Janeta wieder aufzunehmen sowie sich davon zu überzeugen, daß diese wahrhaftig bußfertig war und nun in das Noviziat eintreten wollte.

Während der ganzen Reise hatte er verzweifelt gebetet, daß er die richtigen Worte finden möge, um Janeta klarzumachen, daß ihm seine scheinbar so böse Reaktion auf ihre Absicht, die Dienste der Countess zu verlassen, aufrichtig leid tat. Ihm war jetzt klar, daß nichts, nicht einmal ein Leben in ständiger Wanderschaft durch die Städte und Dörfer Englands und der Normandie im Gefolge der Turnierveranstaltungen, ihn davon abbringen würde, alles aufzugeben, was der Earl ihm zu bieten bereit war, um mit Janeta zusammenzusein.

Der hölzerne Schieber in der Klosterpforte öffnete sich wieder. Die Pförtnerin sprach aufgeregt und hastig. »Da Ihr sagt, Euer Anliegen beträfe Demoiselle Janeta Cobham, werde ich Euch einlassen, Herr Ritter. Die Äbtissin ist begierig darauf, Eure Nachricht zu hören.«

Die Pforte wurde geöffnet, und Bertrand trat hindurch. Er zögerte jedoch bei dem Gedanken, seinen treuen Saladin unversorgt zurückzulassen. Die Pförtnerin schaute an ihm vorbei und sah das Schlachtroß.

»Bringt das Pferd herein, Herr Ritter. Ein Knecht wird es in unserem Stall tränken und füttern.«

Bertrand führte Saladin an der schwarzgekleideten Klosterfrau vorbei in den Innenhof. Er war erleichtert, als aus einem stallähnlichen Gebäude in der Nähe der Klosterbauten ein alter Mann heraustrat und sich Saladins annahm. Der Alte streichelte dem schwarzen Hengst über den seidigen Hals, und Bertrand wußte, daß sich sein tapferer Kampfgefährte bei ihm in guten Händen befand.

Er war so darauf versessen, etwas über Janeta zu erfahren, daß er kaum die Klosterbauten zur Kenntnis nahm, an denen vorbei ihn die Pförtnerin zu den Räumen der Äbtissin und dann in das Sprechzimmer führte, nachdem eine leise Stimme von innen ihn zum Eintreten aufgefordert hatte. Die stattliche Frau, die in einem Polstersessel beim Feuer saß und eine Hand auf dem Kopf eines Windspiels liegen hatte, war jünger als vermutet. Bertrand fühlte sich plötzlich in Gegenwart einer so heiteren und frommen Dame recht unsicher und trat von einem Fuß auf den anderen, nachdem er sich verneigt hatte.

»Meine Pförtnerin hat Euren Namen nicht verstanden, Herr Ritter.« Die Äbtissin deutete auf einen Falthocker. »Bitte, nehmt Platz. Ihr scheint eine lange Reise hinter Euch zu haben. Ich hörte, Ihr bringt Nachricht von der lieben Janeta?«

Bertrand, der sich gerade hinsetzen wollte, hielt inne, erhob sich wieder, und der Hocker kippte um. Aufgeregt zitternd richtete er ihn auf. Als er sich erneut zu der Äbtissin wandte, hatte er seine Fassung einigermaßen wiedergefunden.

»Euren Worten, Ehrwürdige Mutter, entnehme ich, daß sich Janeta nicht hier bei Euch befindet?«

»O nein, Herr Ritter. Sie verließ uns ziemlich unvermittelt kurz vor Weihnachten. Ihr Vater informierte uns, daß sie sich nun im Haushalt der Countess of Pembroke befinde.« Der Gesichtsausdruck der Äbtissin wurde sehr ernst, und Bertrand merkte, daß sich die Nachricht über das gebrochene Gelübde bereits bis hierher herumgesprochen hatte. Er seufzte.

»Ich bin Sir Bertrand D'Aubigny, Ehrwürdige Mutter. Ich . . . ich habe Demoiselle Cobham die Stellung beschafft und wurde später ihr Reitlehrer. Ich . . . wir haben uns verloren . . . das heißt . . .«

»Ich denke, ich verstehe, Sir.« Die grauen Augen der Äbtissin funkelten ein wenig. »Wir sind hier nicht ganz und gar weltfremd geworden. An Eurer Ernsthaftigkeit erkenne ich, daß Ihr Janeta sehr zugeneigt seid. Ich schließe daraus, daß ihr Vater damit einverstanden ist?«

»Ja . . . Nein.« Bertrand fühlte sich durch diese vornehme, ruhige Dame eingeschüchtert, doch dann richtete er sich zu seiner vollen Größe auf und erklärte: »Ich liebe Demoiselle Janeta, Ehrwürdige Mutter, und ich glaube, sie liebt mich ebenfalls. Wir haben zusammen nichts getan, dessen wir uns bei einer Beichte schämen müßten. Ich will nicht darum herumreden; ich denke, Ihr habt von der Situation im Haushalt der neuen Countess of Leicester gehört. Diese Heirat hat Janeta sehr bestürzt, und sie beschloß, fortzugehen.«

»Ebenso unvermuttelt, wie sie uns hier verließ?« Die Äbtissin beugte sich gespannt vor. Der Hund zu ihren Füßen schien ihre Erregung zu spüren.

»So ist es, Ehrwürdige Mutter. Der Earl und die Countess sorgen sich um ihr Wohlergehen, denn wir haben keine Ahnung, wohin sie gegangen ist. Ich wurde ausgeschickt, um sie zu finden und mit ihr zu sprechen.«

Die Äbtissin schüttelte langsam den Kopf. »Bis jetzt ist sie hier noch nicht eingetroffen, Sir Bertrand. Ich bezweifle auch, daß sie kommen wird.«

»Sie sagte mir, sie beabsichtige dieses . . .«

»Ah.« Die Mutter Oberin ahnte, in welcher Geistesverfassung sich Janeta befand. »Wie lange ist das her?«

»Sechs Tage, Ehrwürdige Mutter. Sie hätte inzwischen längst hier sein müssen.«

»Ist sie – Eures Wissens nach – allein gereist?«

»Das ist es ja, was uns besorgt.«

»Gewiß.« Die Äbtissin überlegte. »Sie hat also Westminster verlassen?«

»Jawohl, Ehrwürdige Mutter.«

»Dann kann sie beschlossen haben, noch weiter nach Süden zu ihrem Vater zu reisen, obwohl ich das aus verschiedenen Gründen für unwahrscheinlich halte.« Sie seufzte.

Bertrand nickte. »Ich werde dorthin reiten. Wir können nur hoffen, daß sie sich entschieden hat, ihn um Hilfe zu bitten.«

»Wir verfügen hier über eine Gästeunterkunft. Ihr solltet bei uns übernachten.«

»Seid bedankt, Ehrwürdige Mutter, doch jetzt, da mein Pferd wieder ausgeruht ist, will ich meinen Weg lieber fortsetzen.«

Die Äbtissin blickte ihn prüfend an und nickte. »Ich verstehe Eure Eile. Falls – falls! – Janeta herkommt, soll ich sie dann über Euren Besuch informieren?«

Bertrand errötete unter ihrem Blick. Dann lächelte er. »Ja, bitte, Ehrwürdige Mutter, dafür wäre ich Euch sehr dankbar, und . . .«

»Ich werde ihr nicht erlauben, irgendwelche unwiderruflichen Schritte zu unternehmen, bevor sie sich vollkommen im klaren ist . . . über die Konsequenzen und Alternativen«, schloß sie mild lächelnd, stand auf und reichte ihm die Hand hin. Bertrand kniete nieder und küßte ihren Ring, das Zeichen ihrer Abtswürde, erhob sich dann und verneigte sich.

»Laßt es uns wissen, wenn sie in Sicherheit ist, Herr Ritter«, bat die Äbtissin, als Bertrand die Tür erreicht hatte. »Ich weiß schon seit langem, daß Janeta die wahre Berufung fehlt. Trotzdem lieben wir sie hier alle und werden für ihre Sicherheit und ihr Glück beten.«

Bertrand beugte den Kopf. »Ich danke Euch, Ehrwürdige Mutter. Eure Gebete werden mir helfen, Janeta zu finden.«

Als er in den Innenhof hinaustrat, eilte eine junge Novizin zu ihm, die ihm ein zusammengebundenes schneeweißes Leinentuch sowie eine Lederflasche entgegenhielt.

»Die Schwester Pförtnerin sagte, Ihr hättet einen langen Ritt hinter Euch, Herr Ritter. Schwester Boniface trug mir auf, dafür zu sorgen, daß Ihr Wegzehrung für Eure Weiterreise habt.«

Die schlichte Güte dieser Frauen rührte ihn. Er verstand jetzt, weshalb Janeta zu ihnen zurückkehren wollte. Hier hatte sie die Liebe und das Verständnis erfahren, das man ihr eigentlich daheim hätte entgegenbringen sollen. Am liebsten hätte er der jungen Novizin aus lauter Dankbarkeit einen Kuß auf die rosige Wange gedrückt, doch das durfte er selbstverständlich nicht. So berührte er nur sanft ihre von der Arbeit rauhen Hände und nahm den Proviant sowie die Weinflasche entgegen.

Der alte Pferdeknecht führte auch schon Saladin heran. »Er ist gut gefüttert und getränkt worden, Sir, doch ich bitte Euch, ihn heute abend nicht mehr zu scharf und zu weit zu reiten. So, wie er aussieht, hat er Euch schon gute Dienste geleistet. Wenn Ihr jetzt zu grob zu ihm seid, könntet Ihr ihn verlieren.«

Bertrand verstaute die Lebensmittel und den Wein in einer Satteltasche. »Besten Dank, mein Alter. Saladin ist tatsächlich ein wertvolles Tier, und falls ihm ein Unglück widerfährt, bedeutet das weitere Verzögerungen. Ich werde ganz sicher sorgsam mit ihm umgehen.«

Er saß auf und ritt zum Tor. Die Pförtnerin hatte es bereits geöffnet und ließ ihn passieren. Er fragte sich, wie die

Nachricht, daß sich die ehemalige Klosterschülerin in Schwierigkeiten befand, sich so schnell unter diesen Frauen herumgesprochen hatte, und er segnete sie für ihre Liebe.

Die Nacht verbrachte er in Winchester, weil er an den vernünftigen Rat des alten Pferdeknechts dachte, und bei Anbruch des nächsten Tages war er wieder unterwegs. Einer der Männer des Earls hatte ihm die Wegbeschreibung zum Gut der Cobhams gegeben, und dieser folgte er nun.

Der Landsitz war größer und imposanter, als er angenommen hatte. Ein halbzerfallener Wohnturm stand rechts neben dem Hauptgebäude; Bertrand vermutete, daß die Cobhams früher hier gewohnt hatten und den Turm dann – wahrscheinlich nach den Gefahren und Übergriffen während Stephans Regime – aufgaben und in das aus Stein errichtete Gutshaus gezogen waren. Bertrands Ritt hatte ihn durch gepflegte Felder und das Dorf geführt, das um die steinerne Kirche herum entstanden war. Es schien, als ob Sir Hugh hier alles selbst besorgt und nur wenig einem Verwalter überließ; andernfalls mußte dieser ein sehr zuverlässiger Mann sein.

Bertrand, der nicht erwartete, daß man ihn willkommen hieß, war nicht überrascht, als ein hochmütig wirkender junger Mann mit einer einfachen, doch feingewebten Tunika und einem Umhang aus den Stallungen trat. Als dieser vernahm, wie der Besucher hieß und in wessen Diensten er unterwegs war, befahl er ihm, sich umgehend wieder zu verziehen.

»Ich bin Ralph Cobham, Sir Hughs Sohn. Mein Vater kehrte erst kürzlich vom Hof heim. Wir hörten, daß der Earl of Leicester kein Günstling mehr ist. Darüber sind wir nicht erstaunt; uns wundert nur, daß er so lange das königliche Vertrauen genossen hat. Ich wüßte nicht, wozu Ihr meinen Vater sprechen wollt. Ich kann Euch versichern, daß er sich an irgendwelchen höfischen Streitereien nicht . . .«

»Sir, mein Anliegen betrifft Eure Schwester, die Demoiselle Janeta.«

»Janeta?« Der junge Mann war sichtlich verblüfft. »Janeta ist seit ihrer Kindheit nicht mehr hier . . .«

»Was gibt es hier?« Bei der barschen Stimme drehten sich beide Männer erschrocken um. Sir Hugh trat aus den Stallungen. Er war ebenfalls schlicht, wenn auch edel gekleidet und trug eine wollene Tunika, Reitstiefel sowie einen Umhang mit zurückgeschlagener Kapuze. Vermutlich waren er und sein Sohn gerade von einem Inspektionsritt über die Ländereien zurückgekehrt.

»Ihr seid D'Aubigny und steht im Dienst de Montforts. Ihr wurdet beim Weihnachtsturnier verwundet. Was ist mit Janeta?«

Mit finster zusammengezogenen Brauen kam er zu seinem Sohn und dem unerwarteten Besucher heran, befahl einem Pferdeknecht, sich um Bertrands Roß zu kümmern und schalt dann seinen Sohn. »Was denkst du dir eigentlich dabei, diesem Mann nicht Speis und Trank anzubieten? Ihr, Sir, kommt jetzt mit hinein.« Er ging voran die Stufen hinauf, die zu der Tür über dem Untergeschoß führten, und geleitete Bertrand in die Halle.

Wie dieser angenommen hatte, war der Rittersaal kleiner als bei älteren Gebäuden, jedoch mit Wandkaminen ausgestattet und insgesamt sehr wohnlich. Die Binsenstreu war frisch und die Einrichtung sowie die Wandbehänge wirkten gepflegt und sauber. Sir Cobham beschäftigte offensichtlich tüchtige Mägde und Knechte.

Er nahm an dem langen Tisch beim Kamin Platz und bedeutete Bertrand, sich ihm gegenüber zu setzen. Ralph Cobham, der offenkundig merkte, wie übelgelaunt sein Vater war, rief Diener herbei und befahl ihnen, Speisen und Bier zu bringen. Unter dem grimmigen Blick Hugh Cobhams entfernte sich Ralph danach, dem seine Verärgerung darüber anzumerken war, daß sein Vater ihn vor einem Fremden gemaßregelt hatte.

Bertrand trank seinen Bierhumpen leer und blickte dann seinen Gastgeber an. »Euer Sohn deutete an, er habe seine Schwester schon seit Jahren nicht mehr gesehen. Ich hoffte, sie hier bei Euch zu finden.«

Sir Hughs Miene wurde zwar nicht freundlicher, doch er zeigte auch keinerlei Erstaunen. »Dann hat sie also die neue Countess of Leicester verlassen?«

Rasch teilte ihm Bertrand die wichtigsten Fakten mit.

»Ihr sagt, sie habe keine Nachricht für die Countess hinterlassen?« knurrte Sir Hugh. »Das sieht ihr nicht ähnlich. Sowohl hier als auch im Kloster wurde sie zu gutem und höflichem Benehmen erzogen.«

»Ich weiß, Sir. Wir machen uns alle Sorgen um ihr Wohl.«

»Habt Ihr ihr nicht angeboten, sie nach St. Catharine's zu eskortieren, als sie den Wunsch äußerte, dorthin zu gehen?«

Vor Zorn und Scham errötete Bertrand. »Ich hatte einen wichtigen Auftrag für den Earl auszuführen, und ich glaubte nicht, daß Janeta Westminster verlassen würde, ohne sich von der Countess beurlauben zu lassen. Sobald ich zu dem Earl nach Odiham zurückgekehrt war, wollte ich . . . Nun, gleichgültig. Jetzt will ich sie nur noch wiederfinden. Auf der Straße kann ihr alles mögliche zugestoßen sein.«

»Sagtet Ihr, L'Estrange erwies ihr auf der Reise nach Westminster und auch später noch erhöhte Aufmerksamkeit?«

Bertrand erschrak über diese unvermittelte Frage. Der Earl hatte schon so nachdenklich über L'Estranges Interesse an Janeta gesprochen; nun tat ihr Vater es ebenfalls.

»Ja«, antwortete er langsam. »L'Estrange ist, wie Ihr

selbst gesehen habt, einen Teil des Wegs mit ihr geritten. Sie erzählte mir, er habe mit ihr über ihre Mutter gesprochen. Das erweckte natürlich ihre Neugier, weil sie ja, wie Ihr wißt, ihre Mutter kaum kannte.«

Plötzlich schienen die dunklen Augen des älteren Mannes Feuer zu sprühen, und er stieß einen leisen, wenn auch kräftigen Fluch aus. Erstaunt blickte Bertrand ihn an. Sir Hugh stand auf und schob die Bank zurück, so daß sie über den gefliesten Fußboden schrammte. »Haltet Ihr es für möglich, daß sie ihn um Hilfe gebeten hat?«

»Das halte ich nicht . . . Doch, ja, möglich wäre es. Sie besaß kaum Geld . . . Er könnte es ihr angeboten haben.«

»Ja, sehr wahrscheinlich. Und sie würde ihm vertraut haben. So sind Frauen eben«, fügte er zornig hinzu.

»Sir?«

»Er besitzt ein Landgut bei Guildford. Dorthin reiten wir, Herr Ritter, und zwar sobald ich meine Bewaffneten gesammelt habe. Ich nehme an, Ihr wollt mich begleiten?«

»Jawohl, Sir, wenn Ihr meint . . . Doch ich gestehe, ich vermag mir nicht vorzustellen, weshalb L'Estrange Janeta dorthin gebracht haben sollte, wenn nicht . . .«

»Eben. Falls er sie dort lange genug festhält, wird sie gezwungen sein, ihn zu ehelichen.«

Sämtliche Farbe wich aus Bertrands Gesicht. »Vorher bringe ich ihn um!«

»Das dürfte nicht so einfach sein. In einem anständigen Kampf ist L'Estrange ein ernstzunehmender Gegner; doch er kämpft selten anständig.«

Sir Hugh brüllte nach einem Diener, der herbeieilte, die Befehle entgegennahm und dann die Halle verließ, um die Eskorte zusammenzurufen, die der Herr verlangte.

»Ich werde mich jetzt rüsten. Ihr werdet Euer Mahl beenden und Euch so lange ausruhen, wie es noch geht. Wir brechen in einer Stunde auf.«

Bertrand nickte. »Sir, darf ich fragen, weshalb Ihr Fulke L'Estrange solche unehrenhaften Absichten unterstellt? Hattet Ihr in der Vergangenheit schon mit ihm zu schaffen?«

»Ja, und damals war er kaum mehr als ein Knabe. Seit dieser Zeit sind seine Bösartigkeit und sein Machtstreben gewachsen. Er hat mir großes Unrecht getan, und ich kann ihm nicht vergeben. Er mag Janeta tatsächlich zu ehelichen wünschen, und zwar nicht nur ihrer strahlenden Augen wegen. Den Grund solltet Ihr kennen, denn Ihr scheint dem Mädchen ja zugeneigt zu sein.« Sir Hugh schaute Bertrand unangenehm lächelnd an. »Auf jeden Fall werdet Ihr es bald erfahren. Macht Euch reisefertig. Wenn Janeta schon seit einer Woche abgängig ist, könnten wir zu spät kommen, um L'Estranges Absichten zu vereiteln.«

Bertrand blickte Sir Hugh nach, der jetzt die Halle verließ. Also hatte de Montfort recht gehabt; L'Estranges ausersehenes Opfer bei dem Turnier war er, Bertrand, gewesen, und die Beute hieß Janeta.

Möge Gott die Gebete der Äbtissin erhören, und möge er ihnen beiden helfen, Janeta aus den Klauen dieses Mannes zu befreien.

Als Janeta erwachte, fühlte sie sich entschieden unwohl. Ihre Lider schienen wie zugeklebt, und in ihrem Kopf hämmerte es. Sie setzte sich in den Kissen auf und beschloß, sich durch dieses unvermutete Unwohlsein nicht vom Aufstehen und umgehenden Ankleiden abhalten zu lassen. Sie durfte den Aufbruch zum letzten Teil ihrer Reise zu St. Catharine's nicht verzögern. Trotz ihrer tapferen Bemühungen mußte sie sich wieder zurück in die Kissen lehnen, und als jemand an die Tür klopfte, brachte sie nur eine gekrächzte Antwort zustande.

Eine junge Magd trat ein und kam auf Zehenspitzen ans

Bett. »Mistress Spooner hat mich geschickt, um nachzusehen, ob es Euch besser geht, Herrin.«

»Besser?« Janeta zwang sich dazu, die Augen zu öffnen und sich noch einmal aufzusetzen. Schlaftrunken schaute sie sich im Gemach um. Das Tageslicht strömte hell durch das unverdeckte Fenster und schmerzte in den Augen. Sofort wußte sie, daß der Tag schon weit vorangeschritten war. »Wie spät ist es? Weshalb hat mich niemand geweckt?«

Sie hatte so scharf gesprochen, daß das Mädchen ängstlich zurückwich. »Herrin, wir haben ja versucht, Euch zu wecken, doch Mistress Spooner sagte, Ihr hättet wohl eine Erkältung und solltet heute lieber im Bett bleiben. Ihr wolltet auch nichts essen von dem, was ich Euch brachte, und Mistress Spooner meinte, Ihr solltet es auch nicht versuchen, bevor Ihr Euch besser fühlt. Und deshalb bin ich hergekommen, um nachzuschauen, Herrin.«

Dann erinnerte sie sich an Janetas erste Frage. »Die Mittagsstunde ist schon lange vorüber, Herrin. Werdet Ihr in der Lage sein, das Nachtmahl in der Halle einzunehmen? Wenn ja, bringe ich Euch heißes Wasser und helfe Euch . . .«

»Schon nach Mittag?« Janeta wollte nachdenken, doch allein der Versuch schmerzte schon. Ihr Hals war ausgedörrt, und ihr schwindelte. »Was ist mit Sir Fulke? Wir wollten doch bei Tagesanbruch reiten.«

Die Magd trug einen groben Kittel aus ungefärbtem Wollstoff und darüber eine kurze, gegürtete bräunlich violette Tunika, die vermutlich mit Brombeersaft gefärbt worden war. Ihr dunkles Haar war zum größten Teil unter einem ungebleichten Leinentuch verborgen. Verglichen mit Avice Spooners schlampiger Magd Gytha war dieses Mädchen hier ordentlich gewandet und benahm sich auch unterwürfig, fast ängstlich, nicht so mürrisch wie Gytha.

»Davon weiß ich nichts, Herrin. Mistress Spooner sagte

nur, Ihr wärt zu krank, um aufs Pferd zu kommen, und Ihr müßtet heute das Bett hüten.«

Janeta versuchte es wieder mit Denken. In ihrem Kopf drehte es sich noch immer, und ihre Lider waren bleischwer, als hätte sie Mohnsirup eingenommen wie damals in St. Catharine's, als sie heftige Zahnschmerzen gehabt hatte. Seltsam, als sie gestern nacht ins Bett ging, war sie zwar erschöpft gewesen, und alle Knochen hatten ihr weh getan, doch unwohl hatte sie sich nicht gefühlt. Oder hatte sie ihre schmerzenden Knochen fälschlich dem ungewohnten Reiten zugeordnet, während die Schmerzen in Wirklichkeit die Vorboten der schweren Erkältung gewesen waren, an der sie nun litt?

»Ich stehe jetzt auf«, erklärte sie entschlossen und schwenkte die Beine aus dem Bett. Sie hatte sich freilich überschätzt; der Fußboden schien auf sie zuzufliegen, und ihr wurde übel. Rasch legte sie sich erneut nieder.

»Anscheinend hat Mistress Spooner recht. Ich habe wohl tatsächlich eine Wintererkältung«, sagte sie matt. »Es tut mir leid, doch ich glaube, ich muß noch eine Weile hier liegenbleiben.«

»Jawohl, Herrin. Tut das«, meinte das Mädchen freundlich und voller Mitleid. »Ich werde warmes Wasser und Tücher holen und Euch das Gesicht waschen. Dann sage ich Sir Fulke und Mistress Spooner, daß Ihr noch ein wenig im Bett bleibt.«

Janeta war der Magd für deren Dienste dankbar. An die Speisen, die sie ihr anbot, mochte sie nicht einmal denken, so übel war ihr. »Bitte nur etwas zu trinken, nichts weiter. Vielleicht ein wenig kühles Bier.«

»Sehr wohl, Herrin.«

Das Mädchen verschwand, und Janeta döste wieder ein. Als sie erschrocken aufs neue erwachte, stand Avice Spooner mit einem Trinkgefäß in der Hand vor ihr.

»Es ist so, wie ich dachte, Fulke. Es wird noch einige Tage dauern, bis sie in der Lage ist, herunterzukommen – vom Reiten ganz zu schweigen. Demoiselle Janeta, versucht bitte, etwas hiervon zu trinken. Ich habe Kräuter hineingetan, von denen ich weiß, daß sie gegen schwere Erkältungen gut sind.«

Janeta wurde im Bett angehoben und erkannte nun Fulke L'Estrange, der ihre Schultern stützte, während Avice Spooner ihr den kalten Rand des Kelches an die Lippen hielt. Der Wein war klebrig und süß, um den bitteren Kräutergeschmack zu überdecken. Janeta murmelte eine Entschuldigung für die Mühe, die sie allen Beteiligten machte, doch Sir Fulke beruhigte sie, und Avice Spooner drängte sie weiter dazu, das Gebräu hinunterzuschlucken. Janeta quälte sich ein dankbares Lächeln ab und sank aufs neue in den Schlaf.

Als sie erwachte, sah sie die Magd auf einem Hocker beim Bett sitzen und fleißig an einem Hemd nähen. Sobald das Mädchen bemerkte, daß sie die Augen aufschlug, sprang es auf. Janeta starrte es an und wußte nicht, wo sie sich befand und wo sie das Mädchen schon einmal gesehen hatte.

»Ich bin Eadgyth, Herrin. Ich habe Euch während der letzten Tage gepflegt.«

Janeta stützte sich im Bett hoch und blickte sich um. »Dies hier ist Sir Fulke L'Estranges Landsitz, nicht wahr?« fragte sie.

»Jawohl, Herrin.« Die runden Wangen des Mädchens röteten sich vor Freude. »Euch geht es wirklich besser. In den letzten Tagen wart Ihr meistens nicht bei Euch.«

Janeta bewegte sich ein wenig, und sofort durchfuhr ein scharfer Schmerz ihren Kopf, doch abgesehen davon schienen ihre Sinne tatsächlich erheblich klarer als beim letzten Erwachen in diesem Bett zu sein.

»War ich krank?« wollte sie wissen, worauf das Mädchen langsam nickte. »Richtig«, sagte Janeta. »Ich entsinne mich, daß Mistress Spooner meinte, ich hätte eine schwere Erkältung; sie hat mir ein Heilgetränk verabfolgt.«

»Jawohl, Herrin . . .«

Das hörte sich ein wenig merkwürdig an. Janeta sah, daß das Mädchen zu einem gefüllten Kelch schaute, der auf der Truhe beim Bett stand. Sie griff danach, doch die Magd hielt ihr Handgelenk fest.

»Wenn Ihr durstig seid, hole ich Euch Bier. Das hier schütte ich fort. Es stand dort schon die ganze Nacht.« Fast flehenlich blickte sie Janeta an. »Ich habe es Euch gestern nacht nicht eingegeben, Herrin. Ihr werdet doch Mistress Spooner nicht sagen, daß Ihr es nicht getrunken habt?«

Janeta blickte dem Mädchen fest in die Augen. »Nein, ich verspreche, daß ich das nicht tun werde«, versicherte sie und sah zu, wie Eadgyth durchs Gemach ging, den Trinkkelch durchs offene Fenster leerte, sich dann wieder umdrehte und Janeta etwas schief anlächelte, um schließlich aus dem Raum zu eilen. Kurz darauf kehrte sie mit einem Lederhumpen voll Bier zurück.

Janeta trank durstig und wischte sich mit dem Handrükken den Mund. »Kann ich heute morgen besser denken, weil ich Mistress Spooners Gebräu nicht getrunken haben?« fragte sie leise.

Das Mädchen warf einen ängstlichen Blick über die Schulter und nickte dann. »Ich glaube ja, Herrin.«

Janeta bewegte sich unruhig. Sie war noch sehr schwach, doch der Schwindel war vergangen, und ihr war nicht mehr so übel. »Vielleicht hielt Mistress Spooner es für mich am besten, wenn ich viel schlafe. Trotzdem bin ich froh, daß ich das Zeug gestern abend nicht getrunken habe, denn ich fühle mich wirklich besser.«

Das Mädchen wurde immer ängstlicher. Janeta faßte es

bei der Hand. »Ich werde schweigen über das, was du mir erzählst, Eadgyth. Weshalb wolltest du nicht, daß ich noch mehr davon trinke? Bitte, du mußt es mir sagen, und zwar rasch, ehe jemand kommt.«

»Sie ... Mistress Spooner hat Maud, meine Herrin ... gepflegt.«

Das war eine schlichte Bemerkung, eine so nüchterne Feststellung, daß sich Janeta die Nackenhaare sträubten. Unwillkürlich hielt sie die Hand des Mädchens fester.

»Ich habe sie geliebt«, setzte Eadgyth trotzig hinzu.

»Ich glaube, ich weiß, was du nicht auszusprechen wagst, Eadgyth. Ich danke dir dafür, daß du versuchst hast, mir zu helfen. Ich war doch ganz sicher krank?«

Das Mädchen zuckte mit den Schultern und wandte den Blick ab.

»Willst du mir sagen, daß ich absichtlich hier zurückgehalten wurde?«

Diesmal gab Eadgyth überhaupt keine Antwort, sondern blickte sie nur ausdruckslos an.

»Weshalb nur?« fragte Janeta leise und versuchte, selbst die Antwort zu finden. Mit einmal war es ihr, als hätte man einen Schleier von der verborgenen Wahrheit fortgezogen.

Von Anfang an hatte Fulke L'Estrange nicht die Absicht gehabt, sie zum Kloster zu bringen! Als sie bei Guildford den Fluß durchquerten, hatte sie eine seltsame Vorahnung gehabt. Sie hatte freilich gedacht, das läge an den Geschichten über die schlimmen Dinge, die hier geschehen waren. Jetzt wußte sie, daß das Gefühl beim ersten Blick auf L'Estranges festungsähnlichen Landsitz stärker geworden war. Sir Fulke hatte sie zu einem bestimmten Zweck hierhergebracht, und sie war so törich gewesen, sich in seine Hände zu geben, weil sie sich so sehr über den Streit mit Bertrand geärgert hatte und so enttäuscht darüber gewesen war, wie die Lady Eleanor sie benutzt hatte. Sie war verwundbar gewesen. Fulke L'Estrange hatte das erkannt und es zu seinem Vorteil ausgenutzt.

Janeta lehnte sich zurück und sammelte ihre Kräfte. Sie nahm sich vor, nichts zu essen oder zu trinken, das Eadgyth nicht selbst zubereitete und ihr reichte.

Was beabsichtigte L'Estrange mit ihr? Ihr Vater hatte seine Verachtung für den Mann offen gezeigt. Wollte er ihr damit sagen, sie sollte auf der Hut sein? Damals empfand sie nichts als Dankbarkeit für Sir Fulke; schließlich hatte er Bertrand und den Earl of Leicester gerettet ... Hatte er das wirklich getan?

Eadgyth fuhr zusammen und bewegte sich vom Bett fort. Janeta hörte schwere, klirrende Schritte auf der Wendeltreppe. Sie bedeutete dem Mädchen, zu schweigen und sich wieder auf den Hocker beim Bett zu setzen.

Die Tür ging auf, Fulke trat in das Gemach. Ihm folgte Avice Spooner. Als er sah, daß Janeta wach war, blitzte es in seinen Augen auf. »Ah, Avice, unser Gast ist wieder bei sich.«

Janeta schwieg. Sie lächelte auch nicht zum Gruß.

Avice trat ans Bett und legte Janeta eine Hand auf die Stirn. »Kein Fieber«, stellte sie fest. »Fühlt Ihr Euch besser, Demoiselle Janeta?«

»Viel besser.« Janeta gab sich Mühe, möglichst freundlich zu sprechen, denn ihr war klar, daß sie im Umgang mit den beiden vorsichtig sein mußte. »Sogar so gut, daß ich morgen zur Weiterreise fähig sein werde.«

»Da wäre ich nicht so sicher«, meinte Fulke L'Estrange. »Wir sollten Eure Kräfte nicht voreilig überschätzen.« Er lächelte breit, wenn auch nur mit den Lippen und nicht mit den Augen.

Janeta fühlte sich plötzlich von seiner Anwesenheit abgestoßen. Sie bekam eine Gänsehaut. Vorsichtshalber blickte sie Eadgyth nicht an, erinnerte sich jedoch an deren unausgesprochene Worte, die angedeutet hatten, daß Avice Spooner mit ihrer sogenannten Krankenpflege bei Fulkes invalider Gattin einen bestimmten Zweck verfolgt hatte.

War Mistress Spooner etwa Fulkes Mätresse? Janeta erinnerte sich, daß sie die Frau von Anfang an nicht für eine wirkliche Dame gehalten hatte. Lady Maud konnte Fulke keinen Erben schenken; hatte er sie deshalb nicht mehr benötigt? War ihre Mitgift längst ausgegeben, und hatte er deshalb dringend Nachschub nötig? Er war ja immer so prunkvoll gewandet. Eine leidende, kinderlose Gemahlin erfüllte seine Zwecke nicht mehr, und da mußte er wieder frei sein. Janeta zitterte innerlich vor Furcht.

»Ich glaube, wenn ich für den Rest des Tages hier allein ruhen kann, werde ich morgen noch viel gestärkter sein«, erklärte sie mit Bestimmtheit.

Das war eine deutliche Aufforderung, das Gemach zu verlassen, doch wenn die beiden das übelnahmen, so zeigten sie es nicht. L'Estrange trat ans Bett und hob sich ritterlich Janetas Hand an die Lippen. »Ich freue mich darauf, Euch morgen früh völlig genesen wiederzusehen«, sagte er leise. Er verbeugte sich, nickte Avice Spooner zu und folgte ihr zur Tür hinaus.

Nachdem die Schritte auf der Treppe nicht mehr zu hören waren, winkte Janeta Eadgyth dicht zu sich heran. »Wird die Turmtür bewacht?«

Das Mädchen schaute sich um, als fürchtete es Lauscher. »Ja, Herrin. Unten im Hof und oben auf dem Dach befinden sich stets Bewaffnete.«

Janeta biß sich sinnend auf die Unterlippe. »Dann werden wir eben abwarten, was der morgige Tag bringt«, meinte sie. »Eadgyth, versuche zu überwachen, was in den Küchen für mich zubereitet wird, und bleibe heute nacht in meinem Gemach.«

Während das Mädchen später friedlich neben ihr auf dem Rollbett schlief, fühlte sich Janeta sicherer. In den ersten Nachtstunden lag sie wach und überlegte hin und her, welchen Zweck Sir Fulke wohl damit verfolgte, daß er sie hier zurückhielt. Morgen würde sich ja zeigen, ob er sich weigerte, sie weiterhin zu eskortieren, oder ob er sie sogar zum Bleiben zwang. Sie hatte das festungsartige Gebäude bei ihrer Ankunft gesehen und ahnte, daß es gewiß nicht einfach sein würde, es ohne seine Zustimmung zu verlassen.

Dies war ein erschreckener Gedanke. Sie hätte so gern Bertrand um Rat und Hilfe gebeten, doch er hatte sie inzwischen sicherlich bereits vergessen und schmiedete neue Pläne für seine Zukunft im Haushalt des Earl of Leicester. Janeta mußte ihre Tränen zurückdrängen. Sie hielt sich vor, daß sie aus eigenem Antrieb alle Bindungen an ihn zerrissen hatte. Während sie ihn bis in den Tod lieben würde, durfte sie nicht erwarten, daß er unter der Trennung litt.

Am Morgen erwachte sie früh und bat Eadgyth, ihr etwas zu essen zu bringen. Zum erstenmal seit ihrem Eintreffen hier aß sie mit Genuß, zumal sie wußte, daß den Speisen keinerlei Gifttränke zugesetzt waren. Als Eadgyth ihr beim Ankleiden helfen wollte, zögerte Janeta, doch dann fing sie den Blick der Magd auf und wußte, daß diese sie während der angeblichen Krankheit gepflegt hatte und somit das geheime Mal gesehen haben mußte. Also nickte sie nur und biß sich auf die Lippe, als das Mädchen ihr die leinene Kopfhaube um den Hals band.

»Das ist nichts so besonders Geheimes, Herrin. Ich habe schon mehr als ein solches Feuermal gesehen. Einer der Dorfburschen hat so einen erdbeerroten Fleck mitten im Gesicht.«

»Und wenden sich die Dorfbewohner von ihm ab?« fragte Janeta leise.

Verlegen nickte das Mädchen. »Ja, das tun sie, Herrin, doch das ist töricht. Wulf ist ein guter und aufrichtiger Mensch. Ich mag ihn sehr gern.«

»Würdest du in Betracht ziehen, ihn zu heiraten?«

»Ich weiß nicht, Herrin. Er hat mir keinen Antrag gemacht, doch ich glaube, ich könnte es übler treffen, wirklich.«

Lächelnd nahm Janeta Eadgyth' Kinn zwischen ihre Hände. »Du bist ein liebes Mädchen, Eadgyth. Weißt du, ob Sir Fulke oder Mistress Spooner mein Feuermal gesehen haben?«

»Sir Fulke – nein. Ich glaube, er war gar nicht in Eurer Nähe, als Ihr unbekleidet wart. Was Mistress Spooner betrifft, so weiß ich es nicht genau.«

Janeta nickte und ließ das Mädchen los. »Falls die Turmtür offen ist, werden wir jetzt Fulke in der Halle aufsuchen.«

Janeta stieg die Wendeltreppe hinunter, ohne Schwäche in den Beinen zu verspüren. Eadgyth öffnete die Tür am Fuß der Stufen.

Die beiden konnten ungehindert weitergehen, obwohl Janeta die Blicke der vier hier stationierten Bewaffneten auf sich gerichtet fühlte.

Fulke L'Estrange saß bequem in seinem Sessel am Kopf des langen Tisches und genoß sein Frühstück. Von Avice Spooner war nichts zu sehen. Er schob den Sessel zurück und erhob sich. »Seid Ihr gekommen, um das Morgenmahl mit mir einzunehmen, Demoiselle?«

Janeta trat heran und schüttelte den Kopf. »Vielen Dank; ich habe bereits gegessen. Sir, wann können wir zu St. Catharine's aufbrechen?«

Breitbeinig stand er ihr gegenüber und hatte einen Daumen in seinen Waffengürtel gehakt. »Heute nicht, Demoiselle. Das Wetter dürfte sich am Nachmittag verschlechtern, und es wäre unklug, zu reisen.«

»Ich fürchte kein schlechtes Wetter, Sir Fulke«, entgegnete sie leise, »und ich glaube, Ihr ebenfalls nicht.«

Er lachte. »Nun, dann sagen wir, ich bin nicht in der Stimmung zum Reisen.«

»Wann darf ich Euren Stimmungswechsel erwarten?«

Dies war eine echte Herausforderung. Fulke verstand und lachte wieder. »Wer weiß?«

»Es wäre höchst unritterlich, wenn Ihr mich hier gegen meinen Willen festhieltet, Sir Fulke.«

Keine Frage, Janeta wußte Bescheid. Er lachte erneut. »Ich denke, Ihr tätet gut daran, in Euer Turmgemach zurückzukehren, Janeta. Dort wird man Euch sorgfältig pflegen ... und beschützen.« Er machte dem Wachmann an der Tür ein Zeichen. »Eskortiere die Dame zu ihrem Gemach.« Dann wandte er sich wieder zu Janeta. »Sobald ich die Botschaft erhalten habe, auf die ich warte, werde ich kommen und nach Euch sehen, Janeta.«

Janeta schüttelte die Hand des Wachmannes von ihrem Arm. »Erklärt Euch, Sir Fulke. Habt Ihr zu meinem Vater geschickt? Ich kann Euch schon jetzt sagen, daß er kein Lösegeld zahlen wird. Er schätzt meinen Wert nur gering.«

Noch immer lächelnd schüttelte L'Estrange den Kopf. »Ich glaube, Ihr beurteilt ihn falsch. Doch nein, der Mann, an den ich mich gewandt habe, ist nicht Euer Vater.«

»Ich verstehe nicht. Dann habt Ihr ... Ihr könnt doch nicht Bertrand D'Aubigny meinen. Er besitzt kein Gold ...«

»Nein, ich meine auch nicht D'Aubigny. Wenn er allerdings von Eurer Anwesenheit hier wüßte, wäre er mir längst zum Ärgernis geworden.« Er seufzte schwer. »Ich habe bereits einmal versucht, ihn davon abzuhalten, sich in meine Angelegenheiten zu mischen. Dummerweise habe ich versagt. Euch indessen ist es viel besser gelungen, sicherzustellen, daß er uns nicht verfolgt.« L'Estrange lächelte breit, und Janeta sah dieses gefährliche, wenn auch bezaubernde Funkeln in seinen Augen, das ihm den Anschein der Jovialität gab. Sie wurde so wütend, daß sie sich gar nicht mehr fürchten konnte.

»Falls Ihr erwartet, etwas zu gewinnen, wenn Ihr mich freilaßt . . .«

»Nicht doch. Ich werde Unschätzbares gewinnen, wenn ich Euch festhalte!«

»Wenn Ihr mich gefangenhaltet? Ich bin doch wertlos.«

»Janeta, Janeta, habt Ihr denn nicht in den Spiegel geschaut, seitdem Ihr das Kloster verließet? Hat Bertrand D'Aubigny Euch denn nicht von Eurem Wert überzeugt? Weshalb sollte ich Euch gegen Euren Willen festhalten wollen, wo es doch für uns beide viel vorteilhafter wäre, wenn Ihr meine Hand akzeptiertet? Ihr könnt Euch doch nicht allen Ernstes in den grauen Mauern von St. Catharine's vergraben wollen.«

»Eure Hand? Heiraten – Euch?« fragte Janeta verblüfft wie entsetzt. »Ich sagte Euch doch, ich beabsichtige, eine Braut Christi zu werden. Nachdem ich mich nicht Bertrand D'Aubigny geben kann – weshalb glaubt Ihr, ich würde Euren Antrag annehmen?«

»Weil Euch keine andere Wahl bleibt, meine gute Janeta. Ich habe Euch bereits seit mehreren Tagen hierbehalten. Eure Familie hält Euch für absolut kompromittiert. Glaubt mir, ich werde die Erlaubnis erhalten, Euch zu ehelichen.«

»Ihr seid wahnsinnig«, flüsterte sie. »Ich will weder Euch noch einen anderen Mann heiraten.«

Er trat so dicht an sie heran, daß sie den Bierdunst und die anderen Gerüche wahrnehmen konnte, die noch in seiner Kleidung hingen.

»Hört mir zu, Janeta. Ich begehre Euch. Als ich Euch zum ersten Mal sah, plante ich schon unsere Heirat. Ich werde Euch bekommen. Jetzt folgt meinem Wachmann freiwillig, oder er wird Euch in Euer Turmgemach zurücktragen. Falls Ihr schreit, dürfte das Eurer Würde wenig gut anstehen. Setzt Euch da oben still hin und überlegt Euch, was Ihr durch diese Verbindung alles gewinnen würdet – einen eigenen Haushalt, einen starken Herrn, der Euch beschützt, Kinder . . .«

Amüsiert hob er die hellen Brauen. »Wenn Ihr Euch unser Zusammenleben einmal vorstellt und es mit dem vergleicht, was Euch im Kloster erwartet, werdet Ihr erkennen, was besser ist. Wenn Ihr die Meine seid – wirklich und vollkommen –, werde ich mich nicht als ein allzu anspruchsvoller Gatte erweisen, darauf mein Wort. Ich habe andere Möglichkeiten, mich zu unterhalten.«

Deutlich sah Janeta Fulke mit Avice Spooner zusammen vor sich, und ihr wurde fast übel. Sie war absolut machtlos. Der Wachmann starrte sie beleidigend an. Sie wußte, daß er sie einfach aufheben und fortschleppen würde, falls sie nicht freiwillig mitkäme. Diese Genugtuung wollte sie Fulke L'Estrange nicht gönnen. Sie drehte sich um und schritt zur Tür.

Ehe sie Guildford erreichten, befahl Sir Hugh seinen Männern, sich in zwei Gruppen und paarweise durch die Ortschaft zu bewegen. Er selbst wollte mit Bertrand zwischen den beiden Abteilungen reiten.

»Wenn ich mich nicht täusche, befindet sich ungefähr eine Meile hinter dem Gutssitz ein Wäldchen. Dort werden wir uns wieder treffen. Sorge dafür, daß deine Leute gut getarnt sind«, befahl er seinem Hauptmann. »Wir wollen keine große Aufmerksamkeit erregen, wenn wir durch den Ort reiten«, fügte er an Bertrand gewandt hinzu. »Wir haben keine Aussicht, mit Gewalt Janetas Freiheit zu erlangen. Ich möchte, daß Ihr Euch das Dorf genau anseht, bevor wir uns entscheiden, was zu tun ist.«

Der junge Ritter nickte zustimmend. Janetas Vater kannte das Terrain, und Bertrand war bereit, sich zu diesem Zeitpunkt Sir Hughs Beurteilung anzuschließen. Schweigend setzte er den Ritt fort. Auf der Landstraße war wenig gesprochen worden, und Bertrand vermochte den Charakter des Mannes neben sich nicht recht einzuschätzen. Wie stand Hugh Cobham eigentlich tatsächlich zu seiner Tochter? Konnte man sich wirklich darauf verlassen, daß er alles in seiner Macht Stehende tun würde, das Schlimmste zu verhindern und sie Fulke L'Estranges Klauen zu entreißen?

Bei dem bloßen Gedanken an L'Estrange knirschte Bertrand schon mit den Zähnen. Mit oder ohne Cobhams Hilfe – er war wild entschlossen, Janeta noch heute von diesem Landsitz zu holen.

Ihm war keine Zeit mehr geblieben, Simon de Montfort von seinen Absichten zu informieren. Cobham hatte ihn zu großer Eile gedrängt. Er war damit einverstanden gewesen, daß Janeta eher durch Strategie als durch Gewalt zu befreien sei, doch wie sie jetzt gemächlich durch das Dorf von Grimsdell ritten, welches den Herrensitz umgab, wurde ihm klar, daß das Unternehmen ein äußerst schwieriges sein würde. Er hatte nicht geahnt, daß Sir Fulkes Gutshaus in Wirklichkeit eine Festung war. Es hätte einer ganzen Belagerungsarmee bedurft, um Janetas Freigabe zu erzwingen.

In dem Wäldchen trafen Bertrand und Hugh Cobham wie vorgesehen mit den vorausgerittenen Männern zusammen und warteten dann auf den Rest ihrer kleinen Streitmacht. Sir Hugh hieß seine Leute auf einer Lichtung absitzen und die Gelegenheit nutzen, den mitgeführten Proviant zu essen. Er selbst besprach sich mit Bertrand.

»Nachdem ich den Herrensitz gesehen habe, begreife ich Eure Strategie«, gab Bertrand zu, der an einem Stück Brot und Fleisch kaute. »Es hätte keinen Sinn, einfach hineinzureiten und Janetas Herausgabe zu verlangen. Selbst wenn wir zwanzigmal so viele wären, könnte der Kerl da drinnen ausharren und uns trotzen.«

Sir Hugh nickte bedächtig. »Das würde er auch sehr wahrscheinlich tun.«

»Ich muß hineingelangen. Ich kann den Burggraben durchschwimmen und ...«

»Und dann?« Cobham aß zu Ende und blickte düster in Richtung Grimsdell. »Ihr wärt einer gegen viele und würdet kaum etwas ausrichten können. Ihr erzähltet mir doch, daß L'Estrange bereits einen Anschlag auf Euer Leben unternommen hat. Falls Ihr jetzt gefangen werdet, würde er Euch ohne viel Federlesens die Kehle durchtrennen. Das würde Janeta nicht helfen. Wir müssen mehr über dieses Gebäude in Erfahrung bringen. Wir müssen wissen, wo sich Janeta befindet, ob sie gegen ihren Willen festgehalten wird oder ob sie diesem Mann noch immer vertraut. Wir müssen herausbekommen, wie viele Wachleute L'Estrange hat und wo sie postiert sind. Nur so können wir unsere nächsten Schritte planen.«

Das leuchtete Bertrand ein. »Ich werde zu der Taverne gehen, die wir im Dorf gesehen haben, und versuchen, die Dörfler ein wenig auszuhorchen.«

»Die werden kaum einem fremden normannischen Ritter vertrauen, der plötzlich hier auftaucht und sich über den Gutssitz informieren will. Nein, geht nicht. Meine Männer tragen Umhänge ohne Wappenzeichen; ich werde also besser meinen Hauptmann losschicken.«

Bertrand wollte widersprechen. Sein einziges Ziel war es jetzt noch, Janeta zu Gesicht zu bekommen, und dazu durfte er nicht müßig auf der Lichtung herumsitzen, während andere seine Aufgabe übernahmen. Als er indessen Cobhams Miene sah, unterwarf er sich dessen Ansicht und nickte seufzend.

Sir Hugh schickte also seinen Hauptmann aus, der dergleichen offenkundig schon öfter erledigt hatte. Bertrand merkte, daß der Veteran schon in jenen unruhigen Zeiten gegen Ende von König Johns Regierungszeit in Cobhams Diensten gestanden hatte, als so mancher Baron sich seinem Souverän widersetzte und es jedem selbst überlassen blieb, sich sowie sein Eigentum zu verteidigen und, wenn nötig, seine Nachbarn zu überfallen.

Der Mann blieb stundenlang aus. Bertrand, der nicht ruhig sitzen bleiben konnte, streifte durch das Wäldchen und beobachtete immer wieder die Straße. Sir Hugh wartete dagegen geduldig. Er hatte seinen Männern verboten, ein Lagerfeuer zu entfachen, weil der aufsteigende Rauch dann womöglich Aufmerksamkeit im Dorf erregt hätte.

Nachdem der ruhelose Bertrand zum viertenmal zu der Lichtung zurückkam, bedachte Cobham ihn mit einem kleinen Lächeln und winkte ihn zu sich heran. »Ich verstehe ja Eure Ungeduld. Zu dieser Jahreszeit geht die Sonne früh unter, und die Nacht ist die beste Zeit für Aktionen – falls wir uns dazu entscheiden.«

»Wir müssen doch etwas unternehmen! Ich weiß, daß Ihr mich für einen hitzköpfigen Narren haltet, doch ich lasse es nicht zu, daß Janeta noch eine Nacht länger bei diesem gemeinen Schuft gefangen ist. Falls er ihr auch nur ein einziges Haar krümmt . . .«

»Das wird er nicht tun«, fiel Sir Hugh ihm ins Wort. »Das wäre nicht zu seinem Vorteil. Und ich halte Euch nicht für einen Narren. Ich weiß, was Janeta für Euch bedeutet.« Er wandte den Blick ab. »Ihr glaubt, ich liebe sie nicht wirklich. Nun, sei's drum. Ich habe sie während der vergangenen Jahre kaum gesehen. Ich hielt es für das beste, und so denke ich noch immer. Doch sie ist das Kind meiner Alice, und wenn nötig, gebe ich für sie mein Leben.« Er blickte Bertrand jetzt direkt in die Augen.

»Ich denke, ich habe begriffen, Sir.«

»Gebe Gott, daß Ihr nie in dieselbe Situation kommt wie ich.«

Jetzt wandte sich Bertrand ab. Einer der Bewaffneten stand auf und blickte zu seinem Herrn. Sir Hugh erhob sich ebenfalls, und in diesem Moment kam sein Hauptmann ins Lager zurück.

»Nun?«

Der Alte schüttelte den Kopf. »Viel konnte ich nicht herausbekommen, Herr. In den letzten Tagen hat Sir Fulke seinen Leuten nicht mehr erlaubt, den Herrensitz zu verlassen. Deshalb befand sich auch niemand in der Taverne, den ich hätte befragen können. Die Dörfler haben mich einigermaßen freundlich aufgenommen. Sie hielten mich wahrscheinlich für einen Söldner auf Arbeitssuche. Es ist ein recht armseliges Dorf. Sir Fulke ist selten daheim. Er versorgt seine Leibeigenen schlecht, und der Verwalter treibt sie hart an, damit er so viel Münzgeld wie möglich in die Hauptstadt schicken kann. Sir Fulke hat nämlich einen sehr teuren Geschmack.«

Sir Hugh brummte etwas; Bertrand winkte ungeduldig ab. Das alles wußten sie ja schon, doch was war mit Janeta?

»Die Dörfler sahen ihn mit der Jungfer eintreffen. Seitdem ward sie nicht mehr gesehen. Am Tage nach der Ankunft, so erzählte man mir, kam Sir Fulkes Knappe in großer Eile aus dem Herrensitz geritten und schlug die Straße nach Guildford ein.«

»Um zum König nach Westminster oder Windsor zu reiten.« Sir Hugh nickte.

»Das würde er wagen?«

»Fulke L'Estrange wagt alles, Bertrand. Er hält sich für den Gesandten des Teufels, und dazu hatte er auch den richtigen Herrn.« Cobham redete wieder mit seinem Hauptmann weiter. »Über das Gebäude weißt du also gar nichts?«

»Sehr wenig, Sir. Ich konnte sehen, daß es dort einen Turm gibt. Wahrscheinlich wird die Jungfer dort festgehalten. Die Dörfler dürfen die Halle betreten, wenn sie ihren Zins abliefern müssen. Über die übrigen Gebäude wissen sie so gut wie nichts. Sie versicherten mir, daß es dort eine beträchtliche Garnison Bewaffneter gibt. Zwei von denen habe ich auf dem Dach gesehen.«

Sir Hugh lockerte seine Halsberge. »Es scheint, als müßte einer von uns heute nacht durch den Burggraben schwimmen, um die Möglichkeiten auszukundschaften. Bis jetzt sind wir noch nicht vorangekommen.«

Gereizt drehte er sich um, weil jemand aus der Gruppe seiner Männer aufgeschrien hatte. Sir Hugh runzelte ärgerlich die Stirn, denn er hatte strengstes Sillschweigen befohlen. Anscheinend war Streit ausgebrochen. Bertrand ging zu den Leuten hinüber, um den Grund festzustellen. Einen Disput in den eigenen Reihen konnten sie sich jetzt nicht erlauben.

Ein Mann wurde gerade vom Boden hochgezogen und grob herumgedreht, so daß er Bertrand ansehen mußte. »Ein Eindringling, Sir«, meldete einer von Cobhams Mannen atemlos. »Ich erwischte ihn beim Spionieren, als ich austrat, um . . .«

»Schon gut«, fiel Bertrand ihm in die Rede. Vermutlich war dieser Bursche ihrem Hauptmann von der Taverne gefolgt. In diesem Fall war ihre Anwesenheit wahrscheinlich inzwischen der ganzen Garnison auf dem Rittergut bekannt.

Bertrand musterte den Gefangenen. Es handelte sich um einen kräftigen Jüngling von ungefähr zwanzig Jahren. Sein langes, struppiges, braunes Haar verdeckte fast sein ganzes Gesicht, doch als ihm sein Häscher den Kopf hochriß, flog der Schopf zurück. Darunter zeigte sich ein langer blauroter Fleck, der vom linken Auge bis zur Wange lief. Der Bursche wehrte sich nicht gegen den Griff des Soldaten. Er trug kein Kettenhemd, nicht einmal ein ledernes Harnischhemd, sondern eine schlichte Tunika mit einer Kapuze gegen den kalten Wind. Er war also eindeutig ein Zinsbauer auf seinem eigenen Land.

»Was tust du in diesem Wald, Bursche?« fragte Bertrand schroff.

Dasselbe hätte der junge Mann, der schließlich hier wohnte, Bertrand auch fragen können, doch erstaunlicherweise tat er es nicht und gab auch keine sonstwie ungehörige Antwort, obwohl ihn der Anblick so vieler Bewaffneter keineswegs einzuschüchtern schien.

Sir Hugh kam heran und besah sich den Fremden so genau, wie Bertrand es zuvor getan hatte. »Kommst du aus dem Dorf von Grimsdell?«

»Jawohl, Sir. Ich bin diesem Mann da gefolgt.« Er deutete auf den Hauptmann, der bei seinem Anblick erschrak; vermutlich erkannte er ihn als einen der Männer aus der Taverne wieder.

»Wenn dich unsere Anwesenheit hier so interessiert, weshalb hast du dann nicht sofort deinem Herrn Meldung gemacht?«

Der junge Mann blickte Sir Hugh unerschütterlich an. »Ich wollte erst hören, worüber hier gesprochen wird.«

»So?« Drohend bewegte sich Bertrand näher heran, doch Sir Hugh hob eine Hand.

»Ich wollte hören, ob Ihr gekommen seid, um die Jungfer zu holen.«

»Aha.« Sir Hugh bedeutete seinen Leuten, den Burschen loszulassen, woraufhin dieser etwas näher zu den beiden Rittern herantrat.

»Mein Mädchen bedient die Jungfer im Turmgemach. Der Koch erlaubt mir, hin und wieder mein Mädchen zu besuchen. Meine Eadgyth ist die einzige, die keine Angst vor diesem hier hat.« Er deutete auf sein blaurotes Mal und preßte trotzig die Lippen zusammen. »Sie mag die Jungfer. Man hat sie ständig betäubt.«

Wütend fuhr Bertrand auf, doch der Bursche redete einfach weiter.

»Die Jungfer will eine Nonne werden, doch der Herr hält sie im Turm fest, weiß Gott, weshalb. In diesem Dorf ist er der Teufel, nicht ich.« Seine Augen leuchteten plötzlich kämpferisch. »Eadgyth sagt, das haben die beiden mit Lady Maud auch gemacht. Das war Sir Fulkes Gemahlin, und Eadgyth hat sie ebenfalls geliebt.«

»Die beiden?«

»Ja. Er hat eine Mätresse, die er oft auf seinen Herrensitz bringt. Sie ist aus London, heißt es.«

»Und weil er sie heiraten will, hat er seine Gemahlin beseitigt?«

Der junge Mann lachte verächtlich. »Heiraten will er sie gewiß nicht, Sir. Jetzt ist sie hier, um ihm dabei zu helfen, die Jungfer festzuhalten.«

Bertrand vermochte seine Wut kaum noch zu beherrschen. »Kannst du mich dort hineinbringen?«

»Jawohl, Sir. Deshalb bin ich ja gekommen. Ich wollte sehen, ob Ihr der Jungfer helfen wollt, meiner Eadgyth zuliebe. Gestern hat sie mir erzählt, sie will einen Fluchtweg für die Jungfer finden.«

»Kennst du dich in dem Gebäude aus?«

»Recht gut, doch einfach wird es trotzdem nicht. Da sind jede Menge Wachleute.«

Bertrand zuckte mit den Schultern. »Ich weiß.«

»Wenn Ihr Euch mir anvertrauen wollt, nehme ich Euch mit in meine Hütte und gebe Euch so eine Tunika und eine Kapuze wie meine.«

Bertrand drehte sich zu Sir Hugh um. Der nickte. »Ihr solltet derjenige sein, der den Versuch unternimmt. Gott weiß, daß Janeta wenig Anlaß hat, mir zu vertrauen. Versucht, sie zu finden und schickt durch den Burschen hier eine Nachricht, falls Ihr keine Möglichkeit seht, Janeta herauszubringen.«

»Könnte sie mit mir den Graben durchschwimmen?«

Sir Hugh blickte skeptisch drein. »Das bezweifle ich. Schließlich hat sie fast ihr ganzes Leben im Kloster verbracht.«

»Gleichgültig – ich kann sie ja mit mir tragen. Falls ich bis zum Morgen nicht mit Janeta wieder zurück bin, dann tut, was Ihr tun müßt – oder tun könnt.« Bertrand nickte dem Dörfler zu, warf noch einen kurzen Blick auf die Rettungsmannschaft, hob zum Abschied die Hand und folgte dem jungen Mann zur Straße nach Grimsdell.

11. KAPITEL

Janeta erschrak nicht übermäßig, als sich an diesem Nachmittag unvermittelt die Tür öffnete; sie hatte Eadgyth erwartet, die ihr aus der Küche warmes Würzbier bringen sollte. Im Turmgemach ware es nämlich erheblich kälter geworden, und das Kohlebecken vermochte dagegen nicht viel auszurichten. Als sie dann allerdings Fulke L'Estrange eintreten sah, stockte ihr der Atem.

Er schloß die Tür hinter sich und lehnte sich mit verschränkten Armen dagegen. Er war aufs eleganteste bekleidet mit einem scharlachroten Überwurf über einer bestickten und mit Pelz abgesetzten blauen Untertunika.

Janeta wich an die Wand unter dem hohen Bogenfenster zurück und blickte Fulke so trotzig wie nur möglich entgegen. Ganz offenkundig hatte er Avice Spooner befohlen, ihn heute nicht zu begleiten. Janeta überlegte, was das zu bedeuten hatte. Ihr Herz schlug angstvoll. Auf Eadgyth konnte sie jetzt auch nicht hoffen. Das Mädchen würde nicht in das Turmgemach kommen, während der Herr von Grimsdell etwas mit seiner Gefangenen zu schaffen hatte.

»Was begehrt Ihr, Sir?« fragte sie tapfer, obwohl doch die Antwort so deutlich auf der Hand lag, daß diese Frage lächerlich erschien.

»Euch natürlich.« Er lächelte, blieb indessen an der Tür stehen.

»Ich sagte es Euch bereits. Ihr werdet niemals mein Einverständnis erreichen.«

»Nun ja, ich erwartete auch, daß Ihr einen gewissen Widerstand zeigen würdet.«

»Ihr untersteht Euch, anzunehmen, daß ich nur vorgebe, spröde zu sein?«

»Nein, Janeta, das glaube ich von Euch nicht. Ein solches Verhalten könnte man von der hochgeschätzten Schwägerin Eures Bertrand erwarten. Sie liebt es, Männer aufzureizen, und sie wäre wohl auch nicht allzu empört, wenn die Herren dann darauf eingingen.«

Janeta erschrak. »Roesia hat mit Euch gesprochen? Hat sie gesagt, daß sie mich verachtet?«

»Sie sprach ganz offen von ihrer Eifersucht. Oh, Euren Bertrand hätte sie nie geheiratet. Er hat weder ein Vermögen noch die Aussicht darauf, eines zu erringen. Sie hätte es jedoch vorgezogen, wenn er ihrem Zauber erlegen wäre. Da seid Ihr auf der Bildfläche erschienen und habt ihr alles verdorben. Ich fürchte, sie wird für alle Zeiten Eure Feindin sein. Das ist freilich unerheblich, wenn Ihr erst einmal meine Gemahlin seid. Die Eifersüchteleien anderer können uns kaum berühren.«

»Ich werde weder Euch noch einen anderen Mann heiraten.«

»Der Bote, den ich erwarte, verspäter sich.« L'Estrange sprach jetzt härter und richtete sich etwas auf. »Das macht nichts. Wenn Ihr schon die Meine geworden seid, werde ich in der Lage sein, ihn – sollte er mir eine abschlägige Antwort bringen – mit einer endgültigen Botschaft zurückzusenden. Ich bezweifle, daß ich dann ein zweites Mal abgewiesen werde.«

»Ich weiß nicht, wovon Ihr sprecht«, sagte Janeta müde. »Ich habe Euch bereits erklärt, daß mein Vater mir keine Mitgift zur Verfügung stellt, jedenfalls keine, die Euch veranlassen könnte, mich zu ehelichen.«

L'Estrange lachte laut auf. »Wer spricht denn von Eurem Vater, Janeta? Ich habe zum König, Eurem Bruder, geschickt.«

Zuerst begriff Janeta überhaupt nichts. »Zum König? Wie kommt Ihr auf die Idee, der König könnte sich für mein Wohlergehen interessieren?«

»Wahrscheinlich tut er es nicht, dennoch liegt ihm etwas an dem Ruf seines Vaters und folglich auch an Eurem.«

Völlig verwirrt starrte Janeta ihn an. »Sein Vater?«

»Ja, liebste Janeta, sein Vater und der Eure auch, Seine Hoheit, unser verstorbener Souverän, König John.«

Hätte sich Janeta nicht gegen die Wand gelehnt, wäre sie umgefallen. Fulke hatte so Unwahrscheinliches so kalt und gelassen ausgesprochen, daß sie sich nur an den rauhen Steinen festhalten konnte.

»O ja, Ihr seid Johns Kind.« Er beugte sich ein wenig vor und sprach so freundlich, als teilte er ihr ein Gerücht mit, das ihr nur schmeicheln konnte. »Ich war dabei, als Ihr empfangen wurdet – oder jedenfalls doch nahe genug. Ich schlief draußen vor der Tür des Gemachs Eurer Mutter, um sicherzustellen, daß man den König nicht störte. Ich erzählte Euch ja, wie schön Eure Mutter war, und John vermochte schönen Frauen nie zu widerstehen.«

Janeta erstarrte zu Eis. Sie preßte sich an die Wand, und in ihren großen Augen spiegelte sich das blanke Entsetzen.

»Euer Vater – ich meine natürlich Sir Cobham – stand in jenen Tagen hoch in der Gunst bei Hofe. Er diente dem König loyal, und ich log nicht, als ich von Johns guten Seiten sprach. Deren hatte er wirklich viele, wenn auch die Kirche anderer Meinung war. Anders als Henry war John nie ein echtes Kind der Kirche. Er hatte etwas Heidnisches an sich. Nun, wie dem auch sei, zweimal kam er zur Jagd zum Rittergut der Cobhams, und dabei begegnete er Eurer Mutter. Er konnte sehr . . . überzeugend sein.«

»Wie könnt Ihr es wagen, meine Mutter mit Eurer Rede zu besudeln? Ihr lügt! Ich weiß, daß Ihr lügt.«

»Nein, Janeta«, widersprach er sehr sanft. »Ihr beginnt ja schon, mir zu glauben. Es paßt alles zueinander. Ihr wißt jetzt, weshalb Sir Hugh Euch zu St. Catharine's gebracht hat, wo verleumderische Zungen nicht gehört werden. Ihr versteht jetzt, warum er Euch nicht mit irgendeinem armen Ritter seiner Wahl verheiraten konnte. Ihr seid die Halbschwester des Königs, und Eure Zukunft muß von ihm bestimmt werden, und von niemandem sonst.«

»Meine Mutter hat meinen Vater nie betrogen!« rief Janeta.

»Ich sagte, John konnte sehr überzeugend sein. Er wußte genau, wie man Frauen bezauberte.« L'Estrange lächelte. »Ich habe viel von ihm gelernt. Davon habe ich profitiert, und ich bin dankbar dafür.

Mir ist nicht bekannt, wie die Dinge zwischen Sir Hugh und Eurer Mutter standen«, fuhr er fort. »Wahrscheinlich wurde sie mit ihm verheiratet, weil es ihrem Vater so gefiel, und obwohl sie recht zufrieden war, geriet ihr Blut in Wallung, als John ihr seine Aufmerksamkeit erwies. Auf jeden Fall war er der König und durfte nicht abgewiesen werden. Euer Vater mußte das akzeptieren. Er verließ den Hof, doch es fiel ihm gewiß schwer, seinen verletzten Stolz herunterzuschlucken. Unglücklicherweise starb John vor

Eurer Geburt, und Eure Mutter lebte danach auch nicht mehr lange. Ob sie aus Scham oder aus Kummer über den Verlust der Liebe ihres Herzens starb, weiß ich nicht.

Meine eigene Lage veränderte sich dann natürlich. Man erachtete mich nicht als passenden Gefährten für den jungen König. Meine Lebenserfahrungen paßten nicht zu einem Jungen, der noch unmündig war.« Er seufzte. »Das war ein herber Verlust. Ich hatte große Hoffnungen auf ein Weiterkommen unter John gehegt. Für ihn war ich von großem Wert, weil ich ihn mit gewissen ... Notwendigkeiten versorgen konnte. Das hörte dann alles auf, und ich mußte warten, bis meine Zeit kommen würde. Der neue König schlug mich am Ende zum Ritter. Er wußte schließlich, daß mein Wissen gefährlich war, und er hat mich schweigen lassen. Doch wie Ihr wißt, Janeta, habe ich ein unersättliches Verlangen nach Größe und Großartigkeit, und Ihr werdet mir beides verschaffen.«

Janeta schwieg. Ihre Gedanken überschlugen sich. L'Estrange hatte recht; die Dinge paßten tatsächlich zueinander. Die Kälte ihres Vaters ... Ihre eigene bloße Existenz erinnerte ihn an die schändliche Treulosigkeit seiner Gemahlin. Und das Teufelsmal, es bewies ihre Abstammung von den Plantagenets, denn es war zurückzuführen auf die berüchtigte Hexe Melisande, die sich trotz Drängens ihres Gatten, des Count of Anjou, geweigert hatte, an einer Messe teilzunehmen, und die dann vor seinen Augen verschwunden war, als er sie zwingen wollte, in der Kirche zu bleiben.

»Ihr ähnelt Eurer Mutter«, sagte Fulke leise, »doch Ihr seht auch der Prinzessin ähnlich. Das bemerkte ich jedesmal, wenn ich Euch zusammen sah. Zwar ist Euer Haar dunkel wie Johns, doch es zeigt auch einen Hauch des Rots der Plantagenets.«

Sie hatte auch die Veranlagung der Plantagenets, diese

unbeherrschbaren Wutanfälle, die sie so verängstigten und sie davon überzeugt hatten, daß sie nicht für das Klosterleben berufen war.

Genau diese Wut stieg in ihr auf, doch Janeta nahm sich vor, ganz ruhig zu bleiben. Mit einem Temperamentsausbruch war nichts zu gewinnen. Fulke L'Estrange verfügte über zu viele Bedienstete, und auch ohne seine Leute herbeizurufen, würde er mit einer verängstigten und zornigen Frau fertig werden. Sie mußte vielmehr versuchen, ihn davon zu überzeugen, daß aus seinem Einfall nichts werden würde, den jungen König dazu zu zwingen, ihm ihre Hand zur Ehe zu geben – und damit auch beträchtliche Ländereien.

»Ich verstehe nicht, weshalb die Kenntnis von einem außerehelichen Kind des verstorbenen Königs gefährlich oder auch nur peinlich für König Henry sein sollte«, sagte sie sehr leise. »Euch wird dieses unritterliche Verhalten nichts als Schmähungen eintragen. Man hielt es für praktisch, mich in ein Kloster zu geben; daran hat sich doch nichts geändert, oder? Wenn Ihr mich dorthin gehen laßt, schwöre ich, mich nicht über Euch zu beklagen.«

Er lächelte wieder so unangenehm. »Ihr kennt den jungen König Henry nicht so gut, wie Ihr meint. Er beugt sich stets den Priestern, die in seinen Gemächern Schlange stehen. Es wird ihn sehr treffen, wenn ein weiterer Skandal seines Vaters bekannt wird, besonders wenn John damit des Vertrauensbruchs an einem loyalen Untertanen beschuldigt wird. Henry wird es nicht schwierig finden, mich für mein Schweigen zu belohnen, zumal Ihr, seine Halbschwester, durch Euren Aufenthalt hier auf Grimsdell unweigerlich kompromittiert werdet.«

»Ich werde nie mein Einverständnis geben, was immer der König auch anordnet. Bei der Trauungszeremonie werde ich der Öffentlichkeit meine Absicht verkünden, der

Welt zu entsagen und in das Noviziat von St. Catharine's einzutreten.«

Fulkes Lächeln schwand. Ein eiskaltes Leuchten trat in seine Augen. »Meint Ihr, daß man Euch dort noch aufnimmt, wenn Ihr bereits geschändet seid, meine liebe Janeta?«

Sie schrie leise auf und streckte eine Hand aus, als könnte sie Fulke auf diese Weise abwehren, der jetzt näher auf sie zukam. Zu ihrem Entsetzen merkte sie, daß er mit seiner Geduld am Ende war. Auf die Antwort des Königs hatte er schon zu lange gewartet; jetzte wollte er handeln. Falls er sie beschlief, würde Henry nichts weiter bleiben, als gute Miene zum bösen Spiel zu machen und den entstandenen Schaden bestmöglich durch eine Heirat zu begrenzen, es sei denn, er wollte sie ganz aufgeben. In jedem Fall war Janeta zum Untergang verdammt.

Sie stieß einen empörten Schrei aus, als L'Estrange sie hart bei den Schultern faßte. Mit dem Rücken stand sie zur Wand; ein Zurückweichen war nicht möglich. Seine unmittelbare Nähe setzte ihren halbbeherrschten Zorn frei. Sie fauchte wie eine wütende Katze. Wie konnte der Mann es wagen, Hand an sie zu legen? Sie fuhr ihm mit den Fingernägeln ins Gesicht. Erschrocken ließ er sie sofort frei und berührte seine tief zerkratzte Wange.

Janeta gelang es, ihm auszuweichen und zur Tür zu laufen, indes er faßte sich sofort wieder, stürmte ihr hinterher, packte sie und warf sie aufs Bett. Sie wehrte sich heftig, doch er war soviel größer und stärker als sie und würde der Sieger bleiben.

Fulke verlor jetzt ebenfalls die Beherrschung. Dunkelrote Flecken der Wut erschienen auf seinem Gesicht. Er keuchte schwer. Trotzdem drückte er Janeta unerbittlich in das Polster. Mit einem Arm drückte er sie nieder, und mit der anderen Hand zerfetzte er ihre Kleidung. Das Mieder ihres Gewands zerriß und damit auch ihre Kopfhaube. Janeta stöhnte verzweifelt auf, kämpfte jedoch weiter. Sie wollte nicht schreien oder weinen. Diese Genugtuung gönnte sie ihm nicht. Sie versuchte nur, mit einer Hand ihre bloße Brust zu bedecken.

L'Estrange stieß ein tierisches Heulen aus, und Janeta machte sich schon auf die endgültige Unterwerfung gefaßt, als sie plötzlich merkte, daß sein Gewicht von ihrem Körper fortglitt. Sie hob ein wenig den Kopf und sah, wie er sich am Bettpfosten festhielt. Sein Gesicht war schrecklich verzerrt, sein Mund stand offen, und er schien zu ersticken. Mit einer Hand deutete er auf ihren Hals und ihre Brust. Janeta wurde klar, daß er ihr weinrotes Feuermal gesehen hatte.

Sie drängte sich an das Kopfbrett und beobachtete voller Entsetzen, wie sich Fulke L'Estrange vom Bett erhob. Die Sehnen an seinem Hals traten wie Seile hervor. Krampfartig hielt er seine eigenen Oberarme fest, bäumte sich rückwärts auf und stürzte dann zu Boden, wobei er mit dem Kopf auf dem hinter ihr stehenden Falthocker aufschlug.

Janeta beugte sich vor und wartete darauf, daß er sich wieder bewegte. Sie hatte den Eindruck, als stünde die Zeit still. Und dann wurde plötzlich die Tür aufgestoßen. Ein Mann trat herein und schloß sie leise wieder. Er war mit einem groben Kapuzenmantel bekleidet, und Janets starrte ungläubig den blankgezogenen Dolch in seiner Rechten an. Erst jetzt hob sie den Blick zu seinem Gesicht und schrie auf, als er die Kapuze zurückschlug.

Sie warf sich ihm entgegen und stolperte dabei fast über den Körper des zwischen ihnen liegenden L'Estrange. »Bertrand, ach Bertrand!« Sie weinte unbeherrscht und vermochte noch immer nicht zu begreifen, daß er wirklich hier bei ihr war. Ihre tränenreichen Gebete waren erhört worden!

Sanft schob Bertrand sie zur Seite, um die Lage erfassen

zu können. Er kniete sich kurz vor den Körper seines Feindes, tastete vorsichtig nach dem Puls an Fulkes Hals und hielt dann sein Ohr an die Brust des Mannes. Danach schaute er auf und schüttelte den Kopf. »Er ist tot, Janeta. Ihr habt von ihm nichts mehr zu befürchten.«

Heftig begann sie zu zittern. »Ich verstehe das nicht ... Er kann doch nicht tot sein. Ich habe ihn doch gar nicht berührt! Was ist geschehen?«

»Seiner Gesichtsfarbe nach zu urteilen, glaube ich, er hat eine Art Anfall erlitten.« Bertrand nahm Janeta fest bei den Schultern. »Beruhigt Euch, Janeta. Schaut ihn nicht an. Ihr müßt jetzt stark sein.«

»Was meint Ihr mit ›Anfall‹? Glaubt Ihr, er ist vor Schreck gestorben?« Sie schlug sich die Hand vor den Mund. »Heilige Jungfrau, ich habe ihn umgebracht!«

»Unsinn!« Bertrands Tonfall war jetzt sehr scharf, um Janeta wieder zu Sinnen zu bringen. »Der Mann ist an seinen eigenen Ausschweifungen gestorben.«

»Er war doch noch jung ...«

»Er war genußsüchtig. Das haben wir alle bei Hofe gesehen und darüber geredet. Euch trifft keine Schuld.«

»Wir rangen miteinander. Er ... Er versuchte ...«

»Zweifellos!« meinte Bertrand. »Und das hat ihn umgebracht. Janeta, Ihr dürft jetzt nicht mehr daran denken. Wir müssen noch hier hinauskommen. Das dürfte nicht leicht sein.« Er führte sie zum Bett zurück und setzte sie sanft darauf nieder. »Wo befinden sich Eure Kleider? In dieser Truhe?«

Sie nickte. Zitternd zwang sie ihre Gliedmaßen, ihr zu gehorchen, stand auf und half Bertrand bei der Suche nach einem Umhang.

»Wie seid Ihr hereingekommen? Wie habt Ihr mich gefunden?« flüsterte sie, während er ihr den Umhang umlegte. Sie hatte eine Nadel aus ihrer Haube gezogen und damit den Riß in ihrem Gewand zusammengesteckt. Bertrand fühlte, wie sie zitterte, und drückte sie an sich.

»Liebste, vertraut mir. Ich schaffe es, Euch hier fortzubringen, doch Ihr werdet Euren ganzen Mut zusammennehmen müssen.« Mit einem Finger hob er ihr Kinn, und sie lächelte ihn unter Tränen an, um ihm zu versichern, daß sie für ihn keine Bürde sein wollte.

»Euer Vater brachte mich hierher, nachdem er hörte, daß Ihr mit dem Mann in Westminster gesprochen hattet. Sir Hugh erriet, daß L'Estrange Euch gefangenhielt. Wir hielten es für das beste, wenn ich allein in das Gutsgebäude vordrang. Euer Vater fürchtete, Ihr würdet ihm nicht so ohne weiteres vertrauen.«

»Mein Vater? Sir Hugh? Er befindet sich hier auf Grimsdell? Er ist gekommen, um mich zu holen?«

»Ja, er wartet mit seinen Leuten in einem Wald ganz in der Nähe. Wenn wir erst einmal diesen Herrensitz verlassen haben, werdet Ihr in Sicherheit sein.« Er warf einen Blick auf Fulke L'Estranges Leiche. »Das könnte sich allerdings als schwierig erweisen. Ich hörte, daß er seine Mätresse bei sich hat, und die wird seinen Tod bestimmt nicht so gelassen hinnehmen, wie wir das tun. Sie hat hier eine beträchtliche Streitmacht zur Verfügung.«

Janeta erschauderte. Allein der Gedanke an Avice Spooner und deren Behandlung der verstorbenen Lady Maud verursachte ihr eine Gänsehaut. Ihr wurde jetzt noch übel, wenn sie daran dachte, daß sie selbst beinahe vergiftet worden wäre.

Bertrand beobachtete sie genau. »Ich merke, Ihr kennt diese Dame gut.« Er verzog das Gesicht. »Wulf, Eadgyth' Freund, folgte unserem Hauptmann in den Wald. Er erzählte uns, wieviel Eadgyth daran lag, Euch zu Eurer Freiheit zu verhelfen. Es war sein Einfall, mich in seiner Kleidung in den Herrensitz zu bringen. Er hat mich in die

Küchen geführt und von dort aus in den Hof. Anscheinend läßt man ihn ins Haus, um Eadgyth gelegentlich sehen zu können. Natürlich blieb es mir überlassen, mir Zutritt zum Turm zu verschaffen.«

Bei der letzten Bemerkung warf Janeta einen schnellen Blick auf den jetzt wieder in der Scheide steckenden Dolch. Bertrand hatte mindestens einen Wachmann getötet; möglicherweise wurde es nötig, noch weitere Menschen umzubringen, bevor sie hier hinauskamen.

»Ist Wulf der Mann mit dem Feuermal?«

Bertrand blickte sie kurz an. »Ja, doch er ist ein guter Mensch. Für L'Estrange fühlt er nichts als Verachtung. Ebenso wie Eadgyth, liebte auch er die Lady Maud und glaubt, daß Sir Fulke sie mit Hilfe seiner Mätresse umgebracht hat.«

Janeta nickte. »Bertrand, wir dürfen die beiden hier nicht zurücklassen. Man könnte sie verantwortlich machen sowohl für unsere Flucht – sollte sie uns denn gelingen – als auch für . . . Fulkes Tod.«

»Das habe ich auch bedacht. Ich wies Wulf an, Eadgyth zu holen und sie zum Wald zu bringen. Für die Reise werdet Ihr eine Dienerin brauchen, und Euer Vater wird sicherlich Arbeit für Wulf finden. Wenn nicht, werde ich es tun. Ich bezweifle, daß irgend jemand seine Rückkehr auf das Rittergut fordern wird.«

Unter den vorliegenden Umständen wird der neue Eigner wahrscheinlich froh sein, ihn loszuwerden, dachte Janeta. »Daß mein Vater zu meiner Befreiung gekommen ist, vermag ich kaum zu glauben. L'Estrange erzählte mir . . .« Sie mußte schlucken. »Er sagte . . .«

»Ich glaube, ich weiß, was er Euch erzählt hat und weshalb er Euch begehrte.«

»Hat Euch mein Vater gesagt, daß ich ein . . . Bastard bin?« fragte sie so leise, daß Bertrand es kaum verstand.

»Er deutete nur an, daß in Euren Adern das königliche Blut der Plantagenets fließt.«

Sie blickte Bertrand direkt in die Augen. »Ändert das etwas an der Untreue meiner Mutter?«

»Für Euren Vater wahrscheinlich nicht. Mir dagegen bedeutet Eure Abstammung nichts, mit Ausnahme ... Nun, gleichgültig. Im Moment müssen wir das alles zurückstellen und uns nur um unseren Ausbruch kümmern. Seid Ihr bereit?«

Sie nickte. Ihr Mund war trocken. Sie hatte plötzlich große Angst – mehr um Bertrand als um sich selbst.

»Ich öffne die Tür. Haltet Euch hinter mir. Überlaßt mir die Wachen da draußen. Da sie bis jetzt noch nicht in Zetergeschrei ausgebrochen sind, haben sie vermutlich ihren Kameraden noch nicht vermißt. Ich habe ihn unter die ersten Treppenstufen im Turm geschleppt.«

Janeta zog die Kapuze ihres Umhangs hoch und folgte Bertrand zur Tür. Ehe er den Riegel berühren konnte, hörten sie leichte Schritte auf der Treppe. »Fulke? Ich bin es, Avice. Ihr bliebt so lange aus, daß ich ...« Die Stimme hörte sich an, als fürchtete die Frau den Zorn ihres Herrn.

Janeta stolperte vor Schreck. Bertrand legte sich einen Finger auf die Lippen und bedeutete ihr so, still zu bleiben. Auf Zehenspitzen ging er dicht an die Tür heran, löste leise den Riegel und stellte sich dann so hin, daß die Tür ihn verdecken würde, wenn Avice Spooner eintrat. Er winkte Janeta zum Bett zurück. Sie schaute ihn ängstlich an, gehorchte jedoch.

»Fulke?« Mistress Spooner hörte sich jetzt ungehalten an. Janeta fragte sich, ob die Frau tatsächlich eintreten würde, wenn sie doch genau wissen mußte, wozu Fulke L'Estrange in den Turm gekommen war.

Von draußen wurde zögernd die Klinke niedergedrückt und vorsichtig die Tür halb geöffnet. Es war bereits dämmerig im Gemach; Avice Spooner blieb auf der Schwelle stehen und versuchte, die hier Anwesenden auszumachen. Wahrscheinlich hatte sie erwartet, daß Fulke sie zornig hinausschicken würde. Jetzt war sie verwirrt und ging nur sehr langsam vorwärts.

Sobald sie sich ganz im Raum befand, packte Bertrand sie von hinten und preßte ihr eine Hand über den Mund, damit sie nicht schreien und die Wachen alarmieren konnte. Die Frau wehrte sich gegen seinen Griff, während Janeta das Bettlaken in zwei breite Streifen zerriß und damit zu den beiden lief. Sie schlang einen der Streifen über Avice Spooners Mund und verknotete die Enden hinter ihrem Kopf.

Ohne Gewissensbisse schaute sie zu, wie Bertrand den anderen Streifen nahm und der Frau die Hände hinter ihrem Rücken fesselte. Nun ließ er sie los. Sie glitt vorwärts auf die Knie, und erst jetzt erfaßte sie die Lage. Mit entsetzten Augen blickte sie auf Fulkes dahingestreckte Leiche, schrie auf, was durch den Knebel gedämpft wurde, und rutschte auf Knien zu ihrem leblosen Herrn.

»Er ist tot«, teilte Bertrand ihr kalt mit. »Nein, daran sind weder die Demoiselle noch ich schuld. Er erlitt einen Anfall.«

Trotz ihrer gebundenen Handgelenke gelang es Avice, sich neben Fulke zu legen. Janeta schloß die Augen, als sie die Tränen der Frau auf seinen seidenen Überwurf tropfen sah. Wenigstens eine Person trauerte um sein Dahinscheiden. Er war grausam und böse gewesen, und er hatte Avice Spooner schamlos benutzt, wie er es mit anderen Frauen auch getan hatte, dennoch schien sie ihn aufrichtig geliebt zu haben. Wahrscheinlich hatte er ihre Liebe dazu ausgenutzt, um sie zur Hilfe bei der Beseitigung seiner Gemahlin zu veranlassen, die er für seine Zwecke nicht mehr hatte verwenden können.

Bertrand trat auf Janeta zu. »Die Wachleute werden sie

beim Hereinkommen beobachtet haben«, flüsterte er ihr ins Ohr. »Sie werden erwarten, daß sie bald wieder herauskommt. Wir müssen uns jetzt beeilen.«

Janeta wandte den Blick von dem offensichtlichen Kummer der Frau ab und nickte. Jetzt bestand kaum noch die Möglichkeit, nicht gesehen zu werden. Sie hatte Mühe, ihre Angst zu beherrschen, doch sie durfte Bertrand nicht im Stich lassen.

Er hob die Augenbrauen, wie um sie zu fragen, ob sie bereit sei. Sie nickte zustimmend. Er warf noch einen Blick auf das Paar am Boden und ging dann zur Tür. Janeta hielt sich dicht hinter ihm. Ihr war kalt und übel, dennoch schöpfte sie wieder Hoffnung, denn sie wußte ja Bertrand an ihrer Seite und vertraute darauf, daß er alle Schwierigkeiten überwinden würde.

Der Treppenabsatz war in dunkle Schatten gehüllt; weiter unten konnte man gar nichts erkennen. Die Luft schien irgendwie zu pulsieren, doch Janeta merkte, daß sie nur das Schlagen ihres eigenen Herzens hörte. Bertrand drehte sich einmal zu ihr um und berührte beruhigend ihre Schulter.

In diesem Moment brach unten im Hof die Hölle los. Männer rannten umher, Befehle wurden gebrüllt. Bertrand fluchte leise und griff hinter sich, um Janeta am Weitergehen zu hindern.

»Wir müssen ins Gemach zurückkehren. Irgend etwas stimmt da nicht.« Er schob sie in den Raum zurück und stellte sich wieder mit dem Rücken an die geschlossene Tür. Hier drinnen war es inzwischen so dunkel, daß Janeta seine Miene nicht zu deuten vermochte.

Avice Spooner kauerte noch neben ihrem toten Geliebten und schien nichts um sich herum wahrzunehmen.

»Was mag es da unten geben?« flüsterte Janeta. »Mistress Spooner ist hier. Niemand kann wissen, daß L'Estrange tot ist.«

»Vermutlich ist Euer Vater ungeduldig geworden und verlangt jetzt Eure Herausgabe. Auf jeden Fall wird der Hauptmann bald eine Antwort von Sir Fulke haben wollen. Herrgott, weshalb konnte mir Hugh denn nicht mehr Zeit lassen?«

»Wenn man Sir Fulke entdeckt, wird es doch wohl im Interesse der Soldaten sein, uns freizulassen«, meinte Janeta ängstlich.

»Ja, falls wir dann überhaupt noch am Leben sind. Sir Hugh hat nur wenige Leute. Der Wachhauptmann könnte es für das beste halten, auch ohne Sir Fulkes Zustimmung einen Angriff rasch zurückzuschlagen. Der Herrensitz hier ist schließlich sehr gut befestigt.«

Janeta sank gegen den Türpfosten. Die Gefahr war ihr nur zu bewußt. Fulke L'Estrange hatte sie gegen ihren Willen mit Hilfe seiner Soldaten hier festgehalten; man könnte es deshalb für angezeigt halten, sie zu beseitigen, damit sie niemanden anzuklagen vermochte. Sir Fulke selbst konnte sich ja nicht mehr verteidigen. Bertrand würde natürlich ebenfalls zum Schweigen gebracht werden . . . Sie bewegte sich dicht an ihn heran. Er nahm sie in die Arme und streichelte sie sanft.

Jemand stieg die Wendeltreppe herauf. An dem Geräusch der Schritte hörte Janeta, daß es sich nicht um einen Gerüsteten, also auch nicht um den Wachhauptmann handelte.

»Sir Bertrand? Seid Ihr dort drinnen, Sir?«

Bertrand atmete auf. »Das ist Wulf. Ich komme, Mann!« Er ließ Janeta im Gemach und trat auf den Treppenabsatz hinaus, wo er Wulf einen raschen Bericht zur Lage gab, um dann mit ihm zurückzukommen. Als der junge Mann unter dem Fenster entlangging, bemerkte Janeta das weinrote Mal, das sein Gesicht entstellte.

»Eine Streitmacht belagert diesen Landsitz, Sir. Als ich

meine Eadgyth wie befohlen zum Wald brachte, sah ich die Armee herannahen. Ich traute meinen Augen kaum – Ritter zu Pferde, Bewaffnete und Karren! Ich schätze, mindestens hundert Leute mit Belagerungsausrüstung waren von Guildford hierher unterwegs. Ich bin dann mit Eadgyth weitergelaufen und habe Sir Hugh informiert, und er hat seine Reisigen mit der Streitmacht vereinigt. Es sieht ganz so aus, als hätte der König den Earl of Leicester ausgeschickt, um die Jungfer zu befreien.«

Er blickte verlegen zu Janeta, die er jetzt zum erstenmal zu Gesicht bekam.

»Ich konnte ungesehen über den Graben gelangen und durch eines der Fenster bei der Küche einsteigen. Der Wachhauptmann ist ziemlich beschäftigt, Sir, und da dachte ich, ich erzähle Euch, wie die Dinge im Augenblick stehen. Alle Männer im Hof und beim Turm sind jetzt auf dem Wehrgang zusammengezogen, um die Angreifer beobachten zu können. Um mich hat sich niemand gekümmert.« Gequält blickte er an seiner tropfenden Tunika hinunter.

»Eadgyth – ist sie in Sicherheit?« erkundigte sich Janeta drängend.

»O ja, Herrin. Sie ist bei Sir Hugh.«

»Der Heiligen Jungfrau sei Dank.«

Unten ging der Lärm weiter. Rauhe Befehle ertönten von der Landstraße her. Man hörte viele Schritte sowie das Geräusch abgeschossener Pfeile, die in ihr Ziel getroffen hatten, Alarmrufe und dann das unheilvolle Dröhnen eines herannahenden Belagerungsturms, der mit seiner Plattform auf Rädern vorwärts bewegt wurde.

»Wulf, wir müssen unnötiges Blutvergießen verhindern«, befahl Bertrand. »Falls dieser Turm in Stellung gebracht wird, könnte sich die ganze Lage verschlimmern, Wulf!« rief er ärgerlich, als er sah, daß der junge Mann die beiden Gestalten am Fußboden anstarrte. In der Dunkelheit hatte er sie zuerst nicht bemerkt; wahrscheinlich war er nun mit dem Fuß an seinen toten Herrn gestoßen.

»Habt Ihr ihn getötet, Sir?«

»Nein. Er war bereits tot, als ich kam.«

Wulfs fragender Blick schwenkte zu Janeta hinüber.

»Die Demoiselle hat mit Sir Fulkes Tod ebenfalls nichts zu tun«, erklärte Bertrand. »Er brach zusammen und starb.«

»Dann hat der Teufel sich endlich das Seinige geholt. Ich sage Euch, im Dorf werden nur wenige Tränen um sein Dahinscheiden vergossen werden.«

»Da magst du recht haben.« Bertrand seufzte. »Also, Wulf, ich nehme doch an, es gibt einen Weg hinauf zur Wehrplatte des Turms?«

»Jawohl, Sir.«

»Gut, dann laß uns hinaufsteigen und sehen, ob wir mit dem Earl verhandeln können.« Er reichte Janeta seine Hand entgegen. »Ich will Euch nicht verschweigen, daß Ihr Euch dort oben im Blickfeld der Garnison wie auch der Angreifer in Gefahr befindet, doch wenn der Earl gesehen hat, daß Ihr unverletzt seid, wird sich der Wachhauptmann sicherlich ergeben, denn für ihn hat es ja keinen Sinn mehr, den Widerstand fortzusetzen. Falls der Kampf tatsächlich weitergeht und der Turm angegriffen wird, könnt Ihr hier ebenso leicht ums Leben kommen wie dort oben. Wollt Ihr das Risiko eingehen, Euch mit mir zu zeigen?«

»Selbstverständlich. Ich werde tun, was Ihr für das Beste haltet«, antwortete sie leise.

Bertrand bedeutete Wulf, er möge vorangehen. »Wir folgen dir sofort. Versuche, eine brennende Fackel zu finden.«

Wulf ging hinaus. Bertrand drehte sich zu Janeta um. »Liebste, laßt mich Euch in die Arme nehmen. Vergebt Ihr mir, daß ich in Westminster Euren Kummer so töricht abgetan habe? Ich verstand nicht, wie wichtig für Euch die Sache mit Eleanors Hochzeit war. Als ich zurückkam, war ich entschlossen, meine Stellung in dem Haushalt aufzugeben, doch da wart Ihr schon fort. Ich suchte Euch in St. Catharine's, und dann . . .«

Ihre Lippen zitterten, und Tränen rannen ihr über die Wangen. Sie war nur froh, daß es jetzt in diesem Gemach so dunkel war und Bertrand die Spuren ihrer Beschämung und ihres Kummers nicht sehen konnte.

Ganz nahe trat sie an ihn heran und strich mit einem Finger über sein Gesicht. »Nicht doch, Bertrand. Wir haben beide Fehler gemacht. Ich hätte erkennen müssen, wie teuer Euch Eure Stellung in Simons Haushalt war. Viele Stunden habe ich in diesem Gemach damit verbracht, über Gesagtes wie Ungesagtes nachzudenken. Glaubt Ihr nicht, daß ich mein törichtes, kindisches Verhalten längst bedauert habe?«

Janeta konnte nicht weitersprechen; Bertrand hörte sie jetzt laut weinen. »Ich betete zur Heiligen Jungfrau, und sie schickte Euch zu mir«, schluchzte sie. »Es kann keine Sünde sein, daß ich Euch liebe. Das weiß ich jetzt.«

»Still, Liebste. Seid nicht mehr traurig. Simon de Montfort ist hier. Er und Lady Eleanor haben sich um Euch genau solche Sorgen gemacht wie ich. Es wird alles gut werden, wenn er Euch sieht.«

Wulf erschien wieder an der Tür. Er trug eine Fackel, die er aus dem Wandhalter auf dem unteren Treppenabsatz genommen und mit dem bereitliegenden Zunder und Feuerstein angezündet hatte. Er hielt sie hoch und beleuchtete die Stufen zu der zinnenumlaufenen Wehrplatte hinauf. Janeta raffte die Röcke und stieg, von Bertrand bei der Hand gehalten, vorsichtig hoch.

Während er mit dem widerspenstigen Türriegel kämpfte, hielt Wulf die Fackel. Bertrand überlegte, ob wohl Wachleute hier auf dem Dach postiert waren. Zu hören oder zu sehen war jedenfalls nichts, woraus er schloß, daß die Männer zu ihren Kameraden auf den unteren Wehrgängen geeilt waren, sobald die Angreifer gesichtet wurden. Vorsichtig trat er aufs Dach hinaus, sah, daß die Luft rein war, und rief Janeta.

»Kommt jetzt langsam dicht zu mir und haltet Euch hinter mir, bis man mich von unten gesehen hat und ich mich zu erkennen gegeben habe.«

Er trat dicht an die Brustwehr. Im flackernden Fackelschein war er für die Leute dort unten eine beeindruckende Gestalt. Rufe erschollen, Hände wiesen nach oben. Auf den tieferen Wehrgängen und vor dem Torhaus wurden Fackeln entzündet. In der Ferne beim Dorf sah Bertrand mehrere Lagerfeuer, die anzeigten, daß die Streitmacht des Earls die Umgebung bereits eingenommen hatte und sich darauf vorbereitete, für einige Zeit am Ort zu bleiben.

Bertrand legte die Hände zu einem Schalltrichter an den Mund. »Ihr da«, rief er den Wachsoldaten zu, die jetzt zu ihm hochschauten, »sagt eurem Hauptmann, er soll mit dem Earl of Leicester verhandeln. Berichtet ihm, Bertrand D'Aubigny hat die Demoiselle Janeta Cobham, und sie wird umgehend in die Obhut ihres Vaters zurückgegeben werden.«

»Wer zum Teufel seid Ihr?« rief eine mürrische Stimme zurück. »Ich gehorche ausschließlich Sir Fulke, meinem Herrn.«

»Wenn du mit ihm reden willst, mußt du zur Hölle reisen. Sir Fulke L'Estrange ist an einem Anfall gestorben, wie dieser Mann hier bestätigen wird. Falls erforderlich, werde ich Mistress Avice Spooner als weitere Zeugin vorführen. Sie ist meine Gefangene und liegt gefesselt neben Sir Fulkes Leiche im Turmgemach. Blutvergießen ist völlig unnötig, Mann. Den Anlaß für den Angriff auf Grimsdell habe ich hier bei mir. Demoiselle Cobham, zeigt Euch bitte.«

Voller Stolz sah er, wie zuversichtlich Janeta zu ihm an die Brustwehr trat. Das Fackellicht umrahmte ihre schlanke Gestalt. Sie ergriff Bertrands Hand und hielt sie in ihrer hoch, um zu zeigen, daß sie ihm vertraute.

Unten erhob sich ein mächtiges Gebrüll; wahrscheinlich kam es von den Mannen des Earls. Die Soldaten der Garnison scharten sich um ihren Hauptmann. Bertrand wartete, bis ein Fanfarenstoß erscholl, und dann erreichte ihn Simon de Montforts Stimme vom Torhaus her.

»Ich sehe Euch beide, Bertrand. Den Männern von Grimsdell befehle ich, diesen beiden Menschen kein Haar zu krümmen, oder der Tod ist euch sicher. Im Namen des Königs, öffnet jetzt euer Tor und gewährt meiner Eskorte freien Zutritt. Nach gründlicher Untersuchung dieser Angelegenheit werden alle frei ausgehen, die sich nichts haben zuschulden kommen lassen. Darauf meinen Rittereid!«

Bertrand spürte Janetas Anspannung. Er zog sie ein wenig von den Zinnen zurück. »Nur Mut, Liebste. Es wird keinen Widerstand geben. Der Wachhauptmann weiß, daß es sinnlos wäre. Bald ist alles vorüber, und Ihr seid bei Eurem Vater.«

Ihre Finger verkrampften sich um seine. Er sah, daß sie ihre schlanke Gestalt ganz steif aufrecht hielt, um ja nicht ihre Furcht zu verraten. Ihre Röcke flatterten im Wind, und der Kopfschleier wehte ihr übers Gesicht. Wie gern hätte Bertrand sie vor allen Leuten auf die Arme gehoben; wie gern hätte er ihr und allen anderen gezeigt, wie lieb und teuer sie ihm war, doch jetzt wußte er ja, von wem sie abstammte, und in hilfloser Wut erkannte er, daß sie nunmehr für ihn unerreichbarer denn je war.

Endlich hörte man wieder die Stimme des Wachhauptmannes; sie klang angespannt und immer noch mürrisch. »Ihr verlangt im Namen des Königs unsere Kapitulation, Herr. Die können wir Euch nicht verweigern, zumal mein eigener Herr mir keinen gegenteiligen Befehl mehr zu geben vermag. Wir werden die Brücke herablassen und das Fallgatter hochziehen. Meine Männer werden bei Eurem Eintreten die Waffen im Hof niederlegen.«

Bertrand atmete erleichtert über diese Kapitulation auf. Er zog Janeta und Wulf zur Turmtreppe.

Janeta saß auf dem Bett in dem kleinen Gemach, das einst Lady Maud gehört hatte. Daß Fulkes Gattin hier gestorben war, bekümmerte sie zwar, doch war ihr Abscheu vor dem Herrengemach noch größer, in dem L'Estrange sicherlich mit Avice Spooner geschlafen hatte. Auch hätte sie es nicht ertragen, ins Turmgemach zurückzukehren.

Sie hatte keine Ahnung, wo Mistress Spooner jetzt untergebracht war. Wahrscheinlich würde man sie als Gefangene mitführen, wenn man Grimsdell verließ. Fraglos hatte sie Fulke bei Janetas Entführung und Gefangensetzung geholfen, hingegen war es zweifelhaft, ob man sie jetzt noch wegen ihrer Mittäterschaft bei Lady Mauds Tod belangen konnte.

Eadgyth hatte warmes Wasser gebracht und Janeta beim Baden und Haarewaschen geholfen. Janeta hatte das instinktive Bedürfnis verspürt, sich alle Spuren der Begegnung mit dem Herrn von Grimsdell abzuwaschen. Ein angemessenes Gewand, in dem sie vor Simon de Montfort und Sir Hugh Cobham erscheinen konnte, besaß sie nicht, also hatte Eadgyth ihr eines von Lady Maud herausgesucht.

»Das Gewand wird Euch zu kurz sein, Herrin, denn Ihr seid ein gutes Stück größer als die Lady. Außerdem ist es aus der Mode gekommen. Sir Fulke hat es nie gekümmert, wie sie sich kleidete, doch sie hat ihre Gewänder ja auch kaum getragen, da könnt Ihr ganz sicher sein. Einmal waren sie zu klein für sie, und ein andermal fand sie sie nicht fein genug.«

Das Gewand war sauber und duftete süß nach Lavendel und Rosmarin, den man zwischen den Stoff gelegt hatte, bevor man es in die Truhe packte. Es war schlicht geschnitten und aus weichem braunen Wollstoff genäht. Eadgyth hatte außerdem frisches Leinen für Kopfhaube und -schleier beschafft. Der Stoff war natürlich gröber als der, den Janeta bei Hofe getragen hatte, doch für ihre Zwecke bestens geeignet.

Mit dem Earl und Sir Hugh hatte Janeta im Rittersaal gespeist. Bertrand hatte in ihrer Nähe gesessen, und obwohl sie das Gefühl gehabt hatte, an den Speisen ersticken zu müssen, veranlaßte sein aufmunternder Blick sie, ihm zuliebe etwas zu essen. Zum Reisen war es für sie schon zu spät. Deshalb war der Earl froh, daß Eadgyth sowohl für die Bedienung als auch für ein sauber gefegtes Gemach für Janeta sorgte. Inzwischen hatte Bertrand ihre Geschichte erzählt, und der Earl hatte ernst zugehört.

»Ich kann es kaum glauben, daß jemand, der den Rittereid geschworen hat, einer Dame so etwas antut«, erklärte er. »Meine Eleanor wird es entsetzen, wenn sie von Euren Qualen erfährt, und sie wird erleichtert sein, wenn ich Euch sicher zu ihr nach Odiham zurückbringe.« Er blickte sie eindringlich an, und sie errötete heftig. Also wußte er, weshalb sie von Westminster davongelaufen war.

»Ja, Herr«, flüsterte sie beschämt. »Ich bin der Lady Eleanor für ihre Sorge dankbar. Es erleichtert mich ungemein, daß sie mich wieder in ihrem Haushalt aufnimmt, nach allem, was geschehen ist.«

Er lächelte schwach. »Ich glaube, Eleanor freut sich auf die Gesellschaft einer wahren Freundin.«

Sie saßen mit Sir Hugh zusammen, und niemand konnte mithören, was gesprochen wurde. Der Earl warf einen Blick auf Janetas Vater. »Ich hörte, ich habe jetzt eine neue Schwägerin bekommen«, bemerkte er leise.

Janeta errötete aufs neue. Sir Hugh griff nach ihrer Hand. »Kind, du wirst Zeit brauchen, um mit dem ins reine zu kommen, was du hier erfahren hast. Es tut mir leid, daß ich dir in der Vergangenheit lieblos erschienen bin. Du solltest jedoch verstehen ...«

»Ja, ich verstehe«, versicherte sie mit Nachdruck. »Ich weiß jetzt, weshalb ich ins Kloster gebracht wurde. Es muß Zeiten gegeben haben, da Ihr meinen Anblick nicht ertragen konntet.«

»Du darfst deine Mutter nicht verurteilen, Janeta. Sie hatte mich nicht aus Liebe geheiratet. So schwer es dir jetzt auch fällt, es zu verstehen – der verstorbene König ... nun, er hat ihr Gefühl für Romantik angesprochen.« Er lächelte unfroh. »Ich glaube, die Lieder der Minnesänger trösteten sie, wenn ich auf dem Gut unterwegs oder bei Hofe war. Auf meine Weise liebte ich sie. Sie hat mir einen Sohn geschenkt, und dafür werde ich sie immer verehren, doch ich vermochte ihr meine Liebe nicht so zu zeigen, wie sie es wollte und brauchte. Das ist jetzt alles schon so lange Vergangenheit. Ihr zuliebe werde ich dich trotzdem beschützen, und zwar nicht nur mit meinem Namen, sondern auch in allen anderen Dingen, die für dich wichtig sind. Ich wäre dir sehr dankbar, wenn du mich auch weiterhin als deinen Vater ansähest.«

»Ihr wolltet mich retten«, erwiderte sie. »Ihr habt Euch wie ein wahrer Vater verhalten, und ich werde Euch voller Stolz so nennen.«

Jetzt saß sie also auf ihrem Bett und dachte über die Zukunft nach. Sie erkannte, daß es für sie keinen Platz in St. Catharine's gab. Die Lady Eleanor war tatsächlich ihre Halbschwester, und in ihrem Haushalt würde sie eine Zuflucht finden, nur, wie sollte es mit Bertrand weitergehen?

In den hektischen Momenten nach Sir Fulkes Ableben im Turmgemach hatte sie keine Zeit gehabt, die Folgen ihrer wahren Identität zu erkennen. Eleanor hatte sich in einen Schwur der Enthaltsamkeit geflüchtet, als sie eine Heirat ohne Liebe umgehen wollte; diesen Schwur hatte sie bitter bereut. Und sie, Janeta, könnte nun in eine ähnliche Lage geraten.

Sie verstand Eleanor nur zu gut und konnte sie nicht länger verurteilen. Ob es ihr nun gefiel oder nicht – sie war die Halbschwester des Königs, und der mochte beschließen, sie mit irgendeinem Ritter seiner Wahl zu verheiraten. Dann würde sie Bertrand für immer verlieren . . .

Eadgyth kniete vor dem Rollbett und war damit beschäftigt, es zu decken. Janeta beugte sich zu ihr. »Weißt du, wo Sir Bertrand heute nacht untergebracht ist?«

Die Magd blickte sie unsicher an. »Ich könnte es herausfinden, Herrin.«

»Ich muß mit ihm sprechen, hier und jetzt. Kannst du ihn herbringen, ohne daß es jemand merkt?«

Eadgyth richtete sich auf. »Gewiß, Herrin, wenn das Euer Wunsch ist. Allerdings . . .«

»Ich weiß schon. Trotzdem, Eadgyth – ich muß ihn sprechen, heute abend noch.«

Die Magd nickte und ging hinaus, doch Janeta wußte, daß sie sich fürchtete, entdeckt zu werden.

Es schien eine Ewigkeit zu dauern, bevor Eadgyth zurückkehrte; in Wirklichkeit waren nur wenige Minuten vergangen, als Bertrand an dem Mädchen vorbei ins Gemach geeilt kam.

»Ich bleibe draußen, Herrin«, sagte Eadgyth. »Ich gebe Euch Bescheid, wenn jemand kommt.«

Bertrand nahm Janeta in die Arme. »Es scheint, als wären seit unserer Trennung viele Tage vergangen und nicht nur Stunden. Ach Liebste, ich bedauere jeden Augenblick, in dem wir nicht beieinander sind.«

Sie hob ihm das Gesicht zum Kuß entgegen. »Ich liebe

Euch so sehr«, gestand sie unter Tränen. »Ich weiß nicht, wie ich Euch verlassen konnte. Ach Bertrand, was habe ich nur getan?«

»Nichts, was sich nicht wiedergutmachen ließe, mein Herz. Bald werden wir alle sicher auf Odiham zurück sein, und danach werden wir uns auf Kenilworth niederlassen. Dann kann uns nichts mehr trennen.« Er nahm ihr Kinn zwischen seine Hände. »Ihr zittert ja, meine Liebste. Ihr habt doch jetzt nichts mehr zu befürchten.«

»Nur, daß ich wieder von Euch getrennt werde.«

Er runzelte leicht die Stirn. »Beabsichtigt Ihr noch immer, ins Kloster einzutreten?«

»Nein, nein, doch jetzt hat der König über mich zu bestimmen. Er wird über meine Zukunft entscheiden. Wir dürfen uns nicht darauf verlassen, daß der Earl für uns spricht, besonders da er jetzt nicht mehr in seiner Gunst steht.«

Bertrand dachte einen Moment nach. »Ich bezweifle, daß der König sich in Dinge einmischt, die ausschließlich die Mitglieder des Haushalts des Earl betreffen.«

»Ich bin seine Halbschwester«, erinnerte sie ihn leise. »Er und nur er allein kann bestimmen, wen ich heirate. König John hat seine außereheliche Tochter Joan mit Prinz Llewelyen von Wales vermählt, und es gab Gerüchte, daß diese Ehe scheiterte.«

»Doch der König hatte Lady Joan schon lange vorher anerkannt. Die Situation läßt sich mit Eurer nicht vergleichen.«

»Bertrand, falls Ihr mich liebt, dann müßt Ihr mich hier fortschaffen. Bringt mich in die Normandie. Werdet ein Söldner, wo uns niemand kennt. Ich werde Euch überallhin mit dem Packwagen folgen. Ich will jedes Elend ertragen, solange ich nur bei Euch sein kann. Es muß doch eine Möglichkeit für uns geben, diesen Herrensitz zu verlassen.«

»Liebste, hier wimmelt es von den Mannen des Earls und Eures Vaters. Das Fallgatter ist heruntergelassen und die Zugbrücke hochgezogen. L'Estrange hat aus dem Gutshaus eine Festung gemacht.«

Verzweifelt klammerte sie sich an ihn. »Wenn wir noch länger warten, sind wir verloren. Es muß eine Möglichkeit geben!«

Er setzte sich neben sie aufs Bett und zog ihren Kopf an seine Schulter. »Morgen früh werde ich mit dem Earl reden. Ihr müßt tapfer sein, mein Herz. Ihr habt schon so viel ertragen. Ich glaube, jetzt fürchtet Ihr das Unglück, bevor es wirklich zuschlägt.«

Sie nahm seinen vertrauten Geruch nach Waffenöl und Leder wahr. Die Sehnsucht danach, ganz und gar die Seine zu werden, die Gedanken, die sie absichtlich unterdrückt, und die Gefühle, die sie sich kaum selbst eingestanden hatte, erwachten in ihrem Inneren. Als Fulke L'Estrange sie berührt hatte, war ihr eine Gänsehaut über den Rücken gelaufen; jetzt dagegen wollte sie Bertrands Hände an ihrem Körper fühlen. Sie wollte, daß seine Lippen sie an allen empfindlichen Stellen berührten – an ihren Ohren, ihren Brüsten . . . Ihre Tränen benetzten die Schulter seiner Tunika, und er hörte ihr Herz heftig hämmern.

»Wenn ich Euch gehöre«, flüsterte sie, »dann kann uns niemand mehr trennen. Fulke L' Estrange hat . . . sich mir aufdrängen wollen, weil mich das so . . . kompromittiert hätte, daß der König nur zu gern bereit gewesen wäre, mich mit Fulke zu vermählen. Wenn Ihr und ich . . .«

»Wenn Ihr und Bertrand etwas derartig Törichtes macht, könnte es sein Leben kosten«, kam eine kalte, leise Stimme von der Tür her.

Trotzig drehte sich Bertrand um, drückte sich Janeta an die Brust und blickte seinem Herrn ins Gesicht. In seinem Bestreben, Janeta zu trösten, hatte er kein Geräusch im

Flur wahrgenommen. Ebensowenig hatten sie beide gehört, daß Eadgyth sie vor der Gefahr gewarnt hätte; zu sehr waren sie mit sich selbst beschäftigt gewesen. Der Earl schloß leise die Tür und trat näher in das Gemach.

Flehentlich schaute Janeta zu ihm auf. »Ihr dürft nicht schlecht von Bertrand denken. Ich schickte nach ihm. Ich wollte . . . ich mußte wissen, ob . . .«

»Ich verstehe schon, Demoiselle Janeta. Gerade ich vor allen Menschen muß es verstehen, doch als ich sah, daß Bertrand meine Seite im Rittersaal verlassen hatte, wußte ich sogleich, wohin er gegangen war und in welche Gefahr er sich begab. Bertrand, mein Freund, falls Ihr die Demoiselle ohne die Sanktion des Königs berührt, wäre das Euer Untergang. Begreift Ihr das denn nicht?«

»Fulke L'Estrange dachte doch . . .«

»Demoiselle, L'Estrange kannte seinen Souverän nicht. Er hielt Henry für schwach und einfach zu lenken. Er glaubte, er könnte ihm leicht drohen. Indes er irrte. Ich kenne den König. Ja, er ist jung und bedarf der Ratgeber, doch er ist hartnäckig und kann – wie sein verstorbener Vater – rücksichtslos und grausam sein, wenn es ihm gelegen ist. Er hielt Euch für wichtig genug, um mich mit einer Armee nach Euch auszusenden, Janeta. Ihr seid seine Halbschwester, und er läßt es nicht zu, daß man Euch besudelt. L'Estrange machte den Fehler seines Lebens, indem er Henry unterschätzte.«

Er seufzte leise. »Ist mir das nicht kürzlich selbst bewiesen worden? Henry erlaubte mir, Eleanor trotz kirchlichen Widerstandes zu heiraten, doch jetzt bedauert er das, und ich bezweifle, daß ich jemals wieder wirklich Einfluß auf ihn ausüben kann. Ich habe seine Gunst geopfert, um mir den Wunsch meines Herzens zu erfüllen. Mir ist der Preis nicht zu hoch, doch bitte laßt Euch das eine Warnung sein. Falls Ihr Bertrand ohne Einverständnis des Königs heiratet, könnte Henry Euch innerhalb weniger Stunden zur Witwe machen.«

Janeta entzog sich sanft Bertrands Armen. »Dann sind wir also verloren? Bertrand besitzt weder Land noch Vermögen.«

Simon de Montfort schüttelte den Kopf. »Gebt die Hoffnung noch nicht auf, Janeta. Mir ist befohlen worden, Euch nach Odiham zu bringen. Ich werde dem König schreiben und ihn bitten, Eurer Trauung mit Bertrand zuzustimmen. Euer Vater wird dem seine gleichlautende Bitte hinzufügen. Für den Moment indes müßt Ihr Euch ihm zuliebe von Bertrand fernhalten. Während der Reise und nach unserer Ankunft darf es keine heimlichen Treffen mehr geben. Und jetzt schwört mir, daß Ihr mir gehorchen werdet, oder ich werde gezwungen sein, Bertrand unter bewaffneter Bewachung auf eines meiner Güter zu schicken und ihn dort festzuhalten.«

Wütend sprang Bertrand auf. Simon legte ihm beschwichtigend eine Hand auf den Arm. »Es ist zu Eurem Besten, Bertrand.« Er wandte sich an Janeta. »Wollt Ihr mir schwören, daß Ihr ausschließlich in meiner oder in Gegenwart Eures Vaters miteinander sprecht?«

Sie barg ihr Gesicht in den Händen. »Ja, Herr. Ich schwöre es Bertrand zuliebe.«

Bevor Bertrand sie wieder in die Arme nehmen konnte, zog der Earl ihn aus dem Gemach. An der Tür drehte er sich noch einmal um. »Glaubt mir, es geht mir nur um Euer Interesse, Demoiselle Janeta. Ich werde für Euch tun, was ich kann.«

Die Tür schloß sich hinter den Männern und vor Janetas Träumen und Hoffnungen. Als Eadgyth einen Augenblick später hereinkam, weinte Janeta verzweifelt.

Bei der Ankunft auf Odiham wurde der Earl von dem ungemein aufgeregten Haushofmeister der Countess begrüßt.

»Herr, Ihr, Sir Hugh Cobham sowie Sir Bertrand D'Aubigny werdet dringend in der großen Halle erwartet. Die Countess trug mir auf, die Demoiselle Janeta sofort in ihr Gemach zu führen. Euer Vorausbote ist heute früh hier eingetroffen, Herr.«

Simon blieb mit Bertrand und Sir Hugh noch stehen, bis die Pferde in die Stallungen geführt wurden. Stirnrunzelnd schaute er sich im Hof um.

»Anscheinend war mein Vorausbote heute morgen nicht der einzige Ankömmling hier. In den Stallungen scheint erheblicher Betrieb zu herrschen. Ich vermute, Lady Eleanor hat Kuriere aus Westminster empfangen.« Er wandte sich an Janeta, die bei Eadgyth stand und darauf wartete, daß der Earl sie entließ. »Geht schnell, Demoiselle. Die Lady Eleanor wird sich freuen, Euch wieder daheim zu haben.«

Kuriere aus Westminster? Janeta erbleichte. Anscheinend hatte der König ihr Schicksal bereits entschieden. In der Nacht, in der Grimsdell kapitulierte, hatte der Earl sofort einen Kurier nach Westminster geschickt, damit Henry wußte, daß Simon sie direkt hierher nach Odiham bringen wollte. Sie knickste, nickte Eadgyth zu, mit ihr zu kommen, und folgte dem Haushofmeister, der ziemlich schnell voranschritt, was zu seinem Alter und seiner Würde nicht recht paßte.

Janeta sagte sich, daß ihre Vermutung wohl nicht zutraf. Wahrscheinlicher war es, daß die Kuriere vom Königshof dem Earl etwas mitzuteilen hatten; aus diesem Grund war er aufgefordert worden, umgehend in der großen Halle zu erscheinen. Im Vergleich zu den Staatsgeschäften war sie, Janeta, von untergeordneter Bedeutung. Da sie sich jetzt in Sicherheit befand, würde der König vermutlich gar nicht mehr an sie denken, abgesehen davon, daß er ihr erlaubte, ihr Leben im Haushalt der Countess of Leicester wieder aufzunehmen.

Eleanor empfing Janeta herzlich und schickte ihre Damen hinaus; nur Martha und Eadgyth sollten in ihrem Schlafgemach bleiben. Sie hieß Martha, Eadgyth in den Nebenraum zu bringen, nahm Janeta dann bei beiden Händen und umarmte sie.

»Janeta, wie sehr ich mich freue, dich wiederzusehen. Laß mich dich einmal anschauen.«

Janeta wollte einen Knicks vollführen, doch Eleanor verhinderte das. »Wenigstens wenn wir unter uns sind, möchte ich dich Schwester nennen.«

Janeta errötete tief. »Herrin, diese Nachricht bringt Euch gewiß Kummer . . .«

»Gewiß nicht!« lachte Elenaor. »Ich habe mich von Anfang an zu dir hingezogen gefühlt.« Sie sah, daß plötzlich Tränen in Janetas Augen standen. »Was ist denn, Janeta? Du wurdest doch nicht . . . Er hat dich doch nicht berührt?« Sie blickte Janeta so ängstlich an, daß diese heftig den Kopf schüttelte.

»Nein, nein, Herrin. Fulke hat es versucht. Er wollte sich meiner sicher sein, doch dann hat er diesen schrecklichen . . . Anfall erlitten, und bevor ich Hilfe zu holen vermochte, ist er . . . gestorben.« Sie brach vollends in Tränen aus.

Die Countess drückte sie sanft in einen Sessel. »Kind, ich bedaure, daß ich dir eine solche Frage stellen muß, doch für mich ist es wichtig, genau zu wissen, was geschehen ist. Bist du noch eine Jungfrau?«

Janetas Lippen zitterten, doch sie nickte und hob tapfer das Kinn.

»Gut.« Eleanor ging langsam ein paar Schritte. »Es tut mir leid, daß ich dich zur Eile antreiben muß. Ich weiß, daß du nach der Reise und dem Erlebten schlafen solltest, doch wir haben hier einen sehr wichtigen Besucher, der dich zu sehen verlangt. Martha sowie deine neue Dienerin werden dich zurechtmachen.«

Aufrecht saß Janeta in dem Sessel, und alle Ängste kehrten zu ihr zurück. Dann war der Bote vom Hof also doch wegen einer Sache hier, die sie und ihre Zukunft betraf!

Immer wieder hatte sie sich alle Möglichkeiten überlegt: Sie war ein königlicher Bastard, doch nicht von edler Geburt. Obwohl ihr angenommener Vater dem verstorbenen König loyal gedient hatte, besaß er kein nennenswertes Vermögen. Sir Hugh hatte ihr rundheraus erklärt, daß er sie nicht mit einer Mitgift ausstatten konnte. Weshalb sollte der König das tun wollen? Es wäre doch viel einfacher, sie in ein Kloster zu geben, wo das Geheimnis ihrer wirklichen Identität gewahrt werden würde.

Sie zitterte, während Martha und Eadgyth sie in ein Gewand aus weichstem rosa Samt hüllten. Ein goldener Ledergürtel, dessen herunterhängende Enden juwelenbesetzt waren, betonte ihre schmale Taille. Eleanor saß in ihrem Sessel und verfolgte das Ankleiden kritisch. Janeta war viel zu sehr in Gedanken und auch zu müde, um einzuwenden, daß ihr dieses Samtgewand entschieden zu prächtig für einen Auftritt vor einem Boten des Königs erschien, besonders wenn dieser gekommen war, um ihr mitzuteilen, daß sie dergleichem Prunk fortan für immer zu entsagen und die Tracht einer Braut Christi anzulegen hatte.

Als Martha ihr das dunkle Haar kämmen wollte, damit es ihr lose um die Schultern hing, hob sie abwehrend die Hand. »Nein, ich muß Kopfhaube und Schleier tragen. Ohne beides fühle ich mich nicht angezogen.«

Eleanor erhob sich und kam zu ihr. Sie neigte den Kopf ein wenig zur Seite. »Ein Stirnreifen und ein Schleier reichen aus. Martha, bring mir den Reifen mit dem Goldstoff daran. Ja, und dann meinen roten Umhang, den pelzgefütterten. In der Halle wird es kalt sein.«

Später hielt sie ihren Spiegel hoch, damit Janeta sich selbst bewundern konnte.

Janeta stockte vor Verblüffung der Atem, als sie sich neben der Prinzessin stehen sah; sie ähnelten einander tatsächlich. Eleanor lächelte zufrieden.

»Ja, es ist ganz offensichtlich, wenn man es weiß. Seltsam, daß mir das vorher nie aufgefallen ist.«

»Ich glaube, Fulke L'Estrange hat es gesehen«, flüsterte Janeta.

Eleanor nickte. »Martha, bring Lady Janetas neue Dienerin zur Küche und sorge dafür, daß sie etwas zu essen bekommt. Dann suche einen Platz, wo sie ihre Bündel unterbringen kann. Ich werde Janeta selbst in die Halle führen.«

Die beiden Frauen knicksten und entfernten sich aus dem Gemach.

»Herrin«, begann Janeta zögernd, »werdet Ihr es mir vergeben, daß ich falsch über Eure . . . Eure Entscheidung gedacht habe?«

Eleanors blaue Augen bewölkten sich. »Ich liebe Simon so sehr, Janeta. Ich bin bereit, für ihn alles aufs Spiel zu setzen – sogar meine unsterbliche Seele.« Die letzten Worte hatte sie kaum hörbar geflüstert. Sie berührte flüchtig ihren Leib. »Ich glaube, ich trage bereits ein Kind. Die Kurie muß mich einfach anhören und meine Bitte um Befreiung von dem Eid gewähren.«

Ihre Lippen bebten. »Wenn ich manchmal in meinem Bett liege, nachdem er gegangen ist, verspüre ich eine schreckliche Angst, die ich nicht mit ihm teilen kann, so als ob ihn der Preis verdammen wird, den ich für den Bruch meines Gelübdes zahlen muß – ihn und meine ungeborenen Kinder.« Sie lachte ein wenig nervös. »Ich weiß natürlich, daß das nur Einbildung ist, und bei Tageslicht kann ich das Gefühl auch verdrängen. Auf jeden Fall ist das eine Strafe, die ich gern zu zahlen bereit bin für die Freude, die ich durch Simon habe.«

Janeta schwieg. Die große Liebe, welche diese beiden Menschen verband, beeindruckte sie tief. Sie nahm Eleanors Finger und hob sie sich an die Lippen. Hand in Hand stiegen die beiden Frauen die Treppe zur großen Halle hinunter.

Der Haushofmeister eilte ihnen entgegen und führte sie zu der Empore, wo sich der hohe Sessel der Countess befand. Eleanor zog Janeta mit sich, die im ersten Moment nicht bemerkte, daß der Earl sowie Bertrand daneben standen, während Sir Hugh Cobham dahinter Aufstellung genommen hatte. Erst jetzt sah sie, wer in diesem Sessel saß. Sie wäre beinahe gestolpert, fing sich jedoch wieder und versank in einem tiefen Hofknicks.

Henry Plantagenet war recht schlicht mit einer grünwollenen Tunika und einem pelzgefütterten braunen Umhang gekleidet, der von einer goldenen Brosche gehalten wurde. Bei diesem sehr privaten Besuch am Herrensitz seiner Schwester trug er keine Krone. Freundlich bedeutete er den beiden Damen, sich zu erheben, und winkte den Haushofmeister fort. Der Earl, Sir Hugh, Bertrand, Janeta sowie die Countess waren nun in der Halle mit ihrem Souverän allein.

Der König wirkte sehr jung, fast verletzlich. Janeta dachte freilich an Simons Warnung; Henry konnte gewiß halsstarrig und rücksichtslos sein, wie seine harten, von einem jugendlichen Bart umgebenen Lippen ausdrückten. Janeta bemerkte auch das hängende Augenlid, den einzigen Schönheitsfehler im Gesicht ihres königlichen Halbbruders. Seine Augen waren so blau wie Eleanors, und sein Haar zeigte jenen roten Schimmer, den Fulke auch in ihren Strähnen entdeckt hatte. Angsterfüllt wartete Janeta auf den königlichen Beschluß, der ihre Zukunft betraf.

Unvermittelt lächelte Henry, und es war, als wäre die Sonne nach einem schweren Regenguß durchgebrochen. Er streckte die beringte Hand aus. »Nun, kleine Halbschwester – so muß ich dich ja jetzt nennen –, ich sehe, daß du unversehrt und völlig wiederhergestellt bist.«

»So ist es, Hoheit.« Ihre Gliedmaßen zitterten zwar, doch ihre Stimme klang fest. »Ich danke Euch für Eure gütige Nachfrage. Wisset, Hoheit, daß ich niemals etwas über meine Abstammung preisgeben werde, das Euch beschämen könnte.«

»Gut zu wissen. Nichtsdestoweniger halte ich es für meine Pflicht, deine Zukunft zu regeln. Dein Vater – ich meine Sir Hugh Cobham – wollte, daß du in das Kloster St. Catharine's eintrittst. Ich hörte, daß du dich jedoch seinem Begehren widersetztest.«

Janeta beherrschte ihre aufsteigende Panik und nickte. »Ich merkte, daß mir die Berufung fehlte, Sire.«

»Nun, nun . . .« Er seufzte. »Wir wollen nicht, daß eine weitere Angehörige unserer Familie einen unwiderruflichen Eid schwört, den sie später bereut. Deshalb scheint mir, ich muß für dich eine Ehe arrangieren.«

Janeta verschlug es die Sprache. Mit schreckgeweiteten Augen wartete sie auf das Kommando.

»Sir Bertrand D'Aubigny, Ihr wart daran beteiligt, die Demoiselle aus einer kompromittierenden und gefährlichen Lage zu befreien. Ich gehe davon aus, daß Ihr nichts dagegen einzuwenden habt, ihre Hand zum Ehebund anzunehmen und auf diese Weise alles skurrile Gerede zum Schweigen zu bringen, das nach dieser entwürdigenden Affäre aufkommen mag.«

Bertrands Stimme klang sehr klar und sicher. »Es wäre mir eine große Ehre, mein Fürst.«

»Gut, gut. Der Earl sowie Sir Hugh stimmen darin überein, daß es auch in Demoiselle Janetas Interesse wäre. Ich werde Euch ein Rittergut in Warwickshire zur Verfügung stellen, denn man hat mir gesagt, Ihr wünschtet im Haushalt des Earls of Leicester zu verbleiben.« Er blickte Janeta an. »Akzeptierst du meine Wahl?«

Janetas Herz hämmerte so laut, daß sie ihre eigene Antwort auf diese Frage kaum zu hören vermochte. »Ja, Hoheit, aus ganzem Herzen.«

Lächelnd wandte er sich an Eleanor. »Ich glaube, in deiner privaten Kapelle wurden die Vorkehrungen getroffen, diese Angelegenheit zu Ende zu bringen. Anschließend können wir ein Mahl in deinem persönlichen Altan einnehmen. Ich habe Hunger wie ein Wolf, was wahrscheinlich allen Reisenden so geht.«

Eleanor nickte. »Mein Kaplan wartet bereits, Sire. Wollt Ihr ebenfalls zugegen sein?«

»Gewiß. Weshalb sonst hätte ich aus Westminster herreisen sollen?« Er erhob sich, trat von der Empore hinunter und bot Janeta ritterlich den Arm. »Erlaube mir, Schwester, daß ich dich zu deiner Hochzeit geleite und dich deinem Bräutigam übergebe.«

Janeta fürchtete sich entsetzlich. Nicht vor dem Schmerz; Lady Eleanor hatte ihr gesagt, was sie zu erwarten hatte und daß es beim ersten Mal weh tun konnte, doch danach würde die große Freude kommen. Janeta war zu jung gewesen, als daß ihre Amme sie auf die Hochzeit hätte vorbereiten können, und die Nonnen hatten später dieses Thema natürlich nicht erwähnt. Das hatte die Countess sehr richtig erkannt und geduldig alles erklärt, was die junge Braut wissen mußte.

Nein, Janeta befürchtete auch nicht, daß Bertrand sie nicht sanft und rücksichtsvoll behandeln würde – dazu kannte sie ihn inzwischen zu gut –, doch sie war nicht aufrichtig zu ihm gewesen. Sie hätte ihm sagen müssen, daß sie entstellt war. Sie hätte es ihm sagen müssen, bevor er in eine Lage geriet, in der er sie nicht mehr offen ablehnen durfte. Die Gelegenheit dazu hatte sie gehabt, doch sie war immer vor dem Abscheu zurückgeschreckt, den sie in seinen Augen sehen mochte, vor der abergläubischen Furcht, die sie als Kind in den Augen anderer gesehen hatte.

Die Lady Eleanor hatte ihr geholfen, sich auszukleiden, hatte sie geküßt und ihr alles Gute gewünscht. Bertrand war noch unten beim König, dem Earl und Sir Hugh. Er durfte sich erst entfernen, wenn Henry sich erhob, um sich zurückzuziehen. Eadgyth befand sich wahrscheinlich bei Wulf. Janeta lächelte im Halbdunkel. Die beiden bildeten jetzt ihren eigenen kleinen Haushalt, und sie nahm an, Bertrand würde dafür sorgen, daß sie bald heirateten, zumal niemand bezweifelte, daß sie schon beieinander gelegen hatten.

Die Hochzeitszeremonie, die in der schönen Kapelle von Odiham Manor stattgefunden hatte, war Janeta ganz unwirklich erschienen. Der König selbst hatte ihre Hand in Bertrands gelegt, und sie hatte dessen schweren Siegelring an ihrem Finger gefühlt.

Das kleine Bankett, das der Trauung folgte, war ihr ebenso eigenartig erschienen. Ihr kam es vor, als nähme sie überhaupt nicht selbst daran teil. Sie hatte Silber und Hochzeitsbecher mit Bertrand geteilt, dabei stets Sir Hughs Blick auf sich gerichtet gefühlt und sich immer wieder gefragt, wie ihr Bruder Ralph es daheim wohl aufnehmen würde, daß die Hochzeit seiner verhaßten Schwester von König Henry höchstpersönlich beehrt worden war.

Als sich Lady Eleanor später von der Tafel erhob und damit andeutete, daß es Zeit für die Braut wurde, sich zurückzuziehen, hatte sich Sir Hugh beim König entschuldigt, war aufgestanden und hatte sie zur Tür begleitet.

Er hatte Janeta sanft geküßt. »Deine Mutter wäre heute sehr stolz auf ihre Tochter gewesen, und ich glaube, dein

Vater ebenfalls. Ich bedaure, daß ich mir nicht die Zeit genommen habe, dich richtig kennenzulernen. Ich wünsche dir alles Gute, Janeta.«

Sie hatte ihm impulsiv die Arme um den Hals geworfen und ihn auf die Wange geküßt, bevor sie rasch zu der Countess gelaufen war.

Jetzt wandte sie sich angsterfüllt vom Kamin ab, denn die Tür öffnete sich, und Bertrand trat ins Gemach. Der König war ein frommer Mann und schätzte die Bewahrung der Würde. Er erlaubte keine groben Scherze bei der Zeremonie des Zubettgehens, und darüber war Janeta nur froh.

Ihr junger Ehegemahl blieb einen Moment zögernd an der Tür stehen, kam dann zu ihr an den Kamin und legte seinen Waffengürtel ab.

Wie schön sie ist, dachte er. Aufgerichtet stand sie da in ihrem fast durchsichtigen, am Hals hochgerafften Hemd, und der Feuerschein vergoldete ihren Körper darunter. Bertrand verlor für einen Moment die Sprache. Er vermochte nicht zu glauben, daß sie nun wirklich die Seine war. Das herrliche Haar fiel ihr bis fast zur Taille hinunter, die flackernden Flammen ließen den rötlichen Schimmer deutlicher hervortreten, den er vor so langer Zeit in der Hütte bei Winchester bewundert hatte.

Sie bewegte sich ein wenig. »Hat . . . hat sich der König zurückgezogen?«

»Nein, er hat sich endlich besonnen und mich nach oben geschickt – zu dir.«

»Oh.«

Er berührte ihr Haar. »Ich werde dir nicht weh tun, Janeta. Ich bin sehr geduldig. Ich nehme an, man hat dich unwissend gehalten . . .«

»Nein, die Lady Eleanor hat mit mir geredet. Ich . . .«

»Das war gut von ihr. Ich machte mich schon darauf gefaßt, sowohl Lehrer als auch Ehegatte zu sein.«

Sie wich ein wenig vor ihm zurück, als er wieder die Hand ausstreckte und ihre Wange berührte.

»Ich möchte dich jetzt nur anschauen, Janeta – ohne dieses verhüllende Hemd.«

»Nein«, flüsterte sie flehentlich. »Bitte ... wenn wir im Bett sind, wenn die Kerzen gelöscht ...«

»Janeta, es gibt nichts, weswegen wir uns jetzt schämen müßten. Der Priester hat uns einander gegeben. Unsere Körper müssen vereinigt werden, und dann sind unsere Seelen auch eins, ich schwöre es.«

»Ich weiß«, hauchte sie. »Ich fürchte mich nicht. Ich liebe dich, Bertrand, wirklich und von ganzem Herzen. Nur kann ich es nicht ertragen, wenn du mich anschaust.«

Sie wollte zum Bett gehen, doch er hielt sie zurück und begann, das Zugband zu lösen, das ihr Hemd zusammenhielt. Janeta wehrte sich nicht; sie wußte auch, daß es zwecklos wäre. Gehorsam stand sie da, während ihr die Tränen über die Wangen liefen.

»Ich hätte es dir sagen müssen«, schluchzte sie. »Du hattest das Recht, es zu erfahren.«

Ihr Hemd glitt zu Boden. Nackt stand sie vor ihm. Er bewunderte ihre hohen, festen Brüste, ihre schmale Taille und ihren straffen, flachen Leib. Dann beugte er sich herab, legte seine Lippen auf das dunkelrote Feuermal und strich von ihrem Hals bis zur Brust hinunter, was Janeta dermaßen erregte, daß sie erschrocken aufstöhnte.

»Ist es dies hier, was du mir nicht zeigen wolltest?« flüsterte er. »Mein Liebling, das sah ich schon in der Nacht, als wir uns trafen. Es war sehr kalt, doch du hattest im Schlaf die Decke abgeworfen. Ich ging zu dir, um sie dir wieder überzulegen. Meine ausgeliehene Tunika war dir von der Schulter geglitten. Selbst in dem schwachen Licht sah ich das Feuermal deutlich.«

»Hast du denn keine Angst davor? Es ist das Zeichen des

Teufels. Melisande, die Zauberin und meine Ahnfrau, hat es mir vererbt. Der Anblick tötete L'Estrange. Fulke zerriß mein Gewand und meine Kopfhaube, und als er das Mal sah, keuchte er und stürzte . . .«

»Liebste, wie kannst du, eine Klosterschülerin, nur an solchen abergläubischen Unsinn glauben? Fulke L'Estrange erlag einem Anfall. Er war Johns Knappe gewesen. Es ist möglich, daß John selbst ebenfalls ein solches Feuermal trug. L'Estrange war vermutlich bei ihm, als er starb.

Damals war von Gift die Rede«, erzählte Bertrand weiter. »Ich glaube allerdings, der König ist an einem Übermaß an Wein und überreifen Pfirsichen gestorben. L'Estrange hatte wohl keinen Anteil am Tod seines Herrn. Johns Existenz bedeutete schließlich für ihn ein privilegiertes Leben. Wer weiß, was ihm in deinem Gemach durch den Kopf ging, Liebste? Es wäre sogar möglich, daß er plötzlich Gewissensbisse bekam, weil er die Tochter seines ehemaligen Herrn mißbraucht hatte. Dein Feuermal ist weiter nichts als ein Geburtsfehler – für mich nicht einmal das. Es unterscheidet dich von anderen Menschen und gehört zu deiner Schönheit.«

Er küßte sie wieder, so daß sie vor Glück stöhnte. »Jetzt haben wir genug geredet«, meinte er. »Laß uns nun ins Bett gehen, mein Herz.«

Janeta lag in seinen Armen, und Eleanors Versprechen wurde wahr. Bertrand, der edle Ritter, war rücksichtsvoll und geschickt. Da sie jetzt keine Angst mehr vor Zurückweisung hatte, ließ sie sich mit Freuden umwerben und verlocken. Bertrands Hände und Lippen erweckten in ihr Wünsche, die schon lange in ihr geschlummert hatten, die sie indessen stets zu unterdrücken versucht hatte.

Als Bertrand sie endlich nahm, löste sich der Schmerz bald in Ekstase auf, und als sie danach dicht beieinander lagen, küßte Janeta sein schweißfeuchtes Haar. Endlich wußte sie, was Erfüllung bedeutete.

Ein kleines Lächeln spielte um ihre Lippen. Bertrand, der Ritter ohne Landbesitz, besaß jetzt eine königliche Gemahlin, doch nur wenige Menschen würden das erfahren, und sie selbst wollte für alle Zeiten glücklich sein, wenn man sie einfach Lady D'Aubigny nannte.

ENDE